Ursula Poznanski
& Arno Strobel

fremd

Ursula Poznanski
& Arno Strobel

fremd

Thriller

Wunderlich

fremd

1. Auflage November 2015
Copyright © 2015 by Rowohlt Verlag GmbH,
Reinbek bei Hamburg
Alle deutschen Rechte vorbehalten
Satz Minion PostScript, InDesign,
bei Pinkuin Satz und Datentechnik, Berlin
Druck und Bindung CPI books GmbH, Leck, Germany
ISBN 978 3 8052 5084 9

1

Ich sehe das Aufflackern der Eingangsbeleuchtung nur durch Zufall. Weil mein Blick beim Haareföhnen auf das Badezimmerfenster fällt. Draußen ist Licht, wo keines sein sollte.

Jemand muss den Bewegungsmelder aktiviert haben, aber ich erwarte niemanden und werde den Teufel tun, die Tür zu öffnen, wenn es klingelt. Nichts gegen Überraschungsbesuch, doch das Letzte, worauf ich heute noch Lust habe, ist Ela, die mit zwei Flaschen Rotwein hier aufkreuzt und mir in einem stundenlangen Monolog erklärt, dass sie sich diesmal von Richard trennen wird, diesmal ganz sicher.

Nein. Mit ihrer miesen Beziehung muss sie heute allein klarkommen. Aber vielleicht sind da draußen ja auch nur die Zeugen Jehovas.

Ich stelle den Föhn eine Stufe höher, dann muss ich nicht einmal lügen, wenn ich behaupte, die Türglocke nicht gehört zu haben. Das dumpfe Unbehagen, das sich allmählich in mir ausbreitet, ignoriere ich. Ja, manchmal läuten Einbrecher an der Tür, um sich zu vergewissern, dass niemand im Haus ist, bevor sie zuschlagen. Hat man mir gesagt, ich bin noch nicht lange genug in Deutschland, um zu wissen, wie üblich das ist. Ich beherrsche zwar die Sprache, aber im alltäglichen Leben ist mir vieles immer noch fremd.

Bei einem harmlosen Klingeln sofort an etwas Schlimmes zu denken ist jedenfalls albern.

Meine Güte, so bin ich doch sonst nicht.

Kurz darauf geht die Eingangsbeleuchtung wieder aus.

Ich schalte den Haartrockner ab, schiebe den Vorhang des Badezimmerfensters ein Stück zur Seite und spähe hinaus. Keiner da. Weder ein Besucher noch jemand, der sich an Tür oder Fenstern zu schaffen macht.

Dad würde mich eigenhändig erwürgen, wenn er wüsste, dass ich allein in einem ungesicherten Haus wohne – an unserem Familiensitz in Melbourne finden sich mehr Überwachungskameras als am Pentagon. Auch ein Grund, warum ich froh bin, von dort weg zu sein.

Die nächsten Minuten bleibt es ruhig, und der Druck in meinem Inneren lässt langsam nach. Wird von Vorfreude abgelöst. Einem friedlichen Abend auf der Couch steht nichts mehr im Wege, und das ist großartig. Eine Tasse Tee, eine warme Decke und ein gutes Buch sind alles, was ich mir vom Rest des Tages noch wünsche – außer vielleicht jemanden, der bereit wäre, mir den Rücken zu massieren, keine Ahnung, woher das Ziehen zwischen den Schulterblättern kommt.

Vanilletee. Schon der Gedanke wärmt mich von innen. Ich schlüpfe in meinen Bademantel und öffne die Tür zum Flur, steige die Treppe nach unten und halte auf halber Höhe inne.

Da war … ein Geräusch. Ein Klirren. Im Haus, nicht von außerhalb. Jemand, der eine Fensterscheibe einschlägt? Nein, dafür war es nicht laut genug.

Sofort ist die Beklommenheit von vorhin wieder da, diesmal doppelt so stark. Meine Hand umklammert das Geländer, ich atme durch, reiße mich zusammen, steige eine weitere Stufe nach unten. Das ist doch lächerlich, sage ich mir, Einbrecher würden viel mehr Lärm machen. Sie würden Zeug zusammenraffen und versuchen, so schnell wie möglich abzuhauen –

Ein neues Geräusch. Kein Klirren diesmal, sondern ein Schaben. Wie eine Schublade, die geöffnet und wieder geschlossen wird.

Umkehren, ist mein erster Impuls. Ins Schlafzimmer laufen, die Polizei rufen. Mich verstecken.

Stattdessen kämpfe ich alle meine Instinkte nieder und bleibe stehen, denn mir wird klar, dass diese eine, vernünftige Möglichkeit mir nicht zur Verfügung steht. Mein Handy liegt in der Küche, mit fast leerem Akku. Ich habe es auf die Espressomaschine gelegt, gut sichtbar, damit ich nicht vergesse, es zu laden.

Doch genau aus Richtung Küche und Wohnzimmer kommen die Geräusche.

Noch zwei Stufen nach unten steigen. Ja, es fällt Licht durch den Spalt der Wohnzimmertür.

Ich atme gegen meine Angst an, die viel zu massiv ist für den Anlass. Dass Licht brennt, ist verdammt noch mal nichts Besonderes, ich vergesse ständig, es auszuschalten. Kein Grund zur Panik also. Außerdem liegt vor mir die Eingangstür; wenn ich will, kann ich in fünf Sekunden draußen sein und Hilfe holen, Bademantel hin oder her.

Ich halte den Atem an. Lausche mit aller Konzentration. Es ist jetzt wieder völlig ruhig. Habe ich mich geirrt, mir die Geräusche nur eingebildet? Mein Kopf zieht diese Möglichkeit immerhin in Betracht, mein wild hämmerndes Herz ist anderer Meinung. Und wenn ich etwas nur schwer ertrage, dann ist es Ungewissheit.

Auf der Kommode in der Diele liegt der Briefbeschwerer, den Ela mir vor ein paar Wochen geschenkt hat. Ein Würfel aus blauem Glas, mindestens zwei Kilo schwer. Ich nehme ihn in die Hand, ignoriere die Werbezettel, die zu Boden segeln, und ziehe langsam, langsam die Wohnzimmertür auf.

Nichts. Niemand. Zumindest hier nicht. Das Wohnzimmer ist unberührt, die Terrassentür hat nicht den kleinsten Sprung, alles ist so, wie ich es zurückgelassen habe.

Nur was die Küche angeht, bin ich noch nicht sicher, sie ist von hier kaum einzusehen und unbeleuchtet.

Der Briefbeschwerer rutscht mir fast aus der schweißnassen Hand; ich packe ihn fester und gehe einen Schritt ins Wohnzimmer hinein. Lautlos. Noch einen. Bis ich in der Mitte des Raums stehe.

Genau in dem Moment, in dem ich beginne, mir lächerlich vorzukommen, tritt ein Schatten aus dem Dunkel der Küche.

Der Schrei, der aus mir herauswill, erstirbt auf halbem Weg, als wäre plötzlich keine Luft mehr in meinem Körper. Alles in mir erstarrt.

Weglaufen, das ist der einzige Gedanke, der es bis in mein Bewusstsein schafft, aber ich bin nicht fähig, ihn in die Tat umzusetzen. Meine Beine verweigern den Dienst.

Im Licht der Deckenlampe steht ein Mann, dunkelhaarig, breitschultrig. Er sagt etwas, sein Mund bewegt sich, aber ich kann kein Wort davon hören, alle Geräusche kommen wie aus weiter Ferne, nur das Hämmern meines Herzschlags ist beängstigend nah und laut. Schock? Ist das ein Schock?

Der Mann spricht mich ein weiteres Mal an, aber es ist, als hätte ich plötzlich mein ganzes Deutsch verlernt. Für einen Augenblick dreht sich das Zimmer um mich. Nur nicht umkippen jetzt.

Er legt den Kopf schief, zögert. Dann kommt er auf mich zu. *So dumm*, hämmert ein neuer Gedanke in meinem Kopf, *du bist so dumm, warum bist du nicht oben geblieben?*

Erst als er so nah ist, dass ich Andeutungen eines Aftershaves riechen kann, löst sich meine Schockstarre endlich. Ich weiche zurück, allerdings zur Wand statt zur Tür. Korrigiere mich zu spät, er ist schon fast bei mir.

«Hauen Sie ab», brülle ich, in der Hoffnung, ihn damit wenigstens kurz zu stoppen. Zu meiner Überraschung bleibt er tatsächlich stehen.

«Verschwinden Sie, oder ich hole die Polizei!» Wenn ich noch etwas lauter schreie, hören mich ja vielleicht auch die Nachbarn.

Ein Einbrecher würde jetzt weglaufen, doch der Fremde tut das nicht, und etwas in mir hat ohnehin längst begriffen, dass der Mann nicht hier eingedrungen ist, um mich zu bestehlen. Kein Dieb trägt Hemd und Sakko, wenn er in ein fremdes Haus einsteigt. Doch das bedeutet, es gibt einen anderen Grund, etwas anderes, auf das es der

Fremde abgesehen hat … Dieser Gedanke weckt eine völlig neue Art von Angst in mir. Ich weiche noch ein Stück zurück, jetzt habe ich die Stehlampe im Rücken, fühle, wie sie kippt, verliere beinahe das Gleichgewicht.

«Bitte», flüstere ich. «Bitte tun Sie mir nichts.»

Er ist höchstens fünf Schritte entfernt. Lässt seinen Blick nicht von mir, keine Sekunde lang.

«Um Himmels willen», sagt er. «Was ist denn los?»

Noch ein Schritt auf mich zu. Ich ducke mich, als würde das helfen, als könnte ich mich in mir selbst verstecken.

«Ich habe nicht viel Geld im Haus, aber das gebe ich Ihnen, gut? Nehmen Sie mit, was Sie wollen. Aber bitte … tun Sie mir nichts.»

«Soll das ein Witz sein?» Er hebt die Hände, zeigt seine Handflächen. Leer.

«Ist dir übel? Soll ich einen Arzt holen?»

Er ist stehen geblieben. Das ist die Hauptsache. Ich richte mich langsam wieder auf. Der Briefbeschwerer. Vielleicht wäre jetzt eine gute Gelegenheit, ihn zu werfen.

«Gehen Sie, bitte. Ich verspreche Ihnen, ich werde nicht die Polizei rufen.»

Er blinzelt, atmet einige Male tief ein und aus. «Was soll das? Warum sprichst du so mit mir?»

Wenn das Anzeichen von Unsicherheit sind, habe ich eine Chance. Ich werde ihn in ein Gespräch verwickeln. Ja. Und die erste Gelegenheit beim Schopf packen, um abzuhauen.

«Weil … ich Angst habe, verstehen Sie?»

«Vor mir?»

«Ja. Sie haben mich sehr erschreckt.»

Er breitet die Arme aus, kommt wieder auf mich zu. «Joanna …»

Mein Name. Ich weiche weiter zurück. Er kennt meinen Namen, vielleicht ist er ein Stalker, vielleicht hat er aber auch nur die Adressetiketten auf den Briefumschlägen gelesen, die in der Diele liegen.

Ich mustere ihn genauer. Blaue Augen unter dichten Brauen.

Markante Züge, die ich mir gemerkt hätte, wenn sie mir schon einmal begegnet wären. Er sieht nicht aggressiv aus, nicht gefährlich, aber trotzdem erfüllt mich sein Anblick mit einem Entsetzen, das ich mir selbst kaum erklären kann.

Jetzt habe ich die Wand im Rücken. Endstation, Falle. Mein Puls überschlägt sich, ich hebe den Briefbeschwerer. «Gehen Sie. Sofort.»

Sein Blick schnellt zwischen meinem Gesicht und dem Glaswürfel hin und her. Rutscht ein wenig tiefer, was mir zu Bewusstsein bringt, dass mein Bademantel weiter aufklafft, als mir lieb sein kann.

«Joanna, ich weiß nicht, was du da tust, aber hör bitte auf damit.»

«Hören Sie doch auf!» Es soll souverän klingen, hört sich aber kläglich an. «Hören Sie auf, so zu tun, als würden wir uns kennen, und gehen Sie bitte.»

Wahrscheinlich gefällt ihm meine Angst, denn er kommt schon wieder einen Schritt näher. Ich rutsche die Wand entlang nach links, auf die Tür zu.

«Lass das jetzt endlich, natürlich kennen wir uns.» Das in seiner Stimme ist Ungeduld. Noch nicht Wut, aber das könnte sich ändern. Zwei Meter noch bis zur Tür. Das schaffe ich, das muss ich einfach schaffen.

«Sie irren sich. Wirklich.» Mit jedem weiteren Satz gewinne ich Zeit. «Woher sollten wir uns denn kennen, Ihrer Meinung nach?»

Langsam schüttelt er den Kopf. «Entweder du spielst irgendein abartiges Spiel mit mir, oder ich sollte dich schleunigst ins Krankenhaus bringen.» Er fährt sich mit der Hand durchs Haar. «Wir sind verlobt, Jo. Wir leben zusammen.»

Ich starre ihn an, stumm. Was er gesagt hat, ist so weit von dem entfernt, was ich erwartet hatte, dass ich einige Sekunden brauche, um die Worte zu erfassen.

Wir sind verlobt.

Also nicht nur ein Stalker, nein, viel schlimmer, ein Verrückter. Einer, der sich im Kopf seine eigene Welt zusammenspinnt. Der unter Wahnvorstellungen leidet.

Aber wie, um alles in der Welt, ist er dabei ausgerechnet auf mich gekommen?

Unwichtig. Mit einem Geisteskranken kann man nicht reden, ihn schon gar nicht mit vernünftigen Argumenten überzeugen. Seine Stimmung könnte jeden Moment umschlagen – noch wirkt er friedlich, aber wer weiß, ob nicht ein einziges falsches Wort genügt, um ihn aggressiv werden zu lassen. Immerhin hat er sich ja auch gewaltsam Einlass in ein fremdes Haus verschafft.

Mir fällt nur ein Ausweg ein, und ich entscheide mich schnell.

Der Briefbeschwerer beschreibt eine glänzend blaue Flugparabel, als ich ihn auf den Mann schleudere. Ich habe gut gezielt, aber der Fremde dreht sich zur Seite, deshalb erwische ich nur die Schulter, nicht den Kopf, egal. Ich renne aus dem Wohnzimmer, durch die Diele, die Treppen hinauf ins Schlafzimmer. Knalle die Tür hinter mir zu, sperre zweimal ab.

Dann lasse ich mich zu Boden sinken, die Tür im Rücken, mit Blick auf mein Bett. Ein Kissen, eine Decke. Mehr nicht. Das Bett einer allein lebenden Frau. Aber wenn er wirklich krank ist, spuckt sein Hirn auch dafür einen Grund aus. Dass er neuerdings auf der Couch schläft, zum Beispiel.

Von draußen ist nichts zu hören. Ich schließe für einen Moment die Augen. In Sicherheit. Hoffentlich.

Natürlich kennen wir uns, hat der Fremde gesagt, mit einer fast unheimlichen Selbstverständlichkeit. Ich durchforste mein Gedächtnis, aber ohne Erfolg. War er einmal im Studio? Ist er ein Kunde?

Nein, unmöglich. Ich vergesse nie ein Gesicht, das ich fotografiert habe.

Ein Geräusch lässt mich zusammenschrecken. Ein dumpfer Laut, wie von einer zugeworfenen Tür.

Ich presse mein Ohr gegen das Holz der Schlafzimmertür. Alles ruhig jetzt. Vielleicht hat der Briefbeschwerer den Mann hart genug getroffen, um ihn in die Flucht zu schlagen.

Ich lausche mit geschlossenen Augen und angehaltenem Atem. Meine Hoffnung währt eine knappe Minute, dann höre ich Schritte auf der Treppe, langsam und schwer.

Er kommt mir nach. Jetzt wird er nicht mehr friedlich sein.

Und ich habe immer noch kein Telefon, um Hilfe zu rufen.

2

Der Kakadu ist verschwunden.

Es fällt mir sofort auf, als ich neben dem Haus aus dem Auto steige und die Außenlampen aufleuchten. Er war ein Geschenk zu Joannas Geburtstag, ein achtzig Zentimeter hohes, zusammengeschweißtes Teil. Ein symbolisches Stück Heimat. Sie hat mir mal erzählt, dass Melbourne voll ist von Kakadus.

Während ich an der jetzt leeren Stelle neben dem Rhododendron vorbeigehe, frage ich mich, wohin er verschwunden ist. Ich schließe die Tür auf und gehe ins Haus. Die Diele ist dunkel, aber von oben höre ich gedämpftes Rauschen. Der Föhn. Joanna. Ein warmes Gefühl verdrängt die Verwunderung über den verschwundenen Kakadu.

Ich durchquere die Diele. Das Licht der Straßenlaternen dringt als diffuser Schein durch das schmale Glaselement neben der Haustür. Eben ausreichend, um mich schemenhaft erkennen zu lassen, wohin ich gehe. Ich öffne die Tür zum Wohnzimmer. Es ist ebenso wie die Küche hell erleuchtet. Ich muss lächeln. Meine Joanna. Wenn sie alleine ist, herrscht im Haus meist Festbeleuchtung. Zur Freude der Stromwerke.

Ich lasse den Schlüsselbund auf die Verlängerung der Arbeitsplatte fallen, er verfehlt sie knapp und landet mit hellem Klirren auf dem Fliesenboden. Die Müdigkeit macht mich unkonzentriert. Und wahrscheinlich auch die Nachwirkungen dieses seltsamen Tages. Dieses beschissenen Tages. Als hätte sich jeder in der Firma mit mir anlegen wollen.

Ich seufze, hebe die Schlüssel auf und lege sie an ihren Platz.

Im Kühlschrank steht noch die angebrochene Flasche Weißburgunder von gestern Abend. Mir ist nicht nach Wein, noch nicht. Später vielleicht, gemeinsam mit Joanna, wenn wir es uns auf der Couch gemütlich machen.

Ich greife nach der Orangensafttüte daneben. Sie ist fast leer, den kläglichen Rest fülle ich in ein Wasserglas.

Das Schubfach, in dem der Sack für den Verpackungsmüll untergebracht ist, lässt sich schwer öffnen und erzeugt schleifende Geräusche beim Auf- und Zumachen. Wahrscheinlich hat sich eine der Schrauben gelockert, mit denen die Führungsschienen befestigt sind. Ich werde mir das am Wochenende mal ansehen.

Am Durchgang zum Wohnzimmer schalte ich das Licht aus, als mir einfällt, dass der Akku meines Smartphones fast leer ist. Also gehe ich zurück und hänge das Gerät an das Ladekabel, das auf dem hüfthohen Schrank gleich neben dem Durchgang liegt. Ich drehe mich um und fahre erschrocken zusammen. Joanna steht mitten im Wohnzimmer. Ich habe nicht gehört, dass sie hereingekommen ist. Aber bei ihrem Anblick spüre ich wieder dieses wohlig warme Gefühl, und von einer Sekunde zur nächsten sind Müdigkeit und Ärger vergessen.

Offenbar hat sie mich noch nicht gesehen. Ich nutze den kurzen Moment und betrachte sie aus der Dunkelheit der Küche heraus. Sie trägt nur ihren Bademantel. Er ist so locker gebunden, dass der Stoff ein Stück auseinanderklafft und den Blick auf die Ansätze ihrer kleinen, festen Brüste erlaubt. Eine weitere Empfindung gesellt sich zu dem wohligen Gefühl, und sofort komme ich mir vor wie ein ertappter Voyeur.

Ich trete aus dem Dunkel heraus und gehe auf sie zu. Sie hört meine Schritte, dreht sich zu mir um und … erstarrt. Die fröhliche Begrüßung bleibt mir im Hals stecken.

Ich suche nach möglichen Erklärungen für das Entsetzen, das ich von ihrem Gesicht ablesen kann. «Hallo, Schatz», sage ich vorsichtig. «Was ist mit dir? Geht es dir nicht gut? Ist etwas passiert?»

16

Joanna reagiert nicht, sie steht nur da und sieht mich an, als hätte ich in einer ihr fremden Sprache gesprochen. So habe ich sie noch nie gesehen. Mein Gott, es sieht aus, als hätte sie panische Angst. Diese Erkenntnis macht auch mir Angst. Es muss etwas Schlimmes geschehen sein.

«Schatz», versuche ich es noch einmal, so einfühlsam, wie ich kann. Ich trete einen vorsichtigen Schritt auf sie zu, jetzt trennt uns nur noch eine Armlänge. Mit einem Ruck löst sich ihre Starre, sie reißt die Augen auf und weicht vor mir zurück. Einen Schritt, einen weiteren.

«Schatz, bitte …» Ich flüstere unwillkürlich. Ganz vorsichtig versuche ich, die Distanz zwischen uns zu verringern. Plötzlich verändert sich der Ausdruck in ihrem Gesicht, ihre Züge verzerren sich.

«Hauen Sie ab», schreit sie mir mit solcher Heftigkeit entgegen, dass ich abrupt stehen bleibe. «Verschwinden Sie, oder ich hole die Polizei.»

Verschwinden *Sie*? Was verdammt noch mal ist mit ihr los? Sie scheint ja vollkommen von der Rolle zu sein. Mir schießen tausend Dinge gleichzeitig durch den Kopf, ich habe Mühe, sie halbwegs zu ordnen.

Drogen, Alkohol, Überfall, Schock … ein Todesfall? Joanna macht einen weiteren Schritt rückwärts und stößt mit dem Rücken gegen die Stehlampe. Sie kippt um. Klirrend zerspringt der Glasschirm auf dem Boden.

«Bitte», flüstert sie. «Bitte tun Sie mir nichts.»

Ich bemühe mich, meiner Stimme einen ruhigen Klang zu geben. «Um Himmels willen. Was ist denn los?»

Sie zieht den Kopf ein. «Ich … habe nicht viel Geld im Haus.» Ihre Stimme klingt klein, ängstlich. Kindlich. «Aber das gebe ich Ihnen. Gut? Nehmen Sie mit, was Sie wollen. Aber bitte … tun Sie mir nichts.»

Ich spüre, dass trotz meiner Fassungslosigkeit für einen kurzen

Moment Ärger in mir aufflackert. «Soll das ein Witz sein?» Meine Stimme klingt schroffer, als ich es beabsichtigt hatte, ich hebe die Hände zum Zeichen, dass sie von mir nichts zu befürchten hat. «Ist dir übel? Soll ich einen Arzt holen?»

Sie schüttelt den Kopf. «Gehen Sie bitte. Ich verspreche Ihnen, ich werde nicht die Polizei rufen.»

Ich widerstehe dem wilden Impuls, sie an den Oberarmen zu packen, durchzuschütteln und anzuschreien, sie solle sofort mit diesem Blödsinn aufhören. Sie solle wieder sie selbst sein. Aber ich muss ruhig bleiben, es ist wichtig, dass zumindest ich einen klaren Kopf bewahre. Ich atme ein paarmal tief durch und schaue ihr dabei in die Augen. «Was soll das? Warum sprichst du so mit mir?»

«Weil ich Angst habe», sagt sie zögerlich. «Verstehen Sie?»

«Vor mir?»

«Ja. Sie haben mich sehr erschreckt.»

«Joanna …»

Ihr Blick verändert sich auf eine seltsame Weise, als ich ihren Namen ausspreche. Es ist, als versuche sie in meinem Gesicht zu lesen, was ich denke.

«Gehen Sie. Sofort.» Ich spüre, dass sie sich bemüht, ihrer Stimme einen festen Klang zu geben. Es gelingt ihr nicht. Ihre Hand hebt sich ein wenig, jetzt erst sehe ich, dass sie etwas umklammert. Ich versuche zu erkennen, was es ist. Der Briefbeschwerer aus der Diele. Das wird ja immer verrückter. «Joanna …» Ich schaue ihr tief in die Augen, versuche ihr mit meinem Blick zu vermitteln, dass ihre Angst vor mir unbegründet ist. «Ich weiß nicht, was du da tust, aber hör bitte auf damit.»

«Hören Sie doch auf», antwortet sie wie ein kleines, ungezogenes Kind. «Hören Sie auf, so zu tun, als würden wir uns kennen, und gehen Sie bitte.»

Das darf einfach alles nicht wahr sein. Langsam steigt die Befürchtung in mir hoch, dass Joanna vollkommen den Verstand verloren hat.

Ich mache einen weiteren, vorsichtigen Schritt auf sie zu, ohne zu wissen, wie ich auf diese bizarre Situation reagieren soll. Ich muss aufpassen, dass ich nicht die Nerven verliere. «Lass das jetzt endlich, natürlich kennen wir uns.»

Joanna schüttelt den Kopf. «Sie irren sich, wirklich. Woher sollten wir uns denn kennen, Ihrer Meinung nach?»

Verdammt noch mal, langsam reicht es mir. «Entweder du spielst ein abartiges Spiel mit mir, oder ich sollte dich schleunigst ins Krankenhaus bringen. Wir sind verlobt, Jo. Wir leben zusammen.»

Ihre Gesichtszüge entgleisen. Das ist kein Spiel. Sie erkennt mich tatsächlich nicht.

Plötzlich schnellt ihre Hand ohne Vorwarnung nach oben, etwas fliegt auf mich zu, ich drehe mich reflexartig zur Seite, doch es ist zu spät. Der Glaswürfel trifft mich an der Schulter und jagt ein Schmerzfeuerwerk durch meinen ganzen Oberkörper. Ich höre mich selbst aufstöhnen, mir wird schlagartig übel, gleichzeitig habe ich das Gefühl, als trete mir jemand in die Kniekehlen. Meine Beine knicken ein, ich falle schwer auf die Knie und stöhne noch einmal auf. Joanna huscht wie ein dunkler Schatten an mir vorbei und verschwindet im nächsten Moment aus meinem Blickfeld.

Vorsichtig taste ich meine Schulter ab.

Ich glaubte, Joanna mittlerweile recht gut zu kennen, doch nun kommt sie mir so fremd vor, als stecke eine andere Frau in ihrem Körper.

Der Schmerz in der Schulter lässt langsam nach. Ich stütze mich auf dem Boden ab und stemme mich hoch. Das Wohnzimmer schwankt, ich mache zwei, drei vorsichtige Schritte, bis ich mich gegen einen Sesselrücken lehnen kann. Mein Blick wandert zur offen stehenden Wohnzimmertür. Ob Joanna nach draußen gerannt ist? Vielleicht ruft sie sogar die Polizei.

Sie ist krank, daran zweifle ich jetzt nicht mehr. Vielleicht war sie das schon immer. Vielleicht weiß sie es auch und hat mir nur nichts davon gesagt. Vielleicht … ja, vielleicht habe ich die wahre Joanna bisher gar nicht gekannt. Nein, das kann, das *darf* nicht sein. Ich richte mich auf und schaue mich prüfend um. Nichts schwankt, ich stehe wieder sicher.

Ob ich selbst die Polizei rufen soll? Quatsch, was soll die Polizei hier? Es hat keinen Einbruch gegeben. Meine Verlobte hat den Verstand verloren, aber dafür ist wohl eher ein Arzt zuständig. Ein Psychiater. Ich könnte einen Notarzt rufen. Der wird sie wahrscheinlich sofort in eine Psychiatrische Klinik einweisen lassen, wenn er sie so erlebt. Und wenn sie erst mal in diese Mühlen geraten ist ... zumal als Ausländerin mit bisher nur zeitlich begrenzter Aufenthaltserlaubnis. Nein, ich muss erst noch mal mit ihr reden. Wer weiß, was passiert ist, vielleicht ist sie einfach nur völlig verwirrt. Warum auch immer.

Ich schalte das Licht in der Diele ein, und ein heftiger Schmerz durchzuckt die getroffene Schulter. Ich atme tief durch und schaue mich um. Die Haustür ist geschlossen. Wenn Joanna rausgelaufen wäre, hätte sie sie entweder offen gelassen oder aber hastig zugeschlagen, aufgelöst, wie sie ist. Das hätte ich gehört.

Also ist sie wahrscheinlich noch im Haus. Ich gehe zur Treppe, schaue nach oben, aber dann halte ich inne. Etwas stimmt hier nicht. Ich spüre es genau. Langsam drehe ich mich um und lasse meinen Blick wieder durch die Diele wandern. Die Haustür, die Kommode daneben, Zettel auf dem Fußboden, die Garderobe ... Die Garderobe. Eine Faust bohrt sich mir in den Magen. Meine Sachen. Sie fehlen. Dort, wo normalerweise zwei meiner Jacken hängen, sind die Haken leer. Darunter, auf dem Regal ... Ihre Turnschuhe, drei Paar Freizeitschuhe in verschiedenen Farben, das war's. Sie gehören alle ihr. Was zum Teufel ist hier los?

Ich gebe mir einen Ruck, ich muss das herausfinden. Ohne zu zögern gehe ich zur Haustür, öffne sie und werfe einen Blick hinaus. Draußen ist alles ruhig. Die Tür fällt laut ins Schloss zurück. Ich sperre lieber ab, sicher ist sicher. Dann steige ich mit festen Schritten die Treppe nach oben. Joanna soll mich ruhig hören, sie soll wissen, dass ich zu ihr komme. Ich möchte jetzt endlich begreifen, was hier läuft.

Ein Blick ins Badezimmer: Es ist leer. Mit grimmiger Entschlossenheit gehe ich auf die Schlafzimmertür zu, lege die Hand auf die Klinke, drücke sie herunter. Abgesperrt. Aha.

«Joanna.» Es klingt energisch. Nicht wütend, aber doch so, dass sie merkt, es ist mir ernst. «Joanna, lass jetzt den Quatsch. Öffne die Tür, damit wir miteinander reden können. Ich tue dir doch nichts, verdammt.»

Stille. Ich warte. Zehn Sekunden, fünfzehn … Nichts. «Joanna, jetzt denk doch bitte mal nach. Wenn ich dir wirklich was tun wollte, glaubst du, dieses lächerliche Türschloss könnte mich dann davon abhalten, zu dir ins Schlafzimmer zu kommen? Ein Tritt, und es fliegt zum Teufel. Aber ich möchte die Tür nicht zerstören, weil es auch meine Tür ist, verstehst du? Wir wohnen hier zusammen. Und wenn es dir so vorkommt, als stimme das nicht, dann werden wir … Moment. Joanna. Hörst du mich?»

Ich merke, dass ich sehr schnell rede. Das habe ich schon immer getan, wenn ich einen Einfall hatte, den ich dringend erzählen wollte.

«Ich habe eine Idee, Jo. Hörst du? Frag mich was. Etwas, das nur ich wissen kann. Das ich wissen *muss*, wenn wir zusammen in diesem Haus wohnen. Okay? Dann wirst du sehen. Na los, stell mir eine Frage, egal was.»

Wieder herrscht eine Zeitlang Stille, aber dann glaube ich, Geräusche hinter der Tür zu hören. An der Tür. Klack. Die Klinke wird heruntergedrückt, die Tür schwingt langsam nach innen auf. Gott sei Dank.

Joanna steht seitlich vor mir und schaut mich ängstlich an, die Klinke noch in der Hand. Mein Blick richtet sich an ihr vorbei ins Schlafzimmer. Eine eiskalte Hand greift nach meinem Herz. Und zum ersten Mal kommt mir der Gedanke, dass es vielleicht gar nicht Joanna ist, die den Verstand verloren hat. Sondern ich.

Meine Bettdecke, mein Kopfkissen … Mein Kleiderschrank … Alles ist verschwunden.

3

Alles, alles habe ich falsch gemacht, einen Fehler nach dem anderen, das wird mir jetzt klar. Jetzt, während der Fremde an der Türklinke rüttelt.

Sackgasse. Kein Ausweg. Warum bin ich nicht nach draußen gelaufen, statt mich selbst einzusperren? Weil ich mich in meinem eigenen Schlafzimmer geborgener fühle? Was für ein Trugschluss. Hier sitze ich in der Falle, es gibt keinen Notausgang, nur das Fenster.

«Joanna.»

Ich schließe die Augen, presse die Daumenballen dagegen. Geh weg, denke ich, geh doch einfach weg.

«Joanna, lass jetzt den Quatsch. Öffne die Tür, damit wir miteinander reden können. Ich tue dir doch nichts, verdammt.»

Genau. Wir sind ja schließlich verlobt.

Gleich fange ich an zu lachen, aus reiner Hysterie, und dann werde ich nicht mehr aufhören können. Ich atme tief durch und bohre mir die Fingernägel in die Handflächen, bis der Drang nachlässt.

Was weiß ich über Menschen mit Wahnvorstellungen? Eigentlich nichts. Dass man ihnen recht geben soll, um sie nicht zu reizen, daran glaube ich mich zu erinnern.

«Joanna, jetzt denk doch bitte mal nach. Wenn ich dir wirklich was tun wollte, glaubst du, dieses lächerliche Türschloss könnte mich dann davon abhalten, zu dir ins Schlafzimmer zu kommen? Ein Tritt, und es fliegt zum Teufel.»

Sofort rücke ich von der Tür ab. Er spricht weiter, erzählt irgendwas davon, dass es auch seine Tür ist und er sie deshalb nicht kaputt treten möchte, aber mir ist völlig klar, dass er es früher oder später doch tun wird, wenn ich nicht aufmache.

Hektisch blicke ich mich um. Nach einer Waffe, etwas Schwerem. Beim nächsten Mal treffe ich richtig. Setze ihn außer Gefecht. Nur habe ich hier nichts, was sich dafür eignen würde. Ich müsste eine Vorhangstange abmontieren, doch dafür bleibt mir bestimmt nicht genug Zeit.

«Ich habe eine Idee, Jo. Hörst du? Frag mich was. Etwas, das ich nur wissen kann, wenn ich hier mit dir wohne.»

Ich muss an mein Handy. Oder raus auf die Straße, aber beides ist nur möglich, wenn ich diese Tür öffne. Und alle Risiken in Kauf nehme, die damit verbunden sind.

Mir ist übel.

«Na los, stell mir eine Frage, egal was.» Der Mann da draußen klingt jetzt hoffnungsvoll.

Er müsste angeschlagen sein. Der Briefbeschwerer hat ihn getroffen, und ich habe so hart geworfen, wie ich konnte. Ich müsste eine Chance gegen ihn haben.

Okay. Wenn, dann schnell. So, wie man ein Pflaster abzieht. Ich drehe den Schlüssel und mache die Tür auf, im selben Moment wird mir klar, dass ich immer noch im Bademantel dastehe, ich dämliche, dämliche Kuh.

Einen Moment lang lächelt der Mann mich an, dann fällt sein Blick an mir vorbei ins Schlafzimmer. Das Lächeln erlischt mit einem Schlag, wird abgelöst von … Fassungslosigkeit. Ungläubigkeit.

Wer weiß, was er sieht, was seine Krankheit ihm vorgaukelt. Vielleicht steht er ja auch unter Drogen.

Die Gelegenheit ist zu gut, um sie aus Angst verstreichen zu lassen. Ich schlüpfe durch die Tür, quetsche mich an ihm vorbei, gleich bin ich an der Treppe, und dann …

Ich schaffe genau zwei Schritte, dann ist er bei mir und packt mich am Oberarm.

«Bleib hier.» Es klingt eher bittend als drohend, aber der Griff um meinen Arm lockert sich dennoch nicht. «Wir reden jetzt miteinander, gut? Jo? Lass uns reden, bitte.»

Ich versuche noch einmal, mich loszureißen. Wenn ich an mein Handy komme und mich unten in die Toilette einschließen kann …

Doch obwohl seine Schulter ihm sichtlich zu schaffen macht, habe ich keine Chance gegen ihn. Er zieht mich wieder ins Schlafzimmer, schließt die Tür und lehnt sich dagegen.

Meine Angst kehrt zurück, mit voller Wucht. Ich könnte immer noch versuchen, das Fenster zu öffnen und hinauszubrüllen. Ja, das hätte ich gleich machen sollen. Statt die Tür aufzusperren.

Der Fremde lässt mich keine Sekunde lang aus den Augen. Schüttelt langsam den Kopf. Atmet zittrig ein. «Du erkennst mich wirklich nicht, oder?»

«Nein. Wirklich nicht.»

Er lacht kurz auf, es klingt alles andere als heiter. «Dann hast du wahrscheinlich auch keine Ahnung, was mit meinen Sachen passiert ist.»

Wie bitte? Seinen Sachen?

Die Ratlosigkeit muss mir deutlich ins Gesicht geschrieben stehen, denn der Fremde weist mit ausgestrecktem Finger auf das Bett.

«Meine Decke. Mein Kissen. War beides noch hier, als ich heute Morgen aufgestanden bin. Von meinem Kleiderschrank ganz zu schweigen. Oder den Schuhen und Jacken unten in der Garderobe.» Er kommt einen Schritt auf mich zu, bleibt aber stehen, als ich zurückweiche.

«Wenn ich ins Bad gehe, finde ich dort auch meine Zahnbürste nicht mehr, richtig? Mein Aftershave? Mein Duschgel?»

Er muss sich eine ganze Welt zusammengesponnen haben, in allen Details. Ein Leben, das es nicht gibt.

Was, wenn ich mitspiele? Einfach so tue, als würde mir nach und nach alles wieder einfallen? Würde er mir das jetzt noch glauben?

Ich sehe ihm direkt in die Augen, obwohl es mir schwerfällt, den Blick nicht abzuwenden. Da ist etwas an ihm, das mich wünschen lässt, ich hätte ein Messer. Mit dem ich zustechen könnte. Immer wieder.

Mein Gott, was denke ich da eigentlich?

Ich presse die Hände gegen die Stirn, und der Drang, mich gewaltsam aus dieser Situation zu befreien, verschwindet. «Sie irren sich. Ich wohne allein hier, seit ich dieses Haus gemietet habe. Es gibt kein zweites Kissen und keine zweite Decke und ganz bestimmt auch kein Aftershave im Bad.»

«Verdammt noch mal, Joanna.» Er versucht so etwas wie ein Lächeln. «Was soll ich nur mit dir machen?»

Die Frage lässt mich erneut zurückweichen. Nichts, gar nichts soll er mit mir machen. Er soll nur gehen.

«Ich fand Ihren Vorschlag gut, vorhin.» Meine Stimme schwankt ein wenig. «Wir machen es so, wie Sie wollten. Ich stelle Ihnen Fragen, die Sie nur beantworten können, wenn Sie wirklich hier wohnen. Und wenn Sie mich so gut kennen, wie Sie behaupten.»

Er nickt, während sein Blick über das Bett, die Wände, den Boden irrt. Sich schließlich wieder an mir verhakt.

«Okay.» Ich durchforste meine Erinnerungen, suche nach etwas, das auch der gewitzteste Stalker nicht herausfinden kann. Fakten, die weder auf Facebook noch auf meiner Homepage aufscheinen.

Aber der Stress fordert seinen Tribut, mir fällt nur banales Zeug ein, nichts Eindeutiges. Nichts, womit er mich überzeugen könnte, wenn er es wüsste.

Also beginne ich mit etwas Beliebigem. Einer alten Gewohnheit. «Sie haben natürlich herausgefunden, was ich beruflich mache.»

«Du bist Fotografin.» Er sagt es langsam, aber ohne zu zögern. «Du machst ein Praktikum bei Manuel Helfrich, weil du seine Arbeit so bewunderst, das ist einer der Gründe, weswegen du nach Deutschland gekommen bist. Deine Bilder sind wunderbar, ich liebe deine Porträts. Du hast mich so oft fotografiert …»

Ich will etwas einwenden, doch er lässt mich nicht zu Wort kommen. «Du hattest ein Lieblingsbild von mir», sagt er, «das hast du gerahmt, und bis heute Morgen hing es genau dort.» Er deutet an die Wand, an eine Stelle über der Kommode.

«Das ist erstens Blödsinn, und zweitens habe ich danach nicht gefragt!» Noch während ich das sage, wird mir bewusst, wie unvorsichtig das ist. Nur weil er mir bisher nichts angetan hat, muss das noch lange nicht so bleiben. Ihn vor den Kopf zu stoßen ist eine schlechte Idee.

«Entschuldigung», murmele ich. «Aber ich würde jetzt gerne meine Frage stellen.»

Er nickt. Fordert mich mit einer mutlosen Geste zum Weitersprechen auf.

«Wenn ich Leute fotografiere, die nervös sind und sich vor der Kamera unwohl fühlen, spiele ich ihnen zu Beginn der Session immer ein Lied vor. Ein ganz bestimmtes. Welches ist das?»

Er öffnet den Mund. Schließt ihn wieder. «Das weiß ich nicht. Ich war ein paarmal bei dir im Studio, aber sobald Kunden kamen, hast du mich jedes Mal rausgeschmissen. Weil Dritte bei einer Fotositzung genauso wenig zu suchen haben wie bei einem Date, meintest du.»

Ich kann fühlen, wie mein Magen sich verkrampft. Er kennt das Lied nicht, wie erwartet – doch der Rest klingt stark nach mir. Eigentlich sogar wortwörtlich.

Aber das muss noch nichts heißen.

Neue Frage. Schnell.

«Wie lautet mein mittlerer Name?»

Wenn er mich kennt, dann kennt er den auch. Dann habe ich ihn raten lassen, so wie ich es bei allen neuen Bekanntschaften tue, meistens beim dritten oder vierten Glas Wein. Er wird gescheitert sein, wie alle anderen. Doch am Ende löse ich auf. Immer.

Der Fremde blickt zur Seite, als könne er nicht glauben, was ich ihn gerade gefragt habe. Einen Moment lang denke ich, er bricht gleich in Lachen aus. Als er wieder spricht, ist seine Stimme leise. «Du hast ihn mir nicht gesagt. Noch nicht. Du wolltest, dass ich ihn selbst errate, aber ich habe es bisher nicht geschafft.»

Mein Mund ist trocken, ich würde viel für einen Schluck Wasser geben. Wieder hat der Mann meine Frage nicht beantwortet, wieder liegt er mit dem, was er sagt, nahe an der Wahrheit.

Du wolltest, dass ich ihn selbst errate.

Er kann seine Informationen nicht nur aus dem Netz haben. Oder daher, dass er mir nachgeschlichen ist. Er muss mit Menschen gesprochen haben, die mich kennen. Die ihm erzählt haben, wie ich ticke, was ich mag, was ich verabscheue …

Er blockiert immer noch die Tür. Sein Blick wandert über mein Gesicht, als suche er dort etwas, das verlorengegangen ist.

«Noch eine Frage», sagt er. «Etwas anderes, etwas, das mehr mit dir selbst zu tun hat, mit deiner Geschichte, mit diesem Haus, mit unserem Leben.»

«Ich habe Ihnen zwei Fragen gestellt, und Sie konnten mir keine davon beantworten.»

Er schließt gequält die Augen. «Bitte», sagt er. «Hör auf, so mit mir zu sprechen. *Sie* zu sagen. Du kannst dir nicht vorstellen, wie …» Er unterbricht sich selbst. «Du weißt nicht mehr, wie ich heiße, oder?»

Ich verschränke die Arme vor der Brust. «Das wusste ich noch nie.»

Fassungsloses Kopfschütteln. «Es ist so … unglaublich.»

«Tut mir leid. Aber zur Abwechslung könnte ja ich mal raten.» Jetzt wirkt der Mann verletzlich, und allmählich habe ich die Hoffnung, die Situation vielleicht doch in den Griff zu bekommen. So weit zumindest, dass ich aus diesem Zimmer fliehen kann.

Mein Vorschlag lässt die Augen des Fremden aufleuchten. «Ja – das ist eine großartige Idee! Vielleicht hat dein Unterbewusstsein die Information gespeichert, dann bekommen wir auch den Rest wieder zu fassen.» Er macht einen Schritt auf mich zu. «Nenne einfach den ersten Namen, der dir in den Sinn kommt», sagt er in beschwörendem Ton. «Ohne nachzudenken.»

Das tue ich, genau, wie er es verlangt, und das Ergebnis ist überraschend eindeutig: «Ben.»

Daneben. Das kann ich ganz klar an seinem Gesicht ablesen. In jeder anderen Situation würde seine Enttäuschung mein Mitleid wecken. Aber jetzt verschafft sie mir einen weiteren Vorteil, den ich ausnutzen muss.

«Okay, dann nicht Ben. Ich stelle Ihnen …, Entschuldigung, ich stelle dir noch eine Frage. Eine letzte, gut?»

Er nickt resigniert, auf eine Art, die zeigt, dass er sich nichts mehr davon erhofft.

«Dort in der Wand, über dem Schrank – siehst du es? Das kleine, runde Loch?»

Nein, tut er nicht, kann er gar nicht, von seiner Position aus. Ich winke ihn näher, auch wenn mir nicht wohl ist dabei. «Da, siehst du es? Woher stammt es?»

Ich trete zurück, um ihm Platz zu machen. Einen Schritt, noch einen, in Richtung Tür. Wenn er sieht, dass da gar nichts ist, will ich schon draußen sein und so viel Abstand zwischen uns gebracht haben, dass er mich nicht mehr erwischen kann.

«Da war doch nie …», höre ich ihn noch sagen, als ich schon die Tür aufreiße, auf den Flur renne, da ist die Treppe, schnell, immer zwei Stufen auf einmal, nur jetzt bitte, bitte nicht hinfallen.

«Joanna!»

Natürlich kommt er mir nach, aber ich bin fast schon unten, fast schon an der Tür …

Die abgesperrt ist.

Mein Schlüsselbund hängt am Haken, wo er hingehört. Ich greife danach, er rutscht mir aus den Fingern, fällt klirrend zu Boden.

«Jo! Bitte, du kannst doch so nicht rauslaufen!»

Ich habe ihn wieder, den Schlüssel, und es bleibt noch Zeit. Ich treffe das Schloss gleich beim ersten Mal, drehe ihn einmal herum, zweimal, drücke die Klinke hinunter. Kühle Abendluft schlägt mir entgegen.

Dann ein Ruck. Ich werde zurückgerissen mit einer Wucht, die mich zu Boden gehen lässt. Im nächsten Moment fällt die Tür donnernd wieder ins Schloss.

Ich springe auf, will an ihm vorbei, solange er noch nicht wieder abgesperrt hat, doch er packt meine Arme, so fest, dass ich aufschreie.

«Willst du wirklich, dass sie dich alle so sehen?», brüllt er. «Legst du es darauf an, dass sie dich einliefern?»

Ich wehre mich gegen seinen Griff, mit aller Kraft, aber ich habe keine Chance. Also lasse ich mich einfach fallen.

Damit hat er nicht gerechnet, ich bringe ihn aus dem Gleichgewicht, fast fällt er auf mich. Im letzten Moment dreht er sich zur Seite, ohne meine Handgelenke loszulassen.

Erst jetzt merke ich, dass ich weine.

Er sieht es auch. Legt seine Stirn gegen meine, sein Atem geht stoßweise. «Du brauchst Hilfe, Jo.»

Damit hat er verdammt recht. Und sobald er mich loslässt …

«Sieh mich an», verlangt er. Seine Stimme klingt, als wäre er selbst den Tränen nah.

Ich tue, was er sagt. Unsere Gesichter sind so eng beieinander, dass ich für einen Moment befürchte, er will mich küssen.

«Lassen Sie … lass mich los.»

Er schüttelt den Kopf. «Erik», stößt er hervor. «Ich bin Erik.» Er wartet, als würde er tatsächlich glauben, der Name könnte mir etwas sagen.

«Erik», wiederhole ich folgsam und fühle, wie sich im nächsten Moment sein Griff lockert, als wäre der Name ein Passwort.

Ich befreie meine Hände mit einem Ruck, bäume mich auf, versuche, ihn von mir zu stoßen, doch schon im nächsten Moment drückt das Gewicht des Mannes mich wieder zu Boden. Sein Atem ist heiß in meinem Gesicht.

«Tu das nicht, Jo. Ich will dir doch helfen. Und ich werde dir helfen.»

Sein letztes Wort wird von einem lauten Gong untermalt. Die Klingel. Jemand ist an der Tür.

4

Ich fahre zusammen. Nie zuvor ist mir die Türklingel so laut erschienen wie in diesem Moment. Joannas Gegenwehr erstirbt augenblicklich, ich fühle sie unter mir erstarren.

In ihren Augen blitzt die Hoffnung auf, dass vor der Tür jemand steht, der ihr hilft. Meine Gedanken überschlagen sich. Wir erwarten niemanden.

Irrsinnigerweise habe ich ein schlechtes Gewissen, mehr noch, ich spüre einen Anflug von Panik. Gerade so, als wäre ich wirklich ein Einbrecher oder ein Verrückter.

Ich wische den Gedanken beiseite, das ist ja lächerlich. Aber ich möchte nicht, dass jemand Joanna in diesem Zustand sieht. Kann es sein, dass sie die Polizei gerufen hat?

«Hilfe! Bitte helfen Sie mir!» Joannas Mund ist nur wenige Zentimeter von meinem Ohr entfernt. Ihr Schreien hinterlässt einen hohen, schmerzhaften Ton in meinem Kopf.

«Verdammt, sei doch still», zische ich ihr zu und widerstehe dem Impuls, ihr die Hand auf den Mund zu legen. Im selben Moment wird mir bewusst, dass ich schnell reagieren muss, wenn die Situation nicht eskalieren soll. Ich drehe mich zur Seite und gebe Joannas Körper frei. Noch bevor ich mich vollkommen aufgerichtet habe, ist sie schon aufgesprungen und an der Tür, reißt sie auf und macht einen Satz nach draußen. «Gott sei Dank», stößt sie hervor. «Ich bin überfallen worden, dieser Mann ist in mein Haus eingedrungen.»

Das Herz schlägt mir bis in den Hals. Die offene Tür versperrt mir den Blick. Ich muss zwei Schritte zur Seite treten, dann stehe ich Bernhard Morbach gegenüber. Er schaut mich überrascht an, Joanna kauert hinter ihm.

Bernhard ist Abteilungsleiter bei Gabor Energy Engineering. Er war noch nie bei mir zu Hause, aber die Notebooktasche über seiner Schulter lässt mich ahnen, was der Grund für diese Premiere ist. Ausgerechnet jetzt. Der Tag heute in der Firma war sowieso schon eigenartig genug, ohne dass ich beschreiben könnte, woran genau es gelegen hat. Wenn nun Bernhard morgen noch herumerzählt, was er gerade hier erlebt …

«Erik …» Bernhard wendet sich irritiert zu Joanna um, die ihren Bademantel am Hals zusammenhält. Er mustert sie von oben bis unten und sieht dann mich an. «Ich verstehe nicht. Was ist hier los?»

Als Joanna meinen Namen hört, werden ihre Augen größer. Ich sehe ihr die Verwirrung an, sehe, wie sie einen Schritt zurück macht, und mir wird klar, was als Nächstes passieren wird. Mir bleibt keine Wahl. Noch während sie sich umdreht um wegzulaufen, bin ich mit einigen großen Schritten an Bernhard vorbei. Von hinten lege ich einen Arm um Joannas Brust und Oberarme. «Jo, bitte», zische ich ihr zu, als sie versucht, sich aus meiner Umklammerung zu befreien. «Du musst wieder reinkommen.»

«Auf keinen Fall! Sie stecken doch beide unter einer Decke. Lassen Sie mich.» Joannas Brustkorb dehnt sich unter einem tiefen Atemzug, doch bevor sie schreien kann, presse ich meine Hand auf ihren Mund. Hastig sehe ich mich um und registriere Bernhards ungläubigen Blick, aber jetzt ist keine Zeit für lange Erklärungen.

«Komm mit», keuche ich und schleife die sich windende und nach mir tretende Joanna unter Aufbietung aller Kraft zurück ins Haus. Sie versucht, mir in die Handfläche zu beißen, aber ich gebe nicht nach.

Endlich habe ich es bis in die Diele geschafft. Bernhard folgt uns tatsächlich ins Haus. Ich lasse Joanna los, haste zur Tür und schlage sie zu. Mit einer schnellen Bewegung drehe ich den Schlüssel im

Schloss und ziehe ihn ab, während irgendwo hinter mir mit einem dumpfen Knall eine weitere Tür zugeschlagen wird. Langsam wende ich mich um und atme durch.

«Sie … ist da rein», bringt Bernhard hervor und deutet zur Küche. «Kannst du mir sagen, was das alles zu bedeuten hat? Ich meine … das ist doch die Joanna, von der du schon öfter erzählt hast?»

Ich signalisiere ihm mit der Hand, dass er sich gedulden soll.

Die Küche ist leer. Joanna ist entweder ins Wohnzimmer gelaufen, oder sie hat sich in der Vorratskammer versteckt. Mit ein paar Schritten habe ich die Tür erreicht, lege die Hand auf die Klinke. Abgeschlossen. In ihrer Verwirrung hat Joanna sich also ausgerechnet im einzigen fensterlosen Raum des Erdgeschosses versteckt.

Ich wende mich ab und gehe zu Bernhard zurück, der nervös in der Diele auf und ab wandert.

«Sie hat sich in der Vorratskammer eingeschlossen», beginne ich meine Erklärung und bleibe stehen. «Ich weiß nicht, was los ist, aber Jo ist vollkommen durcheinander. Seit ich heute Abend nach Hause gekommen bin, erkennt sie mich nicht mehr. Ich möchte nicht, dass jemand sie so sieht, deshalb …» Ich zögere und überlege, dass dieser Erklärungsversuch auf Bernhard seltsam wirken muss. Er steht da und schaut mich ratlos an.

Ich schüttele den Kopf. «Tut mir leid, dass du Jo so kennenlernst. Sie ist normalerweise ganz anders. Ich verstehe das auch nicht. Du weißt ja, dass sie Australierin ist, sie soll eigentlich bald zurück, aber das möchte sie nicht, weil wir … Und ich will auch unbedingt, dass sie hierbleibt. Aber wenn jemand sie in diesem Zustand sieht, wird man sie für verrückt halten. Dann wird alles noch viel komplizierter, verstehst du? Deswegen habe ich sie … Deswegen möchte ich nicht, dass sie draußen schreiend herumrennt.»

Endlich nimmt Bernhard seine Tasche von der Schulter und stellt sie neben sich an der Wand ab. «Verstehe …» Sein Gesicht drückt das genaue Gegenteil aus. «Hatte sie so was vorher schon mal?»

«Nein. So habe ich sie noch nie erlebt.» Ich schaue zur Küche hinüber. Von meinem Standort aus kann ich ein schmales Stück der Tür zur Vorratskammer sehen. Was tut Joanna jetzt dadrinnen? Was geht in ihr vor? Sitzt sie vor Angst zitternd auf dem Boden und denkt darüber nach, wie sie dem Verrückten entkommen kann, der in ihr Haus eingedrungen ist und behauptet, hier mit ihr zusammenzuleben?

Ich wende mich ab und wische mir mit einer schnellen Bewegung über die Augen, bevor ich Bernhard wieder ansehe. «Heute Morgen war alles noch in bester Ordnung. Sie war gut gelaunt, als ich losgefahren bin. Irgendwann im Laufe des Tages muss etwas vorgefallen sein, das diese … Verwirrung ausgelöst hat. Ich hoffe, das wird sich von selbst wieder legen, sonst weiß ich nicht, was ich tun soll.» Ich reiße mich zusammen, diese Gedanken helfen jetzt niemandem weiter. Mein Blick streift die Notebooktasche am Boden. Ich deute mit dem Kinn darauf. «Ist das der Grund deines Besuchs?»

«Was? Ach so, ja. Ich fliege morgen früh nach London und kann die Präsentation nicht mehr finden, die einer deiner Jungs mir heute Nachmittag von meinem Arbeitsplatz aus auf das Notebook übertragen hat.» Er stockt und schaut kurz zur Küche herüber. «Aber ich sehe schon, es ist jetzt ein ungünstiger Moment, ich versuche es bei Alex.»

Er hat recht, der Moment ist äußerst ungünstig, aber ich werde auf keinen Fall zulassen, dass auch Alex gleich noch erfährt, was bei uns los ist. «Ach Quatsch», sage ich deshalb und deute in Richtung des Wohnzimmers. «Komm mit, wir schauen uns das mal an.»

Wir sitzen beide auf der Couch, als ich den Computer anschalte. Interessiert blickt Bernhard auf das Display und tut so, als könne er mit den Systemmeldungen beim Hochfahren etwas anfangen.

«Was machst du eigentlich in London?», frage ich, um die Zeit zu überbrücken. Bernhard zögert.

«Ach, das ist wegen dieses neuen Projektes. Du hast ja davon gehört.» Er senkt den Blick.

34

«Oh. Das. Ja, ich habe mitbekommen, dass es bald so weit ist. Aber nur durch Zufall. Wie du sicher weißt.» Der alte Ärger kommt wieder hoch.

Die Sache ist Bernhard sichtlich unangenehm. Während ich versuche, mich wieder auf das Notebook zu konzentrieren, wandert sein Blick in Richtung Küche. Er sucht etwas, um das Thema zu wechseln.

«Es geht mich ja nichts an, aber ich war ja nun mal gerade bei dieser … Situation dabei, und ich musste an eine Bekannte denken. Der ging es mal ganz ähnlich. Es war bald wieder vorüber, aber sie hat damals überhaupt niemanden mehr erkannt. Nur ist sie auch noch aggressiv geworden, gegen sich selbst und andere. Schlimme Sache. Ist das bei Joanna auch so? Ich meine … Du sagtest, sie erkennt dich plötzlich nicht mehr. Aber ist sie auch auf dich losgegangen?»

Ich finde die Frage merkwürdig, aber merkwürdige Situationen ziehen wohl auch merkwürdige Fragen nach sich. Und das, was Bernhard erlebt hat, seit er vor unserer Tür angekommen ist, legt Fragen dieser Art wahrscheinlich nahe. Zudem ist ihm diese Sache mit dem neuen Projekt sichtlich unangenehm. Letztendlich kann ich froh sein, dass er so reagiert und nicht einfach gegangen ist, bevor ich überhaupt die Gelegenheit hatte, etwas zu erklären.

«Sie hat etwas nach mir geworfen, aber das war eine ganz normale Reaktion, aus Angst. Immerhin geht sie davon aus, ich sei ein Fremder, der in ihr Haus eingedrungen ist. Sonst war nichts, aber das reicht mir auch völlig.»

Bernhard nickt. «Na ja, dann ist es zumindest anders als bei meiner Bekannten. Wer weiß, vielleicht geht es ihr morgen früh schon wieder besser?»

«Ja, das hoffe ich sehr.» Ich merke, dass ich das Display des Notebooks anstarre, ohne irgendetwas zu sehen.

Trotzdem brauche ich nicht lange, um die gesuchte Präsentation im Papierkorb zu finden. Jemand hat sie gelöscht. Das war bestimmt

Bernhard selbst, aber wenn ich ihm das sage, wird er es weit von sich weisen. So, wie es fast alle Computernutzer tun, wenn sie etwas verbockt haben. Außerdem bin ich froh, wenn er wieder weg ist und ich mich um Joanna kümmern kann.

Ich stelle die Datei wieder her und öffne sie. «Ist das die Präsentation?»

Bernhard klickt ein paarmal hin und her, dann nickt er erleichtert. «Ja, das ist sie. Gott sei Dank. Wo war sie?»

«Du konntest sie nicht finden», weiche ich aus.

Ich klappe das Notebook zu und stehe auf. Bernhard zögert noch. «Sag mal, kann ich dir irgendwie helfen? Ich meine, wenn ich etwas für dich und Joanna tun kann …»

«Nein, danke. Ich werde jetzt in Ruhe mit ihr reden. Ich bin sicher, es geht ihr bald wieder besser. Sie hat eine Menge Behördengänge und Papierkram vor sich, vielleicht ist sie einfach nur gestresst.»

Ich hoffe, Bernhard hört meiner Stimme nicht an, wie wenig ich selbst von dem überzeugt bin, was ich gerade gesagt habe. Er packt den Computer in die Tasche und erhebt sich ebenfalls.

«Also gut. Ich würde mir an deiner Stelle überlegen, ob ich morgen früh in die Firma gehe.»

So weit habe ich noch gar nicht gedacht. Was, wenn sich Joannas Zustand bis morgen früh nicht gebessert hat? Wenn sie noch immer der Meinung ist, ich sei irgendein fremder Spinner, der in ihr Haus eingedrungen ist?

«Mal sehen. Ich denke aber, das wird schon gehen.»

Ich begleite ihn zur Tür. In der Diele bleibt er stehen, die Augen auf den Durchgang zur Küche gerichtet. «Soll *ich* vielleicht mal versuchen, mit ihr zu reden? Wenn ich ihr auch versichere, dass sie mit dir zusammen hier wohnt, vielleicht glaubt sie dir dann?»

Es ist sicher gut gemeint, aber ich möchte nicht, dass in dieser Situation jemand mit ihr redet, der ihr tatsächlich fremd ist. Außerdem hat sie ja eben schon klargestellt, dass sie denkt, wir beide steckten unter einer Decke. Nein, wenn es jemand schaffen kann,

Joannas Erinnerungen an mich wieder zurückzuholen, dann bin ich das selbst.

«Danke, das ist nett von dir, aber ich denke, es ist besser, wenn ich mit ihr spreche.»

Er zuckt die Achseln und wendet sich der Tür zu. «Also gut. Ich wünsche dir viel Glück und … Ja … Alles Gute.»

«Danke.»

Ich warte, bis er sich ein paar Schritte entfernt hat, dann gehe ich ins Haus zurück. Eine Weile bleibe ich am Blücheneingang stehen und starre die Tür zur Vorratskammer an. Nichts zu hören. Wahrscheinlich hockt Joanna auf dem Boden und lauscht ebenso angestrengt. Meine Joanna.

Ich gehe auf die Tür zu und hebe die Hand. Zögere. Und klopfe schließlich vorsichtig an.

«Jo?», sage ich so leise, dass sie mich wahrscheinlich gar nicht hören kann. Ich räuspere mich und wiederhole lauter: «Jo? Bitte, ich muss mit dir reden.»

5

Es ist dunkel, und der Lichtschalter ist draußen. Vor der verschlossenen Tür. Draußen sind auch die Stimmen. Die von dem Mann, der sich Erik nennt, und die von dem zweiten, der bloß dagestanden und zugesehen hat, wie ich von seinem Kumpel gewaltsam ins Haus zurückgezerrt wurde.

Sie reden, aber nicht sehr laut. Ich warte darauf, dass irgendwann ein Lachen kommt, einmütig und komplizenhaft, aber das passiert nicht. Ihre gedämpften Stimmen klingen ernst.

Eng ist es hier. Voll. Mit der rechten Hand ertaste ich eine vertraute Form, hart und rund. Eine Konservendose, vermutlich geschälte Tomaten. Gut. Das ist eine Waffe, mit der ich leben kann, sie fühlt sich tröstlich an zwischen meinen Händen.

Eine Zeitlang versuche ich noch, wenigstens Wortfetzen dessen zu verstehen, was die beiden Männer sprechen, dann gebe ich es auf.

Erik. Der Mann mit der Tasche über der Schulter hat diesen Namen wie selbstverständlich verwendet. Er war auch keine Sekunde lang erstaunt, den Fremden in meinem Haus zu sehen – wenn etwas ihn verblüfft hat, dann war ich das. Ich und mein Verhalten.

Das bedeutet, dieser … Erik muss ihm das gleiche verrückte Märchen aufgetischt haben wie mir. Dass er hier wohnt und eine Beziehung mit mir hat.

Also ist er vielleicht doch kein Komplize? Ich weiß es nicht. Keiner meiner Gedanken erscheint mir mehr logisch. Mein Kopf dröhnt, ich erinnere mich dunkel, ihn mir während meines missglückten Fluchtversuchs vorhin am Boden angeschlagen zu haben.

Aber zumindest weiß ich noch, wo ich die Flaschen mit Mineralwasser deponiert habe. Trinken hilft, die Kopfschmerzen lassen nach.

Etwas später höre ich, wie die Eingangstür ins Schloss fällt. Der Mann mit der Tasche ist gegangen, vermute ich, und er wird keinen Finger für mich rühren.

Ich kauere mich in meiner Ecke zusammen. Gleich wird die Pause vorbei sein, das Spiel weitergehen. Ich warte auf Eriks nächsten Zug, trotzdem lässt das plötzliche Klopfen an der Tür mein Herz einen Schlag aussetzen.

«Jo?» Seine Stimme ist leise und drängend. «Jo? Bitte, ich muss mit dir reden.»

Das also wieder. Diesmal bekommt er keine Antwort von mir. Schweigen. Totstellen.

«Jo? Hörst du mich nicht?» Wieder Klopfen. «Geht es dir gut? Ist alles in Ordnung?»

Und wenn nicht? Was machst du dann, Arschloch?

Die Antwort lässt nicht lange auf sich warten. Ich höre ein Klirren, ganz offensichtlich durchstöbert der Kerl die Küchenschubladen. Kurze Stille, dann das Geräusch von Metall auf Metall, ganz nah.

Er hat etwas gefunden, um die Tür damit aufzubrechen.

«Ich bin okay.» Meine Stimme ist heiser vor Widerwillen, aber immerhin hört Erik auf, das Schloss zu bearbeiten.

«Gott sei Dank», sagt er. «Tut mir leid, dass ich dich vorhin so fest angefasst habe, aber …» Er stockt.

In mir kocht plötzlich Wut hoch, so übermächtig, dass sie meine Angst völlig verdrängt. Mit einem Mal wünsche ich mir fast, dass der Irre da draußen doch die Tür aufbricht und ich mich mit meiner ganzen Kraft gegen ihn werfen kann. Auf ihn einprügeln, bis er sich nicht mehr rührt. Oder auf ihn einstechen, wenn ich das große Küchenmesser zu fassen kriege …

Das Bild ist sehr lebendig in meinem Kopf, verselbständigt sich, und es gefällt mir erschreckend gut. Ich wusste nicht, dass Hilflosigkeit und Gewaltphantasien so unmittelbar Hand in Hand gehen können.

Aber bisher hat körperlicher Widerstand nichts genutzt. Im Gegenteil. Zeit, die Strategie zu ändern.

«Erik?» Ich lasse es klingen, als wäre ich den Tränen nah.

«Ja?»

«Kannst du das Licht für mich anmachen? Bitte?»

«Was? Ja, natürlich. Ich wusste nicht, dass du im Dunkeln sitzt.»

Die Sparlampe unter dem billigen Milchglasschirm an der Decke flackert auf, taucht die vollgestopften Regale in trübes Licht.

Die Dose in meiner Hand enthält tatsächlich geschälte Tomaten.

«Besser so?»

«Viel besser. Danke.»

Es entsteht eine kurze Pause. Als der Mann vor der Tür wieder spricht, ist seine Stimme mit meinem Kopf auf gleicher Höhe. Offenbar sitzt er auf dem Boden. Oder kniet.

«Hör mir zu, Jo. Wir kommen mit dieser Situation nicht alleine klar, wir brauchen Hilfe.» Er klingt erschöpft. Das ist gut. Irgendwann wird er schlafen müssen.

«Ich möchte morgen mit dir zu einem Arzt fahren, damit wir herausfinden, was passiert ist. Vielleicht war der Stress der letzten Wochen zu viel, oder …»

Er beendet den Satz nicht.

«Zu einem Arzt?», frage ich leise.

«Ja, Jo. Bevor es noch schlimmer wird. Wenn ich es nicht verhindert hätte, wärst du heute zweimal schreiend und halb nackt auf die Straße gelaufen. Ich will nicht, dass sie dich in die Psychiatrie einweisen, unsere Situation ist doch so schon schwierig genug.»

Sein Ton ist beschwörend und sanft zugleich, aber mir ist völlig klar, welche Absicht hinter seinen Worten steckt. Er will, dass ich an meinem Verstand zweifle, nicht an seinem.

«Du kannst dir nicht vorstellen, wie weh mir das tut, was da gerade passiert», fährt er fort. «Gestern hast du mir noch gesagt, dass du mich liebst, heute weißt du nicht einmal mehr, wer ich bin.»

Seine Worte werden leiser und leiser. Entweder, er glaubt selbst an das, was er da von sich gibt, oder er ist ein wirklich guter Schauspieler.

«Jo?»

«Ja?»

«Ich liebe dich, und ich finde es furchtbar, dir das antun zu müssen, aber ich kann dich diese Nacht nicht hier rauslassen. Ich kann nicht riskieren, dass du aus einem der Fenster um Hilfe schreist oder noch einmal versuchst, wegzulaufen.»

Wäre es nicht so traurig, müsste ich darüber lachen. Ich habe meine Zelle selbst gewählt, mich ausgerechnet an dem Ort eingeschlossen, von dem aus ich mich am wenigsten bemerkbar machen kann. Ich bin ein wirklich kooperatives Opfer.

«Aber ich bleibe hier», fügt er hinzu. «Ich lege mich direkt vor die Tür, ich lasse dich nicht alleine. Falls du etwas brauchst …»

Ich gebe ihm keine Antwort. Es war ja klar, dass er mir jeden Weg nach draußen abschneiden würde.

In den Regalen bewahre ich meinen Vorrat an sauberen Putztüchern auf, die lege ich mir unter den Kopf und schließe die Augen. Es ist von innen abgeschlossen, Erik kann also nicht zu mir herein. Ich könnte es riskieren, einzuschlafen, aber meine Gedanken kommen nicht zur Ruhe. Immer wieder kreisen sie um die Ereignisse dieses furchtbaren Abends, Augenblick für Augenblick. Sie lassen sich nicht wegdrängen …

Und dann, es müssen mindestens zwei Stunden vergangen sein, fügt sich mit einem Schlag alles zu einem Bild zusammen, glasklar und logisch bis ins letzte Detail.

Was Erik in erster Linie will, ist, dass ich ihm glaube. Dass ich denke, mit mir stimme etwas nicht. Deshalb lässt er diesen Freund hier aufkreuzen, der so tut, als sei Eriks Anwesenheit im Haus selbstverständlich. Wahrscheinlich darf ich in den nächsten Tagen noch mit einigen dieser Begegnungen rechnen.

Und dann der Arztbesuch. Der nächste Akt, gewissermaßen, in dem ich aus berufenem Mund erfahren werde, dass ich eine Schraube locker habe. Jede Wette.

Wenigstens über eines muss ich mir keine Sekunde länger den Kopf zerbrechen: über das Motiv meines fürsorglichen Verlobten auf der anderen Seite der Tür. Wenn man meinen Namen kennt, ist es kein großes Kunststück herauszufinden, wer ich bin. Und vor allem, wer mein Vater ist. Dann kann man durchaus einmal auf die kreative Idee kommen, mir einreden zu wollen, man wäre mit mir verlobt. Vielleicht glaube ich es ja eines Tages, und zack – schon hat man in die drittreichste Familie Australiens eingeheiratet.

Tja. Aber da ist Erik leider an die Falsche geraten.

Ich rolle mich zusammen, versuche, eine erträgliche Schlafposition zu finden, und schließe die Augen. Zumindest ist nicht zu befürchten, dass er beabsichtigt, mir im Schlaf die Kehle durchzuschneiden. Tote Milliardärstöchter kann man nicht mehr ausnehmen.

«Jo?» Ein Pochen an der Tür. «Es ist fast acht, in einer Stunde haben wir einen Termin bei Dr. Dussmann. Ich habe gerade eben mit ihm telefoniert, er schiebt uns als Notfall ein.»

Regale, Konserven, Putzmittel. Für die Dauer einiger Herzschläge weiß ich nicht, wo ich bin, dann stürzen die Ereignisse des gestrigen Tages mit einem Schlag wieder auf mich ein.

«Bist du wach, Jo?»

«Ja.» Mein ganzer Körper schmerzt vom harten Liegen, ich komme kaum vom Boden hoch.

«Ich habe dir Sachen zum Anziehen geholt. Wenn du die Tür aufsperrst, reiche ich sie dir hinein.»

«Ich möchte duschen.» Das ist kein Vorwand, sondern die reine Wahrheit. Nach der vergangenen Nacht schreit alles in mir nach heißem Wasser und Seife.

Erik sagt nichts. In sein Zögern hinein sperre ich die Tür auf.

Er steht mir direkt gegenüber, meine schwarzen Jeans, ein grünes Shirt und frische Unterwäsche in den Händen. Er wirkt müde, keine Frage, aber seine Augen sind wachsam. Sobald ich eine schnelle Bewegung mache, wird er sich wieder auf mich stürzen, so wie gestern.

«Ich laufe nicht weg», sage ich. «Ich fahre mit dir zu diesem Doktor … wie hieß er noch?»

«Dussmann.» Erik traut dem Frieden nicht, das ist ihm deutlich anzusehen.

«Dussmann, genau. Aber ich will auf die Toilette, und ich will duschen. Beides allein, das wirst du hoffentlich verstehen. Ich verspreche dir, ich haue nicht ab, und ich rufe nicht um Hilfe.»

Es ist nicht schwierig, an seiner Miene abzulesen, was in Erik vorgeht. Er wägt ab, ob er das Risiko eingehen kann. Ich hatte eine ganze Nacht lang Zeit, mir einen Plan zurechtzulegen, und mein friedfertiges Verhalten könnte sehr wohl dazugehören.

Also zwinge ich mir ein Lächeln ab. «Ich glaube, dass das mit dem Arzt eine gute Idee ist. Irgendwie fühle ich mich … merkwürdig. Und außerdem –» Ich tue so, als wüsste ich nicht genau, ob ich ihm das, was mir auf der Zunge liegt, wirklich anvertrauen soll. «Außerdem hatte ich in der Nacht so etwas wie eine Erinnerung an dich. Nur ganz kurz und sehr undeutlich. Aber falls das keine Einbildung war», ich lege meine Stirn in nachdenkliche Falten, «dann stimmt vielleicht doch etwas nicht mit mir. Wenn das so ist, will ich es wissen.»

Bingo. Auf einmal wirkt er überhaupt nicht mehr müde.

«Wirklich, Jo? Du hast dich an mich erinnert? Das ist wundervoll.» Er macht einen Schritt auf mich zu, und ich zwinge mich, nicht zurückzuweichen. «Pass auf, wir machen es so: Du gehst duschen, aber ich blockiere das Schloss, und ich warte draußen. Bitte, versuch nicht, mich reinzulegen, denn dann würde ich reinkommen. Um deinetwillen. Das verstehst du, oder?»

Ich nicke, lächle, sage zu allem ja. Er lässt mir zwanzig Minuten, und wir halten uns beide an das, was wir dem jeweils anderen versprochen haben. Erst als wir an der Haustür stehen und er mit der Rechten den Schlüssel im Schloss dreht, greift er mit der Linken nach meinem Arm.

«Das ist nicht nötig.» Meine Stimme klingt beinahe zärtlich. «Wirklich nicht, Erik. Aber ich möchte gern mein Handy mitnehmen. Falls mir tatsächlich etwas fehlt, will ich meine Familie anrufen können.»

Er sieht mich an, forschend. Hebt die Hand, als wolle er mir übers Gesicht streicheln, hält aber mitten in der Bewegung inne und greift wieder nach meinem Arm. «Sobald wir wissen, was mit dir los ist, bekommst du dein Handy und auch sonst alles, was du willst. Das verspreche ich dir.»

Nachdem also Dr. Dussmann seine ihm zugedachte Rolle gespielt hat. Das war zu erwarten gewesen.

«Du hast wahrscheinlich recht», sage ich. «Okay.»

Er führt mich nach draußen, als hätte er Angst, ich könnte fallen. In der Einfahrt, neben meinem gebrauchten Golf, parkt ein silberfarbener Audi, eine dieser Managerlimousinen. Blitzblank, ohne einen einzigen Schlammspritzer an den Kotflügeln.

Ich kann mir ein Grinsen nicht verkneifen. Wer es nicht besser wüsste, könnte glauben, Erik wäre der wohlhabendere von uns beiden.

Er öffnet mir die Tür auf der Beifahrerseite und wartet, bis ich mich angegurtet habe, bevor er sie wieder schließt. Fünf Sekunden später sitzt er neben mir und startet den Motor.

«Wir bekommen das wieder hin», sagt er. «Du wirst sehen.»

6

Ich lenke den Wagen aus der Einfahrt und biege nach rechts ab. Für einen Moment schaue ich zu Joanna, die mich etwas verkrampft anlächelt. Sie hat beide Hände vor der Brust um den Sicherheitsgurt gelegt, als befürchte sie, er könnte ihr die Luft aus den Lungen pressen.

Bevor wir in die nächste Straße abbiegen, sehe ich im Rückspiegel einen Mann in unserer Auffahrt stehen. Er schaut in unsere Richtung. Beobachtet er uns? Blödsinn. Ich muss aufpassen, dass ich nicht auch noch anfange, Gespenster zu sehen.

Häuserfassaden ziehen zu beiden Seiten vorbei, davor parkende Autos. Hier und da das Werbeplakat einer Partei für die anstehenden Wahlen. Mülleimer, übereifrig schon an die Straße gestellt, obwohl sie erst morgen abgeholt werden. Alltag in unserer Straße. Normalität.

Trügerisch.

Meine Gedanken schweifen ab. Ich habe in der Firma angerufen, mir einen Tag frei genommen. Das ist kein Problem, wenn nicht gerade ein IT-Projekt in der heißen Phase steckt.

Gott sei Dank ist Bernhard in London. Ich hoffe, dass er mit niemandem in der Firma telefoniert und dabei erzählt, was er am Abend bei uns erlebt hat.

Falls doch, kann ich es aber auch nicht ändern. Joanna sagte, sie erinnere sich an mich, und im ersten Moment war ich darüber derart erleichtert, dass ich es ihr ohne Zögern glaubte. Ich klammerte mich willig daran, weil ich einfach nicht akzeptieren wollte, dass

45

Joanna, meine Joanna, plötzlich ein psychisches Problem haben könnte.

Mittlerweile bin ich nicht mehr sicher. Sie hatte in der Vorratskammer viele Stunden Zeit, sich Gedanken zu machen. Vielleicht hat sie diese angebliche Erinnerung an mich nur erfunden, um mich zu beruhigen.

Aber immerhin ist sie bereit, mit mir zu Dr. Dussmann zu fahren. Ich war selbst noch nie bei ihm, aber er war ein Bekannter meiner Eltern. Auf der Beerdigung meines Vaters vor zweieinhalb Jahren habe ich ihn zum letzten Mal gesehen. Diese lose Bekanntschaft mit ihm gibt mir zumindest die Hoffnung, dass er Joannas Problem ernst nehmen und sie nicht einfach in eine Klinik überweisen wird.

«Wie gut kennst du diesen ... Arzt?», hakt sich Joanna so nahtlos in meine Gedanken ein, als hätte ich sie laut ausgesprochen. Ich zucke die Achseln. «Nur flüchtig. Er kannte meine Eltern.»

Ich schaue zu ihr hinüber, sehe, dass sie eine Braue hochgezogen hat. «Kannte?»

«Ja, kannte. Meine Eltern sind tot.» Es gelingt mir nur knapp, den Impuls zu unterdrücken, Joanna anzufahren, ihr entgegenzuschleudern: *Das weißt du doch genau, verdammt noch mal. Der Krebs. Erst meine Mutter, drei Jahre später mein Vater. Ich habe es dir bis ins kleinste Detail erzählt.*

Das kann sie doch nicht einfach vergessen haben.

Ihr Gesichtsausdruck sagt das Gegenteil.

Die Ampel, auf die wir zufahren, springt auf Rot. Ich halte an und spüre Joannas Blick auf mir. Schaue sie an. Warum fällt mir ausgerechnet in dieser bizarren Situation auf, wie unglaublich schön sie ist?

«Erik ... Wenn du wirklich glaubst, was du mir erzählt hast ...»

Sie stockt, als sei sie nicht sicher, ob sie es wagen kann zu sagen, was sie sagen möchte. Schließlich gibt sie sich einen Ruck. «Ist dir schon mal der Gedanke gekommen, dass *du* dich irren könntest?»

Ich verstehe nicht, was sie meint. «Mich irren?»

Sie nickt zaghaft. «Ja. Du behauptest, mit mir stimme etwas nicht. Ich hätte dich vergessen.»

«Was du ja wohl auch hast.»

«Sagst du. Aber vielleicht bildest du dir ja auch nur ein, mich zu kennen und bei mir zu wohnen?»

«Was? Du denkst …» Ich glaube, ich verstehe, was gerade passiert. Natürlich sucht ihr Verstand krampfhaft nach einer Erklärung, die bestätigt, dass mit ihr alles in Ordnung ist. Würde es mir nicht ebenso gehen? Und doch … «Ich bin mit meinem Schlüssel ins Haus gekommen. Du musst doch einsehen …»

«Der kann nachgemacht sein.»

«Aber wie erklärst du dir, dass ich mich im Haus so gut auskenne? Und Bernhard. Wie kommt es, dass er vor *deiner* Haustür steht, wenn er zu mir möchte? Ich weiß mit Sicherheit, dass wir zusammenwohnen, Jo.»

«Aber das ist kein Beweis dafür, dass es auch stimmt. Überleg doch mal, müssten nicht irgendwelche Sachen von dir im Haus sein? Kleidung? Möbel? Dein Bettzeug? Irgendwas?»

Ja, dafür habe ich auch noch keine Erklärung gefunden. «Ich weiß es doch auch …» Ich werde von wütendem Hupen unterbrochen. Die Ampel. Ich lege den Schalthebel der Automatik um und fahre los.

«Du sagst, du weißt, dass wir zusammenwohnen.» Joannas Stimme ist so leise, dass ich sie kaum verstehe. «Ich weiß aber, dass wir weder verlobt noch verliebt sind. Und ich weiß, dass ich dich gestern Abend zum ersten Mal gesehen habe.»

«Ich dachte, du erinnerst dich an mich?» Ich höre selbst, dass meine Stimme klingt wie die eines beleidigten Kindes, und ärgere mich darüber.

«Jeder von uns hat seine Version, Erik», weicht sie aus. «Und meine Version könnte ebenso wahr sein wie deine. Wie kannst du so sicher sein, dass ich es bin, mit der etwas nicht stimmt?»

Wir sind nun auf einer stark befahrenen Straße. Trotzdem werfe ich ihr einen schnellen Blick zu. «Weil ich es weiß, verdammt.» Es kommt lauter und schärfer aus meinem Mund, als es beabsichtigt war.

Ich frage mich, ob meine Wut in Joannas Uneinsichtigkeit begründet liegt oder darin, dass es stimmen könnte, was sie sagt.

Wir sind beide sicher, recht zu haben, aber einer von uns lebt gerade in einer Scheinwelt.

Allmählich nähern wir uns dem Stadtzentrum. Die nächste Ampel. Joanna hat sich im Sitz aufgerichtet, ihr Körper wirkt bis aufs Äußerste angespannt. Kein Wunder.

«Ich wollte dich nicht anschreien. Tut mir leid.»

Wir stehen. «Das alles ist für mich auch nicht …» Das Klickgeräusch kommt mir unnatürlich laut vor. Ich fahre herum. Der kurze Augenblick, den mein Gehirn benötigt, um aus den Bewegungen neben mir eine erfassbare Situation zu machen, reicht Joanna, den Gurt zur Seite zu fegen und die Tür aufzustoßen. Meine Fingerspitzen berühren noch ihren Arm, aber sie gleiten daran ab.

«Jo, nicht!», rufe ich ihr hinterher. «Verdammt, bleib hier. Jo!»

Sie ignoriert meine Rufe und rennt los. Einige Meter den Bürgersteig entlang, dann nach rechts, der Querstraße folgend. Aus meinem Blickfeld.

Ich muss ihr nach. Sie darf nicht alleine durch die Stadt laufen. Nicht in diesem Zustand. Aber das Auto, der Verkehr hinter mir … Scheißegal. Sollen sie hupen.

Ich versuche, den Gurt zu lösen, schaffe es nicht. Wie besessen hämmere ich auf dem Schloss herum, fluche, schreie, lasse meine verzweifelte Wut an diesem gottverdammten Ding aus, während hinter mir ein Hupkonzert beginnt. Endlich springt das Schloss auf. Ich stoße die Tür auf … und erstarre. Was zum Teufel tue ich da?

Wenn ich Joanna jetzt kopflos hinterherrenne, finde ich sie wahrscheinlich nicht mehr. Aber mein Wagen blockiert eine verkehrsreiche Kreuzung. Die Polizei wird in zwei Minuten hier sein. Sie werden Fragen stellen. Das geht nicht. Nicht jetzt.

Ich ziehe die Tür wieder zu und werfe einen Blick in den Rückspiegel. Mein Hintermann tobt und zeigt mir den Mittelfinger. Du mich auch, Arschloch.

Ich steige aufs Gas. Das nervtötende *Klong, Klong, Klong* ertönt, das mich darauf hinweist, dass ich mich gefälligst anzuschnallen habe. Ich brauche eine Möglichkeit anzuhalten, ohne dass irgendein Idiot gleich wieder die Hand auf die Hupe legt. Nach etwa fünfhundert Metern finde ich einen freien Parkplatz vor einer Apotheke. Na endlich.

Ich schalte den Motor aus und verlasse den Wagen. Obwohl es unsinnig ist, sehe ich mich nach Joanna um. Natürlich ohne Erfolg. Ich lehne mich rücklings gegen die geschlossene Tür, reibe mit den Handflächen über mein Gesicht und versuche, meine Gedanken in halbwegs geordnete Bahnen zu zwingen. Ich bin es als Informatiker doch gewohnt, strukturiert zu denken. Also: Joanna läuft alleine durch die Stadt. Was wird sie tun? Sie braucht jemanden, muss mit irgendwem reden. An wen wird sie sich wenden? An die Polizei?

Vielleicht. Aber Joanna ist nicht mehr ganz so kopflos wie gestern Abend. Auch wenn sie sich dagegen wehrt, sie muss zumindest die Möglichkeit in Betracht ziehen, dass ich recht haben könnte und etwas mit ihr nicht stimmt. Und egal, was gerade in ihr vor sich geht, sie ist intelligent genug, um sich auszumalen, wie die Polizei reagieren könnte.

Nein, sie wird zuerst zu jemandem gehen, den sie kennt. Dem sie vertraut. Um sich dort zu versichern, dass sie nicht tatsächlich den Verstand verloren hat.

Ela. Natürlich. Ela ist ihre beste, ihre einzige wirkliche Freundin.

Sie arbeitet als MTA im städtischen Krankenhaus, keine fünf Minuten mit dem Auto von hier. Für Joanna zu Fuß vielleicht eine Viertelstunde. Sie kann nur dorthin unterwegs sein. Wenn ich mich beeile, kommen wir vielleicht sogar gleichzeitig dort an.

Ich steige in den Wagen und frage mich, warum ich nicht schon früher darauf gekommen bin, mit Joanna zu Ela zu fahren. Bevor ich sie zu einem Psychiater schleppe. Aber ich bin selbst gerade in einer Extremsituation, da gerät das rationale Denken schon mal ins Stocken.

Soll ich Ela anrufen und sie vorwarnen?

Nein, das ist sinnlos. Bis ich im Krankenhaus drei Mal weiterverbunden worden bin, stehe ich wahrscheinlich schon auf dem Parkplatz.

Verdammt, können diese Idioten nicht ein bisschen schneller machen? Es scheint fast, als machten sich alle einen Spaß daraus, mich zu blockieren.

Wieder eine rote Ampel. Ich trommele mit den Fingern auf dem Lenkrad herum. In meinem Kopf mischen sich Bilder aus der Vergangenheit in die unwirkliche Stimmung dieses Vormittags.

Ein Flohmarkt. *Der* Flohmarkt. Ich habe diese Geschichten von der Liebe auf den ersten Blick immer als überzogenen Schnickschnack aus kitschigen Frauenromanen abgetan. Bis zu jenem Moment.

Ich weiß nicht einmal, ob es wirklich schon Liebe war, die ich bei Joannas Anblick empfunden habe. Auf jeden Fall aber war es etwas, das mich tief in meinem Inneren berührt und mein Gefühlsleben komplett auf den Kopf gestellt hat. Ich konnte gar nicht anders, als mich in ihrer unmittelbaren Nähe aufzuhalten. Sie sah mich nicht, weil sie sich für eine kleine, verschnörkelte Schatulle interessierte, so kitschig, dass sie schon wieder schön war. Der Händler wollte zwei Euro mehr dafür haben, als sie zu zahlen bereit war. Eine Weile hörte ich mir ihre hilflosen Verhandlungen an, dann legte ich dem Mann den vollen Preis auf den Tisch.

Ich sehe sie noch genau vor mir, wie sie mich fassungslos anstarrt. Ich glaube, spätestens in diesem Moment habe ich mich endgültig in sie verliebt.

Ich lief ihr nach, nachdem sie sich wütend von mir abgewandt hatte. Als ich ihr den Weg abschnitt und mich vor sie stellte, hatte

ich schon Angst, sie würde mir ins Gesicht schlagen, so böse war
sie. Aber dann hielt ich ihr die Schatulle entgegen. Sie starrte mich
ungläubig an. Ich sagte, ich hätte sie für sie gekauft. Erst wollte sie …

Schon wieder hupt jemand hinter mir. Ich kann dieses verdamm-
te Hupen nicht mehr hören. Ich trete das Gaspedal so weit durch,
dass der Wagen einen Satz nach vorne macht.

Minuten später erreiche ich das Krankenhaus. Ich finde einen
Parkplatz in der Nähe des Eingangs. Mit schnellen Schritten gehe
ich auf die Drehtür zu und werfe einen Blick auf meine Armband-
uhr. Vor etwas mehr als zwanzig Minuten ist Joanna aus dem Wagen
gesprungen. Kann sein, dass sie schon hier ist.

Ich kenne den Weg zum Labor. Erst ein Stück den Gang entlang,
an den Aufzügen vorbei, dann links durch die Tür. Eine Treppe hoch,
die nächste Tür, dann noch einmal abbiegen, und ich bin da. Auf den
letzten Metern beschleunigt sich mein Puls. Was erwartet mich jetzt?

Ich klopfe an, öffne die Tür. Die junge, dunkelhaarige Frau im
Vorraum schaut mich an ihrem Monitor vorbei freundlich an. «Guten Morgen.»

«Guten Morgen.» Meine Stimme klingt heiser. «Ich möchte bitte
zu Ela Weisfels.»

Ein Hauch von Mitleid legt sich über das freundliche Lächeln.
«Tut mir leid, Ela ist schon weg, sie hatte Nachtdienst.»

«Okay, danke», sage ich und will mich schon abwenden, als mir
noch etwas einfällt.

«Ach, ich wollte mich mit meiner Freundin hier treffen, um Ela
zu überraschen. War sie vielleicht schon hier?»

Das Lächeln verschwindet nun ganz. «Ja, vor fünf Minuten war
eine junge Frau hier, die auch zu Ela wollte.» Sie nestelt an irgendwelchen Dingen auf ihrem Schreibtisch herum, dann wirft sie mir
einen merkwürdigen Blick zu.

«Es geht mich ja nichts an, aber ist mit Ihrer Freundin alles in
Ordnung? Sie wirkte irgendwie … verstört.»

7

Ich renne, wie ich noch nie gerannt bin, aber nicht aus Panik, sondern weil das Gefühl meiner wiedergewonnenen Freiheit mich bei jedem Schritt beflügelt. Die erste Straße rechts, dann sofort die nächste links. Ein Blick zurück über die Schulter – nein, er verfolgt mich nicht, trotzdem laufe ich weiter, eine Chance wie diese darf man nicht leichtfertig verspielen.

Erst als mir die Luft ausgeht, bleibe ich in einem Hauseingang stehen. Ignoriere die befremdeten Blicke zweier Mütter mit Kinderwagen, die an mir vorbeispazieren. Ich bin nicht weit von der Fußgängerzone entfernt, und da vorne an der Ecke befindet sich eine Polizeiwache.

Ich habe die Klinke schon in der Hand, als mir einfällt, dass ich mich nicht einmal ausweisen kann. Meine Papiere, meine Aufenthaltsgenehmigung – all das liegt im Haus, zu dem ich aber keinen Schlüssel mehr habe. Das ist das eine.

Das andere ist Eriks verletzter Gesichtsausdruck, vorhin, als er von seinen toten Eltern sprach. Er hat mich gegen meinen Willen berührt, dieser Blick voller Enttäuschung.

Ja, natürlich werde ich Erik trotzdem anzeigen, mir bleibt gar nichts anderes übrig. Wenn ich mein Leben zurückwill, muss er daraus verschwinden.

Aber ich möchte jemanden dabeihaben, der meine Geschichte bestätigt.

Das Bewusstsein, wie einfach alles wäre, wenn ich jetzt mein Handy zur Verfügung hätte, lässt mich vor Wut doch fast in die Polizeiwache stürmen. Gleich, beschwichtige ich mich selbst. Auf die paar Minuten kommt es nicht an, und das Krankenhaus, in dem Ela arbeitet, ist höchstens zwei Kilometer entfernt.

Ich meide die stark befahrenen Straßen, zucke aber trotzdem jedes Mal zusammen, wenn ein silberfarbenes Auto in Sicht kommt.

Würde Erik mich auf offener Straße einfangen und in seinen Wagen zerren? Ist das denkbar?

Dann müsste er seiner Sache sehr sicher sein, denn natürlich würde ich um Hilfe schreien. Und mich wehren, mit aller Kraft.

Hat er einen Trumpf im Ärmel, der ihn dieses Risiko eingehen lassen würde?

Am Ende der Straße kommt das Krankenhaus in Sicht, es überragt alle Gebäude in der Nähe bei weitem.

Fünf Minuten später weiß ich, dass der Weg umsonst war. Ela hatte Nachtschicht und ist um sieben Uhr nach Hause gegangen, wie mir die Labor-Sekretärin mitteilt. Die Enttäuschung, gepaart mit dem Stress der vergangenen zwölf Stunden, treibt mir die Tränen in die Augen.

«Ist etwas passiert? Kann ich Ihnen helfen?» Das Mitgefühl der Sekretärin macht es nur schlimmer. Ich schüttle stumm den Kopf, lehne das mir angebotene Glas Wasser ab und mache kehrt.

Erst als ich schon wieder auf dem Weg nach draußen bin, wird mir klar, wie dumm ich war. Eine bessere Gelegenheit zu telefonieren wird sich mir nicht mehr bieten, zumal ich Elas Nummer nicht auswendig weiß. Im Sekretariat hätte man sie gehabt und sie mir vermutlich auch gegeben, wenn ich mich nur ein bisschen geschickter angestellt hätte.

Aber vielleicht hat Ela sich ja längst schlafen gelegt und ihr Telefon leise gestellt.

Für die Türklingel dürfte das kaum gelten, die wird sie auf jeden Fall hören.

Normalerweise würde ich es nie tun, aber heute klingele ich Ela auch aus dem Schlaf, wenn es nötig ist.

Um zu ihrer Wohnung zu kommen, muss ich quer durch die Stadt. Ich habe keinen Cent in der Tasche, keine Kreditkarte, nichts. Ich kann mir nicht einmal den Bus leisten, von einem Taxi ganz zu schweigen. Die Ironie der Situation ist bezwingend in Anbetracht der Tatsache, dass ich problemlos das ganze Busunternehmen kaufen könnte, wenn ich Zugriff auf mein Vermögen hätte.

So muss es eben ohne Ticket gehen. Der Bus, der in Elas Gegend fährt, trifft gerade ein, als ich an der Haltestelle vor dem Krankenhaus ankomme. Nur ein Zufall, natürlich, trotzdem hellt sich meine Stimmung auf. Vielleicht wenden die Dinge sich endlich zu meinen Gunsten.

Fünfundzwanzig Minuten Fahrzeit. Ich lehne die Stirn gegen das Busfenster und starre nach draußen. Was, wenn Ela gar nicht nach Hause gefahren ist? Wenn sie trotz der ständigen Streitereien bei Richard schlafen wollte?

Unwahrscheinlich. Er muss ins Büro, sie hätten kaum Zeit füreinander gehabt.

Trotzdem bin ich schon beim Aussteigen entsetzlich nervös, und erst recht, als ich vor Elas Haustür stehe.

Was tue ich, wenn sie nicht öffnet? Welche Optionen bleiben mir dann noch? Die Polizei, okay. Die ist mein letzter Joker. Aber einer, dem ich mich im Moment nicht gewachsen fühle, nicht ohne Beistand.

Hinauszögern bringt nichts. Ich drücke zehn, fünfzehn Sekunden lang Elas Klingel.

Als sie sich meldet, klingt sie hellwach. Zum Glück.

«Ja? Wer ist da?»

«Ich bin's. Joanna.» Meine Stimme bebt vor Erleichterung. «Kann ich reinkommen, bitte?»

Der Öffner summt, ich stoße die Tür auf und ziehe sie hinter mir wieder zu. Die drei Stockwerke bis zu Elas Wohnung renne ich, ich habe keine Geduld für den Aufzug.

Ela steht in Jogginghose und Sweatshirt in der Tür. Die dunklen

Locken hat sie zu einem Pferdeschwanz zusammengebunden, ihr Blick ist eine einzige Frage.

«Tut mir leid, dass ich dich so überfalle.» Ich umarme sie kurz und rieche Seife. Sie muss gerade geduscht haben. «Ich hätte dich angerufen, aber … das ging nicht.»

«Komm rein.» Sie zieht mich in die Wohnung. «Was hältst du von Kaffee? Du siehst aus, als hättest du einen nötig.»

«Nein. Danke.» Ich bin so froh, sie zu sehen. Allein ihre sachliche, unaufgeregte Art beruhigt mich.

Im Wohnzimmer drückt sie mich auf die Couch, setzt sich neben mich und nimmt meine Hand. «Jetzt erzähl mir mal, was los ist.»

Ich beginne stockend, aber schon bald kommen die Worte wie von selbst. Der fremde Mann in meinem Haus, der angeblich Erik heißt, seine Behauptung, mit mir verlobt zu sein, die Nacht als Gefangene in den eigenen vier Wänden, meine Flucht.

Ela unterbricht mich kein einziges Mal, nur ab und zu weiten sich ihre Augen ungläubig; über ihrer Nase hat sich eine steile Falte gebildet.

«Das ist … unfassbar», murmelt sie, als ich fertig bin. «Gib mir zwei Minuten, um es zu verdauen, ja?» Sie schüttelt den Kopf, dann hält sie plötzlich inne. «Oh, verdammt, das hätte ich fast vergessen.» Sie greift nach ihrem Handy, wählt.

«Kollegin», murmelt sie entschuldigend. «Ich war schusselig bei der … Hallo, Sandra?»

Ich weiß ja, dass Ela cool ist, zumindest, solange es nicht um Richard geht, aber die Art, wie sie meine Geschichte aufgenommen hat, erstaunt mich trotzdem. Ebenso wie die Tatsache, dass ihr ausgerechnet jetzt ihre Kollegin einfällt.

«Sandra, entschuldige bitte, ich habe völlig vergessen, dir bei der Übergabe zu sagen, dass heute Vormittag der Techniker wegen der Zentrifuge kommt. Wie? Ja, das wäre gut. Okay. Ja. Mache ich. Bis dann.» Ela legt das Handy weg. «Erledigt.» Sie reibt sich mit beiden Händen übers Gesicht. «Willst du wirklich keinen Kaffee?»

Allmählich fällt es mir schwer, meine Ungeduld zu verbergen. «Nein, ich will zur Polizei gehen, und ich hatte gehofft, du würdest mich begleiten.»

Ela fixiert den Teppich zu ihren Füßen. «Ich glaube, das ist keine gute Idee, Jo.»

Kaltes Kribbeln in meinem Nacken. «Warum nicht?»

Nun sieht sie mich doch an. «Weil das, was du mir gerade erzählt hast, überhaupt keinen Sinn ergibt. Du und Erik, ihr seid ein Paar. Und was für eines.»

Die Kälte hat jetzt meinen ganzen Körper erfasst. *Bitte nicht*, will ich sagen, *bitte tu mir das nicht an.*

«Ich schwöre dir, ich habe den Mann gestern Abend zum ersten Mal gesehen», flüstere ich und erkenne in Elas Augen, wie unangenehm ihr die Situation ist.

«Ich wohne allein, das musst du doch wissen – du warst so oft bei mir! In meinem Leben gibt es niemanden außer Matthew, und der ist eigentlich auch längst Geschichte.»

Ela zieht ihren Zopf zurecht. Verlegenheitsgeste. «Von Matthew hast du seit Monaten nicht mehr gesprochen.»

«Ja, wozu auch? Mir geht es gut alleine. Ich finde es wunderbar, auf eigenen Beinen zu stehen, ich liebe meinen Job, alles ist bestens. Oder war es jedenfalls, bis gestern.»

Etwas zuckt in Elas Gesicht. Sie nimmt meine Hand, die sich in ihrer eiskalt anfühlt. «Pass auf. Ich mache dir einen Vorschlag. Wir gehen nicht zur Polizei, sondern zu einem Arzt. Wahrscheinlich ist es gar nichts Schlimmes. Ich kenne einen sehr netten Neurologen bei uns an der Klinik …»

Meine Augen brennen. Ich ziehe meine Hand aus Elas Griff, um die Tränen wegwischen zu können, bevor sie mir übers Gesicht laufen. «Du denkst auch, ich bin verrückt, nicht wahr?» Allein das Wort auszusprechen, kostet mich Überwindung. Damit wird es zu einer realen Möglichkeit. Verrückt. Oder vielleicht auch schwer krank, wer weiß, was Hirntumore alles mit einem anstellen können –

Unwillkürlich greife ich mir an den Kopf, oh bitte nicht das, nicht so etwas.

Nein. Natürlich nicht, ist ja Unsinn. Es geht mir gut, ich habe keine Sehstörungen, keine Kopfschmerzen, keine Schwindelanfälle. Nur eine Person zu viel in meinem Leben.

Sanft streichelt mir Ela über den Arm. «Versuch, dich zu erinnern. Weißt du noch, wann und wo wir beide uns kennengelernt haben?»

Und ob, da muss ich keine Sekunde lang nachdenken. «Im *Lorenzo*, an der Bar. Du hast neben mir gestanden, und wir haben beide auf unsere Drinks gewartet. Ich hatte einen Caipirinha bestellt, du einen Mojito, und du sagtest, der Barmann gefiele dir.»

Ela beißt sich auf die Unterlippe, sie nickt fast zu jedem meiner Worte. «Stimmt alles genau. Nur war das unsere zweite Begegnung. Das erste Mal war im Squashverein – Erik und ich haben gespielt, du hast ihn abgeholt, er hat mich dir vorgestellt.» Sie lächelt, gleichzeitig aufmunternd und angespannt. «Weißt du noch? Ihr kanntet euch gerade einmal drei Wochen und wart so verrückt nacheinander, dass man es kaum mit ansehen konnte.» Sie betrachtet ihre ineinandergefalteten Hände. «Genau genommen seid ihr das immer noch. Du liebst ihn, Jo. Sehr sogar.» Unsere Blicke treffen sich. «Das kannst du doch nicht vergessen haben.»

Ich bekomme kaum noch Luft. Habe das Gesicht des Fremden vor Augen, des Mannes, den ich also angeblich liebe. Empfinde nichts dabei, außer der dumpfen Angst, die seine Gegenwart mir beschert.

Ela sieht mich immer noch an, voller Mitgefühl. Mein Gott, was hätte sie davon, mich zu belügen?

Ich presse meine Fingerknöchel gegen die geschlossenen Augen, bis es schmerzt.

Nachdenken. Wenn es so ist, wie sie sagt …

«Beweise es», wispere ich und unterdrücke die in mir aufwallende Panik. Was, wenn sie es kann? Was, wenn ich akzeptieren muss, dass etwas Gravierendes mit mir nicht in Ordnung ist?

Sie denkt kurz nach, dann nickt sie. Steht auf und geht zu einem kleinen Tischchen, auf dem ein Notebook liegt. «Es gibt Fotos, die habe ich hier gespeichert, die können wir uns gemeinsam –» Das durchdringende Schnarren der Türklingel unterbricht sie mitten im Satz, und sie fährt herum. Jetzt ist ihre Miene eine Mischung aus Erleichterung und Schuldbewusstsein.

Ich begreife es nicht im ersten Moment. Aber im zweiten. «Du hast ihn angerufen.» Mein Mund ist so trocken, dass er die Worte kaum formen kann. «Ich erzähle dir, wie froh ich bin, ihm entkommen zu sein, und du hast ihn herbestellt?»

Sie sieht unglücklich aus, aber vermutlich sollte ich ihr das ebenso wenig abkaufen wie das angebliche Telefonat mit ihrer Kollegin.

«Er macht sich solche Sorgen um dich», sagt sie leise. «Sieh mal, vielleicht schaffen wir es zu dritt, die Dinge wieder geradezurücken.»

Sie ist schon halb auf dem Weg zur Tür, dreht sich aber noch einmal um. «Ich will dir helfen, Jo, das musst du mir glauben.»

Bitte nicht, will ich sagen, bitte lass ihn nicht herein, bitte versteck mich vor ihm.

Doch sie hat den Türöffner schon gedrückt.

8

Die Tür springt mit einem satten Klacken auf. Ela hat mir ohne Nachfragen geöffnet. Ich steige in den Aufzug, obwohl ich enge Fahrstühle hasse.

In meinem Kopf überschlagen sich die Gedanken. Joanna ist hoffentlich noch da oben. Weiß sie, dass ich es war, mit dem Ela telefoniert und der gerade geklingelt hat? Was erwartet mich gleich, wenn ich vor ihr stehe?

Ich habe Ela gesagt, sie darf sie auf keinen Fall wieder gehen lassen. Konnte sie Joanna davon überzeugen, dass es besser für sie ist, wenn sie nicht vor mir wegläuft? Dass sie dringend Hilfe braucht?

Was zum Teufel ist nur mit ihr geschehen? Sie erinnert sich doch auch an alles andere aus ihrem Leben. An Ela, die sie durch mich kennengelernt hat. Wie hat Joannas Verstand es geschafft, ihr diese Freundschaft ohne meine Beteiligung plausibel zu machen?

Oder ist ihr Kopf vielleicht vollkommen in Ordnung, und sie spielt mir nur etwas vor? Aber warum sollte sie das tun? Das ergibt doch keinen Sinn.

Der Fahrstuhl stoppt, sein vertikales Maul öffnet sich fast geräuschlos in der dritten Etage.

Mein Herz schlägt mit jedem Schritt schneller und beginnt zu rasen, als Elas Wohnungstür nach innen aufschwingt. Ela wirkt besorgt.

«Ist sie noch da?»

Das Hämmern meines Herzens ist jetzt ohrenbetäubend.

Ela nickt und schließt kurz die Augen, bevor sie einen Schritt zur Seite macht und mich einlässt.

Als ich das kleine Wohnzimmer betrete, springt Joanna auf und reibt die Handflächen an den Oberschenkeln. Das tut sie immer, wenn sie nervös oder sehr wütend ist.

Wie schön sie ist. Selbst in dieser bizarren Situation.

«Jo, ich …», setze ich an, doch sie hebt abwehrend die Hände und schüttelt energisch den Kopf.

«Nein, halt. Ich möchte nicht schon wieder die gleiche Geschichte hören: dass wir uns kennen und sogar zusammenwohnen. Egal, wie oft Sie sie wiederholen, es ändert nichts daran. Ich kenne Sie nicht.»

Da ist wieder diese Faust, die meinen Magen gnadenlos zusammenpresst.

Ich hatte in der Nacht so etwas wie eine Erinnerung an dich. Nur ganz kurz und sehr undeutlich. Das waren ihre Worte gewesen. Und ich Esel habe mich glücklich daran geklammert wie ein Kind, dem man sagt, dass es den Weihnachtsmann gibt. Sie hat mich nur angelogen, um vor mir fliehen zu können.

«Dann hast du dich also wirklich nicht an mich erinnert, gestern Nacht?» Eine überflüssige, naive Frage.

Joanna stößt ein kurzes, humorloses Lachen aus. «Natürlich nicht. Ich kann mich nicht an Sie erinnern, weil ich Sie nicht kenne. Was auch immer Sie geplant haben – es wird nicht funktionieren. Sie können also damit aufhören.»

Sie sieht an mir vorbei, und ihr Gesichtsausdruck ändert sich. «Wer auch immer dieser Mann ist, er wird seine egoistischen Gründe für das alles haben. Aber dass du ihm dabei hilfst, Ela … Wie viel hat er dir versprochen, wenn du sein Psychospielchen mitmachst? Wie viel kostet es, die beste Freundin zu verraten?»

Plötzlich weiten sich Joannas Augen. «Moment … Oder gab es diese Freundschaft auch von Anfang an nicht wirklich? Gehörte sie auch zu eurem Plan? Damit jemand da ist, der diese irrsinnige Geschichte bestätigt? Ist es so, Ela?»

«Jo … Du kannst doch nicht wirklich denken …» Mit ein paar Schritten ist Ela an mir vorbei und lässt sich in einen der blauen Sessel fallen. Sie klappt ihr Notebook auf und beginnt, darauf herumzutippen. «Ich weiß nicht, was mit dir los ist, aber ich kann dir beweisen, dass du mit Erik zusammen bist. Hier habe ich Fotos, auf denen ihr beide drauf seid. Warte …»

Fotos, natürlich. Erneut keimt die Hoffnung in mir auf, dass es so etwas wie einen Trigger gibt, der Joanna die Erinnerung an mich zurückbringt.

«Allein von eurem Urlaub auf Antigua habt ihr mir ungefähr hundert Bilder gemailt», erklärt Ela und zieht die Stirn kraus.

«Fotos kann man fälschen», bemerkt Joanna abfällig.

Ela unterbricht ihr Tun und schaut zu Joanna auf. «Du bist doch Fotografin. Da wirst du doch einen Blick dafür haben, ob ein Bild echt ist, oder?» Nicht zum ersten Mal bewundere ich Ela für ihre ruhige Art, mit schwierigen Situationen umzugehen. Obwohl ihre beste Freundin offenbar ein ernsthaftes, psychisches Problem hat.

Nach einem letzten Klick dreht sie den Computer um. «Schau dir das an, Jo. Sieht das wie eine Fotomontage aus?»

Joanna schaut auf den Bildschirm. Sie geht näher heran, beugt sich etwas nach vorne, zieht die Stirn in Falten. Verharrt stumm. Drei Sekunden, fünf, zehn …?

Ich halte es nicht mehr aus, bin mit drei Schritten neben ihr und schaue mir das Foto ebenfalls an. Es ist keines unserer Urlaubsfotos, aber ich erkenne es sofort. Ela hat es vor kurzem erst geschossen. Wir hatten ihren Geburtstag gefeiert, hier, in ihrem Wohnzimmer. Es waren noch zwei Kolleginnen aus dem Krankenhaus dabei und ein weiteres Paar, das ich nicht kenne. Ela hat es geschafft, uns alle auf dem Bild zu versammeln. Joanna und ich sitzen mittendrin. Ich verstehe nicht viel davon, aber ich glaube, eine Fotomontage wäre bei diesem Motiv sehr schwierig, wenn nicht sogar unmöglich. Eine von Elas Kolleginnen verdeckt Joanna zum Teil, auf der anderen Seite sitze ich. Mein Arm liegt um ihre Schulter. Wir lachen ausgelassen in die Kamera.

Die Lichtverhältnisse, die Schatten … alles passt. Ich schaue Joanna an. Warte auf eine Reaktion. Irgendwann richtet sie sich auf. Sie muss merken, dass ich sie ansehe, doch sie ignoriert mich und sieht Ela an.

«Sehr gut gemacht.»

«Was?» Ela wirft mir einen verständnislosen Blick zu.

«Die Fotomontage. Das hat ein Profi gemacht. Ich sehe keine Ansätze.»

«Herrgott, Jo!», sage ich lauter als beabsichtigt. Sie zuckt zusammen und weicht vor mir zurück. «Entschuldige. Aber es ist wirklich zum Verrücktwerden. Irgendwann musst du doch zumindest in Erwägung ziehen, dass wir dir die Wahrheit sagen. Du kannst doch nicht einfach alles als Lüge oder Fälschung abtun, nur weil es nicht in deine Version der Wahrheit passt.»

Ich sehe mir das Foto noch mal an, die beiden jungen Frauen, die mit Ela zusammen im Krankenhaus arbeiten. Ich habe die Idee, Joanna vorzuschlagen, diese Frauen aufzusuchen und sich bestätigen zu lassen, dass das Foto echt ist, dass wir gemeinsam auf der Geburtstagsfeier waren. Aber ich lasse es lieber. Sie würde auch das mit dem Argument beiseitewischen, dass die beiden mit mir unter einer Decke stecken.

Verdammt.

Aber unseren gemeinsamen Urlaub, den kann Joanna nicht vergessen haben. «Du erinnerst dich wirklich nicht an Antigua? Auf deiner Kamera müssten massenhaft Fotos davon sein.»

Joannas Mund verzieht sich spöttisch. «Ja, ganz sicher.»

«Jo.» Ela hat das Notebook zur Seite gelegt und steht aus dem Sessel auf. «Denk doch mal daran, was wir schon alles zusammen erlebt haben. Was für wundervolle Gespräche wir hatten. Du weißt so viel von mir und ich von dir. Glaubst du wirklich, all das wäre eine einzige, große Lüge? Glaubst du das?»

Ich erkenne einen Anflug von Unsicherheit in Joannas Gesicht. Sie senkt den Blick. «Ich weiß es nicht.» Aus ihrer Stimme ist mit einem Mal alle Aggression verschwunden, sie klingt nun leise und dünn. Als sie zu Ela herüberschaut, sehe ich, dass ihre Augen feucht schimmern. «Ich möchte dir ja glauben. Aber das bedeutet, dass ich auch glauben muss, was dieser Mann sagt, und das kann ich nicht. Verstehst du denn nicht?»

Das dringende Bedürfnis, Joanna in den Arm zu nehmen, sie an mich zu drücken, ihr über die Haare zu streicheln und ihr zu sagen, dass alles wieder gut wird, überwältigt mich fast.

«Wenn ich wirklich mit einem Schlag den Mann vergessen hätte, mit dem ich zusammenlebe und den ich liebe … Das würde ja bedeuten, dass in meinem Kopf etwas nicht stimmt.»

«Jo, Liebes …» Ela tritt dicht an Joanna heran. Die beiden Frauen schauen sich in die Augen. Elas Hände finden die ihrer Freundin, umschließen sie, halten sie.

«Vielleicht ist in deinem Kopf wirklich etwas nicht in Ordnung. Etwas, das jetzt noch leicht wieder in Ordnung zu bringen ist. Aber vielleicht ist es wichtig, dass du sofort medizinische Hilfe bekommst. Verstehst du, dass ich mir Sorgen um dich mache? Große Sorgen?»

Irrsinnigerweise bin ich in diesem Moment auf Ela eifersüchtig. Sie ist Joanna gerade so nah, wie ich es dringend sein möchte. Ich nenne mich selbst einen Narren. Wie kann ich in dieser Situation solche Gedanken haben? Das Wichtigste ist jetzt, dass Joanna darauf eingeht, sich helfen zu lassen. Und Ela scheint auf einem sehr guten Weg zu sein …

«Ich …» Joanna kämpft mit sich.

Ich möchte ihr sagen, dass ich sie liebe und immer zu ihr stehen werde, ganz egal, was kommt. Aber mein Instinkt rät mir, mich jetzt nicht einzumischen. Es sieht danach aus, als denke Joanna tatsächlich darüber nach, sich auf das einzulassen, was Ela vorgeschlagen hat.

«Bitte, Jo.» Elas Stimme klingt sanft und doch eindringlich. «Lass dich untersuchen. Danach kannst du tun und lassen, was du möchtest, ich werde mich nicht mehr einmischen, das verspreche ich dir. Aber bitte geh zu einem Arzt.»

Ein paar Atemzüge lang sehen sich die beiden noch an, dann wendet Joanna sich mir zu, sieht mir in die Augen. Ihr Blick tut mir weh. So sieht man einen Fremden an, der einen um etwas bittet, das man nicht tun möchte.

«Und was ist mit Ihnen? Lassen Sie mich auch in Ruhe, wenn sich herausstellt, dass in meinem Kopf alles in Ordnung ist? Allein das wäre es mir wert.»

Ich zögere, nur einen Moment, dann nicke ich. «Ja, das tue ich.»

Ich hoffe, sie merkt mir die Lüge nicht an.

9

Ich wusste nicht, dass es so viele Abstufungen von Angst gibt. Wilde, unmittelbare, ungestüme Todesangst wie die von gestern Abend, als ich dachte, der Fremde wolle mich vergewaltigen oder töten. Das war schlimm, aber besser zu ertragen als das, was ich jetzt empfinde – eine schleichende, kriechende Angst, die jeden Winkel meines Körpers ausfüllt.

Denn ganz egal, was hinter der unfassbaren Situation steckt, in der ich mich befinde – es ist mit Sicherheit nichts Harmloses. Nichts, was durch das Verschwinden dieses Mannes schnell wieder ins Lot gebracht werden würde. Jetzt nicht mehr.

Elas Reaktion hat alles verändert, sie hat die Anzahl der Möglichkeiten auf zwei reduziert, und beide empfinde ich als furchtbar. Entweder, ich kann meiner Wahrnehmung nicht mehr trauen, oder meine beste Freundin belügt mich. Ihr Notebook ist nach wie vor aufgeklappt, das Foto füllt den ganzen Bildschirm aus. Es ist eine clevere Wahl, die Ela da getroffen hat. Der Fremde legt den Arm um eine Frau, die aussieht wie ich und die ganz zweifellos neben ihm auf dem Sofa gesessen hat – mein Kopf allerdings könnte geschickt in das Bild hineinmontiert worden sein. Der Körperbau der Frau stimmt in etwa, aber sie sitzt, da sind die Proportionen weniger leicht zu erkennen. So ein kurzes schwarzes Kleid, wie sie es trägt, hat fast jede Frau im Schrank hängen. Ich besitze zwei davon, die sich kaum unterscheiden.

Ja. Geschickt gewählt.

«Also?» Elas Stimme ist untypisch leise. Als wolle sie mich nicht erschrecken. «Fahren wir, hm?»

Ich drehe mich zu ihr um. Nein, zu ihnen. Ela und Erik stehen nebeneinander, so nah, dass sich ihre Schultern fast berühren. Verbündete. Ein Team.

«Zu Dr. Dussmann, ja?» Meine Frage richtet sich an Erik, der nickt und zu einer Antwort ansetzt, doch ich lasse ihn nicht zu Wort kommen.

«Auf gar keinen Fall. Und auch dein *netter Neurologe* fällt flach, Ela. Ich fahre mit euch zu einem Arzt, aber ich suche ihn selbst aus.»

Sie wechseln einen Blick, irgendwo zwischen ratlos und bestürzt. Tja, dumm, wenn die ganze Vorbereitungsarbeit umsonst war.

«Kennst du denn einen, dem du vertraust?», erkundigt sich Ela zaghaft.

Ich schnappe mir das Notebook und setze mich damit auf die Couch. Das Gerät ist mit dem Internet verbunden, der Browser geöffnet. Bestens.

Die Suche nach der Kombination Psychiater/Neurologe spuckt sechs Ergebnisse für die nähere Umgebung aus. Meine Wahl fällt auf eine Dr. Verena Schattauer, nicht nur, weil das Foto auf ihrer Homepage mir sympathisch und ihre Praxis heute Vormittag geöffnet ist. Sondern vor allem, weil sie ihren eigenen Angaben zufolge nicht in Elas Krankenhaus arbeitet.

«Wer von euch leiht mir sein Handy?»

Erik, der die letzten Minuten über kein Wort gesagt hat, hält Ela am Arm zurück, als sie mir ihres reichen will. «Mir wäre es lieber, ich könnte das mit dem Telefonieren übernehmen», sagt er.

Oh, darauf wette ich. «Angst, ich könnte die Polizei rufen?», frage ich lächelnd.

«Nein, Jo. Angst, du könntest etwas Dummes anstellen.» Er setzt sich neben mich, zu nah für meinen Geschmack, aber ich habe das ewige Ausweichen satt. Was ein Fehler ist, denn offenbar nimmt er das als Ermutigung. Greift nach meiner Hand.

Ich ziehe sie mit einem Ruck zurück. Wieder dieses Verletzte in seinem Blick. «Entschuldige», flüstert er und holt dann endlich sein Handy aus der Jackentasche. Tippt die Nummer ein, die auf der Homepage der Ärztin angegeben ist, und gibt mir das Telefon erst, als die Verbindung steht.

«Praxis Dr. Schattauer, guten Tag.»

«Hallo.» Meine Stimme ist heiser vor Nervosität. «Mein Name ist Joanna Berrigan. Ich war noch nie bei Ihnen in Behandlung, aber ich brauche einen Termin. So rasch wie möglich. Bitte.» Ich verstehe nicht, warum mir ausgerechnet jetzt die Tränen kommen, aber ich kann nicht das Geringste dagegen tun.

«Eigentlich sind wir …», beginnt die Sprechstundenhilfe, hält dann aber inne. «Können Sie in einer Stunde hier sein? Dann gebe ich Ihnen unseren Termin für Notfälle.»

Mein Atem kommt krampfhaft und stoßweise. «Ja. In … einer Stunde. Okay.»

«Können Sie mir Ihre Symptome beschreiben?» Die Frau klingt nicht besorgt, eher sachlich. Sie wartet auch geduldig, während ich versuche, mein Schluchzen in den Griff zu bekommen. Etwa eine halbe Minute lang. «Ist jemand bei Ihnen?», fragt sie dann. «Könnten Sie ihm oder ihr das Telefon geben?»

Ihm oder ihr. Die Entscheidung fällt mir leicht, ich gebe es Ela. Nicht dass ich ihr noch vertrauen würde, aber sie kenne ich immerhin.

«Ja», höre ich sie sagen. «Hm. Mein Eindruck? Joanna ist sehr verstört, sie hat plötzliche … Gedächtnislücken. Desorientiert? Nein, das eigentlich nicht. Wie? Ja. Okay. Natürlich begleite ich sie.»

Ela beendet das Gespräch und gibt Erik das Handy zurück. «Wir nehmen beide Autos», sagt sie, «und Joanna kann sich aussuchen, bei wem sie mitfahren will. Falls es … länger dauern sollte. Ich werde irgendwann schlafen gehen müssen, so leid es mir tut.» Sie gähnt, als wolle sie ihre Worte unterstreichen.

Sie würde mich mit ihm allein lassen. Aus Müdigkeit!

Auf dem Weg nach unten ergibt sich keine einzige Fluchtmöglichkeit. Nicht beim Verlassen des Aufzugs, nicht auf der Straße.

Sie flankieren mich, sind immer nah genug bei mir, um schnell zupacken zu können, falls ich versuchen sollte, wegzulaufen.

«Ich fahre bei Ela mit.»

Ihr kleiner blauer Honda parkt um die Ecke, die Beule am rechten Kotflügel hat sie noch nicht richten lassen. Ich erinnere mich an diese Beule, genauso wie an die Geschichte ihrer Entstehung, ich erinnere mich an alles, verdammt noch mal. Ich bin in Ordnung.

Der Satz tut mir gut, ich wiederhole ihn stumm für mich, immer und immer wieder. *Ich bin in Ordnung.*

Beim Einsteigen kann ich sehen, wie Erik ein Zeichen in Elas Richtung macht. Eine Drehbewegung mit dem Handgelenk. Absperren.

Klar. Er traut mir nicht mal mehr so weit, wie er spucken kann. Ela gibt sich Mühe, den Schalter für die Zentralverriegelung so nebenbei wie möglich zu drücken, aber natürlich merkt sie, dass ich es merke.

Wir schweigen während der Fahrt. Der Audi ist immer in Sichtweite, entweder neben oder vor uns, ein silbrig glänzender Schatten.

Dann, kurz bevor wir unser Ziel erreichen, schießt mir ein neuer Gedanke durch den Kopf, schlimmer als seine Vorgänger.

Was, wenn gar nicht dieser Erik die treibende Kraft hinter den Geschehnissen des letzten Tages ist? Sondern Ela? Sie kennt mich seit über einem halben Jahr, sie weiß genau über unser Familienvermögen Bescheid. Wir haben gelegentlich über Geld gesprochen, und ich weiß, dass sie nicht viel davon hat, außerdem erinnere ich mich, dass Richard eine Zeitlang händeringend nach Startkapital für seinen Sprung in die Selbständigkeit gesucht hat. Ohne Erfolg.

Ich habe damals Hilfe angeboten, die sie beide nicht annehmen wollten, aber vielleicht nur deshalb, weil sie es auf viel mehr abgesehen hatten?

Erik könnte ein Schauspieler sein, den Ela engagiert und instruiert hat. Das würde auch erklären, warum er immer wieder Tränen in den Augen hat, wenn ich ihn zurückweise. Technik.

Leider hört sich gerade diese Art von Geschichte zu hundert Prozent verrückt an, wenn man sie einem Arzt erzählt.

Ela hat den Honda eingeparkt. «Alles in Ordnung, Jo?»

Ich nicke und versuche auszusteigen, doch die Tür ist noch versperrt; ich schlage dagegen, mit einer Heftigkeit, die mich selbst überrascht. Mit dem Knöchel der Hand gegen das Blech, immer wieder, es tut weh, aber ich kann nicht aufhören.

«Was tust du denn da?» Ela greift nach meinen Armen, hält sie fest. «Jo! Bitte!»

Mein rechter Handrücken pocht und brennt. Am liebsten würde ich auch noch meinen Kopf gegen die Autotür schlagen, der Drang ist fast übermächtig.

Dann, nach ein paar tiefen Atemzügen, verfliegt er.

Der Ausdruck in Elas Augen lässt keine Fragen mehr offen.

«Bring mich zu dieser Ärztin», sage ich. «Schnell.»

Es ist nicht viel los im Wartezimmer. Eine ältere Frau, ein junger Mann. Und wir drei. Erik klärt mit der Sprechstundenhilfe die Honorarfrage, er hat meinen Pass mit, meine Versicherungskarte. All die Dokumente, die ich so dringend brauche.

Die ältere Frau wird kurz danach aufgerufen. Ich stelle mich auf längeres Warten ein, wir sind zu früh dran, aber lieber sitze ich hier als in Elas Wohnung.

Auf den ansonsten blitzblanken Marmorfliesen am Boden befindet sich ein einziger dunkler Punkt. Den fixiere ich. Zähle meine Atemzüge. Mein Handgelenk tut mit jeder Minute mehr weh, wahrscheinlich ist es auch angeschwollen, und das Unbegreifliche ist: Es fühlt sich gut an.

Es fühlt sich richtig an.

Ich balle die rechte Hand zur Faust und spüre, wie der Schmerz neue Stacheln ausfährt. Wenn ich nicht aufpasse, werde ich zu lachen beginnen.

Ich hoffe wirklich, diese Ärztin versteht ihr Handwerk.

Meiner Schätzung nach ist Dr. Verena Schattauer Ende fünfzig, und gleich zu Beginn verbittet sie sich, dass Erik oder Ela mich in den Untersuchungsraum begleiten. Sie ist mir ungemein sympathisch.

Entsprechend leicht fällt es mir, für sie zusammenzufassen, was seit gestern Abend passiert ist. Himmel, mein Leben ist noch nicht einmal einen ganzen Tag lang aus den Fugen.

Ich bin so ehrlich, wie es mir möglich ist. Nur die Episode eben im Auto verschweige ich. Dass ich offenbar das unterschwellige Bedürfnis habe, mich selbst zu verletzen.

«Er lässt sich nicht davon abbringen, und jetzt schlägt sich auch meine beste Freundin auf seine Seite. Dabei findet sich in meinem Haus kein einziger Gegenstand, der ihm gehört. Kein Buch, kein Kleidungsstück, nicht einmal eine Zahnbürste. Aber das ignoriert er, das ignorieren sie beide.»

Die Ärztin betrachtet mich ernst. Sie hat sich ein paar Notizen gemacht, aber hauptsächlich hört sie mir zu, mit einer Aufmerksamkeit, die fast greifbar ist.

«Es ist … als würde man vor einer roten Wand stehen, und alle erzählen einem, sie sei blau. Ich kann mich anstrengen, sosehr ich will – für mich bleibt sie rot. Ich sehe keine andere Farbe. Ich *weiß*, dass sie rot ist, aber ich kann es niemandem beweisen. Wie denn auch?»

Dr. Schattauer nickt, voller Verständnis. «Ja, ich verstehe gut, was Sie meinen. Lassen Sie es uns noch einmal zusammenfassen: Sie erinnern sich an alles, sagen Sie, sowohl aus der unmittelbaren als auch der weiter zurückliegenden Vergangenheit – nur an diesen Mann namens Erik nicht.»

«Genau.» Unvermittelt wird mir bewusst, wie sich das anhören muss. «Ich weiß, wenn sich herausstellt, dass Erik die Wahrheit sagt, dann muss ich wirklich krank sein, eine andere Erklärung gibt es nicht …» Meine Worte sind zu hastig, stolpern, überschlagen sich.

«Das ist nicht gesagt.» Die Ärztin hat ihre Fingerspitzen aneinandergelegt und lächelt mich an. «Wir müssen Sie natürlich genauer untersuchen, aber glauben Sie mir, für das von Ihnen beschriebene Phänomen existieren auch noch andere Erklärungen.»

Sie betrachtet mich nachdenklich. «Systematisierte Amnesie, zum Beispiel. Darunter versteht man einen Gedächtnisverlust, der sich auf ganz bestimmte Bereiche beschränkt. Unter Umständen auch auf bestimmte Personen.» Sie sieht, dass ich weiterfragen will, und bremst mich mit einer Handbewegung. «Das bedeutet nicht, dass diese Diagnose auf Sie zutrifft. Es ist nur eine weitere Möglichkeit. Zu Beginn sollten wir alle physischen Ursachen ausschließen.» Sie zieht ihren Kalender heran, blättert. «Ich kann Ihnen für kommenden Donnerstag einen EEG-Termin hier in der Praxis anbieten, außerdem werde ich Sie zu einem Schädel-CT in die Klinik überweisen.» Sie muss mein Zusammenzucken bemerkt haben. «Auch wenn ich wirklich nicht glaube, dass Ihr Problem eine körperliche Ursache hat», fügt sie schnell hinzu. Systematisierte Amnesie. Ein Gedächtnisverlust, einfach so? Ich frage nach, und Schattauer schüttelt verneinend den Kopf. «Es muss einen Auslöser geben. Ein sehr belastendes Ereignis, ein Trauma, das mit der betreffenden Sache oder Person in Verbindung gebracht wird.»

Mein Mund ist so trocken, dass ich zweimal ansetzen muss, um die nächste Frage stellen zu können. «Das heißt, ich habe verdrängt, dass Erik existiert ... weil er mich traumatisiert hat? Mich misshandelt?»

Dr. Schattauer schüttelt energisch den Kopf. «Das heißt es nicht. Es ist nur eine von vielen Möglichkeiten, der wir nachgehen sollten. Ich werde Ihnen sehr gerne helfen, wenn Sie das möchten.»

Der Gedanke, dass mein Kopf Erik ausgeblendet hat, um sich damit vor der Erinnerung an etwas Furchtbares zu schützen, erscheint mir plötzlich plausibler als jede andere Erklärung. Dann würde Elas Verhalten Sinn ergeben. Ebenso wie Eriks, wenn ich genauer darüber nachdenke. Die Art, wie er mich ansieht, dann wieder den Blick abwendet, wie er sich um mich bemüht ... das kann durchaus schlechtes Gewissen sein. Und dann gibt es auch immer wieder diese kurzen Anflüge von Unbeherrschtheit …

«Sind Sie einverstanden mit dem EEG-Termin am Donnerstag?», unterbricht Schattauer meine Gedanken.

«Ja. Ja, natürlich.» Ich gebe ihr die Hand, gehe nach draußen. Dort wartet nur noch Erik, er springt auf, als er mich sieht.

«Ela ist gegangen. Sie war todmüde, und ich habe ihr gesagt, sie kann heimfahren. Sie meldet sich heute Nachmittag.»

Da ist er wieder, dieser suchende, prüfende Blick. Schuldbewusstsein? Gut möglich.

«War das Gespräch mit der Ärztin gut?»

Ich lächle oder tue zumindest etwas Ähnliches. Jedenfalls zeige ich die Zähne. «Oh ja. Das war es.»

Dr. Schattauer ist mir gefolgt, stellt sich zwischen ihn und mich. Sie mustert ihn prüfend, bevor sie sich an mich wendet. «Wenn Sie wollen, kann ich Sie für die nächsten Tage in einer Privatklinik unterbringen. Dort hätten Sie Ruhe, man würde sich um Sie kümmern. Manchmal hilft alleine das schon.»

Vor einer halben Stunde hätte ich das Angebot noch ernsthaft erwogen. Jetzt schüttle ich den Kopf. «Nein, ich will nach Hause. Haben Sie meine Daten aufgenommen, Adresse und so?»

«Ja, natürlich.» Der fragende Blick der Ärztin zeigt mir, dass sie noch nicht begreift, worauf ich hinauswill.

«Seine auch?» Ich deute auf Erik, dem die Überraschung über meine Entscheidung deutlich ins Gesicht geschrieben steht.

«Ja. Er hat sich sogar ausgewiesen.»

Ah. So gründlich. Damit wissen Dr. Schattauer und ihre Sprechstundenhilfe mehr über ihn als ich. Seinen Nachnamen zum Beispiel. Und seine Adresse?

Ich habe den ersten Schritt zum Anmeldebereich schon getan, ich will Einsicht in die Aufzeichnungen nehmen, doch Erik stellt sich mir in den Weg. Er hat sein Portemonnaie in der Hand und zieht seinen Führerschein heraus. Reicht ihn mir stumm.

Erik Fabian Thieben. Das Foto zeigt eine jüngere Ausgabe des Mannes, der vor mir steht, unverkennbar. Das Haar reicht ihm bis fast auf die Schultern, sein Lächeln ist offen und von einem Dreitagebart umrahmt.

Keine Adresse im Führerschein, natürlich nicht. Vielleicht sollte ich ihn gleich noch nach seiner Fahrzeugzulassung fragen.

Ich gebe ihm das Dokument zurück. «Danke.»

«Du kommst wirklich mit mir zurück nach Hause?», fragt er leise und hält mir die Tür nach draußen auf. «Freiwillig?»

«Ja.» Ich kann den feindseligen Unterton in meiner Stimme selbst hören.

Falls an der Theorie mit der traumabedingten Amnesie etwas dran ist, komme ich den Tatsachen am ehesten in Eriks Gegenwart auf die Spur. Ich bezweifle, dass er es wagen wird, mir etwas anzutun, so wie die Dinge jetzt liegen.

Wenn es dieses Trauma gibt, dann muss es mir gelingen, mich daran zu erinnern, früher oder später.

Und sollte ich herausfinden, dass ich es Erik zu verdanken habe, dann gnade ihm Gott.

10

Wir verlassen das Gebäude und gehen schweigend nebeneinanderher. Es gibt vieles, was ich Joanna sagen, und noch mehr, was ich sie
fragen möchte. Was genau sie Dr. Schattauer erzählt hat zum Beispiel und wie die Ärztin darauf reagiert hat. Ich wage es in diesem
Moment nicht. Joannas Bereitschaft, mit mir nach Hause zu kommen, erscheint mir wie ein neues, hauchdünnes Band zwischen
uns, so zart, dass ein einziges, falsches Wort es zerreißen kann. Das
werde ich nicht riskieren.

Wir haben den Wagen fast erreicht. Ich betätige die Fernbedie-
nung, öffne die Beifahrertür und bleibe daneben stehen. Joannas
Blick wandert von der Tür zu meinem Gesicht, heftet sich an meine
Augen. «Immer noch Angst, dass ich weglaufe?»

Ich zucke mit den Achseln und fühle mich verrückterweise schul-
dig, weil ich nicht sofort verneine.

Joanna verschränkt die Arme vor der Brust. «Ich bin mit zu dieser
Ärztin gegangen, weil ich selbst wissen möchte, ob mit mir etwas
nicht stimmt. Ich komme freiwillig mit nach Hause. Aber lassen Sie
… Lass uns eines klarstellen: Du sperrst mich nicht wieder ein. Ver-
sprich mir das, sonst steige ich nicht in dieses Auto.»

«Versprochen», sage ich ohne Zögern. Nicht, weil ich davon überzeugt bin, dass Joanna nicht mehr versuchen wird, wegzulaufen,
sondern weil ich weiß, dass ich sie nicht ewig bewachen kann. Und
es auch nicht möchte. Falls sie nach dem Besuch bei dieser Ärztin
noch immer zur Polizei laufen möchte, werde ich es nicht mehr verhindern können. Ich kann nur hoffen, sie wird es nicht tun.

«Steigst du ein?», frage ich vorsichtig.

«Erst, wenn du auf der anderen Seite bist.»

Ich verstehe. Sie möchte testen, ob ich sie tatsächlich alleine lasse. Ob ich ihr traue.

Wartet sie, bis ich im Wagen sitze, um dann loszusprinten? Nein. Sie steigt tatsächlich ein. Ich setze mich erleichtert hinter das Lenkrad. Sie schnallt sich an und deutet mit dem Kinn nach vorne. «Fahren wir.»

Ihre Stimme klingt so unpersönlich, dass sie mir in diesem Moment tatsächlich wie eine Fremde vorkommt. Es tut weh.

Ich fahre los, Blick auf die Straße, doch meine Gedanken sind bei uns. Bei Joanna und mir. Wird es dieses *Uns* je wieder geben? Wird das, was auch immer gestern mit ihr geschehen ist, wieder rückgängig zu machen sein? Was, wenn alles, was uns verbunden hat, unwiederbringlich verloren ist?

«Sagst du mir, worüber du mit der Ärztin gesprochen hast?»

«Ich habe ihr alles erzählt, was seit gestern Abend passiert ist. Aus meiner Sicht.»

«Und? Was sagt sie dazu?»

«Dass es verschiedene Möglichkeiten gibt.»

«Und welche?»

Sie scheint nachzudenken. «Das kann ich noch nicht sagen. Vielleicht später. Wenn ich mehr über dich weiß.» Wenn sie mehr über mich weiß? Obwohl wir noch kein Jahr zusammen sind, gibt es kaum einen Menschen, der so viel über mich weiß wie Joanna. Ich spüre, wie die Leere in mir zurückgedrängt wird von einem anderen, neuen Gefühl. Zaghaft erst, doch als ich einen schnellen Blick zur Seite werfe und die vertrauten, feinen Linien von Joannas Gesicht sehe, die ich plötzlich nicht mehr streicheln, nicht mehr küssen darf, breitet sich dieses Gefühl wie eine heiße Welle in mir aus.

Trotz. Auflehnung. Wut. Auf das Schicksal, das gerade dabei ist, unser Leben zu verpfuschen.

Ich werde mich verdammt noch mal nicht mit dieser Situation abfinden, was immer noch kommt. Ich liebe diese Frau, und sie liebt mich. Auch wenn sie es gerade vergessen hat.

Ich werde ihr alles erzählen. Jeden einzelnen Tag beschreiben, den wir zusammen verbracht haben. Wenn es sein muss, jede Stunde. Ich werde …

«Woran denkst du gerade?», fragt Joanna unvermittelt. Das tut sie oft. Meist fällt es mir schwer, diese Frage zu beantworten. Jetzt ist es ganz leicht. Erneut schaue ich kurz zu ihr hinüber, unsere Blicke treffen sich.

«Ich habe daran gedacht, dass ich dir von uns erzählen möchte. Alles, vom ersten Tag an. Vielleicht hilft dir das dabei, dich wieder zu erinnern.»

«Wirklich alles?», fragt sie mit einem seltsamen Unterton.

«Ja, alles, woran ich mich selbst noch erinnern kann.»

«Gut. Ich bin gespannt.»

Ich gäbe sonst was dafür, wenn ich wüsste, was in diesem Moment in ihrem Kopf vor sich geht. Vielleicht geht es ihr umgekehrt genauso.

Irgendwann biege ich in die Zufahrt zu unserem Haus ein und stelle den Wagen ab. Wir steigen aus, gehen zur Haustür. Fast ist es so, wie es immer war, wenn wir zusammen nach Hause gekommen sind. Wäre da nicht dieses allgegenwärtige, bohrende Gefühl der Angst in mir, das auch der Trotz nicht verdrängen kann.

Mein Blick fällt im Vorbeigehen auf die Stelle, an der der Kakadu gestanden hat. Ich widerstehe der Versuchung nachzusehen, ob noch Spuren davon in der Erde zu sehen sind.

Wir betreten das Haus. Ich achte darauf, alle Handgriffe genauso zu erledigen, wie ich es immer tue. Den Schlüssel auf die Ablage, an die gleiche Stelle wie immer. Die Schuhe links neben die Kommode, dorthin, wo bis gestern Morgen auch meine schwarzen Sneakers gestanden haben. Rituale. Vielleicht helfen sie ja.

Joanna geht in die Küche. Das tut sie fast immer als Erstes, wenn sie nach Hause kommt. Ich erwarte das summende Geräusch der eingeschalteten Kaffeemaschine. Sekunden später setzt es tatsächlich ein.

Ich gehe zu ihr, hocke mich an die schmale Theke, an der wir morgens immer zusammen frühstücken. Ich beobachte sie und fühle mich wie der Zuschauer eines Films, in dem ich keine Rolle mehr spiele. Dieses Schweigen, wenn wir zusammen in der Küche sind … so fremd. Joanna hält es normalerweise keine Minute aus, ohne etwas zu erzählen oder zu fragen.

«Wir haben uns auf einem Flohmarkt kennengelernt.» Habe ich wirklich so laut gesprochen? Joanna nimmt ihre gefüllte Tasse und setzt sich mir schräg gegenüber. Nicht unmittelbar.

«Ach», macht sie und nimmt einen vorsichtigen Schluck vom dampfenden Kaffee.

Es klingt derart desinteressiert, dass ich mich zwingen muss, weiterzureden. «Ja. Ich habe dir ein kleines Kästchen vor der Nase weggekauft. Du warst ziemlich wütend auf mich.»

«Zumindest das kann ich mir gut vorstellen.»

«Ich habe es dir anschließend geschenkt. Du wolltest es zuerst nicht annehmen. Bis ich dir sagte, dass ich es für dich gekauft habe.»

Ein erneuter Schluck aus der Tasse, die Joanna nun mit beiden Händen umfasst, als wolle sie sich daran wärmen. «Wann war das?»

«Vor einem Dreivierteljahr.»

«Und seit wann wohnen wir angeblich zusammen?»

Angeblich … «Seit einem halben Jahr. Du hattest nur ein Ein-Zimmer-Apartment, und meine Wohnung war zu klein für uns beide. Wir haben uns was Neues gesucht und schließlich dieses Haus gefunden.» Noch während ich den letzten Satz ausspreche, fällt mir etwas ein. «Der Mietvertrag! Joanna. Wir haben den Mietvertrag beide unterschrieben. Er steckt in dem grünen Ordner, bei den anderen Papieren im Wohnzimmerschrank.»

Ohne eine Reaktion von ihr abzuwarten, rutsche ich vom Hocker und laufe fast ins Wohnzimmer. Mein Herzschlag beschleunigt sich. Wenn Joanna unsere beiden Unterschriften auf dem Mietvertrag sieht …

Nur – was ist, wenn auch der verschwunden ist?

Ich öffne die obere, rechte Schranktür. Den grünen Ordner finde ich sofort. Joanna hat mit einem Edding WICHTIG auf das weiße Schild am Ordnerrücken geschrieben. Meine Hand zittert, als ich danach greife und ihn herausziehe. Der Vertrag muss etwa in der Mitte zwischen den anderen Unterlagen stecken. Mit fahrigen Bewegungen blättere ich die Seiten durch, befürchte schon, dass das Dokument ebenfalls fort ist, als ich ihn endlich vor mir habe. Ich ziehe ihn aus der Plastikhülle, drehe ihn hastig um und stoße vor Erleichterung einen Seufzer aus. Im unteren Drittel der letzten Seite stehen neben dem Datum unsere beiden Unterschriften.

Joanna sieht mir skeptisch entgegen, als ich ihr den Vertrag entgegenhalte. «Da, schau es dir an», fordere ich sie auf und kann den Triumph in meiner Stimme nicht unterdrücken. Ich lege das Blatt vor ihr ab und deute auf die Stelle. «Hier, siehst du?»

Joanna betrachtet den Vertrag nur einen Moment und schaut wieder zu mir auf. «Die Unterschriften sind mit zwei verschiedenen Stiften geschrieben.»

Das darf doch nicht wahr sein. «Herrgott, Jo, jeder von uns hatte einen eigenen Stift. Das ist doch nicht ungewöhnlich.»

«Muss ich dir sagen, dass du die jederzeit nachträglich hinzugefügt haben kannst?»

Es ist zum Verrücktwerden. Meine Hand landet mit einem Knall auf dem Tresen. «Ja, verdammt. Man kann letztendlich alles anzweifeln, selbst wenn man es mit eigenen Augen sieht. Denk doch mal nach. Wenn wirklich alles gefälscht und gelogen wäre, Fotos, Verträge, abendliche Besucher, selbst deine Freundschaft zu Ela … Wie groß müsste der Aufwand gewesen sein, alles so einzurichten? Und was könnte einen solchen Aufwand rechtfertigen? Jo? Warum sollte ich das alles tun?»

78

Wieder ernte ich einen dieser seltsamen Blicke von ihr. Voller Misstrauen, gepaart mit Wut. Nun scheint eine neue Komponente hinzuzukommen. Etwas, das ich schwer deuten kann. Als wüsste sie mehr als ich. Es wirkt fast überheblich.

Das muss sie von ihrem Vater geerbt haben. Nach ihren Erzählungen ist er … Mir schießt ein Gedanke durch den Kopf. Warum fällt mir das erst jetzt ein? «Dein Vater!»

«Was? Was ist mit meinem Vater?» Sie ist sichtlich irritiert.

«Du hast ihm von mir erzählt, Jo. Du hast dich lange geweigert, aber … Ruf ihn an. Bitte. Er wird es dir bestätigen.»

Dieser Blick irritiert mich noch immer. Sie verheimlicht mir etwas, das spüre ich. Aber im Moment ist es wichtiger, dass sie mit ihrem Vater spricht. Ihm wird sie glauben.

«Gut.» Sie steht auf. «Ich rufe ihn an.»

Ich möchte sie dafür küssen. «Danke.»

Als Joanna ganz selbstverständlich zu ihrem Handy geht, das auf der Ablage hinter ihr liegt, bin ich versucht, aufzuspringen, lasse es aber sein. Sie nimmt es in die Hand und wirft es Sekunden später wieder zurück.

«Leer. Kann ich deins haben?»

«Ja, sicher.» Ich fische mein Smartphone aus der Hosentasche und halte es Joanna entgegen.

Während sie wählt, setzt sie sich zu meiner Überraschung wieder auf den Hocker. Ich habe damit gerechnet, dass sie den Raum für das Telefonat mit ihrem Vater verlässt. So wie sonst.

Nervös warte ich darauf, dass sich jemand meldet. Das wird der Durchbruch sein. Wenn selbst ihr Vater ihr bestätigt, dass wir zusammenleben, wird Joanna nicht mehr zweifeln können. Dann steht zwar immer noch im Raum, dass sie sich nicht an mich erinnern kann, aber wenn ihr schreckliches Misstrauen mir gegenüber erst einmal weg ist, sieht die Welt schon ganz anders aus. Ich habe das Gefühl, wir schaffen das.

«Hi, Dad, ich bin's, Jo.» Ihre Stimme klingt härter als sonst. Liegt es daran, dass sie englisch spricht, oder daran, dass sie ihren Vater am Telefon hat?

«Gut, danke, und dir?» Sie lacht kurz auf.

«Also wie immer ... Ah, danke. Grüße ihn zurück ... Nein, er hat sich nicht bei mir gemeldet. Ist auch okay so.» Eine längere Pause entsteht, in der sie nur zuhört. «Ich weiß es noch nicht.» Sie sieht zu mir herüber. «Ich werde es mal mit Erik besprechen.»

Mein Herz hämmert. Ich beobachte ihr Gesicht genau. Wieder ein seltsamer Blick, dann steht Joanna auf und verlässt die Küche. Ich schaue ihr fassungslos hinterher. Warum geht sie ausgerechnet jetzt?

Sie zieht die Tür zur Diele hinter sich zu. Wenn sie das Haus jetzt verlässt ... Ich schiebe den Gedanken zur Seite, versuche mich zu beruhigen, mir zu sagen, dass ihr Vater wohl etwas über mich gesagt hat, das sie in Ruhe mit ihm besprechen möchte. Vielleicht versucht er sie zu überreden, zurück nach Australien zu kommen. Schließlich wartet dort dieser Matthew auf sie.

Wie lange dauert das denn bloß? Ich überlege, ihr nachzugehen, verwerfe den Gedanken aber wieder. Sie soll das Gefühl haben, dass ich ihr vertraue.

Die Tür wird geöffnet, endlich. Die Art, wie Joanna mich ansieht, lässt eine kleine Welt in mir einstürzen, noch bevor sie den Mund aufmacht.

«Mein Vater wusste nicht, von wem ich rede, als ich deinen Namen erwähnte. Er kennt keinen Erik.»

11

In Melbourne ist es kurz nach einundzwanzig Uhr, und Dad hebt erst nach dem siebten oder achten Klingeln ab. Das heißt, wir haben wahrscheinlich Gäste zu Hause, da beantwortet mein Vater Anrufe immer nur sehr widerwillig.

«Hi, Dad, ich bin's, Jo.» Ich versuche, meine Anspannung zu überspielen.

«Jo, mein Schatz.» Ja, ich kann Stimmen im Hintergrund hören. Gelächter. «Wie geht es dir?»

«Gut, danke, und dir?»

Er räuspert sich. «Alles okay. Die McAllisters sind gerade hier, und Max Cahill mit seiner neuen Frau – erinnerst du dich an Max?»

Ja. Ein glatzköpfiger Anwalt mit Hasenzähnen und einem Lachen, das Milch gerinnen lassen kann. «Mum ist für zwei Tage unterwegs», fährt Dad fort. «Ihre übliche Charity-Sache. Es wird ihr leidtun, dass sie deinen Anruf verpasst, du weißt ja, wie gerne sie sich von dir erzählen lässt, was du in ihrem Heimatland erlebst. Paul hat sich mit Liza verkracht und wieder versöhnt, ansonsten …»

«Also alles wie immer», falle ich ihm ins Wort.

«Ja. Und Matthew lässt dich grüßen.»

«Ah, danke. Grüße ihn zurück.» Matthew. Der Verlobte, an den ich mich definitiv erinnern kann, ein bisschen zu gut vielleicht. Für den das Leben eine ständige Abfolge von Wunscherfüllungen ist und für den ich, da sind sich alle einig, die perfekte Partie bin. Ein Imperium, das das andere heiratet, wie vor zweihundert Jahren.

Dass es mir ein Bedürfnis war, ein paar Kontinente zwischen uns zu bringen, hat Matthew nicht sonderlich irritiert – er hat mich ja dann im Anschluss noch ein ganzes Leben lang, meinte er zum Abschied.

Dad liegt diese Verbindung auch sehr am Herzen, leider. «Hast du etwas von ihm gehört?», erkundigt er sich.

«Nein, er hat sich nicht bei mir gemeldet. Ist auch okay so.» Erik lässt mich keine Sekunde lang aus den Augen. Er folgt unserer Unterhaltung, gar keine Frage. Er arbeitet als Informatiker, sein Englisch muss besser sein als Durchschnitt.

«Du könntest Matthew ruhig selbst mal anrufen.» Dad klingt vorwurfsvoll. «Oder du kommst her, auf einen Überraschungsbesuch! Ach was, noch besser, du kommst ganz zurück. Im Ernst, Jo, dieser Europaquatsch dauert doch schon lang genug. Versteh mich richtig, ich finde es okay, dass du deine Erfahrungen machen willst – in jeder Hinsicht –, aber verlier darüber bitte nicht dein richtiges Leben aus den Augen. Also.» Er hat jetzt diesen Ton, den er auch bei geschäftlichen Verhandlungen anschlägt. Den George-Arthur-Berrigan-Ton, dem man sich besser nicht widersetzt. «Sagen wir einfach, ich schicke dir einen Flieger. Wann?»

Da ist eine Chance, diesen ganzen Wahnsinn hinter mir zu lassen. Wenn ich Dad die Zügel in die Hand drücke, bin ich aus dieser Situation in ein paar Stunden raus. Nur begreifen werde ich sie dann nie. Und ich werde wieder zu *seiner* Jo, unwiderruflich. Tochter, Erbin, heiratsfähiges Betriebskapital.

«Ich weiß es noch nicht.» Ich hefte meinen Blick auf den Fremden, der mir gegenüber an der Küchentheke sitzt. Nehme meinen ganzen Mut zusammen. «Ich werde es mal mit Erik besprechen.»

Schweigen, ein oder zwei ewige Sekunden lang. Dann wieder die Stimme meines Vaters, gefährlich leise. «Mit wem?»

Es gelingt mir, das Lächeln in meinem Gesicht zu halten, während ich vom Barhocker rutsche und aus der Küche gehe. Ich schließe die Tür hinter mir, bleibe in der Diele stehen. Der Briefbeschwerer liegt wieder an seinem Platz.

«Erik. Ich habe dir doch von ihm erzählt.» Mein Vater ist der letzte Mensch, der mir oder irgendjemand anderem etwas vormachen würde. Das empfände er als meilenweit unter seiner Würde. Ich warte also auf seine Antwort wie auf ein Gottesurteil.

«Hast du nicht. Nie. Das wüsste ich. Also wer, verdammt noch mal, ist Erik?»

Wenn ich das wüsste, würde ich am liebsten ins Telefon brüllen. *Ich habe keine Ahnung, aber er sitzt in meiner Küche und hat meinen Mietvertrag mit unterschrieben, und meine beste Freundin hier behauptet, wir lieben uns.*

Für einen Rückzieher ist es jetzt zu spät. «Ein Mann, den ich vor einiger Zeit kennengelernt habe.»

«Oh verdammt, Jo.» Dad schreit nicht, aber er senkt seine Stimme so tief, dass sie an fernen Donner erinnert. «Du weißt genau, was wir verabredet hatten, nicht? Du darfst deinen Spaß haben, aber nur so weit, wie es deine Verbindung mit Matthew nicht gefährdet.»

Oh ja, an dieses Gespräch erinnere ich mich. An dieses unsagbar peinliche Gespräch.

«Ich habe dir also wirklich nichts von Erik erzählt?»

Nun wird Dad doch laut. «Nein, und ich will auch nie wieder von ihm hören! Beende das, mach reinen Tisch und dann komm wieder nach Hause! Und zwar ohne irgendeinen dahergelaufenen Deutschen, der es auf unser Geld abgesehen hat!»

Er legt auf, bevor ich es tun kann.

Einen Moment lang halte ich das fremde Telefon unschlüssig in der Hand, dann öffne ich die Liste mit den Kontakten. Ja, da ist meine Nummer, ebenso wie Elas. Die des Fotostudios. Ansonsten nur Namen, die ich nicht kenne, ausgenommen denen des Chinesen in der Fußgängerzone und meiner Lieblingspizzeria.

Ich gehe zur Küche zurück. Erst als ich die Tür schon geöffnet habe und Eriks erwartungsvolles Gesicht sehe, wird mir klar, dass ich nicht die Kontakte, sondern die Textnachrichten hätte checken sollen, das wäre bei weitem aufschlussreicher gewesen.

Egal. Ich bleibe in sicherer Entfernung stehen und sehe dem Mann direkt in die Augen. «Mein Vater wusste nicht, von wem ich rede, als ich deinen Namen erwähnte. Er kennt keinen Erik.»

Es trifft ihn nicht überraschend, er muss es gewusst haben, natürlich muss er das. Einen Moment lang schließt er nur die Augen, als wäre er unendlich erschöpft. Als er sie wieder öffnet, liegt aber keinerlei Schuldbewusstsein darin. Nur Wut.

«Du hattest es mir versprochen. Ich weiß, wie sehr du dich vor diesem Gespräch gefürchtet hast, aber ich dachte, du hättest es hinter dich gebracht.» Er wendet den Kopf zur Seite, schlägt mit der flachen Hand auf die Bar. Die Löffel in den Kaffeetassen klirren.

«Das hast du zumindest behauptet. Du hast gesagt, es wäre schlimm gewesen, aber am Ende hätte dein Vater es akzeptiert. Ungern, aber doch.» Er lacht auf. «Du hast außerdem gesagt, es würde noch viel Arbeit vor uns liegen. Tja, Jo, vielleicht hätte ich fragen sollen, wie du das meinst.»

Ich öffne den Mund zu einer Entgegnung, aber er lässt mich nicht zu Wort kommen. «Du hast mich schon belogen, als dein Gedächtnis noch intakt war. In einer so wichtigen Sache. Aber wer weiß – vielleicht spielst du mir das alles ja nur vor? Die Mühe musst du dir nicht machen. Wenn du mich so dringend loswerden willst, kannst du mir das auch einfach sagen.» Erik gleitet vom Barhocker und streckt mir fordernd eine Hand entgegen. Er will sein Telefon zurück, ich gebe es ihm. Und mit einem Mal ist da wieder dieses Messer in meinem Kopf, lang und glänzend und scharf. Es ist nicht nur in meinen Gedanken, es ist tatsächlich ganz nah. Ich müsste nur fünf Schritte in die Küche tun und könnte es aus dem Holzblock ziehen, dreißig Zentimeter japanischen Stahls, und es dann dem Fremden in den Körper stoßen.

Unwillkürlich weiche ich zurück zur Tür, was Erik resigniert den Kopf schütteln lässt. «Nein, ich tue dir nichts. Immer noch nicht, vielleicht begreifst du das endlich.» Er steckt das Smartphone in seine Jackentasche und hebt in einer mutlosen Geste die Hände. «Wenn du weglaufen willst, lauf weg. Wenn du die Polizei holen willst, mach das. Ich jedenfalls fahre jetzt auf einen Sprung ins Büro, dort habe ich nämlich Kleidung zum Wechseln deponiert.» Er deutet an sich herunter. «Ich habe nichts mehr anzuziehen, weißt du? Nicht einmal mehr Unterwäsche. Ich werde also einkaufen gehen, das kann schon ein paar Stunden dauern. Wenn du dann noch da bist, werde ich sehr froh sein. Wenn nicht …» Er kommt einen Schritt auf mich zu, behutsam, streicht mir mit der Hand über die Wange. «Wenn nicht, dann leb wohl, Joanna.»

Er geht, ohne die Tür abzuschließen. Mein Handy hat er auch hiergelassen, ich hänge es an das Ladekabel und schalte es ein.

Sieben verpasste Anrufe. Sobald der Akku wieder belastbar ist, höre ich meine Sprachbox ab. Fünf der Nachrichten sind von Manuel, eine wütender als die andere. Warum ich nicht im Fotostudio erscheine, wenn ich Kundentermine ausmache? Ob mir nicht bewusst ist, dass es seinem Geschäft und vor allem seinem Ruf schadet, wenn potenzielle Kunden wieder abziehen müssen? Die letzten zwei Nachrichten kommen von Darja, die ebenfalls als Assistentin bei Manuel arbeitet, und klingen deutlich besorgter. Ob mit mir alles okay ist, ich wäre doch sonst so verlässlich.

Ich entscheide mich dafür, nicht Manuel, sondern sie zurückzurufen. Erzähle ihr, dass ich mit furchtbaren Kopfschmerzen aufgewacht sei, so schlimm, dass ich nicht aufstehen und telefonieren konnte.

«Und, geht es dir jetzt besser?», erkundigt sie sich.

«Ja. Sag Manuel bitte, es tut mir sehr leid. Und dass ich morgen pünktlich da sein werde.»

Die nächsten zwei Stunden verbringe ich damit, das Haus auf den Kopf zu stellen, auf der Suche nach einem Hinweis darauf, dass ich hier nicht alleine lebe. Auf meinem Handy gibt es keine einzige SMS von Erik, auf meinem Computer keine Mail. Kein einziges Foto von ihm auf beiden Geräten, ebenso wenig wie auf irgendeiner meiner

SD-Karten, und natürlich auch keine Spur von Antigua. Dafür mindestens fünfzig Bilder von Matthew. Beim Polo, am Steuer seiner verdammten Yacht, in der riesigen Wasserlandschaft, die er Pool nennt. Immer grinsend und braungebrannt. Es juckt mich sehr in den Fingern, die Fotos zu löschen, aber ich halte mich zurück. Mein Gedächtnis ist möglicherweise unsicherer Boden, ich sollte nichts vernichten, was ich später vielleicht auch noch vergessen könnte.

Nachdem ich alle Zimmer durchwühlt habe, bin ich schweißgebadet. Gerade mal drei Dinge habe ich gefunden, von denen ich nicht weiß, woher sie stammen: Unter dem Bett ein grünes USB-Ladekabel, das ich bestimmt noch nie verwendet und ganz sicher nicht gekauft habe. In einer Kommodenschublade einen Kamm, wie Frauen ihn üblicherweise nicht verwenden – schwarz, schmal und mit langem Haar wie meinem rettungslos überfordert. Und zu guter Letzt, zusammengeknüllt in einer Kellerecke, ein graues T-Shirt mit Schmierölflecken, definitiv weder meine Größe noch mein Stil.

Nichts Spezifisches. Könnten theoretisch alles Überbleibsel von den Vormietern sein. Nur, dass ich das Haus unmöbliert übernommen habe, damit lässt die Theorie sich weder auf das Kabel noch auf den Kamm anwenden.

Ich werfe einen Blick auf die Küchenuhr. Soviel Erik sich auch vorgenommen hat, lange wird es nicht mehr dauern, bis er zurückkommt. Er wird sich beeilen, keine Frage. Bis dahin will ich geduscht und mich umgezogen haben.

Wieder fällt mein Blick auf den Messerblock, und ich ziehe das Messer heraus, dieses eine, an das ich immer wieder denken muss. Die Klinge schimmert matt, verführerisch …

Und plötzlich ist da eine Idee, die Sinn ergibt, und gleichzeitig so furchtbar ist, dass ich es kaum wage, sie zuzulassen.

Eine systematisierte Amnesie, wie Dr. Schattauer sie beschrieben hat, setzt ein Trauma voraus. Eines, das wahrscheinlich mit demjenigen zu tun hat, den das Bewusstsein nun aussperrt.

Dieses Messer, das mir nicht aus dem Kopf geht – kann es sein, dass Erik mich damit bedroht hat? Oder sogar damit verletzt? Oder es mir an die Kehle gehalten hat, während wir Sex hatten, weil Angst ihn antörnt? Ist das denkbar?

Ich versuche, eine Erinnerung zu finden, eine herbeizuzwingen, aber da ist nichts, also stecke ich das Messer in den Block zurück, renne die Treppen hinauf, ins Schlafzimmer. Ziehe mich bis auf die Unterwäsche aus und untersuche meinen Körper auf Verletzungen. Schnitte, Narben.

Nein. Nur blaue Flecken, einer am Oberarm, zwei am linken Oberschenkel. Außerdem eine Abschürfung am rechten Knie.

Keine Ahnung, woher das alles stammt. Wahrscheinlich von dem gestrigen Gerangel während meiner missglückten Fluchtversuche.

Ein schneller Blick durch das Fenster nach draußen. Von dem silberfarbenen Audi ist noch keine Spur zu sehen. Ich werde mich mit dem Duschen einfach beeilen.

Normalerweise klärt das herabprasselnde Wasser verlässlich meine Gedanken, aber normalerweise scheint seit gestern abgeschafft zu sein. Kaum stehe ich zwei Minuten unter der Dusche, beginnt mein Kopf zu schmerzen, wie bei beginnender Grippe. Das fehlt mir gerade noch. Einmal eine Schwindelei wegen verpasster Kundentermine, schon findet mein Körper, er müsse die Wahrheit der Lüge anpassen.

Ich atme tief durch, mit dem einzigen Erfolg, dass mir übel wird.

Sehr schnell.

Sehr heftig.

Und dann ist die Welt schwarz.

12

Der Firmensitz von Gabor Energy Engineering liegt einige Kilometer jenseits der Stadtgrenze. Ich brauche eine knappe halbe Stunde, bis das moderne, achtstöckige Gebäude vor mir auftaucht. Vergeblich versuche ich mich an Einzelheiten der Fahrt zu erinnern. Meine Gedanken sind die ganze Zeit nur um Joanna gekreist.

Mein Parkausweis öffnet die Schranke zur Tiefgarage. Den Wagen parken, zehn Meter bis zum Aufzug, Betriebsausweis ans Lesegerät, die Fahrt in den vierten Stock. Routine. Wäre da nicht dieses Chaos in meinem Kopf.

Als ich aus dem Aufzug steige, kommt mir Nadine entgegen. Ausgerechnet Nadine. Sie bleibt stehen, zieht eine Braue hoch. «Hallo, Erik. Alles in Ordnung?»

«Ja, alles okay», sage ich so unbekümmert wie möglich. «Ich hatte was Dringendes zu erledigen.»

«Probleme?»

«Nein.» *Zumindest keine, die ich meiner Ex-Freundin erzählen möchte.*

Ich sehe ihr an, dass sie mir nicht glaubt, hoffe aber, dass sie sich damit zufrieden gibt.

«Du sollst dich beim Chef melden, wenn du da bist.»

Hans-Peter Geiger ist der zuständige Direktor für IT, Orga und das Rechnungswesen und eigentlich ein ganz verträglicher Mensch. Nach dem gestrigen Scheißtag frage ich mich jedoch, was er wohl von mir …

«Godfather», unterbricht Nadine meine Gedanken.

Godfather. So nennen wir intern den Inhaber und obersten Chef von G.E.E. «Gabor?», frage ich ungläubig nach und spüre ein Ziehen in der Magengegend. Gespräche mit Gabor driften häufig in Richtungen ab, die mir nicht behagen. Er ist ein schwieriger Mann mit merkwürdigen Ansichten. «Weißt du, was er von mir will?»

Sie zuckt mit den Schultern. «Nein. Die Schultheiß hat so gegen zehn bei dir angerufen. Als sie dich nicht erreichen konnte, hat sie es bei mir versucht. Ich habe gesagt, dass du noch nicht im Haus bist und wohl etwas später kommst.»

Ich versuche mir nicht anmerken zu lassen, wie sehr es mir gegen den Strich geht, dass sich noch immer alle an Nadine wenden, wenn sie mich nicht erreichen können. Die Frage ist, ob sie das nur tun, weil sie die Abteilungssekretärin ist, oder deshalb, weil wir so lange zusammen waren.

«Fünf Minuten danach», fährt Nadine fort, «rief sie dann wieder an und sagte, du sollst dich sofort bei Gabor melden, wenn du da bist.»

Sofort melden … Das Ziehen in meinem Bauch wird stärker.

Kann es etwas damit zu tun haben, dass ich gerade erst zur Arbeit gekommen bin? Nein, das glaube ich nicht. Gabor hat über hundert Angestellte, um solche Kleinigkeiten kümmert er sich nicht. Es muss etwas anderes sein. Aber das werde ich ja gleich erfahren.

In meinem Büro nehme ich den kleinen Koffer aus dem Garderobenschrank. Mein Notfallgepäck. Er steht immer fertig gepackt da und enthält alle wichtigen Utensilien, falls ich kurzfristig zwei, drei Tage auf Dienstreise muss. Toilettenartikel, frische Unterwäsche, Strümpfe. Auch ein Ersatzhemd hängt im Schrank.

Im Toilettenraum nebenan mache ich mich ein wenig frisch und ziehe das Hemd an. Zwanzig Minuten, nachdem ich in der Firma angekommen bin, mache ich mich auf den Weg in den achten Stock zu Gabor.

Als ich den Vorraum betrete, mustert Eva Schultheiß mich mit ei-

89

nem Blick, als hätte ich sie durch mein Auftauchen persönlich beleidigt. Kennt sie den Grund dafür, dass ich bei Gabor antanzen muss?

«Da sind Sie ja endlich», entrüstet sie sich. «Sie müssen warten, der Chef hat gerade Besuch.»

«Kein Problem», antworte ich und versuche ein Lächeln. Ich weiß, dass es nicht klug ist, es sich mit Gabors Sekretärin zu verscherzen.

Sie greift zum Telefon, meldet mich an und deutet auf die beiden Ledersessel an der gegenüberliegenden Wand. «Setzen Sie sich einen Moment.»

Ich nicke und lasse mich in einen der Sessel fallen. Schaue der Schultheiß dabei zu, wie sie mit wichtigem Gesichtsausdruck auf der Tastatur herumklappert.

Verdammter Mist, was passiert nur plötzlich in meinem Leben? Seit zwei Monaten werde ich den Verdacht nicht los, dass Gabor mich kleinhalten will. Und es war reiner Zufall, dass ich davon erfahren habe, dass ich bei einem wichtigen Vertragsabschluss offenbar keine Rolle spielen soll.

Gabor hatte Probleme mit seinem privaten Notebook. Es war ihm abgestürzt. Statt jemanden vom First-Level-Support zu informieren, ließ er mich antanzen, den Leiter der IT-Abteilung.

Es war eine Kleinigkeit gewesen, eine Fehlfunktion des Energiesparmodus, die das Display abgeschaltet hatte.

Ich hatte die geöffnete Mail nur für Sekunden sehen können, bevor Gabor sie hastig schloss. Lange genug, um zu ahnen, dass hier etwas im Gange ist, von dem ich nichts erfahren soll.

Der Absender der Mail war kryptisch gewesen, HvR, in der Betreffzeile hatte *Abschluss Phoenix* gestanden.

Der Inhalt war kurz:

Hauptbahnhof München, 18. Oktober. 13:10 h. Weitere Details folgen.
Vertragsbasis: Mindestens 100. Erwarte Bestätigung bis zum 15. September.

Der 18. Oktober. Mein Geburtstag.

Erst hatte ich Gabor noch im Spaß gefragt, ob Phoenix der Deckname für mein Geburtstagsgeschenk ist. An seiner Reaktion spürte ich aber deutlich, wie unangenehm es ihm war, dass ich diese seltsame Mail gesehen habe. Dafür konnte es nur einen Grund geben: Gabor wollte mich bei diesem Geschäft außen vor halten, denn um ein Geschäft ging es zweifellos – bei einer Vertragsbasis von hundert Anlagen sogar um das größte, das G.E.E. bisher an Land gezogen hatte.

Normalerweise bin ich bei solchen Abschlüssen immer dabei, weil jedes größere Projekt auch neue Anforderungen an die IT stellt. Aber dieses Mal wurde ich nicht informiert.

Das Telefon klingelt, fast gleichzeitig öffnet sich die Tür, und ein Mann kommt aus Gabors Büro. Er ist alt, sicher über achtzig. Das noch recht volle, weiße Haar ist penibel gescheitelt, der dunkle Anzug sitzt perfekt. Maßarbeit. Am angewinkelten rechten Arm hängt ein Gehstock aus dunklem Holz.

Der Blick des Mannes streift mich nur kurz und mit der Aufmerksamkeit, die man einer Blumenvase schenkt, die irgendwo vor einer Wand steht.

Mit einer angedeuteten Verbeugung nickt er Gabors Sekretärin zu, dann ist er an mir vorbei und verlässt das Vorzimmer.

Ich schaue zur Schultheiß hinüber, die gerade den Telefonhörer aus der Hand legt. «Sie können nun reingehen.»

Sekunden später betrete ich das riesige Büro.

Die Außenwand besteht nur aus Glas und bietet einen herrlichen Blick auf den nahen Waldrand.

Sechs schwarze Lederstühle, um einen Tisch aus dunklem Holz gruppiert, sind der Blickfang in der Mitte des Raums.

Gabor sitzt hinter seinem großen, modernen Schreibtisch und lächelt mich offen an, während ich auf ihn zugehe. Vor ihm steht sein aufgeklapptes Notebook. «Erik, schön, Sie zu sehen.» Er steht auf und kommt um den Schreibtisch herum auf mich zu. Das ist ungewöhnlich. Das mulmige Gefühl in mir wird stärker.

«Bitte, nehmen Sie Platz.» Mit einer einladenden Geste deutet er auf die Sitzgruppe in der Raummitte. Ich entscheide mich für den Stuhl, der mir am nächsten steht.

Gabor schlägt die Beine übereinander und schaut mich an. Freundlich, aber nachdenklich. Es hat den Anschein, als überlege er, wie er das Gespräch beginnen soll.

Gerade, als die Stille beginnt, unangenehm zu werden, setzt er sich aufrecht hin und legt die Unterarme auf dem Tisch ab. «Erik, Sie wissen, zu meiner Philosophie gehört es, dass meine Mitarbeiter mehr sind als nur Arbeitnehmer. Es liegt mir am Herzen, dass es allen gutgeht. Das ist natürlich nicht ganz uneigennützig, denn ich weiß, dass zufriedene Menschen leistungsfähiger und vor allem auch leistungsbereiter sind als solche mit Problemen.»

Wieder dieser nachdenkliche Blick. Vier Sekunden, fünf … Ich weiß nicht, wie ich reagieren soll, also nicke ich einfach. Kommt jetzt das dicke Ende?

«Ich sage es ganz unumwunden, Erik: Der Kollege Morbach hat heute Morgen vom Londoner Flughafen aus angerufen. Er war sehr besorgt wegen einiger Vorkommnisse gestern Abend bei Ihnen zu Hause.»

Das ist es also. Bernhard. Was fällt ihm ein, meine privaten Angelegenheiten mit Gabor zu besprechen? Das hat nichts in der Firma zu suchen. Ich muss mich zusammenreißen, um meine Wut zu unterdrücken.

«Ach das.» Ich gebe mich betont locker und möchte doch am liebsten aufspringen. «Meine Lebensgefährtin, Jo, sie war gestern Abend etwas verwirrt. Nichts Schlimmes. Es geht ihr schon wieder besser.»

Gabor schweigt. Dann sagt er: «Das freut mich zu hören und beruhigt mich ein wenig. Am Telefon heute Vormittag klang das ganz anders. Morbach sagte, Ihre Freundin wollte nur mit einem Bademantel bekleidet vor Ihnen fliehen. Er sagte, sie hätte Sie gar nicht erkannt.»

Bernhard, du gottverdammtes Arschloch. «Wie gesagt, Jo war gestern Abend etwas durcheinander. Aber das hat sich schon wieder gelegt. Sie ist nun zu Hause und erholt sich.»

«Gut. Aber trotzdem.» Gabor beugt sich noch weiter nach vorne, als wolle er mir ein Geheimnis verraten. «Sie sind eine Führungskraft in meiner Firma. Es ist mir wichtig, dass es Ihnen auch privat gutgeht. Wenn ich irgendwie helfen kann, dann lassen Sie es mich bitte wissen. Egal, um welche Art von Problemen es sich handelt.»

«Ja, das tue ich, vielen Dank. Aber ich denke, wir kommen klar.»

Wieder dieser Blick. «Was halten Sie davon, wenn Sie einfach ein paar Tage Urlaub nehmen? Kümmern Sie sich in aller Ruhe zu Hause um alles und erholen Sie sich. Haben Sie nicht bald Geburtstag? Da trifft es sich doch gut, wenn Sie frei hätten. Was meinen Sie?»

«Ach ja, mein Geburtstag.» Ich kann mir die Bemerkung nicht verkneifen. «Da gibt es diesmal ja gleich mehrere Anlässe zu feiern, nicht wahr? Wenn auch nicht unbedingt für mich …»

Das musste sein. Denn irgendwie beschleicht mich der Verdacht, dass er mich komplett raushaben will, damit ich von dem Vertragsabschluss gar nichts mitbekomme, und jetzt ergreift er die erstbeste Möglichkeit. Wahrscheinlich will er die Zeit nutzen, um meine Abfindung vorzubereiten und meinen Nachfolger zu benennen.

«Herr Thieben.» Gabor schlägt jetzt einen väterlichen Ton an. «Sie stehen wirklich unter Stress, das merke ich Ihnen an. So reagieren Sie doch sonst nicht. Wissen Sie was? Ich stelle Sie einfach eine Woche frei. Bei voller Bezahlung.»

«Danke, das ist sehr großzügig. Aber ich glaube nicht, dass es nötig ist. Meine Arbeit macht mir Spaß und tut mir gut. Wenn ich zu Haus herumsitze, werde ich nur unzufrieden.»

«Also gut, Erik.» Gabor erhebt sich und rückt seine Krawatte gerade. Auch ich stehe auf. «Grüßen Sie Ihre Lebensgefährtin unbekannterweise von mir. Und wenn Sie Hilfe brauchen – meine Tür steht immer für Sie offen.»

«Danke», sage ich und ergreife seine Hand. Dann mache ich mich auf den Weg nach unten. Urlaub. Wenn Gabor glaubt, dass ich mich so einfach aufs Abstellgleis drängen lasse, irrt er sich.

In meinem Büro logge ich mich in den Rechner ein und checke meine Mails. Einige Terminanfragen, Nachrichten von externen Projektmitarbeitern, Angebote verschiedener Firmen. Das Übliche. Meine Mitarbeiter im Büro nebenan sind alle beschäftigt, Probleme gibt es keine. Nadine verzichtet zum Glück darauf, mich vor den anderen zu fragen, was Gabor von mir wollte.

Ich beantworte die wichtigsten Mails, aber es fällt mir schwer, mich zu konzentrieren. Immer wieder pendeln meine Gedanken zwischen Gabor und Joanna hin und her. Am liebsten würde ich sie anrufen und fragen, wie es ihr geht, lasse es dann aber sein. Sie soll nicht denken, ich würde sie kontrollieren.

Ich muss mir noch ein paar Klamotten besorgen. Den Koffer mit den Toilettenartikeln und meinen getragenen Sachen nehme ich mit.

Nach einer guten Stunde habe ich zwei neue Jeans, drei Polo-Shirts und zwei Hemden. In einem anderen Laden besorge ich mir noch zwei Dreierpacks Unterhosen und fünf Paar dunkle Socken. Damit bin ich für die nächsten Tage erst mal gerüstet.

Der Nachhauseweg dauert viel zu lange für meinen Geschmack. Mit jedem Meter, den ich näher komme, steigt meine Nervosität. Wie geht es Joanna? Ist sie überhaupt noch da? Und wenn ja, wird sie alleine sein? Oder warten mit ihr schon zwei Polizisten auf mich, um herauszufinden, was an dieser seltsamen Geschichte dran ist, die Joanna ihnen erzählt hat?

Es ist halb sechs, als ich den Wagen neben dem Golf parke und mit wackligen Knien zur Haustür gehe.

In der Diele bleibe ich stehen und lausche. Ich höre nichts außer meinem Puls.

«Jo?» Ich weiß nicht, warum ich ihren Namen so zaghaft rufe, und versuche es noch einmal lauter.

«Jo? Bist du da?»

Nichts.

Sie ist tatsächlich weg. Trotz allem, was geschehen ist, habe ich nicht wirklich damit gerechnet, dass sie tatsächlich wegläuft. Zu Fuß. Denn ihr Wagen steht ja vor der Tür.

Das Gefühl eines riesigen Verlustes breitet sich in mir aus. Es ist, als entziehe es mir alle Energie. Von einem Moment auf den nächsten fällt es mir schwer, stehen zu bleiben, am liebsten würde ich mich einfach auf den Boden legen und mich nicht mehr rühren.

Aber Moment – oben habe ich noch nicht nachgesehen. Vielleicht hat sich Joanna hingelegt? Sie muss furchtbar erschöpft sein bei allem, was sie gerade durchlebt.

Ohne Zögern laufe ich zur Treppe, nehme immer zwei Stufen auf einmal. Am oberen Ende bleibe ich kurz stehen, verharre einen Augenblick und gehe dann möglichst leise weiter. Ich möchte sie nicht erschrecken.

Die Tür zum Schlafzimmer ist nur angelehnt. Vorsichtig drücke ich dagegen. Im gleichen Moment, in dem ich das leere Bett sehe, höre ich ein Poltern. Es muss aus dem Badezimmer gekommen sein. Jetzt erst bemerke ich auch das Rauschen im Hintergrund. Die Dusche.

Fünf schnelle Schritte, sechs. Die Badezimmertür ist nicht abgeschlossen.

Eine Wolke aus warmem Wasserdampf schlägt mir entgegen. Der große Spiegel ist beschlagen, die Plexiglaswand der Dusche nur zum Teil. Joanna liegt verkrümmt in der Duschwanne.

«Jo», schreie ich. Mit einem Ruck ziehe ich die Tür der Kabine auf. Wasser spritzt mir entgegen, durchnässt mich in Sekundenschnelle. «O mein Gott, Jo.»

Mit fahrigen Bewegungen stelle ich das Wasser ab, bücke mich. Meine Hände rutschen von Joannas nassem Körper ab, ich stoße mir den Ellbogen an der Kante der Dusche. Endlich gelingt es mir, sie ein wenig hochzuziehen. Mein Blick huscht über ihren Körper. Keine sichtbaren Verletzungen. Ihre Augen sind geschlossen. Ich hebe sie vorsichtig aus der Dusche, merke dabei, dass mir übel wird. Mein Kopf schmerzt. Was ist das?

Mein Blick irrt durch das Bad. Waschbecken, Schrank, Gastherme … die Gastherme? Ich versuche aufzustehen und rutsche auf dem nassen Boden aus. Es gelingt mir, mich hochzustemmen. Ich schaffe es zum Fenster und reiße es auf. Nicht übergeben. Nicht jetzt.

Kurz lehne ich den Oberkörper nach draußen, atme tief durch, noch ein zweites Mal, dann wende ich mich um. Ich muss Joanna rausschaffen. Packe sie an den Händen und ziehe sie über den Fliesenboden nach draußen. Über den Flur, zum Schlafzimmer. Dort öffne ich als Erstes das Fenster, dann ziehe ich Joanna aufs Bett. Keuchend lege ich mein Ohr auf ihre Brust. Sie atmet. Nur flach, aber sie atmet. Gott sei Dank.

Ich möchte mich neben ihr auf das Bett fallen lassen, aber erst muss ich zurück ins Bad. Ich halte die Luft an, während ich das Ventil der Gastherme zudrehe.

Ich schwanke zurück ins Schlafzimmer, muss mich dabei an der Flurwand abstützen. Dann falle ich neben Joanna aufs Bett. Was soll ich jetzt tun? Ich muss einen Krankenwagen rufen. Mühsam stemme ich mich hoch, um das Telefon zu suchen.

Gleichzeitig drängt sich ein anderer Gedanke in mein Bewusstsein. Die Gastherme im Bad. Sie ist vor drei Wochen gewartet worden. Und jetzt hätte sie Joanna vielleicht fast umgebracht.

Wie kann das sein?

13

Licht.

Eine Wand. Ein Fenster. Unscharf. Die Augen offen zu halten ist schwer.

So schwer.

Dann eine Berührung an der Schulter. Schütteln.

«Jo! Nicht wieder einschlafen! Bleib wach, ja? Sieh mich an!»

Ein dunkler Umriss über mir. Ein Gesicht. Fremd.

Oder nein ... doch nicht fremd. Schlimmer als fremd.

Eine Hand streichelt mich, am Kopf, an der Wange. «Der Krankenwagen ist gleich da. Sie beeilen sich. Ist dir übel? Kannst du atmen?»

Ich fühle in mich hinein. Auf beide Fragen lautet die Antwort ja. Die Silhouette über mir verschwimmt, das Zimmer dreht sich. Atmen geht, aber es ist, als wäre trotzdem viel zu wenig Luft in meinen Lungen ...

«Jo!» Wieder schütteln. Dann ein Klaps ins Gesicht. «Bitte! Sieh mich an, ja?»

Allmählich wird das Bild klarer. Erik, der sich über mich beugt. «So ist es richtig. Sieh mir einfach in die Augen. Ich bin bei dir, es wird alles gut.»

Er keucht. In der rechten Hand hält er ein Bündel ... Stoff, das er jetzt in die Schublade meines Nachtkästchens stopft.

«Warst du das selbst, Jo?» Er nimmt mich in die Arme, presst mich an sich. Das Hemd, das er trägt, ist durchnässt, ich bin ebenfalls nass, und langsam kehrt die Erinnerung an das zurück, was passiert ist. Die Dusche. Der Schwindel. Die Übelkeit.

Erik hält mich immer noch. Der Gedanke, dass ich mich wehren müsste, kommt und verschwindet wieder. Zu wenig Kraft. Zu wenig Luft.

Ich fühle, wie sich sein Brustkorb angestrengt hebt und senkt, wie seine Hand sich in meinem nassen Haar vergräbt. Seinen Atem an meinem Hals.

Dann lässt er mich los. Stützt sich schwer am Bett ab, als er sich aufrichtet. Geht mit unsicheren Schritten zu meinem Schrank.

«Sie werden gleich da sein. Besser, ich ziehe dir etwas an.»

Ein Slip, ein T-Shirt. Ich möchte es gern selbst tun, aber jede Bewegung zu viel verschlimmert Schwindel und Atemnot, also lasse ich mich von ihm anziehen wie eine Puppe.

Dann Sirenen, die sich nähern, vor dem Haus zum Stillstand kommen. Erik tastet sich zum Fenster. «Die Tür ist nicht abgesperrt», ruft er hinaus, dann setzt er sich an die Bettkante und greift nach meiner Hand.

Plötzlich ist das Zimmer voller Leute, alle tragen Atemschutzmasken. Von überallher Stimmen. Hektik. Jemand zieht Erik weg, leuchtet mir in die Augen, tastet nach meinem Puls.

Kohlenmonoxid, das Wort fällt immer wieder. Eine Sauerstoffmaske wird mir über Mund und Nase gelegt, und plötzlich ist das Atmen viel einfacher.

Ich drehe den Kopf, sehe Erik auf dem Boden sitzen, ebenfalls mit einer Maske im Gesicht. Er sucht meinen Blick, nickt mir zu.

Sie heben mich auf eine Trage, legen mir eine Decke über den Körper, ich schließe die Augen.

«Ist das Ihr Haus», höre ich jemanden sagen, «die Therme ist wirklich alt, wann wurde die zuletzt gewartet, aha, Sie müssen übrigens auch ins Krankenhaus.»

Auf dem Weg über die Treppen neigt die Trage sich leicht, dann ein Luftzug, als wir nach draußen treten. Ich öffne die Augen, über mir dunkler Abendhimmel. Sterne.

Ich glaube, dass ich jetzt endlich wieder einschlafen darf.

Ein riesiges, röhrenförmiges Gebilde. Druckkammertherapie, erklärt mir der Arzt. «Sie wollen doch keine Spätschäden?»

Ich schüttle matt den Kopf. Nein. Was ich will, ist die Zeit zurückdrehen, zu dem Punkt, an dem mir mein Leben noch vertraut war und ich nicht ständig Angst darum haben musste.

Im Inneren der Kammer kommen Schläuche aus den Wänden, sie münden in blaue Masken. Eine davon stülpt man mir über. «Einfach atmen», sagt der Arzt. Dann lässt er mich alleine.

Ich versuche mich zu erinnern. Ich habe das Haus durchsucht, dann bin ich duschen gegangen – und bin umgekippt. Erik muss mich gefunden und nach draußen gezogen haben, deshalb das nasse Hemd.

Warst du das selbst?, hat er mich gefragt. Was auch immer er damit gemeint haben mag.

Nach einer Stunde holen sie mich wieder aus der Röhre, es geht mir deutlich besser, aber sie wollen mich trotzdem nicht nach Hause lassen. «Erstens ist da noch die Feuerwehr, zweitens müssen Sie unter Beobachtung bleiben.»

Also ins Krankenhaus, wo mir meine Zusatzversicherung immerhin ein Einzelzimmer verschafft. Die Sauerstoffmaske ist nach wie vor mein Begleiter, und sie ist ein guter Vorwand, um zu schweigen. Ich starre an die Wand und versuche die fröhliche Ärztin auszublenden, die mir die EKG-Kontakte auf den Oberkörper klebt. «Gasthermen sind ein solches Risiko», plaudert sie auf mich ein. «Sie hatten Glück, dass Ihr Mann so schnell reagiert hat. Ein bisschen später, und …»

Sie lässt den Satz unvollendet, aber es ist ohnehin klar, was sie meint.

Mein Mann.

Zweifelsohne hat Erik mich aus der Dusche gezogen, hat mich gerettet – aber was wäre passiert, wenn ich eine halbe Stunde früher geduscht hätte? Wäre er dann ebenfalls sofort zur Stelle gewesen? Hat er nur darauf gewartet, zu meinem Retter werden zu können?

Oder wäre ich dann tot?

Ich liege da und beobachte die Zacken, die mein Herzschlag auf den Überwachungsmonitor malt.

Warst du das selbst, Jo?

Der Schmerz in meinem Handgelenk ist nicht mehr so scharf wie heute Morgen, dafür nimmt er jetzt mehr Platz ein. Er reicht vom Knöchel bis zu den Fingergliedern. Ich erinnere mich genau an das Gefühl von Euphorie, das mich erfüllt hat, als ich meine Hand gegen den Türrahmen von Elas Auto schlug. Es tat scheußlich weh und war trotzdem ... gut.

Etwas stimmt nicht mit mir, vielleicht sollte ich dieser Tatsache allmählich ins Auge sehen. Wenn ich neuerdings das Bedürfnis habe, mir selbst Schaden zuzufügen, dann wäre es auch denkbar, dass ich an der Therme herumgedreht habe, um mir noch Schlimmeres anzutun.

Nur dass ich keine Ahnung habe, wie man das macht. Und dass ich mich nicht daran erinnern kann, dem Gerät auch nur nahe gekommen zu sein. Aber über Gedächtnisausfälle sollte ich mich mittlerweile besser nicht mehr wundern.

Oder eben doch. Wenn das alles nämlich inszeniert ist, um mich genau zu den Schlüssen zu bringen, die ich gerade ziehe.

Aber wie kann jemand meinen neugewonnenen Drang zur Selbstverletzung inszenieren?

Vielleicht war es ja einfach nur ein Unfall. Ein Wartungsfehler. Etwas, das überall hätte passieren können. Das Schlimme ist, dass diese Möglichkeit mir am unglaubwürdigsten erscheint.

Ich schließe die Augen. Sperre die Welt aus. Konzentriere mich nur auf den Sauerstoff, der in meinen Körper strömt.

Am nächsten Morgen, noch bevor mir das traurige Krankenhausfrühstück serviert wird, klopft es an der Tür, und Ela steht im Zimmer. Sie ist blass, schüttelt immer wieder den Kopf und setzt sich an meine Bettkante.

«Was ist bloß los bei euch», sagt sie und nimmt meine Hand.

«Ahnst du eigentlich, wie knapp das war, Jo? Bei Kohlenmonoxid-vergiftungen machen oft zwei Minuten den Unterschied zwischen Leben und Sterben aus. Manchmal weniger.»

Ich habe immer noch meine Sauerstoffmaske auf. Ich muss nichts sagen, aber ich erwidere den Druck von Elas Hand.

«Ich bin so froh, dass Erik schnell genug war», murmelt sie. «Er hat völlig richtig reagiert.»

Sie interpretiert meinen fragenden Blick richtig. «Ja, ich habe mit ihm gesprochen, er ist ebenfalls hier im Krankenhaus. Er hatte schließlich keinen Atemschutz, also hat es ihn auch erwischt.» Ist da ein Vorwurf in ihrer Stimme? «Wenn auch nicht so schlimm wie dich. Ihn werden sie heute schon entlassen.» Sie lächelt, ich schätze, es soll ermutigend wirken. «Gibt es etwas, das ich für dich tun kann?»

Ja, das gibt es tatsächlich. Ich hebe meine Sauerstoffmaske ein Stück an. «Das Fotostudio anrufen. Bitte. Sag ihnen, dass ...»

«Dass du erst mal ausfällst. Na klar.»

Sie streichelt meinen Arm, beißt sich auf die Unterlippe. Ganz offensichtlich will sie noch etwas loswerden, weiß aber nicht, wie sie es sagen soll.

Schließlich gibt sie sich einen Ruck. «Hast du dir überlegt, ob du dich nicht vielleicht stationär aufnehmen lassen willst, wenn das hier überstanden ist?» Sie sucht meinen Blick. «Nicht auf dieser Abteilung, natürlich. Auf der Psychiatrie. Zur Sicherheit, verstehst du?»

Mit einem Ruck ziehe ich meine Hand aus ihrem Griff und drehe den Kopf zur Seite. Nicht, weil die Idee so abwegig ist, im Gegenteil. Ich hatte sie selbst schon im Lauf dieser Nacht. Aber Elas Vorschlag holt sie in die Wirklichkeit und macht mir klar, dass ich nichts weniger möchte als das. Weggesperrt werden, unter Medikamente gesetzt, mit einer passenden Diagnose versehen.

Aus dem Weg geräumt.

«Entschuldige», höre ich Ela sagen. «Ich will dich zu nichts überreden. Wirklich nicht. Aber erinnerst du dich an deinen Anfall gestern im Auto? Das bist doch nicht du.» Sie seufzt, und ich schließe die Augen.

Geh weg, denke ich.

Ela steht auf, als hätte sie meine stumme Bitte gehört. «Ich fürchte ja nur, dass du dir selbst gefährlich werden könntest. Oder es schon geworden bist. Dir und Erik.»

Ihre Hand, die meinen Kopf streichelt. Ich lasse es zu, liege so ruhig, als wäre ich eingeschlafen.

«Du bist doch meine Freundin. Du bist mir wichtig. Ihr seid mir wichtig. Ich will nicht, dass euch etwas zustößt.»

Erik kommt eine Viertelstunde nach der Visite. Er zieht sich einen Stuhl heran und sagt lange gar nichts, berührt mich auch nicht. Er hat die Ellenbogen auf die Knie gestützt und die Hände vor dem Mund gefaltet. Warteposition.

Wenn er darauf hofft, dass ich das Schweigen nicht ertrage und deshalb ein Gespräch beginne, hat er eine lange, frustrierende Zeit vor sich. Meine Sauerstoffmaske ist mein Schutzschild.

«Ich hatte solche Angst um dich, Jo.» Seine Stimme ist leise, als er schließlich doch spricht. «Und ich bin so froh, dass du wieder gesund wirst.»

Ich ringe mich dazu durch, ihm in die Augen zu sehen. War ich in meinem Leben schon jemals so zwiegespalten? Ich sollte diesem Mann danken, auf Knien, dafür, dass er seine Gesundheit riskiert hat, um mich zu retten. Und ich würde es tun, sofort.

Wenn da nicht diese andere Möglichkeit wäre. Dass ich nämlich gar keine Rettung gebraucht hätte, wenn es ihn nicht gäbe. Dass er mich bewusst in Gefahr gebracht hat, um eben diese Dankbarkeit zu erzwingen.

Ich entschließe mich doch dazu, die Atemmaske zu heben. «Sie sagen, es war die Therme?»

Erik zögert kurz, dann nickt er. «Das sagen sie nicht nur. Das war so. Und – Jo …» Er vergräbt das Gesicht in den Händen, reibt es, blickt wieder auf.

«Ich habe die Tücher gefunden.»

Keine Ahnung, was er meint. «Die Tücher?»

«Ja. Das Abzugsrohr der Therme war mit drei zusammengeknüllten Tüchern verstopft. Den großen Schals, die du so magst. Deshalb …»

Deshalb.

Kein technischer Defekt. Kein Wartungsfehler. Jemand hat meine Schals aus der Kommode geholt und damit eine tödliche kleine Falle gebastelt.

«Ich habe die Tücher rausgeholt, bevor die Feuerwehr da war. Sie sind jetzt ziemlich ratlos, weil das Gas eigentlich ganz normal hätte abziehen müssen. Sie sagten, solche Unfälle kämen zwar auch vor, ohne dass der Kamin verstopft sei, dann aber nur bei schwülem Tiefdruckwetter, wenn das Kohlenmonoxid wieder in den Abzug zurückgedrückt wird.»

Mehr sagt Erik nicht, aber mir ist völlig klar, was er denkt. Es war gestern nicht schwül, und ich war stundenlang alleine zu Hause. Ich hätte weiß Gott was anstellen können.

Vermutlich hat er vorhin schon mit Ela gesprochen. Deshalb ihr Vorschlag.

«Ich war das nicht», sage ich und höre selbst, wie matt ich klinge. Erschöpft. Unglaubwürdig.

Also räuspere ich mich und versuche es noch einmal, gebe mir Mühe, meine Stimme kräftiger klingen zu lassen. «Glaub mir, Erik. Ich habe das nicht getan. Ich wüsste überhaupt nicht, wie man das macht, ich habe keine Ahnung von Gasthermen und Abzügen und …» Mir geht die Luft aus, ich presse die Sauerstoffmaske wieder auf mein Gesicht, für drei, vier Atemzüge. «Ich will mich nicht umbringen», sage ich dann. «Weder mich noch dich.»

Er lächelt nicht. Blickt zu Boden. «Ich habe die Tücher versteckt, vielleicht war das dumm von mir. Aber ich wollte nicht, dass du

Schwierigkeiten mit der Polizei bekommst oder dass sie dich einweisen.» Jetzt sieht er hoch, und zum ersten Mal, seit ich ihn kenne, habe ich das Bedürfnis, seine Hand zu nehmen. Sie zu halten und zu drücken.

Ich tue es nicht, aber als er nach meiner greift, als hätte er gespürt, was in mir vorgeht, lasse ich es zu.

«Ich glaube immer noch, dass wir unsere Probleme in den Griff bekommen können», sagt er. «Aber du musst es wollen, Jo. Du machst es mir so unsagbar schwer im Moment. Ich tue alles, was ich kann, aber du musst mir helfen. Bitte.»

Ich weiß nicht, warum ich nicke. Wahrscheinlich, weil ich gerne glauben möchte, was er sagt. Weil ich selbst gerade etwas brauche, woran ich mich festhalten kann. Oder jemanden.

Kann sein, dass es genau das ist, worauf er die ganze Zeit aus war. Dann hat er sein Ziel jetzt erreicht.

14

«Sie haben Glück gehabt.» Der Stationsarzt schaut vom Klemmbrett mit meiner Patientenkarte auf und legt sie ans Fußende des Bettes, auf dem ich fertig angezogen sitze. Glück? Es erscheint mir wie blanker Hohn angesichts des Chaos der letzten Tage.

«Die Blutwerte sind so weit in Ordnung. Ihre Papiere werden gerade fertig gemacht, dann können Sie gehen. Ich schreibe Sie für die nächsten zwei Tage krank. Erholen Sie sich noch so lange.»

Er drückt mir die Hand. Dann bin ich wieder allein.

Ich kann gehen. Raus aus diesem Zimmer mit den weiß getünchten Wänden, die meine Gedanken wie ein Echo zurückgeworfen haben, während ich sie auf der Suche nach Antworten stundenlang anstarrte. Endlich.

Und doch sträubt sich etwas in mir dagegen, das Krankenhaus zu verlassen. Joanna zu verlassen, die nur wenige Zimmer weiter liegt. Wenn ich jetzt gehe, kann ich sie nicht beschützen. Vor … ja, wovor? Vor sich selbst? Vor mir?

Was, wenn nicht Joanna ein psychisches Problem hat, sondern ich? Wie kann ich so sicher sein, dass es ihr Kopf ist, der aus dem Takt geraten ist? Sie wehrt sich ebenso verzweifelt gegen den Gedanken, mit ihr könne etwas nicht stimmen, wie ich das tun würde. Wie ich es tue. Aber vielleicht habe ich ja tatsächlich den Abzug der Therme verstopft und weiß nichts mehr davon? Zumindest weiß ich, wo man die Tücher hinstecken müsste.

«So, Herr Thieben, hier sind die Krankmeldung und der Brief für Ihren Hausarzt.»

Die rundliche Krankenschwester hält mir einen Briefumschlag entgegen. Ich stehe auf und nehme ihn an mich. «Danke», sage ich, und ich empfinde tatsächlich Dankbarkeit. Dafür, dass sie genau im richtigen Moment gekommen ist und mich aus diesen beängstigenden Gedanken gerissen hat.

«Das war auch schon alles. Sie können dann jetzt gehen. Gute Besserung.» Sie lächelt mir aufmunternd zu und ist im nächsten Moment schon wieder weiter. Nächster Patient, nächstes Lächeln.

Ich verlasse den Raum, wende mich nach links und bleibe fünf Zimmer weiter stehen. Auf Anklopfen verzichte ich.

Joanna scheint zu schlafen, als ich vorsichtig die Tür hinter mir schließe und zu ihrem Bett gehe. Ich stehe einfach da und schaue sie an. Die Sauerstoffmaske in ihrem blassen Gesicht, die Kabel, der Monitor neben ihrem Bett. Drei gezackte Linien untereinander. Grün, blau, weiß. Dazu einige Zahlen. Blutdruck, Sauerstoffsättigung, EKG, Herzfrequenz. Sie sieht so unglaublich hilflos aus, so zerbrechlich. Ich schreie stumm in mich hinein. Will sie am liebsten sofort in den Arm nehmen, sie an mich drücken. Ihr ins Ohr flüstern, dass alles wieder gut wird. Dass ich sie mehr liebe, als ich es sagen kann, dass wir gemeinsam alles schaffen. Alles.

Wenn ich wenigstens ihre Hand halten könnte.

Aber ich lasse es. Sie braucht die Ruhe.

Werde schnell gesund, denke ich. *Ich komme nachher wieder.* Auf Zehenspitzen verlasse ich das Zimmer. Der Flur, der Aufzug, die Eingangshalle mit der Information. Das alles registriere ich wie Requisiten dieses Horrorfilms, durch den ich in einer ungewollten Hauptrolle stolpere.

Ich steige in ein Taxi und nenne meine Adresse.

Starre aus dem Fenster, während wir schweigend das Krankenhaus hinter uns lassen.

Von draußen glotzen mir die Betongesichter der Vorstadthäuser mit gleichgültiger Kälte entgegen.

Ich habe eine Krankmeldung für zwei Tage, aber ich möchte nicht zwei Tage lang zu Hause sitzen, gerade jetzt, wo in der Firma offenbar einiges für mich aus dem Ruder läuft.

Andererseits habe ich dadurch die Möglichkeit, nach Joanna zu sehen, ohne irgendwelche Geschichten erfinden zu müssen. Geschichten, die Gabor wieder Anlass zu Spekulationen bieten würden. Oder Bernhard.

«Soll ich da reinfahren?» Der Fahrer deutet auf unsere Auffahrt.

«Ja, bitte.»

Ich zahle, steige aus und bleibe vor der Stelle stehen, an der bis vor zwei Tagen noch der Kakadu gestanden hat. Es scheint schon so unendlich lange her zu sein, dass unsere Welt noch in Ordnung war. Wie selbstverständlich wir diesen Zustand immer hingenommen haben, ohne auch nur einen Gedanken daran zu verschwenden, es könnte einmal anders sein.

Ich schließe die Tür hinter mir und lasse mich mit dem Rücken dagegensinken. Das Haus kommt mir leer vor, fast fremd. Nur ganz selten war Joanna nicht da, wenn ich nach Hause kam. Und selbst dann wusste ich, es wird nicht lange dauern, bis die Tür ins Schloss fällt und ich ihr fröhliches «Hi, Darling, ich bin da» höre.

Werde ich das je wieder hören?

Frau Schwickerath aus der Personalabteilung erklärt mir am Telefon, es genüge, die Krankmeldung mitzubringen, wenn ich wieder in die Firma komme. Es seien ja nur zwei Tage. Dann wünscht sie mir noch gute Besserung.

Ich mache mir einen Kaffee und sitze am Küchentisch, die dampfende Tasse vor mir. Wieder und wieder gehe ich die Geschehnisse der letzten beiden Tage durch, suche verzweifelt nach dem Ansatz einer Erklärung. Alles, was mir einfällt, ist unlogischer Blödsinn.

Irgendwann schweifen meine Gedanken ab zu G.E.E. und zu Gabor. Auch kein schönes Thema im Moment, und doch greife ich den Faden auf und spinne ihn weiter. Weil es andere Gedanken sind.

Was hat Gabor dazu gebracht, mich aus der Geschichte mit diesem Riesenabschluss auszuklammern? Eigentlich sind alle Projekte, die ich in den letzten Jahren geleitet habe, gut gelaufen. Natürlich gab es hier und da Verzögerungen, mit denen man im Vorfeld einfach nicht hatte rechnen können. Das ist normal und passiert bei allen größeren Aufträgen. Kein Grund, mir plötzlich die kalte Schulter zu zeigen, wenn es um eine große Sache geht.

Hat vielleicht Bernhard etwas damit zu tun? Immerhin hat er Gabor noch vom Flughafen aus angerufen und ihm brühwarm erzählt, was bei uns los war.

Ich würde mir an deiner Stelle überlegen, ob du morgen früh zur Arbeit gehst, hatte er scheinheilig besorgt zu mir gesagt. Arschloch.

Der Kaffee ist nur noch eine lauwarme Brühe. Offenbar habe ich auch das Zeitgefühl verloren.

Ich gehe ins Wohnzimmer und frage mich im gleichen Moment, was ich dort soll. Also zurück in die Küche, dann in die Diele. Die Gastherme fällt mir ein, und ich steige mit klopfendem Herzen die Treppe hinauf.

Das Badezimmer sieht aus wie nach einem Bombenangriff. Handtücher liegen auf dem Boden herum, einige von Joannas Kosmetikartikeln dazwischen. Auf der Ablage neben dem Waschbecken sind die Flaschen und Döschen umgefallen. Was haben die Feuerwehrleute hier bloß veranstaltet?

Der untere Teil der Gastherme ist nackt, die Verkleidung liegt auf den Fliesen davor. Das Wirrwarr aus Kupferrohren, Anschlussstücken und Drähten sieht aus wie ein aufgebrochener Körper, bereit zur Obduktion.

Ist jemand hier gewesen, oder gibt es eine andere Erklärung für die Tücher im Abzug? Und wen wollte derjenige damit treffen? Joanna? Vielleicht mich? Oder war das egal?

Und wieder einmal stellt sich die alles entscheidende Frage: Warum das alles? Ich gehe die Treppe hinunter und bleibe in der Diele stehen. Starre auf die Tür. Ein Fremder ist vielleicht in unserem Haus gewesen. In unserem Intimsten. Es ist wie eine Entweihung. Vielleicht war er auch in unserem Schlafzimmer, hat die Bettdecken berührt, die wir über unsere nackte Haut gezogen haben, nachdem wir … Nein, das hat er nicht. Wenn, dann hat er höchstens Joannas Decke berührt, denn meine ist nicht mehr da. Es ist zum Verrücktwerden.

Wieder gehe ich in die Küche. Diese innere Unruhe, sie macht mich wahnsinnig. Ich schaue auf die Uhr und überlege, wie lange es her ist, dass ich aus dem Taxi gestiegen bin. Aber ich müsste wissen, wie spät es da war. Keine Ahnung mehr.

«Scheiß drauf.»

Habe ich das laut gesagt? Ja, ich glaube, das habe ich tatsächlich. Läuft das schon unter der Rubrik *Selbstgespräche*? Ein Anzeichen dafür, dass mein Verstand vor dieser Situation kapituliert?

Ich halte es nicht mehr aus in diesem Haus. Es fühlt sich falsch an, hier zu sein, während Joanna vergiftet im Krankenhaus liegt. Alleingelassen mit der wahnsinnigen Angst, die sie haben muss.

Sie wird frische Sachen brauchen. Unterwäsche, Handtücher.

Eine halbe Stunde später sitze ich hinter dem Steuer und bin auf dem Weg zu ihr.

Den Nachmittag und die beiden folgenden Tage verbringe ich größtenteils bei Joanna. Ich verlasse das Krankenhaus nur abends zum Schlafen und tagsüber, um etwas essen zu gehen.

Ich erzähle ihr viel von uns. Anfangs beginne ich die Sätze mit den Worten: «Weißt du noch …?»

Jedes Mal schüttelt sie stumm den Kopf. Irgendwann verzichte ich auf die einleitende, schmerzende Frage.

Manchmal sitze ich auch nur stumm an ihrem Bett und schaue ihr beim Schlafen zu. Oder dabei, wie sie so tut, als würde sie schlafen. Ich merke es an ihrem Blinzeln, aber ich lasse ihr diese Rückzugsmöglichkeit.

Sie selbst redet wenig, bis auf dieses eine Mal. Da erzählt sie von Australien. Von ihrer Kindheit und ihren Freunden. Ihren Vater erwähnt sie dabei kaum. Ich unterbreche sie nicht, höre ihr nur zu.

Als ich am Nachmittag des zweiten Tages von einem Spaziergang in dem kleinen Park neben dem Krankenhaus zurückkehre, sitzt Joanna angekleidet auf dem Stuhl, auf dem ich den Großteil der vergangenen zwei Tage zugebracht habe.

«Ich darf gehen», sagt sie. Sie sagt nicht: *Ich darf nach Hause.*

Ich kann nicht anders, ich mache einen großen Schritt auf sie zu und nehme sie in den Arm. Ich rechne damit, zurückgestoßen zu werden, aber das geschieht nicht. Sie umarmt mich nicht, aber sie wehrt sich auch nicht gegen die körperliche Nähe. Ich schließe die Augen. Wie wenig doch für einen Moment des Glücks nötig ist, wenn es keine Selbstverständlichkeiten mehr gibt.

Während der Fahrt sprechen wir nicht viel. Joanna schaut auf ihrer Seite aus dem Fenster, und ich habe Angst, ein einziges, unbedachtes Wort könnte dieses kleine Glück zerstören, das ich gerade erleben durfte.

Endlich sind wir zu Hause. Ich trage die Tasche mit ihren Sachen und lege ihr beim Gehen wie unbeabsichtigt die freie Hand auf den Rücken. Auch dieses Mal stößt sie mich nicht zurück, aber ich spüre, wie sich ihr Körper versteift, und lasse den Arm schnell wieder sinken.

Joanna erklärt, sie sei sehr müde und wolle sich ein wenig hinlegen. Eine halbe Stunde später steht sie in der Küche vor mir. Sie könne nicht schlafen, obwohl sie so müde sei.

Ich schlage ihr vor, uns etwas Leckeres zu kochen. «Kochst du gut?», fragt sie.

«Am besten mit dir zusammen», sage ich, doch sie schüttelt den Kopf und setzt sich hin. «Nein, bitte, ich fände es schön, wenn du etwas für uns kochst. Ich schaue dir dabei zu.»

Damit bin ich einverstanden. Ich empfinde die Vorstellung, etwas für sie zu kochen, als eine weitere Annäherung.

In der Vorratskammer steht unser Gefrierschrank. Ich habe gerade eine eiskalte Großpackung Scampi in der Hand, als es klingelt.

Joanna ist von ihrem Stuhl aufgestanden, als ich aus der Kammer herauskomme. In ihrem Gesicht erkenne ich Angst. «Wer kann das sein?»

«Ich weiß es nicht. Vielleicht wieder jemand aus der Firma, der eine Datei auf seinem Notebook gelöscht hat.»

Joanna folgt mir, als ich die Küche verlasse, bleibt aber im Durchgang zur Diele stehen und hält sich am Türrahmen fest, als befürchte sie, umzufallen.

Ich öffne die Tür und starre mein Gegenüber eine Weile überrascht an, bevor ich die Sprache wiederfinde.

Vor mir steht lächelnd Dr. Bartsch, der Betriebspsychologe von Gabor Energy Engineering. Ich begrüße ihn zögernd und spüre, wie ich wütend werde. Versuchen sie jetzt auf diese Art, mich auszubooten?

«Guten Abend, Herr Thieben», sagt er, und sein Grinsen wird dabei noch breiter. «Ich wollte nur kurz nachsehen, ob bei Ihnen alles in Ordnung ist. Darf ich reinkommen?»

15

Der Mann ist mittelgroß und drahtig, und ich merke sofort, dass Erik ihn nicht leiden kann. Er atmet zweimal tief durch, bevor er den Besucher mit einer knappen Geste ins Haus bittet. «Dr. Bartsch. Was führt Sie denn her?»

Noch ein Arzt? Unwillkürlich weiche ich zwei Schritte in die Küche zurück.

Der Mann streicht sich über seinen gepflegten Vollbart. «Herr Gabor schickt mich, ich soll nach Ihnen sehen. Es ist ihm natürlich zu Ohren gekommen, wie knapp Sie einer Katastrophe entgangen sind ...»

Jetzt hat er mich im Blick. Betrachtet mich mit unverhohlenem Interesse. «Sie müssen Joanna sein, habe ich recht?»

Ich bin so müde. Ich will keinen Smalltalk mit diesem Doktor machen und wenn er einen Hauch von Einfühlungsvermögen hat, dann wird er das merken. Noch bevor ich antworten kann, ist Erik an meiner Seite. «Jo, das ist Dr. Bartsch, unser Betriebspsychologe. Ich habe ihn nicht hergebeten, falls du das denkst; ich weiß, dass du heute Ruhe haben möchtest.»

Vielleicht ist es ja nur die Müdigkeit, jedenfalls schaffe ich es nicht, die Zusammenhänge zu begreifen. Geht es bei diesem Besuch um mich? Was habe ich mit Eriks Betrieb zu schaffen? Er hat mir in den letzten Tagen einiges erzählt, auch, was er arbeitet. Hat mit erneuerbaren Energien zu tun – ein Zukunftsmarkt, würde mein Vater dazu sagen.

«Nein.» Bartsch sieht nun ernst drein. «Erik hat mich nicht hergebeten, das ist wahr. Aber unser Chef dachte, es wäre eine gute Sache, wenn ich kurz bei Ihnen vorbeisehe. Vielleicht gibt es ja etwas, womit ich Ihnen helfen kann, das täte ich wirklich sehr gerne.»

Es ist unübersehbar, dass Erik Mühe hat, sich zu beherrschen. «Wir wissen doch beide, warum Sie wirklich hier sind», sagt er leise.

«Auf der Suche nach einem Grund, der es Gabor erlaubt, mich kaltzustellen.»

Ich sehe Erik von der Seite an. Dass er in seiner Firma Schwierigkeiten hat, hat er nicht erwähnt.

Der Psychologe schüttelt lächelnd den Kopf. «Aber warum in aller Welt sollte Gabor das wollen? Sie sind ein hervorragender Mann, Herr Thieben, und glauben Sie mir, das weiß er auch.» Mit einer Kopfbewegung deutet er in Richtung Wohnzimmer. «Ich fände es schön, wenn wir uns setzen könnten. Ich werde Sie nicht lange aufhalten, versprochen.»

Obwohl es mir heftig widerstrebt, nicke ich. Schon wieder ein Fremder in meinem Wohnzimmer.

Bartsch setzt sich auf die Couch und kreuzt die Beine. Sieht uns abwartend entgegen.

Ich gebe mir einen Ruck. «Möchten Sie vielleicht etwas trinken?»

Seine Miene hellt sich auf. «Oh, das wäre wunderbar, sehr gerne. Ein Glas Wasser reicht mir völlig.»

Ich gehe in die Küche, wo die Packung mit den Scampi neben dem Herd liegt und langsam auftaut. Dass Erik den Mann aus dem Haus haben möchte, verstehe ich völlig, mir geht es genauso. Er hat diesen durchdringenden Psychologenblick, der mir das Gefühl vermittelt, er könne durch mich hindurchsehen. Um anschließend mehr über mich zu wissen als ich selbst.

Gut, das ist im Moment auch kein Kunststück.

Ich spüre, wie ein Kichern meine Kehle hochkriechen will, und hole schnell ein Glas aus dem Schrank, das ich mit Wasser fülle.

«Danke», sagt er, als ich es vor ihm auf den Couchtisch stelle. Er nimmt einen Schluck, wobei er mich nicht aus den Augen lässt, und lehnt sich dann zurück. «Joanna. Ich bin sehr froh, dass Sie den Unfall so gut überstanden haben. Wie geht es Ihnen denn jetzt?»

Es ist nicht nur der Blick, es ist auch … seine Stimme. Sie ist nicht unangenehm, hat aber trotzdem etwas, das in mir den Wunsch weckt, aus dem Zimmer zu gehen und mich zu verkriechen.

«Lassen Sie sie in Ruhe», antwortet Erik an meiner Stelle. Er nimmt meine Hand und verschränkt seine Finger mit meinen. «Wenn Sie mir unbedingt an den Karren fahren wollen, dann tun Sie das, aber lassen Sie Joanna da raus.»

Wieder schüttelt Bartsch den Kopf. «Ich weiß wirklich nicht, wie Sie auf diese Idee kommen, Herr Thieben.» Ohne eine Antwort abzuwarten, wendet er sich an mich. «Wie lange leben Sie denn schon in diesem Haus?»

Seit … ich muss mich konzentrieren. «Seit einem halben Jahr. Ungefähr.»

Bartsch betrachtet mit anerkennendem Blick die Bilder an der Wand. «Haben Sie die Einrichtung gemeinsam ausgesucht?»

Nein, das war ich alleine. Unwillkürlich will ich meine Hand aus Eriks Griff befreien – was soll ich darauf sagen?

Bartschs Blick wandert zurück zu mir, natürlich, er überlegt, warum ich so lange brauche, um eine derart einfache Frage zu beantworten. «Ja», flüstere ich.

«Sehr geschmackvoll.» Er greift nach dem Glas, dreht es zwischen den Händen. «Ich finde es schade, dass wir uns unter so bedauerlichen Umständen kennenlernen. Warum haben Sie Erik denn nie zu unseren Firmenfeiern begleitet? Die sind weniger langweilig, als man denken sollte, fast alle Mitarbeiter bringen ihre Partner mit.»

Ich habe ihn nie begleitet, weil ich ihn erst seit fünf Tagen kenne. Der Satz liegt mir auf der Zunge, aber ich werde mich hüten, ihn auszusprechen. Eriks Griff um meine Hand ist deutlich fester geworden.

«Ich hatte immer zu tun», sage ich und hasse mich dafür, dass meine Stimme so schwach klingt. «Ich arbeite oft bis in den Abend hinein», füge ich etwas lauter hinzu.

«Ach so. Ja, das ist natürlich verständlich.» Bartsch nimmt einen großen Schluck Wasser.

Mein Herz klopft etwas zu heftig in meiner Brust, und ich weiß nicht, ob es an der Stimme des Psychologen liegt oder daran, dass er mir eben einen Hinweis darauf gegeben hat, dass ich mit meiner ursprünglichen Vermutung doch richtig liege. Wäre ich mit Erik liiert, hätte ich ihn begleitet. Ich bin von Natur aus neugierig, ich hätte sehen wollen, mit wem er arbeitet.

«Wie gesagt, ich möchte Sie nicht allzu lange stören», ergreift Bartsch wieder das Wort. «Und Ihnen ist natürlich klar, weswegen ich hauptsächlich hier bin. Bernhard Morbach war letztens bei Ihnen und hat uns anschließend erzählt, dass Sie versucht haben, vor Erik zu fliehen, Joanna.»

Der Mann mit der Laptoptasche. Eriks Griff um meine Hand wird so fest, dass es beinahe schmerzt.

«Das war … ein Missverständnis», stammele ich.

Der Psychologe sieht mich durchdringend an. «Er sagte, Sie hätten gewirkt, als hätten Sie Todesangst.»

Erik lässt meine Hand los und springt auf. «Ach, das hat Bernhard gesagt? Ist ja interessant. Wenn er sich so große Sorgen um sie gemacht hat, warum ist er dann einfach gegangen und hat Joanna mit mir allein gelassen?»

Bartsch betrachtet den aufgebrachten Erik völlig unbeeindruckt. «Niemand unterstellt Ihnen etwas, Herr Thieben. Aber nach allem, was Herr Morbach uns geschildert hat, war die Situation zumindest außergewöhnlich und sicherlich belastend für Sie beide. Und jetzt, im Licht der letzten Ereignisse …»

Erik ist blass geworden. Er steht keine zwei Schritte von Bartsch entfernt, seine Hände sind zu Fäusten geballt. «Ich schlage vor, Sie reden Klartext. Was sehen Sie denn so, im Licht der letzten Ereignisse?»

Der Psychologe sieht nicht Erik an, sondern mich. «Eine ungewöhnliche Anhäufung von Problemen. Ich denke, da werden Sie mir zustimmen.»

Betont entspannt beugt er sich zu mir. «Joanna, würden Sie mir ein paar Fragen beantworten? Natürlich nur, wenn Sie möchten, aber vielleicht finden wir ja heraus, warum Sie solche Angst hatten?»

Ich suche Augenkontakt mit Erik, doch der beachtet mich überhaupt nicht. Er steht vor Bartsch und wirkt, als wolle er ihm am liebsten an die Kehle gehen. «Sie mischen sich in mein Privatleben ein.»

«Das ist ein Zeichen von Wertschätzung, Herr Thieben.» Immer noch kein Funken von Ungeduld in Bartschs Stimme. «Wir bieten Ihnen Hilfe an, und ich verspreche, dass ich jedes einzelne Wort, das hier fällt, vertraulich behandeln werde.»

Erik lacht verächtlich auf. «Das glauben Sie doch selbst nicht.»

Ist es der Stress der letzten Tage, oder ist er beruflich immer so undiplomatisch? Ich wische möglichst unauffällig meine schweißnassen Hände an der Hose ab. Warum die Situation mich so nervös macht, weiß ich nicht – ob es Bartsch ist oder Eriks offensichtliche Wut –, ich weiß nur, dass ich sie gern beenden möchte. Das geht vermutlich am schnellsten, wenn ich Bartsch den Gefallen tue und mit ihm rede; vielleicht kann ich ja ein paar Dinge sagen, die Erik in ein besseres Licht rücken, als er selbst es gerade tut. Wer auch immer er ist, wie auch immer wir zueinander stehen – er war mir gegenüber so fürsorglich, als ich im Krankenhaus war. So bemüht. Ich kann immerhin versuchen, mich jetzt zu revanchieren.

«Stellen Sie mir Ihre Fragen, Dr. Bartsch.»

Erik fährt herum. «Das kann doch nicht dein Ernst sein!» Er lässt sich neben mich auf die Couch sinken. «Es geht dir doch besser, Jo. Du brauchst ihn nicht, wir haben schon Hilfe …»

Ich lächle ihn an. Mein Gott, bin ich müde. «Es geht ja auch nur um ein paar Fragen, nicht um eine Therapiesitzung.»

«Genau», bekräftigt Bartsch. Er hat einen kleinen Notizblock und einen Kugelschreiber aus seiner Jacke geholt. «Sie haben Erik letztens nicht erkannt, hat Bernhard Morbach erzählt. Ist das richtig?»

Das beginnt anders, als ich es mir vorgestellt hatte. Ein bisschen zu direkt, für meinen Geschmack. Trotzdem nicke ich. «Ja.»

Bartsch notiert sich etwas. «Aber jetzt wissen Sie wieder, wer er ist?»

Nein, das tue ich nicht. Nichts von dem, was Erik mir in den letzten Tagen erzählt hat, habe ich in meinen eigenen Erinnerungen gefunden. Da war kein plötzlich aufblitzendes Bild von gemeinsamen Erlebnissen. Aber egal, darum geht es jetzt nicht.

«Ja», lüge ich. «Es ist alles wieder im Lot.»

Er sieht mich ein bisschen zu lange an, bevor er meine Antwort notiert. Als würde er mir nicht ganz glauben.

«Können Sie mir erzählen, was vor diesem Abend passiert ist? Bevor Sie so verstört über Eriks Anwesenheit waren?»

Ich zucke unbestimmt die Schultern. Alles, was davor lag, scheint mir Monate her zu sein. «Ich habe gearbeitet, glaube ich. Ein bisschen aufgeräumt und geduscht. Ich hatte vor, mir einen Tee zu machen und zu lesen.»

Auf der Couch. Da, wo Bartsch jetzt sitzt.

«Das war alles?»

«Ich glaube schon, ja.»

Wieder schreibt er etwas. «Wie war es letztens, vor dem Unfall mit der Gastherme? Wissen Sie noch, was Sie davor getan haben?»

Bevor ich antworten kann, legt Erik mir eine Hand auf den Arm. «Worauf wollen Sie mit dieser Frage hinaus? Unterstellen Sie ihr …»

«Ich unterstelle ihr gar nichts», unterbricht ihn Bartsch. «Es ist eine ganz harmlose Frage. Ich verstehe nicht, warum Sie sich so gegen dieses Gespräch wehren, Herr Thieben. Warum Sie die angebotene Hilfe so massiv ablehnen. Sie haben doch selbst gesagt, Ihre Freundin wäre verwirrt. Sowohl Herrn Morbach als auch Herrn Gabor gegenüber.»

Ich weiß nicht, warum es so ist, aber die letzten beiden Sätze treffen mich bis ins Mark. Bisher dachte ich, der Psychologe wäre hier, weil dieser Bernhard Morbach mich im Bademantel aus dem Haus hat laufen sehen, aber jetzt stellt sich heraus, dass Erik unsere Situation mit seinen Kollegen bespricht. *Verwirrt* bin ich also.

Wer weiß, mit wem er sich noch über mich unterhalten hat. Wenn wir wirklich ein Paar sind, ist das ein unverzeihlicher Vertrauensbruch, und verrückterweise fühlt es sich tatsächlich so an.

Ich presse meine Hände gegen die Augen. Wenn ich jetzt zu heulen anfange, kann ich es dann auf die Müdigkeit schieben?

Ein Arm legt sich um meine Schultern. «Gehen Sie bitte, Dr. Bartsch», höre ich Erik sagen. «Sie sehen doch, dass sie noch nicht wieder ganz gesund ist.»

Ich richte mich auf. Drehe mich zu Erik um. «Mit wem hast du sonst noch über mich gesprochen?»

Über seiner Nasenwurzel bildet sich eine Falte. «Was meinst du?»

«Ich möchte wissen: Wem hast du noch erzählt, dass ich angeblich *verwirrt* bin?» Es klingt nicht vorwurfsvoll, nur erschöpft. Und nun steigen mir tatsächlich Tränen in die Augen, als wäre das Bild, das ich abgebe, nicht schon jämmerlich genug. Ich drehe mich weg, aus Eriks Arm heraus, wische mir mit dem Handrücken übers Gesicht.

«Jo … ich habe nichts erzählt, was Bernhard nicht schon verbreitet gehabt hätte. Glaube mir, wäre er nicht hier aufgetaucht, es wüsste niemand auch nur das Geringste.»

Räuspern von der gegenüberliegenden Seite des Couchtischs. «Es gibt tatsächlich keinen Grund, Erik Vorwürfe zu machen. Er hat sich nie abfällig über Sie geäußert, nur besorgt –»

Erik springt auf, diesmal sieht es tatsächlich aus, als wolle er auf Bartsch losgehen. «Mischen Sie sich nicht ein, ja? Ich brauche weder Ihre Vermittlung noch Ihren fachlichen Beistand. Im Gegensatz zu Joanna weiß ich genau, warum Sie wirklich hier sind, aber ich werde Ihr Spiel nicht mitspielen.»

Bartsch wartet, bis Erik fertig ist, mit einer Ruhe, die er lange trainiert haben muss. Dann wendet er sich an mich. «Joanna. Mir geht es hier vor allem um Sie und Ihre Sicherheit. Wollen Sie meine Hilfe?»

Wenn ich jetzt ja sage, ist es eine offene Kriegserklärung an Erik. Trotzdem würde ich es tun, wenn ich mir etwas davon versprechen würde. Und wenn mein Magen nicht begonnen hätte, sich mehr und mehr zu verkrampfen. Ist das immer noch der Sauerstoffmangel? Aber meine Werte waren doch in Ordnung. Was ist bloß los?

«Joanna? Lassen Sie sich Zeit.»

Ich kann fühlen, wie sie beide warten. Bartsch in aller Ruhe, Erik voller Ungeduld. Ich atme tief ein und aus, fixiere dabei die Küchentür.

Schaffe es plötzlich nicht mehr, meinen Blick davon abzuwenden. Als gäbe es dort etwas, das ich erledigen müsste. Dringend.

Gleichzeitig wird mir bewusst, welches Bild ich abgeben muss. *Verwirrt.*

Ich nehme meine ganze Kraft zusammen. «Nein. Vielen Dank, Dr. Bartsch, aber ich denke, Sie sind für mich nicht der richtige Ansprechpartner. Wenn ich Hilfe brauche, suche ich mir selbst jemanden.»

Neben mir höre ich Erik aufatmen. Bartsch wirkt ein wenig bekümmert, macht aber noch keine Anstalten, aufzustehen.

«Darf ich Sie im Gegenzug etwas fragen?» Die Worte sind heraus, bevor mir bewusst ist, dass ich sie in meinem Kopf geformt habe.

Bartsch neigt leicht den Kopf. «Bitte», sagt er höflich.

Diesmal weiß ich, was ich sagen will, aber ich begreife nicht, warum. Den beiden Männern in meinem Wohnzimmer wird es ebenso gehen, jede Wette.

«Ist Ihr Vorname Ben?»

Bartsch blinzelt kurz, aber das ist alles. Er überspielt seine Verwunderung souverän. «Nein. Ich heiße Christoph.»

«Ah. Okay.»

Ich wünschte, ich hätte mir vorhin auch ein Glas Wasser geholt.

Mein Mund ist trocken, und das Pochen hinter meinen Schläfen kündigt Kopfschmerzen an.

«Sagen Sie, Joanna ...», beginnt Bartsch, aber diesmal lässt Erik ihn nicht aussprechen.

«Nein. Jetzt ist Schluss. Gehen Sie bitte. Erzählen Sie Gabor, was immer Sie wollen, aber lassen Sie uns jetzt in Ruhe.»

«Herr Thieben –»

«Ich sagte, Sie sollen verschwinden!» Erik zieht Bartsch am Arm von der Couch hoch, drängt ihn grob aus dem Wohnzimmer. «Es reicht, verdammt noch mal. Ich habe Sie mindestens dreimal höflich gebeten zu gehen, und Sie haben es jedes Mal ignoriert. Wenn Sie es jetzt nicht tun, werfe ich Sie eigenhändig hinaus. Hauen Sie ab, Sie rücksichtsloser Dreckskerl!»

Er ist laut geworden, zu laut. Ich unterdrücke das Bedürfnis, mir die Ohren zuzuhalten, doch ich kann nicht verhindern, dass meine Hände zittern.

«Auf Wiedersehen, Joanna», höre ich Bartsch von der Diele her sagen. Dann wird die Tür geöffnet und wenige Augenblicke später mit einem Knall zugeworfen.

Wir sind wieder allein.

16

Das Donnern der Haustür hallt in meinem Kopf wider und vermischt sich mit den hämmernden Schlägen meines Pulses. Es fällt mir schwer, einen klaren Gedanken zu fassen.

Die Wut frisst sich durch mein Innerstes wie ein Flächenbrand. Und die Erkenntnis, dass dieses grinsende Arschloch es geschafft hat, mich so aus der Fassung zu bringen, wirkt wie ein Brandbeschleuniger.

«Warum hast du das getan?» Joannas Stimme dringt wie aus weiter Ferne zu mir, obwohl sie nur wenige Meter neben mir steht.

«Was?», sage ich laut und fahre zu ihr herum. Es klang hart, aber es tut mir nicht leid. Ich schaue sie an, sehe Angst, Verzweiflung, Hilflosigkeit in ihren Augen. Ich müsste ein schlechtes Gewissen haben. Habe ich aber nicht.

Ich liebe diese Frau mehr, als ich jemals zuvor geliebt habe, aber verdammt. Ich finde nicht einmal die Worte, um mir selbst zu erklären, was in meinem Kopf gerade vor sich geht. Explosionen. Es fühlt sich an wie eine Aneinanderreihung von gedanklichen Explosionen. Sie lassen keine Beruhigung zu, ich bin so unglaublich wütend. Und in diesem Moment macht Joannas Anblick es noch schlimmer.

«Warum hast du in deiner Firma herumerzählt, ich sei verwirrt? Wenn wir wirklich ein Paar sind, wie du behauptest, dann war das ein riesiger Vertrauensbruch.»

«Was heißt hier herumerzählt?», brause ich auf und sehe, wie Joanna zusammenzuckt. «Ich brauchte nichts herumzuerzählen, Jo. Weil mein Chef mich direkt darauf angesprochen hat, was denn bei uns zu Hause los sei. Nachdem Bernhard sofort weitergetratscht hat, was geschehen ist, als er hier war.»

«Aber das ist doch kein Grund …»

«Doch», falle ich ihr erneut ins Wort, und auch das tut mir nicht leid. Im Gegenteil, ich spüre so etwas wie Genugtuung bei jedem Wort. Es fühlt sich befreiend an. Als öffne sich ein Ventil.

«Das ist ein Grund. Das ist sogar der Grund für alles, Jo. Erinnerst du dich? Nein? Wundern würde es mich nicht. Ich helfe dir: Mein Arbeitskollege Bernhard stand hier vor der Tür, als du schreiend nach draußen gelaufen bist, halbnackt, nur im Bademantel. Du hast dich hinter ihm versteckt und ihn angefleht, dich zu beschützen. Vor mir, Jo. Dem Fremden, der in dein Haus eingedrungen ist. Glaubst du denn tatsächlich, nach dieser Zirkusvorstellung wäre es noch nötig gewesen, dass *ich* etwas in der Firma herumerzähle? Glaubst du das wirklich? Dass ich gesagt habe, du seist verwirrt, war kein Vertrauensbruch, sondern Schadensbegrenzung, verdammt noch mal. Dein irres Verhalten ist der Grund für alles, was in den letzten Tagen geschehen ist.»

Es wird immer schlimmer. Irgendwo in meinem Kopf wispert eine Stimme, dass ich aufhören muss. Dass ich mich selbst zur Raserei treibe, wenn ich mich nicht gegen diese Welle der Wut stelle.

«Mein … irres Verhalten?» Ihre geflüsterten Worte stehen zu meinem Schreien in derart krassem Kontrast, dass ich auf der Stelle ausrasten könnte.

Sie macht das extra. Fühlt sich noch immer unfair von mir behandelt, nach allem, was ich in den letzten Tagen mit ihr durchgemacht habe. Das kann doch alles nicht wahr sein.

Unter Aufbietung meiner ganzen inneren Kraft dämpfe ich meine Stimme. Ich höre selbst, dass es atemlos klingt, kaum beherrscht. «Jo, merkst du denn nicht, dass es genau das war, was Bartsch wollte? Der Dreckskerl ist von Gabor geschickt worden, um hier noch mehr Unfrieden zu stiften. Um damit den Grund zu schaffen, mich in der Firma abzuservieren. Spürst du nicht, dass er dich benutzt und dich bewusst gegen mich aufgebracht hat? Das musst du doch sehen. Ich habe das Gefühl, verrückt zu werden, wenn du das jetzt nicht verstehst.»

«Mein irres Verhalten, Erik?», wiederholt sie stoisch und bringt damit etwas in mir zum Zerspringen. *Vorbei!* Ich höre die Stimme in meinem Inneren, die mir das Wort zuruft, ich sehe es wie auf einem Plakat vor mir. *Vorbei.* Und ich ergebe mich dem, was es bewirkt.

«Ja, ganz genau. Dein vollkommen irres Verhalten», schreie ich sie an. «Wie verdammt noch mal soll man das denn sonst nennen, was du hier seit Tagen abziehst?»

«Das ist … Weißt du eigentlich, wie unfair das ist, Erik?»

Tut sie das jetzt wirklich? Macht sie sich gerade zum Opfer dieser ganzen beschissenen Situation? Mein Kopf droht zu zerspringen. Ich möchte schreien. Mir einfach die Lunge aus dem Leib brüllen aus verzweifelter Wut.

Neben mir auf dem Boden, der Schirmständer … Mit zwei großen Schritten habe ich ihn erreicht und trete mit solcher Wucht dagegen, dass er scheppernd einige Meter über die Fliesen poltert, bis er vor der Haustür liegen bleibt. Joanna schreit leise auf, ich fahre zu ihr herum, packe sie an den Oberarmen und halte sie fest. Ihre Augen weiten sich. «Au, du … du tust mir weh.»

Ich lasse es an mir abprallen. Packe sie im Gegenteil noch fester. Ich möchte ihr ins Gesicht brüllen. Tue aber das genaue Gegenteil. Meine Stimme wird ganz ruhig. «Ich bin ahnungslos nach Hause gekommen, Joanna. Nach einem beschissenen Tag in der beschissenen Firma. Es ging mir nicht gut, und das Einzige, worauf ich mich gefreut hatte, was ich dringend gebraucht hätte, war deine Umarmung. Deine Nähe. Tröstende Worte. Stattdessen hast du mir eine Szene gemacht, die derart bizarr war, dass man sie nur als vollkommen irre bezeichnen kann. Du hast behauptet, mich nicht zu kennen. Hast einen Briefbeschwerer nach mir geschleudert und wolltest mich aus unserem gemeinsamen Haus werfen. Du bist vor mir weggelaufen und hast dich im Schlafzimmer eingeschlossen. Dann hast du mich Bernhard und damit auch in der ganzen Firma gegenüber zum kompletten Vollidioten gemacht. Du zerstörst mit deinem irrsinnigen Verhalten alles, was unser gemeinsames Leben ausgemacht hat. Vielleicht hast du sogar versucht, dich umzubringen. Und mich gleich mit, weil ich dich wieder einmal retten wollte. Fünf Tage, Jo. Seit fünf Tagen erlebe ich die Hölle. Ich habe das Gefühl, mich selbst nicht mehr zu kennen. Das Leben eines anderen zu leben. Trotzdem habe ich die ganze Zeit zu dir gehalten, habe dich gegen alles und jeden verteidigt, egal, wie sehr du mich mit deinem Verhalten verletzt hast.»

Plötzlich muss ich wieder schreien. Ich will es nicht. Ich *muss*.

«Und jetzt stellst du dich vor mich hin und jammerst mir was vor von Vertrauensbruch?» Ich brülle so laut, dass meine Stimme sich überschlägt; ohne es zu merken, habe ich angefangen, Joanna zu schütteln, heftig, viel zu heftig. In dem Moment, als mir das klarwird, ist es vorbei. Die Wut, das Schreien, das Schütteln. Meine Arme sinken herab. Keine Kraft mehr. Keine Energie. Nichts.

Joanna weint. Sie kreuzt die Arme vor der Brust, reibt sich die Stellen an den Oberarmen, an denen ich sie gepackt hatte. Ich sehe die Rötungen. Sie schaut mich nicht an und weicht vor mir zurück, bis sie mit dem Rücken gegen die Wand stößt. Wie in Zeitlupe rutscht sie daran herab und sitzt mit angezogenen Beinen auf dem Boden. Starrt an mir vorbei.

Mein Werk.

Dort vor mir sitzt meine große Liebe auf dem Boden. Ein Häufchen Elend, von mir niedergebrüllt. Gewaltsam gepackt. Verletzt in jeder Hinsicht.

Meine Wut ist noch immer nicht verraucht, aber mir wird bewusst, dass ich zu weit gegangen bin. Ich gehe vor ihr in die Hocke, lege ihr eine Hand auf den Arm. «Jo, bitte … ich wollte …»

Mit einem wilden Ruck schüttelt sie meine Hand ab.

«Ich wollte mich nicht so gehenlassen», versuche ich es erneut. «Es tut mir leid, Jo, bitte …»

«Nein!» Sie rutscht ein Stück zur Seite, stemmt sich hoch, sorgt mit ein paar Schritten auch für eine räumliche Distanz. «Geh weg.»

Mit einer wütenden Bewegung erhebe ich mich.

«Ich soll gehen? Gut, wenn es das ist, was du möchtest.»

Ich wende mich ab, öffne die Tür. Kühler Wind schlägt mir entgegen. Hinter mir fällt die Tür ins Schloss. Nicht laut. Ich registriere, dass ich sie nicht zugeknallt habe. Nur zufallen lassen. Keine Kraft mehr.

Die Einfahrt, die Straße.

Ich gehe einfach. Mechanisch, ohne Sinn, ohne Ziel, nur um des Gehens willen.

Wie große, braune Käfer tauchen abwechselnd meine Schuhspitzen unter mir auf. Ich beobachte sie bei ihrem Wettlauf. Führungswechsel im Sekundentakt.

Zwei Straßen weiter setze ich mich auf eine hüfthohe Gartenmauer. Horche in mich hinein. Was habe ich getan? Ich habe die Frau, die ich liebe, angeschrien. Schreckliche Dinge habe ich zu ihr gesagt, sie sogar verletzt. Vollkommener Kontrollverlust.

Dabei ist sie wahrscheinlich krank und kann überhaupt nichts für das, was geschehen ist.

Wie konnte ich nur so sehr die Beherrschung verlieren? Ausgerechnet ihr gegenüber? Ist mir so was schon einmal passiert? Nein, ich glaube nicht.

Statt Joanna in dieser schwierigen Situation zu unterstützen, habe ich mich benommen wie ein verantwortungsloser Choleriker.

Ich schäme mich.

Ich werde mich bei ihr entschuldigen. Aber erst muss ich mir selbst die Zeit geben, wieder Kraft zu tanken. Nachzudenken. Über sie, über mich. Die Dinge, die um uns herum geschehen. Gabor, Bartsch, Bernhard.

Es kommt mir vor, als stolperte ich über ein Feld voller Schwelbrände. Ich weiß nicht, welchen ich zuerst löschen soll. Welchen ich überhaupt löschen kann.

Mir ist kalt. Ich stehe auf, gehe weiter und reibe mir die Arme. Ich hätte eine Jacke anziehen sollen.

Nach ein paar Metern biege ich in eine schmale Seitenstraße ein. Nun wohnen wir schon einige Monate hier, aber in dieser Straße war ich noch nie, obwohl sie sich nur ein paar hundert Meter von unserem Haus entfernt befindet.

Wir haben uns bisher wenig um die Umgebung gekümmert, in die wir gezogen sind. Wir waren einfach mit uns selbst beschäftigt, so sehr aufeinander fixiert, dass wir uns genügten. Wir haben niemanden gebraucht, der unsere Zweisamkeit doch nur gestört hätte.

Erst jetzt fällt mir auf, dass ich weine, und es ist mir egal. Ich versuche nicht einmal, die Tränen wegzuwischen. Zu verstecken. Sollen es doch alle sehen, sie kennen mich sowieso nicht. Ich war ja noch nie hier. Und selbst wenn jemand mich erkennt, ist es auch egal. Vielleicht werden wir ohnehin nicht mehr lange hier leben. Vielleicht …

Ich bleibe stehen. Ob sie noch immer die Wand in der Diele anstarrt?

Oder ist sie gar nicht mehr im Haus? Hat mein Verhalten sie in ihrem Glauben bestätigt, dass ich nicht der bin, für den ich mich ausgebe?

Ich könnte es ihr nicht verübeln. Nein, ich könnte sie sogar verstehen. Würde jemand, der einen anderen so liebt, wie ich es ihr gegenüber immer behauptet habe, sich so verhalten? Herumschreien, zupacken, toben und wegrennen, während der geliebte Mensch am hilflosesten ist?

Ich muss zurück. Sofort. Vielleicht ist sie ja doch noch da. Vielleicht glaubt sie mir trotz allem, dass ich wirklich der bin, der ich zu sein behaupte.

Meine Schritte werden immer schneller, irgendwann beginne ich zu laufen. Ich biege um die Ecke in unsere Straße, renne nun, so schnell ich kann. Mit einem Mal zählt jede Sekunde.

Ein paar Meter noch, dann werde ich langsamer. Bleibe schließlich stehen.

Geh weg.

Joanna wollte, dass ich verschwinde. Sie hat mich von sich gestoßen, als ich versucht habe, mich bei ihr zu entschuldigen.

Ich horche in mich hinein, spüre, wie aufgewühlt ich noch immer bin.

Was, wenn sie mich wieder wegstößt? Wie werde ich dann reagieren? Nach dem, was eben passiert ist, kann ich das nicht mit Sicherheit wissen. Wäre ich in der Lage, sie ernsthaft zu verletzen, wenn das, was sie sagt und tut, mich wieder so wütend macht? Oder noch wütender?

Nein, ich kann nicht zu ihr zurückgehen.

Nicht jetzt.

17

Wieder fällt die Tür ins Schloss, aber diesmal sanft. Wie als Kontrapunkt zu der Szene, die hinter mir liegt. Erik ist gegangen, und ich lasse mich langsam, ganz langsam wieder an der Wand zu Boden gleiten.

Ich sollte jetzt froh sein. Er hat mich angebrüllt, mich geschüttelt, mich irre genannt. Seit ich ihm zum ersten Mal begegnet bin, wollte ich ihn vor allem loswerden. Nun ist er fort, und etwas in mir lehnt sich dagegen auf.

Der beste Beweis dafür, dass ich gerade nicht ich selbst bin. Ich wische mir die Tränen aus dem Gesicht, dann taste ich vorsichtig meine Oberarme ab. Es tut weh. Morgen wird man die Blutergüsse sehen können, und jeder Polizist würde meine Anzeige ernst nehmen müssen.

Aber es sind nicht meine Arme, die am meisten schmerzen. Es ist ... ich weiß auch nicht. Wo sitzen die Gefühle?

Die Art, wie er mich angesehen hat. Seine Erschöpfung, seine Verletztheit, all das, was sich gerade eben Bahn gebrochen hat, war überzeugender als sein zehntes oder zwanzigstes *Ich liebe dich doch*. Manche Dinge lassen sich nicht vortäuschen. Ob er mich belügt oder nicht, ob wir wirklich verlobt sind oder nicht – er empfindet etwas für mich, und das ist stark.

Meine eigenen Gefühle dagegen ... ich kann sie nicht mehr einordnen. Sein Gewaltausbruch eben war eigentlich unverzeihlich und hat zweifellos einen neuen Graben zwischen uns aufgerissen, aber einen verwirrenden Moment lang, vorhin, als er den Arm um mich gelegt hat, um mich vor diesem Bartsch in Schutz zu nehmen, musste ich das Bedürfnis niederkämpfen, mich an ihn zu schmiegen. Mich einfach fallenzulassen in seine Umarmung.

Es wäre so einfach gewesen. Es hätte so gutgetan.

Doch der Teil meiner selbst, der mich davon abgehalten hat, lag offenbar doch richtig. Denn Minuten später hat Erik gezeigt, was noch in ihm steckt. Wut. Unbeherrschtheit. Gewalt.

Dass er darüber Sekunden später erschrockener war als ich, darf ich nicht als Entschuldigung gelten lassen. Ebenso wenig wie seinen kläglichen Versuch einer tatsächlichen Entschuldigung.

Besser, ich nehme es als Indiz. Durchaus möglich, dass er mich nicht das erste Mal grob angefasst hat. Dr. Schattauers Erklärungsansatz wird immer plausibler für mich – ich kenne Erik, habe das aber verdrängt, weil er mich traumatisiert hat. Systematisierte Amnesie.

Wie schlimm muss das gewesen sein, was er mir angetan hat? Und – ahnt Dr. Bartsch etwas davon? «Mir geht es hier vor allem um Sie und Ihre Sicherheit», sagte er, bevor er mir ausdrücklich seine Hilfe anbot.

Ist es denkbar, dass Eriks Probleme in seiner Firma auch darin begründet sind, dass er seine Wut nicht im Griff hat?

Wenn das stimmt, dann ist es nicht erstaunlich, dass er den Betriebspsychologen gar nicht schnell genug loswerden konnte. Ihm immer wieder ins Wort gefallen ist.

Ja, das alles ergibt ein logisches Bild – mit einigen Schönheitsfehlern allerdings. Ich stehe langsam auf, gehe zum Fenster. Der silberfarbene Audi parkt immer noch vor dem Haus, also ist Erik zu Fuß unterwegs. Das heißt, er wird wiederkommen, irgendwann heute Abend.

Sein Auto ist hier, aber das ist auch so ziemlich alles. Eriks Sachen – seine Schuhe, seine Bücher, seine Fotos, all die kleinen Dinge des täglichen Lebens –, die habe ich nicht verdrängt, die sind einfach nicht da. Wie soll ich also glauben können, dass wir zusammenleben? Wie kann er, wie kann irgendjemand das glauben?

Auf der anderen Seite gibt es da ein paar Empfindungen in mir, die ich nicht verstehe. Die Enttäuschung darüber, dass er in seiner Firma von meinem angeblich verwirrten Zustand erzählt hat. Das wäre mir bei einem völlig Fremden egal, denke ich. Und vorhin, als er mich angebrüllt und geschüttelt hat – da war ich erschrocken, ja. Aber wenn ich in mich hineinhorche, habe ich nicht wirklich befürchtet, er könnte mir etwas antun. Anders als bei seinem ersten Auftauchen hier im Haus, da war Angst alles, was ich empfinden konnte. Kalte, alles andere auslöschende Angst.

Das ist fünf Tage her, und diese Tage zählen zu den schlimmsten, die ich bisher erlebt habe. Wie kann es sein, dass ich ausgerechnet in dieser Zeit so etwas wie Vertrauen zu dem Menschen aufgebaut habe, der alle diese Ereignisse ausgelöst hat? Reichen dafür die zwei Tage, die er im Krankenhaus an meinem Bett gesessen hat?

Ich weiß es nicht.

Ich weiß es wirklich nicht.

Ich habe auch keine Ahnung, was ich tun soll, wenn er zurückkommt. Ihn gleich wieder rauswerfen? Mit ihm reden? Mich im Schlafzimmer einschließen und das Problem auf morgen vertagen? Oder das Feld räumen, mir ein Hotelzimmer suchen?

Noch einmal werfe ich einen Blick aus dem Fenster. Nach wie vor keine Spur von Erik. Das lässt mir Zeit, nachzudenken, einen Plan zu schmieden.

Im Wohnzimmer steht noch das halbvolle Glas von Dr. Bartsch und auch ein Hauch seines Rasierwassers hängt noch im Raum.

Ich kenne den Duft, aber ich komme nicht auf den Namen. Zu süß für meinen Geschmack, und mit einer Tabaknote, die ich widerlich finde.

Mit dem Glas gehe ich in die Küche und spüle es aus, alles normale Handgriffe, die guttun. Ich konzentriere mich darauf, und es wird ruhiger in mir.

Dr. Schattauer. Vielleicht kann ich sie morgen anrufen – nein, da ist Samstag. Egal, das Wochenende werde ich überstehen, und dann werde ich mich aktiv daranmachen, hinter die Lösung dieses Verwirrspiels zu kommen. Abwarten, die Dinge auf mich zukommen lassen – das ist eigentlich nicht meine Art, und ich werde jetzt verdammt noch mal damit aufhören.

Neben dem Herd liegen immer noch die Scampi, mittlerweile hat sich unterhalb der Packung ein nasser Fleck auf der Arbeitsfläche gebildet. Wahrscheinlich sind sie schon halb aufgetaut.

Vorhin, als Erik angeboten hat, für mich zu kochen, war ich zum ersten Mal seit fünf Tagen entspannt. Habe mich auf das Essen gefreut und auf ein Gespräch mit ihm? Seine Gesellschaft?

Vielleicht. Ich weiß es nicht. Jedenfalls weckt der Anblick der Packung so etwas wie Wehmut in mir. Vermutlich eine Folge meiner Müdigkeit. Und der Erschöpfung, denn ich bin erschöpft, auch wenn ich es eigentlich nicht zugeben will, nicht einmal mir selbst gegenüber.

Vielleicht lege ich mich ein paar Minuten auf die Couch. Mit einer Zeitschrift, für ein Buch fehlt mir jetzt die Konzentration.

Aber wenn ich einschlafe? Und Erik zurückkommt?

Der Gedanke beunruhigt mich, aber er macht mir keine Angst. Der Mann hat mich aus der Dusche gezogen, als ich bewusstlos war, und hat dabei seine eigene Gesundheit riskiert. Er hat …

Mit einem Mal steht mein Entschluss fest. Wenn er zurückkommt, werden wir reden. Ich werde ihm sagen, was in mir vorgeht, in allen Einzelheiten.

Ich schalte das Küchenlicht aus. Es ist kühl geworden, ich reibe meine Oberarme und zucke zusammen. Ja. Auch darüber werden wir reden.

Der Schmerz kommt so schnell, so unerwartet, dass ich erst begreife, was passiert, als ich schon zu Boden gegangen bin.

Mein Kopf dröhnt, Tränen schießen mir in die Augen, aber ich muss mich nicht nach demjenigen umsehen, der mich angegriffen hat.

Ich weiß, dass ich selbst es war, die meinen Kopf gegen den Türrahmen geschlagen hat. Mit voller Wucht, denn als ich bemerkt habe, was ich tue, war es zu spät, um die Bewegung noch abzubremsen.

Ich stütze mich auf die Ellenbogen, hebe meinen Oberkörper ein Stück und lasse mich sofort wieder auf den Boden sinken. Das Wohnzimmer verschwimmt mir vor Augen, alles dreht sich. Ich taste mit der Hand nach meiner rechten Schläfe, fühle die entstehende Schwellung.

Mehr Tränen. Nicht nur aus Schmerz, auch aus Verzweiflung. Was tue ich da? Warum tue ich es? Warum kann ich es nicht kontrollieren?

Noch einmal versuche ich, mich hochzustemmen. Ich muss ins Wohnzimmer, dort bin ich sicherer. Ich weiß nicht, warum das so ist, aber ich weiß, dass es stimmt.

Doch meine Arme zittern, wieder dreht sich der Raum um mich, ich verliere das Gleichgewicht.

Dass ich falle, geschieht ohne meine Absicht. Dass ich den Kopf so drehe, dass es wieder meine rechte Schläfe ist, die auf dem Boden aufschlägt, wird dagegen von einem kleinen, irre kichernden Teil meiner selbst gesteuert.

Der Schmerz explodiert in einem weißen Blitz. Er addiert, multipliziert sich mit dem schon vorhandenen. Der Schrei, der wie durch Watte gedämpft zu mir dringt, muss mein eigener sein.

Ruhig liegen. Nicht bewegen.

Das ist alles, was ich mir an Gedanken erlaube, sobald der Schmerz Denken wieder zulässt. Ruhig. Liegen.

Ich konzentriere mich darauf. Ich muss verhindern, dass es noch einmal passiert. Das nächste Mal verpasse ich mir vielleicht eine Gehirnerschütterung, wenn ich sie nicht schon habe. Oder einen Schädelbruch.

Wieder meldet sich etwas in mir, das diese Idee gut findet.

Ich lege beide Hände um meinen Kopf, wegen der pumpenden Schmerzen, aber auch, um ihn zu schützen.

Warte. Kann nicht zu weinen aufhören. Erik hat recht. Er hat es sogar sehr milde ausgedrückt. Es *mein irres Verhalten* genannt.

Allerdings weiß er noch gar nicht, wie irre ich wirklich bin. Eine Gefahr für mich selbst, keine Frage. Vielleicht auch für andere. Oder für ihn.

Plötzlich scheint mir die Idee, dass ich selbst die Gastherme manipuliert haben könnte, gar nicht mehr so abwegig zu sein. Es waren meine Tücher, mit denen der Abzug verstopft war. Auch wenn ich keine Ahnung von Technik habe oder davon, wie man sie lahmlegt – möglicherweise gilt das nicht für mein Unterbewusstsein.

Ich beiße die Zähne zusammen. Es wird nicht noch einmal passieren, nicht noch einmal. Langsam, unter Aufbietung meiner ganzen Konzentration, krieche ich auf allen vieren aus der Küche. Dabei kann ich meinen Blick kaum vom Türrahmen lösen, der mich gleichzeitig anzieht und mir panische Angst macht. Tatsächlich schwanke ich noch einmal heftig, kaum, dass ich meine Augen abgewendet habe, doch diesmal schaffe ich es, den Kopf zur Seite zu drehen, und es ist nur meine Schulter, die gegen die Kante prallt. Auch das tut weh, aber trotzdem ist es ein Teilerfolg, ich habe mich gegen den Drang, mich zu verletzen, gewehrt. Den Schaden begrenzt.

Im Wohnzimmer wird es besser. Trotzdem wage ich es nicht, aufzustehen. Ich traue mir nicht, kein Stück mehr.

Nur ein einziges Mal richte ich mich kurz auf, um mir eines der Sofakissen von der Couch zu ziehen. Dabei behalte ich die Ecken und Kanten des Couchtisches genau im Auge, auch wenn sie mir weniger Angst einjagen als der Türrahmen im Rücheneingang.

Den Kopf auf das Kissen zu legen fühlt sich befreiend an. Selbst wenn ich wieder auf die Idee kommen sollte, ihn auf den Boden zu schlagen – jetzt werde ich mich dabei nicht mehr allzu sehr verletzen können.

Als ich das Kissen noch einmal zurechtrücke, sehe ich eine rote Spur auf dem gelben Stoff. Blut, nicht viel, aber doch. Der Anblick löst wieder diese beängstigende Freude in mir aus.

Ich kralle meine Hände in das Kissen und presse die Augenlider zusammen. Zähle meine Atemzüge und hoffe, dass Erik sich beeilt. Dass er bald wieder hier ist.

Von uns beiden ist er mit Sicherheit die geringere Gefahr für mich.

18

Ich kann mich nicht erinnern, wie ich bis zu dem kleinen Park gekommen bin. Meine Gedanken haben sich an Joanna verhakt und an den letzten Tagen.

Mein Unterbewusstsein hat offensichtlich nicht nur die Steuerung meiner Beine übernommen, sondern auch die Navigation.

Jetzt sitze ich auf dieser Holzbank und habe die Augen geschlossen. Die Welt ist außen vor. Besser geht es mir deswegen allerdings nicht.

Nadine! Plötzlich ist ihr Name in meinem Kopf. Warum denke ich ausgerechnet jetzt an sie? Weil ich gerade erdrückt werde von Gedanken an die Dinge, die geschehen sind? Die gesagt wurden? Weil ich das dringende Bedürfnis habe, mit jemandem zu reden, der mich wirklich gut kennt? Ist es verrückt, dass ich dabei an meine Exfreundin denke?

Nein, ich glaube, es liegt daran, dass Nadine bei all ihren Fehlern immer schon gut zuhören konnte. Und meist die richtigen Worte findet, um mich wieder aufzurichten, wenn es nötig ist.

In der Firma hat sie mich gefragt, ob ich Probleme habe. Sie hat es gesehen. Kein Wunder. Wir waren fast fünf Jahre zusammen, da lernt man, den Gesichtsausdruck des anderen zu lesen.

«Geht es Ihnen gut?»

Ich erschrecke und schaue in die Augen einer weißhaarigen Frau. Die Jahre haben sich als Furchen in ihre Haut eingegraben. Tief an der Stirn und den Mundwinkeln, etwas gnädiger um die Augen herum. Ihr Blick ist besorgt.

«Ja, danke, ich …» Ich möchte nicht mit ihr reden. Auch wenn sie es gut meint. «Ich bin nur sehr müde. Alles in Ordnung.»

Sie zögert. Schließlich nickt sie und geht.

Meine Gedanken kehren zurück zu Nadine.

Ich habe unsere Beziehung damals beendet, weil ich ihre Eifersucht nicht mehr ertrug. Kontrolliert zu werden, Rechenschaft ablegen zu müssen für jedes Gespräch, für jedes Glas Wein ohne sie.

Wir waren fast immer zusammen. Tagsüber in der Firma, abends und nachts zu Hause. Ich habe keine Luft mehr bekommen.

Nadine wollte nicht akzeptieren, dass ich gehe. Hat wieder und wieder beteuert, wie sehr sie mich liebt und dass sie sich ändern wird. Es war zu spät.

Als sie es einsah, distanzierte sie sich von mir, erst einmal.

Zwei Monate später stand sie plötzlich vor mir, als ich auf dem Firmenparkplatz zu meinem Auto ging. Ob ich eine halbe Stunde Zeit für sie hätte. Nur auf ein Glas in der Kneipe um die Ecke. Ich wollte nicht, aber als sie mir versicherte, sie würde nicht wieder auf mich einreden, ging ich mit.

Sie wisse, dass sie viele Fehler gemacht habe und dass wir nicht mehr zusammenkommen könnten, sagte sie. Freundschaft wolle sie. Fünf Jahre könne man doch nicht einfach wegwischen.

Echte Freundschaft konnte ich ihr keine versprechen, aber immerhin einen freundlichen Umgang miteinander. Vielleicht hier und da ein Glas Wein, ein Gespräch.

Ja, warum nicht? Fünf Jahre sind wirklich eine lange Zeit.

Das Bild vor mir verschwimmt, die verschiedenen Grüntöne fließen ineinander. Eine Träne löst sich aus meinem Augenwinkel, kriecht langsam über meine Wange bis zum Kinn.

Mein Telefon steckt in der Hosentasche, Nadines Nummer ist gespeichert. Es klingelt nur zwei Mal, dann ist sie dran.

«Erik! Gott sei Dank. Wie geht es dir? Gut, dass du dich meldest. Ich habe von dieser schlimmen Sache gehört. Die Gastherme. Was ist denn passiert?»

Mist. Damit habe ich nicht gerechnet. Ich Idiot. Natürlich fragt sie mich danach. Jeder in der Firma muss schon davon gehört haben. Was sage ich ihr denn jetzt?

«Ich … weiß es nicht genau. Die Feuerwehr ist noch nicht sicher. Sie haben gesagt, dass bei der Wetterlage wahrscheinlich Kohlenmonoxid ins Badezimmer zurückgedrückt wurde. Ein Unfall.»

Meine Stimme klingt unsicher und heiser.

«Wie geht es deiner Freundin? Ist sie zu Hause?»

«Ja, es geht ihr wieder besser. Sie hat … *Wir* haben Glück gehabt.»

Die Pause entsteht ohne Vorwarnung, ich kann fast körperlich spüren, dass Nadine wartet. Darauf, dass ich ihr den Grund meines Anrufs nenne. Ich melde mich nicht einfach so bei ihr, schon seit über einem Jahr nicht mehr.

Schließlich hält sie es nicht mehr aus. «Warum rufst du an?»

«Weil ich mit jemandem reden wollte.»

«Ich finde es sehr schön, dass du an mich gedacht hast. Wo bist du? Zu Hause?»

«Nein, in einem Park.»

«Soll ich zu dir kommen?»

«Nein. Lass uns am Telefon reden.»

Wie soll ich beginnen? *Wo* soll ich beginnen?

«Du hast vielleicht schon in der Firma gehört, dass wir zu Hause ein paar Probleme haben.»

«Du meinst, abgesehen von der Sache mit der Gastherme?»

«Ja. Bernhard hat es doch sicher überall herumerzählt.»

«Nein, hat er nicht. Zumindest nicht bei mir. Was genau meinst du?»

Sagt sie die Wahrheit?

«Es ist wegen Jo. Ich … Herrgott, es ist doch total bescheuert, mit dir über Probleme zu reden, die ich mit Jo habe.»

«Nein, ist es nicht. Wie ich schon sagte, ich freue mich, dass du anrufst. Das sagt doch einiges aus, findest du nicht? Ich wusste immer, da ist noch was übrig von unserer gemeinsamen Zeit. Mehr, als dass wir nur oberflächlich freundlich zueinander sind.»

Das Gespräch entwickelt sich gar nicht gut.

«Darum geht es jetzt nicht, Nadine. Jo hat … Gedächtnislücken. Sie kann sich an verschiedene Dinge nicht mehr erinnern. Dinge, die uns betreffen. Sie und mich.»

Das ist die Untertreibung des Jahrhunderts, aber etwas in mir wehrt sich dagegen, Nadine die volle Wahrheit zu sagen. Es fühlt sich an, als würde ich ihr Joanna damit ausliefern. Sie verraten, ausgerechnet an Nadine, vor deren beißender Eifersucht ich sie immer beschützen wollte. Selbst zu den Betriebsfeiern bin ich alleine gegangen, um zu vermeiden, dass sich die beiden begegnen. Ich kenne Nadine gut genug, um zu wissen, dass ein Aufeinandertreffen von ihr und Joanna zwangsläufig zu Schwierigkeiten geführt hätte.

«Mir würde das nie passieren. Ich habe keine Sekunde vergessen.»

«Nadine …» Verdammt. Es war ein Fehler, sie anzurufen.

«Schon gut. Und? War sie schon bei einem Psychiater? Offenbar stimmt ja was in ihrem Kopf nicht.»

In einem ersten Reflex möchte ich Nadine für diese Unverschämtheit anschnauzen. Das Schlimme ist nur, dass sie wahrscheinlich recht hat.

«Die Ärztin hat uns beruhigt und erklärt, dafür könne es mehrere Gründe geben. Aber die Situation ist schwierig, weil es so grundlegende Dinge sind, die Jo vergessen hat. Sie … ach, ich bin einfach im Moment ziemlich verzweifelt. Wir haben uns eben gestritten, und ich bin gegangen.»

«Du bist gegangen? Hast du sie verlassen?»

«Verlassen? Nein. Ich … Ich bin aus dem Haus gegangen, weil ich das Gefühl hatte, allein sein zu müssen.»

«Ach … Das klingt ja wirklich gar nicht gut. Ich habe das kommen sehen, erinnerst du dich? Ich muss gestehen, ich habe von Anfang an befürchtet, das wird nichts mit euch. Schon deshalb, weil du immer noch etwas für mich empfindest, Erik. Aber das würdest du dir nie eingestehen, denn dann müsstest du auch erkennen, dass die Sache mit Jo ein Fehler war.»

«Nein, verdammt. Ich musste einfach nur gerade mit jemandem reden.»

Kurze Pause.

«Erik?»

«Ja?»

«Meine Tür steht immer für dich offen. Ich möchte nur, dass du das weißt.»

«Fängst du wieder damit an? Ich liebe Jo. Daran hat sich nichts geändert.»

Ihre Stimme wird schärfer. «Du *glaubst*, dass du sie liebst. Aber das tust du nicht wirklich. Du schiebst das nur vor, weil du hoffst, so über uns hinwegzukommen, aber das wird nicht funktionieren. Außerdem liebt sie dich nicht, Erik. Nicht so wie ich. *Ich* würde dich nie vergessen. Nichts, was mit dir zu tun hat. Keine Sekunde.»

«Okay. Lassen wir das. Ich werde jetzt zurückgehen.»

«Warte», sagt sie hastig. «Leg nicht auf. Es hat doch einen Grund, dass du mich angerufen hast. Du hast dich an unsere gemeinsame Zeit erinnert, oder etwa nicht? Daran, wie schön es war und wie sehr wir uns geliebt haben.»

«Nadine, das ist doch jetzt …»

«Nein, hör dir an, was ich dir sagen möchte. Seit über einem Jahr halte ich mich zurück. Ich sehe dich jeden Tag in der Firma, und es gibt mir jedes Mal einen Stich. Und das Einzige, was mich das ertragen lässt, ist die Gewissheit, dass du irgendwann merken wirst, wie viel uns noch verbindet. Jetzt rufst du mich an, weil deine Joanna Dinge vergessen hat, die euch betreffen. Was kann man seinem Partner Schlimmeres antun, als die Gemeinsamkeiten zu vergessen?»

Der Anruf war definitiv keine gute Idee.

«Denk doch mal darüber nach, Erik. Glaubst du wirklich, dass sie die Richtige für dich ist? Ich glaube es nicht.»

«Ich schon», sage ich und lege auf.

Ich hoffe es, denke ich.

Für den Weg zurück brauche ich eine gute Viertelstunde. Vor der Tür atme ich tief durch, dann betrete ich das Haus. Ich gehe durch die Diele in die Küche. Schon bevor ich den Durchgang zum Wohnzimmer erreicht habe, sehe ich Joanna auf dem Boden liegen. Ich stocke, eine Sekunde nur, dann bin ich mit wenigen Schritten bei ihr. Ihr Kopf liegt auf einem Kissen, sie hat die Augen geschlossen.

«Jo! Was ist mit dir?»

Ich gehe neben ihr auf die Knie, sehe, dass sie die Augen aufschlägt, mich anblinzelt.

«Mein Gott, ich dachte, es sei etwas passiert.» Ich lege ihr die Hand auf den Kopf, möchte ihr über die Haare streichen, doch Joanna stöhnt und schiebt meine Hand beiseite. «Nein, bitte ...»

Sie richtet sich ein Stück auf, wendet mir das Gesicht ganz zu. Jetzt erst sehe ich die Schwellung. Sie zieht sich von der rechten Schläfe bis über das Auge und lässt ihr ganzes Gesicht unförmig wirken.

«Mein Gott! Was ist passiert?»

«Ich bin gestolpert», erklärt sie und setzt sich mit schmerzverzerrtem Gesicht auf. «Der Türrahmen. Ich bin mit der Schläfe dagegengeprallt.»

«Hast du es schon gekühlt? Soll ich dir Eis aus der Küche holen?»

«Nein, lass nur. Ich möchte die Stelle noch nicht einmal berühren.»

Joanna senkt den Blick. «Ich glaube, ich habe das absichtlich gemacht.»

Ich verstehe nicht.

«Wie? Was meinst du damit? Absichtlich?»

Ihre Augen richten sich wieder auf mich. Sie sieht fürchterlich aus. «Kann sein, dass ich mich verletzen wollte.»

Jetzt verstehe ich. Oh nein. Nicht auch noch so was.

«Aber ... Wenn du doch ...» Ich schüttle den Kopf. «Wie kann so etwas sein?»

«Das weiß ich nicht.»

Ein Gedanke jagt durch meinen Kopf. Ich starre sie an. «Jo, hast du das etwa getan, weil wir uns gestritten haben? Um dich oder mich zu bestrafen? So was in der Art?»

«Ich weiß es nicht», wiederholt sie so leise, dass ich es mehr ahne als höre.

Der Drang, sie in den Arm zu nehmen, kämpft in mir gegen die Stimme an, die mir rät, sofort einen Krankenwagen zu rufen und sie in eine psychiatrische Klinik bringen zu lassen.

«Das ist alles sehr … schwierig», sage ich und höre selbst, wie schwach meine Stimme klingt. Ich müsste ihr jetzt sagen, dass die Dinge sicher wieder in Ordnung kommen und dass ich zu ihr halte. Dass wir gemeinsam alles schaffen können.

Aber ich bin nicht mehr sicher. Nicht nur in meinem Kopf, auch in meinem Herzen herrscht mittlerweile ein heilloses Durcheinander. Nichts ist mehr so, wie es vor sechs Tagen noch war. Ja, ich liebe sie. Ich *will* sie lieben. Trotz allem. Keine Ahnung, ob ich noch lange die Kraft dazu habe. Und wenn es meine Anwesenheit ist, die sie dazu bringt, solche Dinge zu tun –

«Was hältst du davon, wenn ich mir ein Hotelzimmer nehme? Erst mal für ein paar Tage? Damit du die Chance hast, mit dir ins Reine zu kommen? Vielleicht erinnerst du dich wieder an mich, wenn du mich nicht jeden Tag vor Augen hast?»

Mir ist vollkommen klar, wie bescheuert das ist, aber mir fällt gerade nichts anderes ein. Joannas Blick verändert sich, aber die Schwellung macht es schwer, ihren Gesichtsausdruck zu deuten.

«Tu das nicht, bitte. Nicht jetzt.»

«Im Moment habe ich den Eindruck, ich mache die Dinge nur noch schlimmer für dich.»

«Nein. Als du hier vor fünf Tagen aufgetaucht bist, hatte ich einfach nur Angst. Aber im Moment fühle ich mich sicherer, wenn du bei mir bist.»

«Ich bin nicht vor fünf Tagen hier aufgetaucht. Ich wohne hier seit über einem halben Jahr. Mit dir zusammen.»

«Ja, gut. Trotzdem bist du für mich erst seit fünf Tagen hier. Ich kann doch nichts dafür. Erik …»

«Was erwartest du von mir, Jo? Einerseits verlangst du immer wieder von mir, dass ich verschwinde. Und wenn ich jetzt nach fünf beschissenen Tagen endlich einsehe, dass es wahrscheinlich wirklich das Beste wäre zu gehen, ist es dir auf einmal lieber, wenn ich doch bleibe. Ich kann dieses ständige Auf und Ab nicht mehr mitmachen.»

Sie greift nach meiner Hand. Mir wird bewusst, dass sie das zum ersten Mal tut, seit dieser ganze Mist angefangen hat. Ist es, weil sie meine Nähe wirklich möchte? Oder hat sie einen anderen Grund?

«Bleib. Bitte. Lass uns miteinander reden. Okay?»

«Und wie lange? Bis du mir wieder sagst, ich soll weggehen? Ich verspreche dir eines: Beim nächsten Mal werde ich es tun. Unwiderruflich.»

19

Er bleibt. Und wenn ich zu mir selbst ehrlich sein will – ich hätte nicht gewusst, was ich tun soll, wenn er gegangen wäre. Außer vielleicht: den Notarzt rufen. Mich nun doch einweisen lassen, aber davor schrecke ich immer noch zurück. Ich will nicht mit Pillen auf Linie gebracht werden, ich will wissen, was mit mir los ist.

In meinem Kopf wütet der Schmerz. Sollte mir übel werden, meint Erik, müssten wir ins Krankenhaus fahren, dann wäre es eine Gehirnerschütterung. Allein beim Gedanken, schon wieder dort zu landen, dreht sich mir fast der Magen um.

Erik überredet mich, zwei Aspirin zu nehmen und mir von ihm ein Coolpack gegen die Schläfe drücken zu lassen. Wäre ich auch nur ein bisschen zum Scherzen aufgelegt, würde ich ihm vorschlagen, stattdessen die Packung Scampi zu nehmen, damit die wenigstens noch zu irgendetwas gut ist. Aber ich bekomme kaum ein Wort über die Lippen. Ertappe mich dafür immer wieder dabei, wie ich seine Hand nehme und festhalte. Weil ich im Moment vor nichts so große Angst habe wie vor dem Alleinsein mit mir selbst.

Vielleicht spürt Erik, dass es vor allem diese Angst ist, die mich ihm näherbringt, jedenfalls wirkt er nicht so, als würde mein plötzliches Vertrauen ihn freuen. Er kümmert sich um mich, wechselt in regelmäßigen Abständen die Coolpacks, erwidert pflichtschuldig den Druck meiner Hand, aber in Gedanken ist er anderswo.

Nach einer knappen Stunde geht es mir besser, zumindest so weit, dass ich aufstehen und nach oben ins Schlafzimmer gehen kann.

Er hilft mir beim Ausziehen, er deckt mich zu, er zieht sich einen Stuhl zum Bett und setzt sich neben mich. Als wäre er ein Vater und ich sein Kind.

«Ich wollte dir noch einmal sagen, dass es mir leidtut, wie ich mich vorhin benommen habe», sagt er. «Ich hätte dich nie anschreien und schon gar nicht so grob anfassen dürfen. Es war nur plötzlich alles … zu viel. Ich weiß, das ist keine Rechtfertigung, aber –» Er beendet den Satz nicht. Blickt nur zu Boden.

Ich würde nicken, wenn es nicht so weh täte. «Okay», sage ich stattdessen.

«Dann gute Nacht.» Er will aufstehen, aber ich habe wieder nach seiner Hand gegriffen. «Nicht. Bitte.»

Nun ist der Ausdruck in seinem Gesicht ungläubig. «Du willst, dass ich hier schlafe?»

Ja. Nein. Ich will vor allem nicht allein schlafen, ich will nicht, dass mein Unterbewusstsein vollends die Kontrolle übernimmt und mich aus dem Fenster springen oder etwas vergleichbar Wahnsinniges tun lässt.

«Ich will, dass du bei mir bleibst», flüstere ich.

Er sieht mich lange an. Streicht vorsichtig über die Schwellung an meiner rechten Schläfe. «Du weißt, wie gerne ich das möchte. Aber irgendwann ist Schluss mit dem Hin- und Hergezerre, Jo, das tut einfach zu weh. Ich sage es dir ganz ehrlich, ich bin am Ende meiner Kräfte.»

«Gut.» Ich versuche, ihn anzulächeln. «Es gibt eine Decke, da drüben in der Truhe und …»

«Ich weiß, wo unsere Sachen sind», unterbricht er mich. «Aber danke.»

Fünf Minuten später liegt er neben mir. Mit ausreichend Abstand, um mich nicht einmal zufällig berühren zu können. Doch einmal, als ich in der Nacht kurz wach werde, fühle ich seinen Arm über meiner Taille, höre seinen ruhigen Atem in meinem Rücken und hoffe ein paar Sekunden lang, dass sich in meinem Kopf vielleicht doch eine Erinnerung an ihn finden lässt. Aber da ist nichts. Nicht das Geringste.

Am nächsten Tag geht es mir besser, in jeder Hinsicht. Die Schmerzen haben nachgelassen, ebenso die Angst, wieder die Kontrolle über meine Handlungen zu verlieren.

Sobald er merkt, dass ich wach bin, steht Erik auf. «Ich mach uns Frühstück.» Er geht ins Bad, kurz darauf höre ich die Dusche rauschen. Verkrampfe mich innerlich, aber die Tücher sind ja weg, der Abzug frei.

Zehn Minuten später höre ich Erik die Treppe nach unten gehen und steige aus dem Bett.

Der Anblick meines Gesichts im Badezimmerspiegel ist ein Schock. Die rechte Seite ist zwar kaum noch angeschwollen, aber sie ist blaurot, von der Stirn bis zum Ansatz des Jochbeins. Jede Berührung lässt mich zusammenzucken. Die feinen Wasserstrahlen aus dem Duschkopf fühlen sich an wie Nadelstiche.

Soll ich die Verfärbung überschminken? Nein, beschließe ich. Nicht, solange ich nicht rausmuss, unter Menschen, die sonst Fragen stellen würden, auf die ich keine Antwort geben kann. *Ich bin die Treppe hinuntergefallen.* Der Klassiker der misshandelten Ehefrauen.

Aber ich werde mir die Haare halb übers Gesicht bürsten, damit Erik *mein irres Verhalten* nicht jeden Moment vor Augen hat.

Von unten dringt bereits Kaffeeduft zu mir hoch, und ich stelle fest, dass ich tatsächlich hungrig bin. Ein gutes Gefühl. Ein normales Gefühl.

«Setz dich», sagt Erik und deutet mit dem Pfannenwender zum gedeckten Tisch. «Ich mache uns Ham and Eggs. Möchtest du Orangensaft?»

Meine Lieblingstasse, der Milchschaum quillt fast über den Rand. Schinken, eine kleine Käseplatte – alles, wie ich es mag. Kennt er mich doch? Kennt er mich wirklich?

Die Teller stehen kaum auf dem Tisch, als es an der Tür läutet. Mein Herzschlag beschleunigt sich unmittelbar. Verdammt, bringt mich jetzt wirklich schon jedes Geräusch aus dem Tritt?

«Vielleicht die Post», meint Erik seufzend. «Aber egal, wer es ist, ich wimmle ihn ab. Fang schon mal zu essen an, sonst wird es kalt.»

Ich nicke, hebe die erste Gabel zum Mund, lasse sie aber wieder sinken, kaum dass Erik die Küche verlassen hat.

Was, wenn es wieder dieser Psychiater ist?

«Guten Morgen!» Eine Frauenstimme. «Ja, ich weiß, das kommt jetzt sicher überraschend, aber ich dachte, ich sehe mal nach euch. Ich habe Brötchen mitgebracht. Und Croissants!»

Es dauert ein paar Sekunden, bis Erik etwas sagt. «Hör mal, ich war der Meinung, ich hätte mich klar ausgedrückt.»

«Hast du ja auch. Es geht euch nicht so besonders, das war nicht zu überhören. Und deshalb …»

Das Klackern von Absätzen auf den Fliesen der Diele. «Hey, das riecht ja köstlich.»

Schon steht sie in der Küchentür. Dunkle Locken, kurzer Rock, hohe Schuhe und eine beinahe aggressive Fröhlichkeit. Sie strahlt mich an, stöckelt auf mich zu und streckt mir ihre Hand entgegen. «Sie müssen Joanna sein, nicht wahr? Ich bin dafür, wir duzen uns, einverstanden? In Australien macht ihr da ja auch keine Unterschiede. Schön, dich endlich kennenzulernen!»

Ich lasse mir von ihr die Hand schütteln, völlig erschlagen von so viel Energie. Bemerke, dass ihr Blick an meiner rechten Gesichtshälfte hängenbleibt und dann, wie ertappt, wieder fortgleitet.

Hinter ihr taucht Erik auf, die mitgebrachten Brötchen in der Hand. «Jo, das ist Nadine.»

Er sagt es, als müsste ich damit etwas anfangen können, bis mein Blick ihm offenbar klarmacht, dass das nicht so ist. «Sie ist eine Kollegin. Und …»

«Und wir waren einmal zusammen», fällt Nadine ihm ins Wort. «Aber das weißt du sicher.» Sie dreht sich über die Schulter zu Erik um. «Würdest du mir auch einen Kaffee machen? Das wäre toll, danke.»

Es ist Erik am Gesicht abzulesen, dass er diesen Besuch am liebsten sofort beenden würde, dazu aber nicht die gleichen Mittel ergreifen will wie gestern bei Bartsch.

«Milch?», fragt er. «Zucker?»

Ihr Lächeln vertieft sich. «Du weißt doch genau, wie ich ihn mag.»

Es klingt, als meine sie etwas völlig anderes. Würden meine Probleme nicht alles andere überschatten, inklusive meiner Eitelkeit, würde ich mir jetzt Gedanken über den Kontrast zwischen Nadines und meinem Äußeren machen. Sie hat sich ganz offensichtlich Mühe gegeben, ihr Make-up ist perfekt, Bluse und Rock sitzen, als hätte man sie ihr an den Körper gegossen.

Ziemlich viel Aufwand, um einem guten Freund an einem Samstagmorgen Frühstück vorbeizubringen.

Das mit dem Aufwand kann man von mir nicht behaupten. Ein ausgewaschenes T-Shirt und eine alte Jogginghose, dazu die blauen Flecken im Gesicht – ich sehe aus, als hätte Erik mich von der Straße aufgelesen.

Und es ist mir egal, wie ich mit einiger Belustigung feststelle. Das Einzige, was gerade zählt, ist, dass ich den Türrahmen ansehen kann, ohne das Bedürfnis zu haben, mit dem Kopf dagegenzulaufen.

Erik stellt eine volle Tasse Kaffee vor Nadine ab, mit etwas zu viel Schwung, ein paar Tropfen schwappen über den Rand.

Wir tun alle so, als hätten wir es nicht bemerkt. «Schön, dass ihr euch wieder vertragt», sagt Nadine und strahlt mich an. «Erik hasst Streit.» Sie nippt an ihrem Kaffee, der so dunkel ist wie ihr Haar. «Ich habe mir wirklich Sorgen gemacht, weil er so verzweifelt geklungen hat, gestern Abend.»

«Nadine!» Ein Wort nur, das aber eine Warnung und gleichzeitig jede Menge Abneigung enthält.

«Was denn?» Sie dreht sich zu ihm herum, schlägt die Beine

übereinander. «Es stimmt doch. Du hast mich ja nicht einfach nur so angerufen.»

Er hat sie angerufen? Hat mit einer mir völlig Fremden über mich gesprochen, ihr sein Herz ausgeschüttet? Womöglich mein *irres Verhalten* geschildert? Ich beiße die Zähne zusammen, weiche Eriks Blick aus und sage mir gleichzeitig, dass es albern ist, so empfindlich zu sein. Es muss mich doch überhaupt nicht kratzen, was seine überschminkte Ex von mir hält. Er hat gestern jemanden gebraucht, um zu reden. Als könnte ich dieses Bedürfnis nicht nachvollziehen.

Als ich aufblicke, schüttelt Erik stumm den Kopf. Entschuldigend. «Am liebsten wäre mir, du würdest jetzt einfach gehen», sagt er, an Nadine gewandt. «Danke für die Brötchen. Aber wir wären wirklich lieber allein.»

Sie nickt, lächelt. Versucht, verständnisvoll zu wirken. «Darf ich noch meinen Kaffee austrinken?»

«Wenn es sein muss.»

Als sie Erik jetzt ansieht, wirkt sie tatsächlich verletzt. «Gestern hast du noch ganz anders geklungen. Aber ich verstehe schon, warum meine Anwesenheit dir unangenehm ist.» Nun mustert sie meine rechte Gesichtshälfte ganz offen.

Beinahe muss ich grinsen. «Das ist ein Irrtum.»

Sie hat genau verstanden, was ich meine, stellt sich aber naiv. «Was ist ein Irrtum?»

«Dass Erik irgendetwas mit meinen Verletzungen zu tun hat. Das denkst du doch, nicht wahr?»

Sie zögert nur kurz. «Es ist naheliegend, oder? Er ruft mich an, ist völlig neben der Spur, und als ich am nächsten Tag nach euch sehen will …» Sie macht eine unbestimmte Handbewegung in meine Richtung. «Bei mir war Erik nie gewalttätig», fügt sie leiser hinzu.

Damit hat sie offenbar eine Grenze überschritten. Er kommt zu mir, stellt sich hinter mich und legt mir die Hände auf die Schultern. «Da hast du ganz recht, Nadine», sagt er, gefährlich leise. «Das war ich nie. Und das würde ich auch niemals sein, schon gar nicht bei Jo, für die ich eine ganze Menge mehr empfinde, als ich es je für dich getan habe.»

Sie zuckt zusammen wie unter einem Peitschenschlag. Braucht ein paar Sekunden, bis sie antwortet. «Ach ja? Dann hat – nichts für ungut – dein Geschmack in letzter Zeit aber ziemlich nachgelassen. Ich wusste nicht, dass du neuerdings auf langweilig, blass und Schlabberlook stehst.»

Sie begreift, noch während sie spricht, dass sie eben einen Fehler gemacht hat, das kann ich ihr an den Augen ablesen.

«Okay, das war jetzt dumm von mir», lenkt sie sofort ein und lächelt mich entschuldigend an. «Ich weiß ja, dass du eben noch im Krankenhaus warst. Aber es ist wirklich ungewöhnlich – normalerweise springt Erik auf einen ganz anderen Typ an.»

Ich kann spüren, wie sein Griff um meine Schultern fester wird. «Möchtest du es noch einmal hören? Ja, oder? Ich liebe Jo, und ich finde sie wunderschön. Das habe ich dir gestern schon gesagt, und du kannst es von mir hören, sooft du möchtest.»

Nun geht auch Nadine erstmals klar in Angriffsstellung. «Und ich habe dir gesagt, ihr passt überhaupt nicht zusammen. Du sagst selbst, sie vergisst Dinge, die dich betreffen. Was soll das denn für eine Beziehung sein?» Sie streift mich mit einem schnellen Blick, dem diesmal jedes Bedauern fehlt. «Und du schlägst sie offenbar. Auch wenn sie es abstreitet, aber das soll ja in Abhängigkeitsverhältnissen üblich sein. Und sieh dir nur an, wie du sie jetzt festhältst. Niederhältst, um genau zu sein.»

Erik lacht auf, doch Nadine lässt sich davon nicht stoppen. «Zwischen uns war das nie so. Erinnerst du dich nicht mehr? Wir hatten unsere Meinungsverschiedenheiten, aber vor allem hatten wir Spaß und ein wundervolles Vertrauensverhältnis und …»

«Ich glaube es einfach nicht», unterbricht Erik sie. «Bist du hergekommen, um zuerst zu behaupten, dass ich Jo misshandle, und mir dann zu erklären, dass du die bessere Wahl für mich wärst? Bist du wahnsinnig? Wie hast du dir das vorgestellt? Dass ich kurz nachdenke, mich dann von Jo trenne und wieder zu dir zurückkehre? Wirklich?»

Darauf kann sie nicht ja sagen, und sie tut es auch nicht. «Ich bin hergekommen, um dich daran zu erinnern, dass eine Beziehung auch anders sein kann als das Chaos, das du gerade erlebst. Egal, mit wem du sie führst. Wenn du meine Hilfe nicht willst, warum hast du mich dann angerufen?»

«Ganz ehrlich, das frage ich mich auch», erwidert Erik. «Mir ist klar, dass das ein Fehler war. Im Grunde wusste ich das gestern schon, noch während wir gesprochen haben. Geh jetzt bitte, Nadine.»

Sie tut, als hätte sie ihn nicht gehört, nippt an ihrem Kaffee, denkt vermutlich über eine neue Strategie nach.

Ich beobachte sie stumm und ein wenig ratlos. Plötzlich nimmt sie mich mit verengten Augen ins Visier. «Erik sagt, du hast Gedächtnislücken, und die betreffen ausgerechnet ihn. Weißt du, ich finde, das sagt eine Menge aus. Kann ja sein, dass er dich liebt, aber ist das umgekehrt auch so?»

Mit der Frage stürzt sie mich tatsächlich in Verlegenheit. Die Antwort, die mir auf der Zunge liegt – *ich kenne ihn ja kaum* –, kann ich ihr nicht geben. Ein Nein wäre in dieser Situation Erik gegenüber völlig gefühllos und illoyal. Und … ich beginne ihn zu mögen. Vielleicht ist das unvernünftig, riskant, oder sogar verrückt, vor allem, wenn man sich seinen Wutanfall von gestern vor Augen führt, aber es ist so. Er steht immer noch hinter mir, die Wärme seiner Hände auf meinen Schultern überträgt sich auf meinen ganzen Körper. Ebenso wie Nadine wartet er auf eine Antwort.

«Ich glaube nicht, dass ich dir Rechenschaft über meine Gefühle ablegen muss», sage ich also und lege eine angemessene Portion Schärfe in meinen Ton. «Wir kennen uns nicht. Was ich für Erik empfinde, geht dich nicht das Geringste an.»

Sie lacht auf. «Tja, wenn das so ist … dann habt noch viel Spaß miteinander. Aber ich kenne Erik, und zwar um einiges länger als du. Es geht ihm nicht gut, und wenn du der Grund dafür bist, dann gibt es dich wahrscheinlich nicht mehr sehr lange in seinem Leben.»

Erik lässt meine Schultern los und geht einen Schritt auf Nadine zu. «Du kennst mich viel weniger gut, als du denkst. Sonst wüsstest du, wie lächerlich ich diesen Auftritt finde. Du wolltest, dass wir weiterhin freundschaftlich miteinander umgehen, nicht wahr?» Er beugt sich zu ihr, stützt sich mit beiden Händen auf der Tischplatte ab. «Das hat sich gerade erledigt. Und ich buchstabiere es dir gern noch einmal vor: Ich liebe Joanna, und du bist ganz sicher der letzte Mensch, der daran etwas ändern kann.»

Jetzt liegt so viel offene Verletztheit in ihrem Blick, dass sie mir tatsächlich leidtut. «Okay», murmelt sie. «Ich habe es wirklich nur gut gemeint, ich wollte …» Sie steht auf, greift nach ihrer Handtasche. «Egal. Ich habe mich einfach geirrt.»

In der Tür dreht sie sich noch einmal um, sieht Erik an, dann geht sie ohne ein weiteres Wort.

20

Ich spüre, dass Nadines Auftritt etwas bewirkt hat. Vielleicht auch bei Joanna, auf jeden Fall aber bei mir. In mir.

Diese besondere Wärme, wenn Joanna in meiner Nähe war, wenn wir uns angesehen, miteinander gesprochen haben … Gestern konnte ich sie nicht mehr spüren. Ich habe nach ihr gesucht, gehofft, dass sie noch existiert. Die Befürchtung, sie könne für immer verschwunden sein – das war es wohl, was mich am meisten verzweifeln ließ.

Nun ist die Wärme wieder da. Ich spüre sie ganz deutlich.

«Tut mir leid», sage ich, und es ist keine Floskel. «Es war ein dummer Fehler, Nadine anzurufen. Ich war nur so …»

«Ist schon gut.» Ihre Stimme, ihr Blick. Wie konnte ich auch nur eine einzige Sekunde daran denken, diese Frau aufzugeben? Was immer mit ihr geschehen ist, sie kann nichts dafür. Sie braucht mich in dieser schwierigen Zeit mehr als je zuvor.

Wollte ich sie wirklich allein lassen?

«Sie liebt dich noch.» Es schwingt kein Vorwurf in ihrer Stimme mit, kein Zorn. Eine Feststellung.

Nein. Ich möchte jetzt nicht über Nadine reden. Sie ist ein Störfaktor, gerade in diesem Moment, in dem alles wieder da ist.

«Das ist jetzt nicht wichtig. *Sie* ist nicht wichtig. Schon lange nicht mehr. Sie war nie das, was du für mich bist, Jo. Keine Frau war das jemals. Und keine kann das je sein. Ich wünschte, du könntest das nicht nur glauben, sondern wüsstest es wieder. So, wie du es bis vor ein paar Tagen sicher gewusst hast.»

«Ja. Das wünsche ich mir auch.» Sie macht zwei Schritte auf mich zu. Das hat sie in den letzten Tagen kein einziges Mal getan. Jede ihrer Bewegungen strebte immer nur von mir weg.

Unsere Blicke sind wie durch eine unsichtbare Brücke miteinander verbunden, über die diese wundervolle Wärme von ihrem Körper in meinen zu strömen scheint.

«Ich glaube dir, Erik. Ich kann mich immer noch an nichts von dem erinnern, was du mir über uns erzählt hast. Aber ich glaube dir. Da ist eine Art Vertrautheit. Vielleicht ist es der Anfang einer Erinnerung.»

«Das wäre schön.»

Noch ein Schritt. Nur ein knapper Meter liegt noch zwischen uns.

«Ich habe Angst, kannst du das verstehen?»

Ich denke an die Situation, in der sie sich befindet. Sie weiß nicht, ob sie gerade groß angelegt betrogen wird oder einfach nur den Verstand verliert. Schon verloren hat.

«Ja, das verstehe ich sehr gut, Jo.»

«Ich glaube dir und fürchte mich doch schrecklich davor, mich auf dich einzulassen. Wenn ich das tue und sich dann herausstellen sollte, dass du …»

Ich spüre, dass sie nach Worten sucht, die beschreiben, was sie meint, ohne mich dabei zu verletzen.

«Dass ich dich anlüge?»

«Dass du mir – aus welchen Gründen auch immer – etwas vormachst. Das würde ich nicht verkraften. Es ist so schon schwer genug. Diese Ungewissheit, die Zweifel. Die Angst davor, verrückt zu werden.»

Den letzten Schritt, der uns noch trennt, tue ich. Auf der Suche nach ihren Händen berühre ich ihren Oberschenkel. Sie zuckt nicht zurück. Unsere Finger finden sich, umschließen einander. Das Herz schlägt mir bis zum Hals, Joanna muss das Pulsieren meiner Schlagader sehen. Wie oft haben wir schon so voreinander gestanden, uns angesehen, uns berührt? Und doch ist es dieses Mal völlig anders.

Da ist etwas von der Aufgeregtheit erster Berührungen, dem Bangen, ob der zaghafte Versuch körperlicher Annäherung erwidert wird. Aber auch die Gewissheit, das Gefühl zu kennen, wenn die Hände, die man gerade vorsichtig hält, die eigene Haut am ganzen Körper streicheln. Es ist ein Paradoxon, eine verrückte Mixtur. Ein Zustand, den ich nie zuvor erlebt habe.

Das Herz will mir aus der Brust springen, als ihr Gesicht plötzlich nur noch Zentimeter von meinem entfernt ist. Ich kann ihren Atem nicht nur spüren, ich sauge ihn ein, kaum, dass er ihre leicht geöffneten Lippen verlassen hat. Er legt sich wie ein wohltuender Film über alles, was gerade noch grelle, seelische Schmerzen verursacht hat.

Etwas zieht mich noch näher an sie heran, ein Sog, dem ich nicht widerstehen kann. Nicht widerstehen möchte. Ihre Augen werden auf die fast nicht mehr vorhandene Distanz übergroß. Verschwommene, blaue Meere, in die ich mich fallenlasse.

Unsere Lippen berühren sich, zaghaft noch, fast schüchtern. Wir atmen in den Mund des anderen, teilen die Zeit in eine neue Skala. Nicht mehr die Sekunden sind es, an denen sie sich vorwärtsschlängelt, sondern der Rhythmus, in dem wir uns atmend ineinander aufnehmen. Ihre Hand löst sich aus meiner Berührung, zwei Herzschläge später spüre ich sie in meinem Nacken. Ihre Zungenspitze streicht spielerisch die Konturen meines Mundes entlang, zieht sich aber wie ein scheues Tier sofort zurück, als ich darauf eingehen möchte. Taucht im nächsten Moment wieder auf, als wolle sie mich necken.

Mit einer nie gekannten Intensität drängt alles in mir zu Joanna hin, möchte so nah wie möglich an sie heran. Und doch fällt es mir nicht schwer, mich auf das sanfte Spiel ihrer Zunge und Lippen einzulassen. Ein vorsichtiges Ertasten des anderen, wie man es sonst nur bei einem ersten Kuss erlebt.

Die Erlebnisse der letzten Tage, Schmerz, Verzweiflung, Wut, sie verlieren sich für diesen einen Moment in Unwichtigkeit. Ich weiß nicht, ob wir Sekunden so dastehen oder Minuten, bis sie es endlich zulässt, dass unsere Zungenspitzen sich berühren. Die Zeit ist belanglos. Alles um uns herum ist unwichtig geworden und verliert schließlich vollkommen an Bedeutung, als aus dem zaghaften Spiel ein inniger Kuss wird und wir ineinander versinken.

Meine Hände umfassen ihre Taille, wandern zu ihrem Rücken und ziehen sie zu mir heran. Ich spüre ihren Körper an meinem, höre ihren schneller werdenden Atem. Immer leidenschaftlicher wird unser Kuss, gleiten unsere Hände über den Körper des anderen. Streichelnd, tastend, erforschend. Mein Unterleib drängt sich gegen ihren, ich kann nichts gegen die reibende Bewegung meiner Hüften tun und möchte es auch nicht. Ich spüre, wie sie sich auf meinen Rhythmus einlässt, sich von mir führen lässt wie bei einem Tanz. Ich höre ihr Stöhnen nicht nur, ich spüre es auf meinen Lippen. Es feuert mich an, unser Kuss wird immer intensiver, fordernder.

Dann ist es vorbei.

Joannas Lippen lösen sich mit einem Ruck von meinen. Ihre Hände legen sich auf meine Brust und drücken mich von ihr weg.

«Jo», stoße ich heiser aus und wehre mich dagegen, meine Arme zu öffnen, die noch immer um ihre Taille liegen.

Sie schüttelt den Kopf und atmet heftig.

«Das war wunderschön. Aber …»

Dieses Mal vollende ich ihren Satz nicht, sondern warte, bis sie die Worte gefunden hat, nach denen sie sucht. Ich bin noch derart aufgewühlt, dass ich nicht einmal erahne, was gerade in ihr vor sich gehen könnte.

Vielleicht hat der Kuss eine Erinnerung in ihr geweckt? Vielleicht denkt sie, er war ein Fehler? Ich weiß es nicht.

«Ich bin so durcheinander. Und ich habe Angst.»

«Vor mir? Immer noch?»

«Nein, Erik, nicht vor dir, sondern vor mir selbst.»

«Ich verstehe nicht, was du damit meinst.»

Sie sieht auf den Boden und berührt flüchtig die blau verfärbte

Schläfe. «Ich auch nicht. In manchen Momenten bin ich mir genauso fremd, wie du es bist.»

«Noch immer keine Erinnerung? Gar nichts?»

Sie schüttelt den Kopf.

«Aber ich kann mir jetzt vorstellen, dass ich mich in dich verliebt habe.»

Zumindest lehnt sie mich nicht mehr ab. Vielleicht spürt sie, dass da etwas ist, das uns verbindet, das … Plötzlich ist sie wieder heran, wieder spüre ich ihre Lippen. Dieses Mal nicht schüchtern und spielerisch, sondern so, wie wir uns immer geküsst haben. Mit zärtlicher Leidenschaft.

Als sie den Kopf wieder zurückzieht, lächelt sie.

«Schön war es trotzdem.»

Wie wenig doch manchmal nötig ist, um ein Gefühl der Beklemmung in Erleichterung zu verwandeln. Ich fühle mich nicht von den Sorgen befreit, die ich mir mache, aber da ist mit einem Mal so etwas wie Aufbruchsstimmung in mir. Die Hoffnung, es werde sich doch noch alles aufklären und zum Guten wenden.

«Ja», sage ich und erwidere ihr Lächeln. «Es war wunderschön.»

«Ich möchte raus, an die frische Luft. Wollen wir ein Stück spazieren gehen?»

Ein Bild taucht vor meinem inneren Auge auf. Joanna und ich, dick eingepackt durch den kleinen Park schlendernd, eng umschlungen, die Köpfe zueinander geneigt …

«Sehr gerne.»

Es wird ein ausgedehnter Spaziergang. Wir reden nicht viel, gehen auch nicht eng umschlungen, aber unsere Hände berühren sich immer wieder. Wie zufällig streifen sie einander, und jedes Mal jagt es mir einen sanften Schauer durch den Körper.

Als wir das Haus fast wieder erreicht haben, hält Joanna plötzlich inne und schaut mich an. «Gibst du mir bitte deine Handynummer?»

Einen Moment lang bin ich verwirrt. «Ja, natürlich, ich … Ich dachte, du hast sie, aber … ja.»

«Nein, bisher nicht. Aber ich sollte sie haben, oder?»

Etwas später sitzen wir zusammen im Wohnzimmer, auf der Couch. Der Blick, den Joanna mir schenkt, hat nichts mehr mit dem misstrauischen Abtasten zu tun, mit dem sie mich in den letzten Tagen betrachtet hat.

«Erzählst du mir noch mal von uns, bitte?»

«Ja, sehr gerne», sage ich und nehme ihre Hand.

«Was möchtest du wissen?»

«Alles», antwortet sie. «Ich möchte alles wissen.»

21

Es ist bereits dunkel, als wir unser Gespräch beenden. Dass ich seit dem Frühstück nichts mehr gegessen habe, fällt mir erst jetzt auf, mein Magen meldet sich sanft, aber nachdrücklich. «Wie wäre es, wenn wir jetzt zusammen kochen?» Ich drehe mich zu Erik um und folge mit einem Finger den Konturen seines Gesichts. Vertraut-fremd. Immer vertrauter, allmählich. «Das wolltest du doch, gestern.»

Er lächelt. «Das will ich immer noch.»

Die Art, wie er mich ansieht, wenn ich ihn berühre. Da ist so viel Gefühl, und es greift auf mich über, mehr und mehr. Ist das gut? Ist es unvorsichtig?

Tatsache ist, ich habe keine Lust mehr, mir diese Fragen zu stellen. Seit ich Erik nicht mehr als akute Bedrohung empfinde, wird mir bewusst, was für ein attraktiver Mann es eigentlich ist, den ich da nach und nach kennenlerne. Der Tag und Nacht für mich da ist. Sich von meinem Gedächtnisverlust nicht abschrecken lässt.

Und der küsst wie …

«Warum lachst du?» Er nimmt mein Gesicht zwischen die Hände, vorsichtig, ohne die verletzten Stellen zu berühren.

«Sage ich nicht.»

Wieder sein Mund auf meinem, seine Zunge, erst zart, dann lockend, dann fordernd. Ich beiße ihn spielerisch in die Unterlippe. «Hunger.»

«Oh. Ich sehe schon.» Er lächelt, nimmt meine Hand und zieht mich in die Küche. «Mal sehen. Von den Scampi werden wir besser die Finger lassen, aber – was hältst du von Putenspießchen? Mit deinem speziellen Tomatensalat? Dafür hätten wir alles hier.»

Allein die Vorstellung verdoppelt mein Hungergefühl. «Klingt wunderbar.»

Er räumt alles Nötige aus dem Kühlschrank. «Ich das Fleisch, du das Gemüse. So haben wir es meistens gemacht, weißt du noch?» Die letzten drei Worte tun ihm sichtlich schon leid, während er sie ausspricht. Ich schüttle den Kopf. «Nein. Leider. Aber die Aufteilung ist in Ordnung.»

Sein Blick ist auf die Arbeitsfläche gerichtet, hinter ihm steht immer noch der Kühlschrank offen. «Meistens», wiederholt er. «Außer bei Steaks, für die hast du einfach das bessere Händchen.»

Ich kann ihm ansehen, wie verzweifelt er sich wünscht, diese Erinnerungen mit mir teilen zu können, aber sosehr ich mich auch bemühe, die Bilder in meinem Kopf bleiben aus.

«Wahrscheinlich, weil ich die von klein auf zusammen mit meinem Vater gegrillt habe», sage ich. *Diese* Erinnerung ist da, glasklar. Daddy und seine heißgeliebten, riesigen Hüftsteaks.

«Also dann.» Erik holt die Holzspießchen aus der Schublade und beginnt, das Putenfilet in passende Stücke zu schneiden.

Ich wasche die Tomaten unter heißem Wasser. Nichts schmeckt langweiliger als eiskalter Tomatensalat.

Erik summt vor sich hin, eine Melodie, die ich nicht gleich erkenne. Klingt wie *Strangers in the Night*, wenn man sehr viel Phantasie hat. Ich singe den Text ganz leise mit und ziehe das Messer aus dem Holzblock. Ich brauche nicht viel Druck, es gleitet durch die Tomaten wie durch Butter. Perfekte Scheiben, jede einen halben Zentimeter dick. Rot und saftig.

Something in your eyes was so inviting,
something in your smile was so exciting,
something in my heart told me I must have you.

Es geht wie von selbst, es macht Spaß. Innerhalb kürzester Zeit habe ich fünf Tomaten geschnitten und in die Salatschüssel geschoben, ohne dass das weiche Fruchtfleisch mit den Kernen sich vom Rand gelöst hätte.

Olivenöl und weißer Balsamico stehen schon bereit, aber … die Zwiebeln fehlen. Ich hoffe, ich habe noch welche im Kühlschrank, wenigstens eine, eine würde reichen. Ich müsste sie nur holen, aber ich kann den Blick nicht von den Tomaten in der Schüssel wenden. Von diesem Rot.

Mir ist so leicht, innerlich. Nach Summen und Singen und beinahe nach Tanzen. Die ganze Last der vergangenen Tage ist fort, verflogen. Keine Sorgen mehr. Keine Gedanken.

Und dann ist da plötzlich ein silbriger Bogen, wunderschön, wie ein geschwungener, nach oben zuckender Blitz, den ich geschaffen habe, durch eine einzige, geschmeidige Bewegung.

Ein Innehalten, einen halben Atemzug lang. Und dann … ein Fallen, ein Niederstürzen, ein Zustoßen. Als wäre ich ein Falke im Sturzflug mit einem klaren Ziel, das ich keinesfalls, um keinen Preis verfehlen werde.

Diese Stelle am Rücken, nicht weit von der Wirbelsäule, unterhalb des Schulterblatts. Endlich.

Die Zeit verlangsamt sich, bleibt beinahe stehen. Ich sehe, wie das Messer nach unten fährt, sehe es gleichzeitig mit einer Freude, wie ich sie nur selten empfunden habe, und einer Angst, die mich fast um den Verstand bringt.

Ein Teil von mir will die Bewegung aufhalten, doch der Rest ist stärker. Er will sehen, wie das Messer sich in Eriks Rücken bohrt, nicht nur einmal, sondern immer, immer wieder.

In diesem Moment dreht Erik den Kopf, seine Augen weiten sich, sein Körper gleitet zur Seite und sein in Abwehr erhobener Oberarm fängt das Messer ab.

Rot. Glänzendes, fließendes Rot.

Sekundenlang starre ich fasziniert den Fleck an, der sich auf Eriks Hemdärmel ausbreitet, dann erst beginne ich zu begreifen, was gerade passiert ist.

Was ich getan habe.

Nein, bitte nicht, bitte …

Ich bin es, die aufschreit, nicht er. Ich lasse das Messer auf die Arbeitsfläche fallen, dieses Messer, das seit Tagen durch meine Gedanken spukt und mit dem ich nun wirklich auf Erik eingestochen habe. Einfach so.

«Mein Gott … es tut mir – es tut mir leid!» Ich gehe einen Schritt auf ihn zu, doch er weicht zurück. Mit einem Ausdruck in den Augen, den ich noch nie bei ihm gesehen habe. Voll von ungläubigem Entsetzen und einer Enttäuschung, die mir in der Seele weh tut.

Dann, binnen Sekunden, verschwindet all das. Wandelt sich ins Gegenteil. Wieder versuche ich, zu ihm zu gehen.

«Bleib, wo du bist.» In seiner Stimme, die vorhin noch so voll Gefühl war, ist jetzt nur noch Eis. Und es ist kein Wunder, ich verstehe es, verstehe ihn, aber …

Das Erste, was ich zu greifen bekomme und was mir sinnvoll scheint, ist eine Küchenrolle, noch unbenutzt. Ich will sie ihm als Kompresse auf den Oberarm drücken, doch diesmal brüllt er mich an. «Ich sagte, du sollst stehen bleiben! Komm noch einen Schritt näher, und ich kann für nichts mehr garantieren!»

Das Blut hat bereits seinen Ärmel durchnässt und tropft nun zu Boden, Erik presst eine Hand gegen die Wunde, die er jetzt erst wirklich zu spüren scheint.

«Es tut mir leid», wiederhole ich und hasse mich dafür, dass ich nun auch noch zu heulen beginne. Dafür, dass ich nichts anderes hervorbringe, als diese lächerliche, völlig wertlose Entschuldigung. Als könne man das, was ich eben getan habe, mit Worten wiedergutmachen. Als könne man es überhaupt wiedergutmachen.

Und ich verstehe es nicht. Ich verstehe *mich* nicht. Es gab doch keinen Grund, alles war schön …

«Du bist vollkommen irre.» Erik schüttelt den Kopf zu jedem Wort, das er sagt. «Irre und gefährlich. Nein, nicht näher kommen.» Zu seiner Kälte hat sich etwas Neues gemischt. Abscheu?

Ich könnte es verstehen, und wie. Wenn ich jetzt sage, was mir auf der Zunge liegt, und zwar, dass ich nicht einmal im Ansatz begreife, warum ich das getan habe, weil ich nämlich gerade im Begriff war, mich in ihn zu verlieben, würde es die Dinge nur noch schlimmer machen.

Irre. Und gefährlich.

Er hat recht. Spätestens jetzt steht fest, dass ich mich in eine Klinik einweisen lassen muss. So schnell wie möglich.

Aber erst braucht Erik Hilfe. «Ich hole den Verbandskasten. Wir müssen sehen, dass wir die Blutung stoppen und …»

«*Wir* müssen gar nichts mehr.» Er wendet seinen Blick keine Sekunde von mir ab. «Du wolltest mir das Messer zwischen die Rippen stechen, habe ich recht? Wenn ich mich nicht umgedreht hätte, wäre ich jetzt tot. Du hättest … mich eiskalt abgestochen.»

Alles, was er sagt, ist wahr, es ist zum Verzweifeln richtig. Und zumindest hat er das Recht, das zu wissen. Ich nicke.

«Warum, Jo?» Jetzt sehe ich zum ersten Mal auch etwas wie Trauer in seinen Augen. Trauer um das, was vielleicht einmal war, auch wenn ich mich nicht daran erinnere. Trauer um das, was noch hätte sein können.

«Ich weiß es nicht.» Mein Schluchzen schluckt meine Worte. «Ich weiß es wirklich nicht», wiederhole ich. «Es ist einfach passiert. Ich habe es selbst kaum mitbekommen, und mir ist klar, wie sich das anhört. Auch für mich. Aber so war es. Als hätte ich mir selbst dabei zugesehen. Ich wollte dir nichts Böses tun und hätte dich trotzdem fast umgebracht. Du hast recht. Ich bin verrückt.»

Er widerspricht nicht, verzichtet aber auch darauf, meine Selbstanschuldigung noch zu bekräftigen. Seine Aufmerksamkeit gilt jetzt seinem Arm; die Blutung ist schwächer geworden, hat aber nicht aufgehört.

Ich deute zaghaft auf die Küchenrolle, dann gehe ich an Erik vorbei, hinaus in die Diele und die Treppe hoch. Meine Beine zittern so stark, dass ich die Stufen kaum bewältige.

Im Badezimmer fällt mein erster Blick auf die Therme, deren Verkleidung immer noch nicht wieder angebracht ist. Ja, das war dann wohl auch ich. Muss ich gewesen sein, wenn den letzten Tagen irgendeine Logik zugrunde liegen soll.

Wenn er sich nicht umgedreht hätte, dann –

Dann würde ich jetzt an seiner Leiche sitzen, in noch viel mehr Blut, mit einem Messer in der klebrigen Hand. Ohne die geringste Ahnung, wie es dazu hat kommen können.

Die Vorstellung drückt mir die Luft ab, ich hocke mich auf den Boden, bis die schwarzen Punkte vor meinen Augen sich langsam auflösen.

Knapp. So knapp.

Mit klammen Fingern hole ich den Verbandskasten aus dem Schrank, finde Wunddesinfektionsspray und sterile Tupfer. Bringe alles nach unten.

Erik hat sich auf einen der Barhocker gesetzt und das Hemd ausgezogen, das er gegen seinen Arm presst. Er ist blass im Gesicht. Ich stelle den Verbandskasten auf der Bar ab und will mich um die Wunde kümmern, doch er schüttelt den Kopf. «Komm nicht auf die Idee, mich anzufassen.»

«Aber du kannst nicht alleine –»

«Doch.» Er bedeutet mir mit dem Kinn, ich soll zurückweichen, dann beginnt er, die Stelle zu säubern.

Ein tiefer, klaffender Schnitt, aus dem immer noch Blut quillt. Der genäht werden muss.

Mit einiger Mühe legt Erik eine Wundkompresse darüber und versucht, eine elastische Binde darumzuwickeln, doch das ist mit nur einer Hand praktisch unmöglich.

«Lass mich dir helfen. Bitte.»

Er antwortet nicht, verdoppelt dafür seine Bemühungen.

Als ich zu ihm trete und ihm die Verbandsrolle aus der Hand nehme, lässt er es schließlich zu. Hält die Kompresse, während ich sie festmache.

«Lass mich dich bitte ins Krankenhaus fahren.»

Er lacht auf. «Ganz sicher nicht.»

«Aber du musst genäht werden.»

Eriks Hand streicht prüfend über den Verband. Im Moment hält das Gewebe noch dicht. «Ja, allerdings. Aber das Letzte, was ich tun werde, ist, mich in ein Auto zu setzen, das du steuerst.»

Er wirft einen Blick auf das zerrissene, blutdurchtränkte Hemd am Boden. «Ich ziehe mir etwas Frisches an, und dann fahre ich. Alleine.»

Als er aufsteht, schwankt er, hat sich aber sofort wieder im Griff.

Ich trete ihm in den Weg. «Lass mich mitkommen.»

«Nein.»

«Auf dem Beifahrersitz. Bitte. Ich kann dich doch so nicht fahren lassen.» Mir ist bewusst, wie paradox meine Sorge um ihn in Anbetracht der Situation wirken muss. Aber ich will etwas tun; am liebsten würde ich alles, was passiert ist, ungeschehen machen, aber wenn das schon nicht möglich ist, möchte ich wenigstens … hilfreich sein.

«Ich fahre alleine. Ich will dich nicht neben mir haben und ständig fürchten müssen, dass du das Lenkrad herumreißt und uns gegen eine Mauer fährst. Oder ein neues Messer aus dem Ärmel ziehst. Oder dir vor meinen Augen etwas antust, bei hundertfünfzig aus dem Wagen springst, zum Beispiel.» Er sieht mich an. «Es ist vorbei, Joanna. Ich hoffe, du lässt dir helfen, um deinetwillen. Aber ich werde keinesfalls mit jemandem zusammen sein, dem ich nicht den Rücken zuwenden kann, ohne fürchten zu müssen, dass er mir ein Messer hineinstößt.»

Er geht langsam zur Treppe. «Ich komme morgen noch einmal vorbei und hole meine Sachen. Also, das bisschen, das noch hier ist.»

Ich bin ihm nachgegangen, versuche seine Hand zu nehmen, doch er zieht sie weg. «Ich habe es ernst gemeint», sagt er scharf. «Fass mich nicht an. Halt Abstand.»

Also lasse ich ihn. Ziehe mich in den letzten Winkel der Diele zurück und frage mich, wieso dieser Abschied mir so weh tut. Keine Chance auf ein Ergebnis. Wahrscheinlich sollte ich die Aufgabe, mein Innenleben zu ergründen, wirklich ab sofort Experten übertragen.

Fünf Minuten später kommt Erik wieder nach unten. Das neue Hemd, das er angezogen hat, beginnt sich oberhalb des Stichs schon wieder rot zu verfärben.

Ich sage nichts mehr.

Er sagt nichts mehr.

Er dreht sich nicht einmal mehr um, als er das Haus verlässt.

22

Ich setze mich vorsichtig in den Wagen. Die Wunde am Oberarm jagt glühende Wellen von Schmerz durch meinen ganzen Oberkörper. Mindestens ebenso schmerzhaft ist die bittere Enttäuschung, diese niederschmetternde Erkenntnis, dass Joanna endgültig und definitiv den Verstand verloren hat. Dass sie verloren ist. Für sich selbst. Für mich.

Sie wollte mich töten.

Die Mischung aus körperlicher und seelischer Qual beginnt mein Bewusstsein zu trüben. Ich blinzele mehrmals, schüttle den Kopf und reiße die Augen auf. Nur nicht ohnmächtig werden. Nein, diese Flucht in die gnädige Dunkelheit darf ich mir jetzt nicht gestatten. Ich muss die Wunde versorgen lassen.

Ich starte den Wagen und werfe einen letzten Blick zur Haustür hinüber. Sie ist geschlossen. Wer weiß, was Joanna jetzt dadrinnen tut. Vielleicht versucht sie zur Abwechslung gerade wieder, sich selbst das Leben zu nehmen. Verrückterweise spüre ich bei diesem Gedanken den Impuls, auszusteigen und nachzusehen, schüttle angesichts der Erkenntnis aber den Kopf. So bescheuert kann man doch gar nicht sein.

Das Haus entfernt sich von mir in einer seltsam schwankenden Art und Weise. Diese unwirklich erscheinende Sicht auf die Dinge kenne ich bisher nur aus Albträumen. Das hier ist allerdings kein Traum. Im Traum hat man keine Höllenschmerzen.

Kratzgeräusche. Eine Stimme aus einem entfernten Winkel meines Verstandes sagt mir, dass ich beim Zurücksetzen die Hecke gestreift habe, die unser Grundstück zur Straße hin abgrenzt. Egal. Alles egal.

Lenkrad drehen, Vorwärtsgang, losfahren.

Was sage ich denen im Krankenhaus? Die Wahrheit? Durchdringendes Hupen reißt mich aus meinen Gedanken. Ich habe jemandem die Vorfahrt genommen. Glaube ich.

Konzentriere dich, Erik. Verdammt.

Ich muss nach links. Wo war ich gerade? Ach ja, das Krankenhaus. Was sage ich denen denn nun? Die Wahrheit? Was ist die Wahrheit?

Joanna hat versucht, mich umzubringen. Ernsthaft. Mit voller Absicht. Sie wollte mich nicht nur verletzen. Sondern tatsächlich mein Leben auslöschen.

Verdammt, ich sehe nichts mehr. Alles verschwimmt. Ich steige auf die Bremse, ziehe das Lenkrad nach rechts. Ein Rumpeln, dann steht der Wagen. Wieder Hupen, mehrmals hintereinander.

Ich wische mir die Tränen aus den Augen, stöhne auf, weil ich mich dabei ruckartig bewegt habe. Dieser Drecksschmerz raubt mir fast die Sinne.

Der Hemdsärmel ist mittlerweile großflächig rot eingefärbt. Krankenhaus. Nähen. Ich muss weiter.

Ich denke sogar daran, in den Rückspiegel zu schauen, bevor ich vom Bürgersteig wieder auf die Straße fahre. Gut so. Aufpassen. Jetzt nicht auch noch einen Unfall bauen.

Joanna. Ich hasse dich. Ich liebe dich. Ich …

Wo bin ich überhaupt? Wie war noch mal der Weg zum Krankenhaus? Ich glaube, ich muss hier nach links, aus unserem Stadtteil heraus. Ja, doch, das müsste der Weg sein.

Dieses Schwindelgefühl ist nicht gut. Gar nicht gut. Ich muss mich beschäftigen, denken. Wenn der Kopf beschäftigt ist, bleibt er wach.

Warum nur? Was kann so schlimm sein, dass Joanna mich dafür töten möchte? Was hat sie erlebt? Und mit wem? Mit mir?

Die letzten Häuser unseres Stadtteils ziehen am Seitenfenster vorbei. Immerhin registriere ich es, das ist ein gutes Zeichen.

Landstraße. Keine Straßenlaternen. Keine hellen Schaufenster. Nur das Stück Straße, das die Scheinwerfer vor mir aus der Dunkelheit reißen. Eine kurze, graue Landebahn, die ich entlangfahre, ohne ihr Ende je zu erreichen. Und ein Korridor von ein paar Metern zu beiden Seiten.

Es tut meinen Augen gut.

Und doch stört etwas. Da kommt ein Wagen von hinten. Er hat aufgeblendet, sein Fernlicht ist so stark, dass es mich sogar im Rückspiegel irritiert. Mit einer hastigen Bewegung möchte ich den Spiegel verstellen und schreie auf. Der falsche Arm.

Im Bruchteil einer Sekunde wird mir schlecht. Der Wagen schlingert, ich habe das Lenkrad verrissen. Ich nehme den Fuß vom Gas, versuche, die Seitwärtsbewegung abzufangen. Scheißschwierig mit einem Arm. Ich muss mich konzentrieren, damit ich mich nicht übergebe.

Endlich habe ich den Wagen wieder im Griff und erhöhe die Geschwindigkeit. Das Stechen in meinem Arm ist in ein dumpf-heißes Pochen übergegangen. Ich weiß nicht, was schlimmer ist.

Dieses Fernlicht hinter mir … es kommt nun sehr rasch näher. Der muss ja wahnsinnig schnell unterwegs sein. Was für ein Idiot.

Joanna. Immer wieder ist da Joanna. Sie schiebt sich zwischen meine Gedanken wie die Schneide eines Messers. Toller Vergleich.

Aber was soll ich denn … Verdammt, spinnt der Kerl hinter mir? Was hat der vor? Die Scheinwerfer seines Wagens wachsen im Rückspiegel mit rasender Geschwindigkeit. Nun überhol schon, Arschloch. Zieh rüber!

Dann knallt mir der Wagen ins Heck. Der Ruck schleudert mich gegen die Rückenlehne, mein Hinterkopf schlägt gegen die Nackenstütze, ich verliere die Straße aus den Augen. Nur kurz, dann schaffe ich es wieder, mich zu konzentrieren. Gott sei Dank bleibt der Audi in der Spur. Im Rückspiegel ist aus den zwei Scheinwerfern einer geworden. Das Fahrzeug lässt sich ein Stück zurückfallen, bleibt aber hinter mir.

Soll ich anhalten? Tut der Kerl es dann auch? Entschuldigt sich vielleicht? Nein. Vermutlich ist er sturzbesoffen. Wenn ich jetzt stehen bleibe, kracht er mir wahrscheinlich wieder hinten rein.

Ich muss weiterfahren, so lange, bis ich bewohntes Gebiet erreiche. Eine Stelle mit Straßenbeleuchtung. Dann kann ich vielleicht auch die Automarke erkennen und die Farbe. Und das Kennzeichen.

Es ist nicht mehr weit. Vielleicht noch einen Kilometer, maximal zwei.

Ich bemerke aus den Augenwinkeln eine Veränderung und schaue erneut in den Rückspiegel. Der einäugige Wagen hinter mir setzt zum Überholen an. Gut. Dann sehe ich gleich alles, was ich sehen muss. Ein Blick in den Außenspiegel. Jetzt ist er schräg neben mir, gleich kann ich vielleicht den Fahrer erkennen. Plötzlich springt der Scheinwerfer ruckartig zur Seite, und es gibt wieder einen heftigen Knall. Während ich spüre, dass der Audi hinten ausbricht, explodiert ein wahnsinniger Schmerz in meinem Oberarm. Das Lenkrad wird mir aus der Hand gerissen, dreht sich wild, ich werde gegen die Tür gedrückt, dann herrscht Chaos. Links ist rechts, oben ist unten, die Dimensionen verschieben sich in ohrenbetäubendem Donnern, Krachen, Schlagen.

Ich denke noch, dass mein Bewusstsein diesen massiven Angriff nicht überstehen wird, dann greift eine riesige, schwarze Klaue nach mir.

Ich tauche aus dem Nichts auf in ein konturloses Wechselspiel zwischen dunkel und dunkler. Versuche mich zu bewegen. Schmerzen, überall. Vor allem aber im Arm. Erste Erinnerungen flackern auf. Ein Unfall. Chaos. Da war dieser Scheinwerfer hinter mir. Der Knall. Alles drehte sich …

Mein Blick wird klarer, die Augen stellen sich auf die Umgebung ein. Direkt vor mir erkenne ich eine unförmige, hellere Fläche: der Airbag. Er ist aufgegangen und hängt nun schlaff über Lenkrad und

Armaturenbrett. Die Windschutzscheibe gibt es nicht mehr, ein eisiger Wind streift die letzten Fetzen der Benommenheit von mir ab. Ich drehe den Kopf zur Seite. Alles ist verbogen, eingedrückt. Wie von Dalí entworfen.

Vorsichtig bewege ich den rechten Arm. Es gelingt, aber es tut höllisch weh.

Es dauert eine Weile, bis ich alle Gliedmaßen kontrolliert und festgestellt habe, dass ich wohl nicht ernsthaft verletzt bin. Die Fahrertür lässt sich nicht öffnen, ich muss zur Beifahrerseite rücken. Es kostet mich einige Mühe und weitere Schmerzen, dann wälze ich mich aus dem Wagen und lasse mich auf nassen, sandigen Untergrund rutschen. Glück gehabt.

Kaum, dass ich den Satz fertig gedacht habe, höre ich mich kichern, auf eine Weise, die ich selbst nur als irre bezeichnen kann. Aber ist es denn ein Wunder? Bei dem Schwachsinn, den sich mein Verstand da zusammenzimmert?

Meine Verlobte versucht mich zu ermorden, ich überlebe nur durch Zufall. Auf dem Weg zum Krankenhaus werde ich von einem besoffenen Arschloch von der Straße katapultiert und habe einen schweren Unfall. Und mein gottverdammtes Hirn hat nichts Besseres zu tun, als mir zu soufflieren, dass ich Glück hatte?

Ich versuche mich aufzurichten und halte inne. Da drüben ist etwas. Ein parkender Wagen, aus dem in diesem Moment jemand aussteigt. Etwa zehn Meter liegen zwischen mir und dem Fahrzeug, der Motor läuft noch, die Scheinwerfer sind eingeschaltet. Es sind zwei, stelle ich beruhigt fest.

Mein Blick sucht die Umgebung nach dem anderen Wagen ab. Dem, der mich von der Straße geschleudert hat. Nichts. Er ist verschwunden.

Jemand kommt auf mich zu, das Licht hinter ihm lässt ihn schwarz und zweidimensional erscheinen wie einen Scherenschnitt.

Kurz vor mir bleibt die Gestalt stehen. Ich erkenne noch immer kein Gesicht.

«Was ist passiert?» Die Männerstimme ist noch jung, sie klingt panisch. «Sind Sie verletzt?»

«Ja», antworte ich. «Aber ich glaube, es ist nicht sehr schlimm.»

«Das sieht ja fürchterlich aus hier. Ich rufe einen Krankenwagen, okay? Und die Polizei. Warten Sie hier. Nicht bewegen.» Er hebt eine Hand, als müsse er mich beschwichtigen. «Ich … ich gehe nur schnell zu meinem Auto, da liegt mein Telefon. Nur einen kleinen Moment …» Hastig wendet er sich ab, rennt zurück.

Mein Oberarm meldet sich pochend. Mein Oberarm. Krankenwagen. Und Polizei. Was sage ich wegen der Wunde? Und noch während ich die Worte gedanklich formuliere, weiß ich die Antwort darauf. Sie ist so einfach.

Ich hatte gerade einen Unfall.

Ich taste nach meinem Arm. Der Hemdstoff fühlt sich nass an. Mit einem beherzten Griff umfasse ich ihn in Höhe der Schulter, kralle meine Fingernägel hinein und reiße ihn mit einem heftigen Ruck auseinander. Beim nächsten Ziehen ist der Stoff halb abgerissen, der Oberarm liegt frei. Aber da ist auch noch der Verband. Ich löse das Ende und beginne ihn abzuwickeln. Da sind wieder die glühenden Stiche in meinem Arm. Es erfordert all meine Kraft, dann ist es endlich geschafft. Ich werfe einen gehetzten Blick zu dem Fahrzeug am Straßenrand. Der junge Mann steht daneben und telefoniert noch.

Mir wird klar, dass ich gerade dabei bin, Joannas Mordversuch an mir zu vertuschen. Womit die Frage von eben sich definitiv beantwortet hat. Aber was tue ich mit dem dämlichen Verband? Wenn ich ihn hier irgendwo lasse, wird man ihn finden. Also in die Hosentasche damit, dann kann ich später sehen, wo ich ihn loswerde. Ich muss mich ein wenig strecken, aber dann ist der Stoff in meiner Tasche verschwunden.

Warum ich Joanna decke, nachdem sie versucht hat, mich umzubringen, begreife ich selbst nicht. Vielleicht ist es ein Reflex. Immer noch der Impuls, sie zu schützen.

«Die Polizei und der Krankenwagen werden gleich da sein.»

Ich habe gar nicht bemerkt, dass der junge Mann wieder zurück-gekommen ist.

«Danke», sage ich gepresst und hoffe, dass er recht hat. Ich brau-che eine schmerzstillende Spritze. Eine Tablette. Irgendwas.

Knappe zehn Minuten später treffen Polizei und Notarztwagen gleichzeitig ein. Noch während man mich auf eine Trage hievt, fragt einer der beiden Uniformierten, wie das passiert ist. Ich erzähle ihm von den Scheinwerfern hinter mir, vom ersten Aufprall, den ich noch abfangen konnte, vom zweiten, der mich von der Straße gefegt hat.

Nein, ich konnte weder Automarke noch Farbe erkennen. Nein, auch nicht das Nummernschild.

«War vielleicht ein Betrunkener», sage ich zu den Beamten.

«Ja, vielleicht. Hatten Sie in letzter Zeit mit jemandem Probleme? Ein Streit vielleicht?»

«Wie? Ich verstehe nicht.» Das tue ich tatsächlich nicht.

Der Mann neigt den Kopf. «Könnte es sein, dass jemand bewusst versucht hat, sie von der Straße zu drängen?»

Ich spüre die Schmerzen im Oberarm. Denke an Joanna. Joanna?

Ich schaffe es noch eben, das *Ja* zu unterdrücken, bevor ich wie-der in die Dunkelheit falle.

23

Ich wage es kaum, in die Küche zurückzugehen, aber ich weiß, dass es unumgänglich ist. Erik ist seit gut zehn Minuten weg, und seitdem habe ich nur in der Diele gekauert und mir die Hände gegen die Augen gepresst. Geheult. Nachgedacht. Nichts hat auch nur im Geringsten geholfen.

Ich hätte ihn umgebracht. Mit diesem Messer, das mich in Gedanken verfolgt, von dem Abend an, als Erik in mein Leben getreten ist. Und heute war es, als hätte es sich selbständig gemacht, einen eigenen Willen entwickelt, sich sein Ziel ganz ohne mein Zutun gesucht.

Nein. Nicht feige sein, jetzt. Keine lächerlich esoterischen Theorien aufstellen. Ich war das, ganz alleine, ich habe den Punkt an Eriks Rücken fixiert, der am vielversprechendsten aussah, an dem das Messer am tiefsten eindringen würde.

Und ich werde die Verantwortung dafür übernehmen. Ich stehe auf, habe sofort schwarzes Flimmern vor den Augen und freue mich ein paar Sekunden lang darüber. Jetzt ohnmächtig werden. Nicht mehr denken müssen, am liebsten nie wieder …

Aber ich bleibe bei Bewusstsein. Ich bin nicht der Typ, der leicht umkippt. Mit angehaltenem Atem betrete ich die Küche.

Ein Schlachtfeld. Blut ist auf die Arbeitsplatte und die Wände gespritzt, eine Spur zieht sich über die Front des Kühlschranks, an den Erik sich gelehnt hat. Das meiste aber ist am Boden.

Das Messer liegt da, wo ich es habe fallen lassen, auf dem Schneidbrett direkt neben den Tomaten.

Ich sehe das alles und begreife es nicht, ich weiß nur, dass ich mir selbst nicht mehr trauen darf, weil ich beim nächsten Mal vielleicht ein Kind auf die Straße schubse, aus heiterem Himmel, grundlos. Oder mit dem Auto in eine Gruppe Fußgänger fahre. Verständlich, dass Erik sich nicht von mir ins Krankenhaus bringen lassen wollte. Besser so.

Aus dem Schrank mit den Putzsachen hole ich mir Lappen und einen Eimer, fülle ihn mit heißem Wasser und beginne, das Blut wegzuwaschen. Schrubbe mit einer Bürste nach, säubere den Boden gründlicher, als das jemals irgendjemand getan hat.

Nicht, weil ich hoffe, damit etwas vertuschen zu können, im Gegenteil, ich rechne damit, dass Erik mich anzeigen wird, sobald seine Wunde versorgt ist. In gewisser Weise bin ich froh darüber. Wenn man mich verhaftet, trage ich die Verantwortung für mich nicht mehr ganz alleine. Dann werde ich erst mal weggesperrt, kann durchatmen und muss nicht mehr fürchten, dass ich jemandem etwas antue. Auch mir selbst nicht.

Ich putze die Küchenwände, bis meine Arme schmerzen und im ganzen Raum keine Spur Blut mehr zu sehen ist. Danach würde ich am liebsten weitermachen, die Beschäftigung hält mich vom Denken ab, rettet mich vor den Bildern, den Schuldgefühlen, der unsagbaren Angst vor diesem … Ding in mir, das mich dazu bewegt hat, Erik zu –

Das Messer. Das Messer habe ich noch nicht wieder sauber gemacht. Es liegt im Becken und hat einen roten Streifen auf dem silbrigen Boden hinterlassen, an der Klinge kann man genau sehen, wie tief sie eingedrungen ist …

Ich schaffe es gerade noch bis auf die Toilette. Übergebe mich, bis nichts mehr kommt und die Erschöpfung meine Sinne stumpf macht. Jetzt kann ich das Messer abwaschen, ich ertrage das Gefühl, es in der Hand zu haben. Und selbst die Angst, ich könnte es plötzlich gegen mich selbst wenden und mir in den Bauch oder Hals stechen, presst mein Innerstes nur für einen Augenblick zusammen, dann verschwindet sie wieder.

Ich poliere das Messer, bis es glänzt, und stecke es in den Block zurück.

Erik müsste längst im Krankenhaus angekommen sein. Vielleicht haben sie ihn schon genäht und behalten ihn über Nacht dort, am Antibiotikatropf.

Mein Handy liegt noch auf dem Couchtisch, neben dem Sofa, auf dem wir den Nachmittag verbracht haben. Lachend. Küssend.

Ich wähle die vorhin erst eingespeicherte Nummer an. Wahrscheinlich wird Erik nicht abheben, aber dann hinterlasse ich ihm wenigstens eine Nachricht. Dass ich ihm seine Sachen ins Krankenhaus bringe, falls er etwas braucht. Dass es mir leidtut. So unendlich leid.

Die gewünschte Rufnummer ist zurzeit nicht erreichbar. The number you dialed is not available.

Das ist ungewöhnlich. Würde ich Erik besser kennen … oder mich an ihn erinnern, dann wüsste ich, ob er grundsätzlich keine Sprachbox aktiviert oder ob das jetzt eine Ausnahme ist. Vielleicht telefoniert er auch gerade? Oder hat keinen Empfang im Krankenhaus?

Ich versuche es fünf Minuten, danach zehn Minuten später erneut. Wieder mit dem gleichen Ergebnis.

Was, wenn die Blutung wieder stärker geworden ist? Wenn Erik am Steuer das Bewusstsein verloren hat? Wenn er …

Ich laufe die Treppen hinauf, ins Arbeitszimmer, klappe mein Notebook auf. Welches Krankenhaus hat Erik am wahrscheinlichsten angesteuert?

Ich versuche es mit dem, das am nächsten liegt, obwohl es keine Unfallabteilung hat.

«Guten Abend, mein Name ist Joanna Berrigan, ich suche nach Ben …»

Mein Gott, was rede ich denn da? Ben? Wieso spukt dieser Name immer wieder in meinem Kopf herum?

«Entschuldigen Sie bitte. Ich suche nach Erik –» In meiner Nervosität fällt mir sein Nachname nicht ein. Den ich auch erst einmal gehört habe. Er beginnt mit T, da bin ich sicher, aber dann? Thaler? Thanner?

«Wen wollen Sie denn nun sprechen?» Die Frau am anderen Ende klingt schon genervt, und obwohl mir das völlig egal sein könnte, ist es genau das Bisschen zu viel, das meine Haltung in sich zusammenbrechen lässt.

«Ich suche nach Erik … Thieben. Erik Thieben! Er hat eine Wunde am Arm und wollte ins Krankenhaus fahren. Ist er bei Ihnen? Ich kann ihn am Handy nicht erreichen und – bitte sagen Sie mir, ob er bei Ihnen ist.»

Räuspern am anderen Ende der Leitung. «Ich kann Ihnen darüber telefonisch keine Auskunft geben.»

«Warum denn nicht?» Jetzt schreie ich beinahe. «Bitte! Er ist mein Verlobter.» Was sich wie eine Lüge anfühlt. Aber wenn, dann ist es *seine* Lüge.

«Wenn Sie Auskunft wollen, müssen Sie persönlich vorbeikommen und sich ausweisen.»

Ich lege auf. Suche die nächste Nummer heraus, versuche diesmal, ruhiger zu klingen. Das Ergebnis bleibt das Gleiche.

Nummer drei auf der Liste ist das Krankenhaus, in dem Ela arbeitet. Ela. Sie würde man nicht abweisen, da bin ich sicher. Aber ich müsste sie zuerst informieren, ihr gestehen, was ich getan habe. Und ich schäme mich so. Sie war es schließlich, die vorgeschlagen hat, dass ich mich selbst einweisen lassen soll. Hätte ich es getan, wäre das alles nicht passiert.

Ich nehme mich zusammen. Ela wird es ohnehin erfahren, und wenn schon, dann am besten von mir. Ohne Beschönigung, ohne Herumdrucksen.

Sie geht beim dritten Klingeln ran. Obwohl ich versuche, einfach nur sachlich zu klingen, unterbricht sie mich schon nach einem halben Satz.

«Um Gottes willen, Jo, was ist los? Du klingst ja furchtbar! Ist wieder etwas passiert?»

Meine Finger umklammern das Handy so fest, dass die Kanten schmerzhaft in die Handfläche schneiden. «Ja. Erik ist verletzt. Er ist ins Krankenhaus gefahren, und ich kann ihn nicht erreichen.»

«In welches Krankenhaus?»

«Das weiß ich nicht.»

Ich höre Ela tief ausatmen. «Du weißt es nicht? Okay. Du erzählst mir jetzt genau, was passiert ist.»

Es ist, als würde ich springen, aus einem Fenster oder von einer Klippe. Ab dem Moment, in dem ich den sicheren Boden unter meinen Füßen aufgebe, geht es von selbst, immer schneller und schneller.

Ich gestehe Ela alles, von dem Augenblick an, in dem wir die Küche betreten haben, bis zu dem, als Erik davongefahren ist.

Als ich fertig bin, ist am anderen Ende nur Schweigen, sekundenlang. «Du hast ihn mit dem Messer angegriffen», flüstert Ela dann, so leise, dass ich sie kaum verstehe.

«Ja. Obwohl wir uns so gut verstanden haben. Obwohl ich anfange, ihn wirklich zu mögen … was ist das, Ela? Was stimmt nicht mit mir?»

Sie antwortet nicht, und als sie wieder spricht, ist ihre Stimme kühl. «Um dich kümmern wir uns später. Ich werde jetzt versuchen herauszufinden, wo Erik steckt, und dann melde ich mich wieder. Versuch bitte, in der Zwischenzeit kein weiteres Unheil anzurichten, ja?»

Aus ihren Worten höre ich all die Verachtung, die ich selbst für mich empfinde. Ich murmele eine Verabschiedung, dann rolle ich mich auf dem Sofa ein und schließe die Augen.

Nichts mehr sehen. Nichts mehr hören. Nichts mehr spüren. Ich schaffe es, mich in einen gnädigen Dämmerzustand zu retten, aus dem mich erst das Telefon wieder herausreißt. Ela.

«Ich habe ihn gefunden. Er hatte einen Autounfall auf dem Weg zum Krankenhaus. Totalschaden, sagt er.»

«Um Himmels willen.» Und ich habe ihn allein fahren lassen, in seinem Zustand. Statt einen Krankenwagen zu rufen. «Ist er schwer verletzt?»

Wieder diese Kälte in Elas Stimme, als sie antwortet. «Dein Stich ist die schlimmste Wunde, die er davongetragen hat, aber natürlich hat er jetzt zusätzlich ein paar Abschürfungen und Prellungen. Nichts Dramatisches, zum Glück. Aber er muss über Nacht bleiben.» Sie zögert, bevor sie den nächsten Satz sagt. «Und er will dich nicht sehen. Er hat mir verboten dir zu sagen, wo er liegt.»

Ich verstehe es, gut sogar, trotzdem tut es weh. Obwohl das unlogisch ist.

Der heutige Nachmittag ist plötzlich wieder so präsent. Seine Lippen, seine Hände. Seine Art, mich anzusehen.

«Dafür möchte er, dass ich mich um dich kümmere», fährt Ela fort. Es klingt nicht sehr begeistert.

«Das musst du nicht, ich –»

«Ich tue es ihm zuliebe», unterbricht sie mich. «Weißt du eigentlich, dass er dich deckt? Dass er behauptet, die Wunde am Arm stamme von dem Unfall?»

«Nein», wispere ich. «Woher soll ich das wissen?»

Ela seufzt. «Ich komme jetzt und hole dich. Erik macht sich Sorgen um dich, er will nicht, dass du die Nacht allein im Haus bleibst. Er ist ein Idiot, wie man sieht, aber er ist einer meiner besten Freunde. Kann sein, dass ich dir heute noch eine knalle, dafür, dass du ihn fast umgebracht hättest.»

«Mach das», sage ich. «Gern auch zwei.»

Sie lacht kurz auf, immerhin. «Okay, Jo. Pack zusammen, was du brauchst für die Nacht. Und wenn du bei mir bist, reden wir noch mal, ja? Du musst dich behandeln lassen, das siehst du jetzt ein, oder?»

«Ja. Bis gleich.»

Ich verbringe den Abend auf einem von Elas Sesseln, mit angezogenen Beinen und darum herumgeschlungenen Armen. Als würde es genügen, mich selbst zu umklammern, um mich davon abzuhalten, wieder etwas Unkontrolliertes zu tun. Ela legt mir eine Liste mit Experten vor, die sie ausgedruckt hat. Außerdem ein paar Fallberichte von Menschen mit systematisierter Amnesie, deren Geschichten meiner zwar in manchen Punkten gleichen, in anderen aber völlig abweichen. Keiner von denen ist gewalttätig geworden.

Ich höre mit halbem Ohr zu, aber meine Gedanken sind bei Erik. Der mich nicht angezeigt hat. Ich frage mich, ob ich noch Gelegenheit haben werde, ihm dafür zu danken.

24

Am späten Vormittag lassen sie mich gehen. Weder Röntgen noch Ultraschall haben einen Befund ergeben.

«Sie haben Glück gehabt», sagt der Arzt und deutet auf den frischen Verband an meinem Oberarm. «Das war irgendwas Spitzes mit sehr scharfen Kanten. Wenn Sie bei dem Unfall mit der Brust oder dem Hals da reingeraten wären statt mit dem Arm ...» Er beendet den Satz nicht.

Mir ist klar, was gewesen wäre, wenn Joanna mich mit dem scharfen Messer an Brust oder Hals erwischt hätte. Aber davon weiß er nichts. Gott sei Dank.

Ja, ich hatte Glück, wenn man sich vor Augen führt, dass es hätte schlimmer kommen können. Schlimmer geht ja bekanntlich immer.

Als ich das Zimmer gerade verlassen möchte, tauchen zwei Männer auf. Sie weisen sich als Kriminalbeamte aus und stellen ihre Fragen. Ich kann ihnen nicht mehr sagen als ihren uniformierten Kollegen gleich nach dem Unfall. Wir einigen uns darauf, dass es wahrscheinlich ein Betrunkener gewesen ist, der mich von der Straße gedrängt hat.

Sie werden nach Zeugen suchen, erklären sie mir. Mit einer Notiz im Lokalteil unserer Tageszeitung. Dann notieren sie sich noch meine Personalien und verabschieden sich.

Vor dem Krankenhaus steige ich in ein Taxi und lasse mich nach Hause bringen.

Nach Hause.

Nachdem ich den Fahrer bezahlt habe und aus dem Wagen gestiegen bin, bleibe ich in der Einfahrt stehen und betrachte die weiße Front. Ich habe dieses Haus die ganze Zeit über als das gesehen, was es sein sollte: Eine Übergangslösung, bis Joanna und ich uns zusammen entweder etwas kaufen oder bauen würden. Aber es war dennoch unser Zuhause, und ich habe mich gefreut, hierher zurückzukommen. Ob am Abend aus dem Büro oder nach Tagen von einer Geschäftsreise. Weil ich mit ihr in diesem Haus gewohnt habe. Weil sie fast immer auf mich gewartet hat.

Nun stehe ich hier, und es fühlt sich ungewohnt an. Nicht nur dieses Haus, auch die Tatsache, dass ich überhaupt hier stehe. Die Gedanken an das, was wenige Stunden zuvor hier geschehen ist, überlagern alles, was in den letzten Monaten mein Dasein ausgemacht hat. Das, was bisher mein Leben mit Joanna war, scheint so weit weg zu sein.

Bevor ich den Schlüssel ins Schloss stecke, zögere ich kurz. Ist Joanna noch hier? Lauert sie mir vielleicht sogar auf, um zu beenden, was sie gestern verpatzt hat?

Blödsinn. Ich habe Ela gebeten, sich um sie zu kümmern. Hat sie Joanna mit zu sich genommen? Oder sind sie vielleicht sogar beide hier?

Das Klacken, mit dem der Schnapper des Schlosses zurückspringt, ein Geräusch, das ich wahrscheinlich noch nie bewusst wahrgenommen habe … es erscheint mir überlaut. Ich betrete die Diele, lausche mit angehaltenem Atem. Nichts.

Minuten später bin ich sicher: Joanna ist nicht hier. Ich gehe ins Wohnzimmer, öffne die Tür unten rechts am Schrank. Dort stehen unsere Spirituosen. Ich weiß nicht, wann diese Tür zuletzt bei Tageslicht geöffnet worden ist.

Ich entscheide mich für Wodka, mit dem ich eines der schweren Whiskeygläser zur Hälfte fülle, die in einem Fach über den Flaschen stehen. Der Alkohol hinterlässt eine brennende Spur auf seinem Weg durch meine Speiseröhre. Er schmeckt ekelhaft, so früh am Vormittag, trotzdem tut er gut.

Mein Blick streift den Durchgang zur Küche, bleibt daran hängen. Ohne weiter darüber nachzudenken, gehe ich darauf zu, das Glas noch immer in der Hand.

Als ich die blitzsaubere Arbeitsfläche sehe, bleibe ich einen Moment verwundert stehen. Ich gehe näher heran, betrachte die Stelle genau, an der Joanna mich attackiert hat.

Ich weiß nicht, ob ich damit gerechnet habe, dass noch alles voller Blut ist. Ich weiß nicht, ob ich überhaupt mit irgendetwas gerechnet habe, aber die peinliche Sauberkeit, die hier herrscht, verwundert mich doch. Joanna hat versucht, mich umzubringen, und dann stellt sie sich anschließend hin und putzt in Ruhe …

Stopp!, sage ich mir selbst. Joanna ist in einer Ausnahmesituation, da kann man ihr Handeln nicht mit Logik erklären. Und vielleicht hat ja sogar Ela hier sauber gemacht. Oder Joanna dabei geholfen.

Den aufkeimenden Gedanken, Joanna könne den Tatort gesäubert haben, um irgendwelche Spuren zu verwischen, schiebe ich beiseite.

Ich gehe zurück ins Wohnzimmer, lasse mich auf die Couch fallen und nehme einen weiteren Schluck aus dem Glas. Als ich mich vornüberbeuge, um es auf den Tisch zurückzustellen, zuckt stechender Schmerz durch meinen Rücken. Nachwirkungen des Unfalls. Falls es ein Unfall war. Hat tatsächlich ein Betrunkener sein Auto nicht mehr im Griff gehabt? Und ist mir erst ins Heck gerauscht und dann mit dem zweiten Anlauf in die Seite? Wie wahrscheinlich ist das?

Oder hat mich jemand absichtlich gerammt, um mich von der Straße abzudrängen? Und das, nachdem kurz zuvor schon Joanna … Moment. Gibt es einen Zusammenhang zwischen dem, was in der Küche geschehen ist, und dem Crash? War das der Plan B, falls sie es nicht schafft, mich umzubringen?

Das würde aber auch bedeuten, dass ihr Angriff auf mich keine Tat im Affekt war, ausgelöst von ihrem verwirrten Verstand, ohne ihr bewusstes Zutun, sondern ein wohlüberlegter Plan. Inklusive einer Notlösung.

Ich wehre mich gegen diese Gedanken, suche nach einem Argument, das dagegenspricht, aber mein Verstand hält mir klar die Logik dieser Überlegung vor Augen.

Ich möchte schreien. Einfach nur dasitzen und alle Verzweiflung, Wut und Enttäuschung aus mir herausschreien.

Ich will mein Leben wiederhaben. Ich brauche einen Anker.

Die Firma. Gabor. Ich muss mich sowieso irgendwann dort melden. Ich will mich schon zur Seite lehnen, um mir das Telefon zu greifen, als ich stocke.

Ist das jetzt das Richtige? Auch bei G.E.E. hat sich ja einiges für mich geändert. Dieses Projekt, bei dem ich zum ersten Mal nicht dabei sein soll, bei dem Gabor mich ausgrenzt. Und das offenbar mit Unterstützung einiger meiner sogenannten guten Kollegen. Kann das mir jetzt helfen?

Außerdem ist Sonntag. Ich müsste Gabor also zu Hause anrufen. Nicht, dass das ein Problem wäre; wie alle Abteilungsleiter habe ich seine Handynummer. Für Notfälle.

Ich gebe mir einen Ruck. Scheiß drauf, warum nicht? Gerade jetzt. Wenn dieser ganze Mist kein Notfall ist, dann weiß ich es auch nicht. Und wenn jemand Erklärungsnot hat, dann ist es ja wohl Gabor. Ich werde ihm klipp und klar sagen, was ich von dem heimlichen Getue um diesen Großauftrag halte. Jetzt oder nie.

Gabor geht nach nur einmaligem Klingeln ran. Ich bemühe mich um eine halbwegs normal klingende Begrüßung.

«Herr Thieben!», ruft er in den Hörer. «Wie schön, von Ihnen zu hören.»

Ich glaube ihm die Aufgeräumtheit nicht. Dieses übertriebene Getue …

«Wie geht es Ihnen? Haben Sie sich ein wenig von dieser schlimmen Sache erholt? Mein Gott, das war ja wirklich eine ganz furchtbare Geschichte. Die Gastherme … Einfach so. Wie geht es Ihrer Lebensgefährtin? Wie ich von Bartsch hörte, waren Sie etwas … ungehalten, weil ich ihn zu Ihnen nach Hause geschickt habe.»

Ich bin so sehr auf das Projekt fixiert, dass ich einen Moment brauche, um mich auf dieses Thema einzustellen. Dann ist die Szene wieder gegenwärtig. Der Betriebspsychologe, bei uns zu Hause. Seltsam, das hatte ich völlig verdrängt.

«Er hat sich auch entsprechend verhalten», erkläre ich knapp. Ich habe keine Lust, mich mit ihm jetzt über Bartsch zu unterhalten. «Ich rufe aus einem anderen Grund an.»

«Aber Sie haben meine Frage noch nicht beantwortet. Wie geht es Ihnen?»

Ich atme tief durch. «Nicht so gut. Ich hatte gestern einen Autounfall. Jemand hat mich von der Straße gedrängt.»

«Du liebe Güte. Bei Ihnen kommt ja wirklich alles zusammen. Das tut mir leid. Ist Ihnen was passiert? Waren Sie alleine im Auto?»

«Ja, ich war allein», erkläre ich genervt. «War wohl ein Besoffener. Die Polizei fahndet nach ihm. Ich bin so weit in Ordnung.»

«Im Moment läuft es bei Ihnen aber wirklich nicht gut.»

«Ja, scheint so. Das ist auch der Grund, warum ich anrufe.»

«Ah, brauchen Sie länger frei? Das ist kein Problem, nehmen Sie sich, so lange Sie …»

«Es geht um diesen Großauftrag», falle ich ihm ins Wort. «Ich würde gerne wissen, warum ich dabei übergangen werde.»

Gabor zögert nur ein, zwei Sekunden. «Aber was heißt denn übergangen? Es ist doch vollkommen normal, dass Sie nicht bei jedem neuen Geschäft …»

«Nein, es ist nicht normal. Bisher war ich als Leiter des IT-Bereiches bei jedem neuen Projekt von Anfang an dabei.»

«Nicht bei jedem. Nur dort, wo IT-seitig Unterstützung notwendig war.» Es klingt halbherzig.

«Und die ist bei dieser Sache nicht notwendig? Wie ich das sehe, ist das doch der größte Fisch, der G.E.E. bisher ins Netz gegangen ist. Irgendjemand aus meiner Abteilung wird doch wohl damit zu tun haben müssen.»

Er zögert. «Ich denke, Sie sollten sich jetzt erst mal erholen, das ist das Wichtigste. Und wenn Sie dann in zwei, drei Wochen vollkommen wiederhergestellt sind, sehen wir weiter. So lange haben Sie bezahlten Urlaub. Was halten Sie davon?»

Das hättest du wohl gerne.

«Mir geht es gut genug, um arbeiten zu können. Die Rumsitzerei zu Hause macht mich nur nervös.»

Gabor scheint nachzudenken, und ich lasse ihn. Er ist am Zug. Es dauert recht lange, doch dann höre ich ein Schnaufen.

«Also gut, Herr Thieben. Wenn Sie unbedingt arbeiten wollen, statt sich zu erholen, soll es mir recht sein. Ich habe es wirklich nur gut gemeint.»

Er macht eine Pause. Ich weiß nicht, ob er darauf wartet, dass ich etwas sage, es ist mir auch egal. Ich schweige gespannt.

«Sie sind also dabei. Zum Auftakt können Sie morgen zwei unserer Geschäftspartner am Münchner Hauptbahnhof abholen. Eigentlich wollte ich das selbst machen, weil die beiden wohl die Hauptverhandlungsführer sind. Aber das können Sie genauso gut übernehmen. Stellvertretend für mich.»

Morgen ist mein Geburtstag. Das Datum aus der Mail. Na also.

«Wo kommen die beiden denn her, dass sie mit dem Zug anreisen?»

Gabor räuspert sich. «Sie sind zuvor noch wegen einer anderen Sache in Stuttgart und haben sich in den Kopf gesetzt, den Weg hierher mit dem ICE zurückzulegen statt in einer bequemen Limousine.» Er lacht kurz auf. «Vergessen Sie nicht, diese Leute investieren in Umweltschutz.»

«Worum geht es bei dem Projekt?»

«Um eine große Sache.»

«Das ist mir klar, aber wann erfahre ich Einzelheiten?»

«Morgen früh, bevor Sie nach München fahren. Sehen Sie zu, dass Sie um neun in der Firma sind. Die beiden kommen kurz nach dreizehn Uhr in München an. Sie dürfen auf gar keinen Fall zu spät dort sein.»

Ich kann nicht behaupten, dass ich mich plötzlich wieder gut fühle, aber ... Ich bin zumindest bei dem Projekt dabei. Und es ging einfacher, als ich befürchtet hatte. Vielleicht sagt Gabor ja die Wahrheit, und er hat sich wirklich nichts dabei gedacht, als er mich erst mal außen vor ließ. Zumindest der berufliche Teil meines Lebens scheint sich langsam wieder ein Stück weit zu normalisieren.

«Ich werde da sein. Und ... danke, dass Sie es sich doch noch anders überlegt haben.»

«Nun hören Sie schon auf, Thieben. Anders überlegt ... Ich hatte nie die Absicht, Sie auszugrenzen. Mir war nicht klar, dass es Ihnen so wichtig ist, in jedes Projekt involviert zu sein. Gerade jetzt, wo es privat bei Ihnen ja nicht so wirklich ...»

«Doch, gerade jetzt», antworte ich.

«Also, dann sehen wir uns morgen früh. Und seien Sie pünktlich.»

Das Gespräch ist beendet.

Ich lege den Hörer achtlos neben mich auf die Couch, greife nach dem Glas und trinke den Rest in einem Zug. Sofort kreisen meine Gedanken wieder um Joanna. Gegen meinen Willen und alle Vernunft, aber es lässt sich nicht ändern.

Liegt es an dem Gespräch mit Gabor? An dem halben Glas Wodka? Keine Ahnung, aber ich möchte wissen, wie es ihr geht. Jetzt sofort.

Anders als Gabor braucht Ela recht lange, bis sie endlich abhebt.

«Ich bin's», melde ich mich. «Ich bin zu Hause. Wie geht es Jo?»

Als Ela nicht sofort antwortet, krampft sich meine Hand um das Telefon. «Ela? Ist alles in Ordnung mit ihr?»

«Na ja, so würde ich das nicht gerade nennen, nach all dem, was geschehen ist. Aber sie ist entschlossen, sich in eine Klinik einweisen zu lassen. Ich glaube, sie hat große Angst vor sich selbst.»

25

Die Nacht auf Elas Couch ist die schlimmste, an die ich mich erinnern kann. Schlimmer als die in der Speisekammer, schlimmer als die im Krankenhaus an der Sauerstoffflasche. Es fühlt sich an, als schliefe ich nur sekundenweise. Jedes Mal, wenn mein Bewusstsein abdriftet, habe ich Erik vor mir, mit schützend erhobenem Arm und ungläubigem Blick; jedes Mal beschreibt das Messer wieder diesen silbrigen Bogen in der Luft. Nur manchmal treffe ich dann nicht seinen Arm, sondern doch seine Brust, seinen Bauch. Einmal sogar sein Gesicht. Jedes Mal fahre ich hoch, mit rasendem Herzschlag und dem Gefühl, dass mein Verstand mir entgleitet.

Immerhin erwache ich nicht schreiend, sonst wäre Ela im Nebenzimmer längst wach. Mein Entsetzen ist lautlos.

Die blaue Leuchtanzeige des Blu-Ray-Players zeigt 03:16, als ich es endgültig aufgebe. Ich setze mich aufrecht hin, ziehe mir die Decke eng um die Schultern und versuche, einen Plan für den Tag auf die Beine zu stellen.

Nur dass Sonntag ist. Ich werde Dr. Schattauer nicht erreichen, und wahrscheinlich auch sonst keinen leitenden Arzt. Elas Versicherung, dass die Psychiatrie in ihrem Krankenhaus besonders gut ist, überzeugt mich nicht. Wenn ich mich in eine Klinik lege, dann in die mit den besten Experten für Amnesie, die man in diesem Land finden kann.

Und davor möchte ich Erik noch einmal sehen. Mich bei ihm entschuldigen und mich davon überzeugen, dass es ihm einigermaßen gutgeht.

Bloß dass ich nicht weiß, wo er ist.

Ich muss noch einmal eingeschlafen sein, denn als ich das nächste Mal blinzle, ist es draußen schon hell, und ich sitze nicht mehr, sondern liege zusammengerollt auf der Couch, das Kissen an mich gedrückt wie einen Talisman. Es riecht nach Kaffee.

Kurz danach kommt Ela herein und stellt ein Tablett auf den Tisch. Einen Brotkorb, Marmelade, Butter und ein bisschen Käse.

Ohne dass ich es möchte, stellt sich sofort die Erinnerung an das Frühstück gestern ein. An Nadines Überraschungsbesuch und die Art, wie Erik sich hinter mich gestellt hat. Ohne zu zögern.

An den Kuss danach. An den wunderschönen Nachmittag, der darauf folgte.

Und dann …

Jeder Schritt zu Elas Frühstückstisch ist unglaublich mühsam. Der Gedanke an Essen ist fast unerträglich, aber der Kaffee tut mir gut. Schwarz, heiß, stark.

«Bringst du mich dann nach Hause?»

Sie sieht mich entgeistert an. «Ich dachte, wir fahren dich in die Klinik. Du hast doch gestern selbst noch gesagt, dass es das einzig Richtige ist!»

Ihre Heftigkeit weckt meinen Widerspruchsgeist. «Ja. Habe ich. Es bleibt auch dabei, nur möchte ich heute noch in Ruhe meine Sachen packen, ein paar Anrufe machen. Morgen gehe ich in die Psychiatrie, bis dahin weiß ich hoffentlich auch, in welche.»

Ela rührt in ihrer Tasse, ein wenig zu energisch. «Ich halte es für keine gute Idee. Im Moment fühlst du dich doch einigermaßen, oder? Das kann schnell wieder vorbei sein, wenn du dich gleich noch einmal mit dem Ort des Geschehens konfrontierst …»

Es klingt wie eine Ausflucht. Ihr ausweichender Blick bestätigt mir diesen Eindruck, und einen Moment später ist mir klar, was dahintersteckt.

«Es ist wegen Erik, nicht wahr? Er will nicht, dass ich nach Hause komme, er will mir nicht begegnen.»

Zu Beginn streitet Ela es ab, aber als ich weiterbohre, zuckt sie schließlich die Schultern. «Kannst du es ihm übelnehmen? Weißt du, was er in der letzten Woche durchgemacht hat? Es geht ihm richtig dreckig, Jo, und er muss erst wieder Boden unter die Füße kriegen.» Sie sieht mich warnend an. «Ohne dass du ihm in die Quere kommst. Ob mit Messer oder ohne.»

Von meiner Kaffeetasse grinsen mich hüpfende, gelbe Smileys an. Würde es nicht Ela gehören, würde ich das Ding kaputt machen, auf ein paar Scherben mehr oder weniger kommt es in meinem Leben nicht an. «Er hat dich angerufen?»

«Nein. Aber ich kenne ihn länger als du.» Sie nimmt einen Schluck Kaffee und greift nach dem Zuckerstreuer. «Kannst du dir nicht vorstellen, dass er Ruhe haben möchte, falls er heute entlassen wird? Nicht die nächste Konfrontation mit einer Frau, die ihn erst liebt, dann nicht mehr erkennt, ihn dann doch wieder näher an sich heranlässt, aber nur, um ihn fast zu erstechen.»

Ich senke meinen Blick auf die bescheuerten Smileys.

«Wenn du Sachen aus dem Haus brauchst, kann ich die für dich holen. Telefonieren kannst du auch hier, ich gebe dir jede Privatsphäre dafür, die du brauchst.»

Ich stimme allem zu, gebe in jedem Punkt nach, trinke meinen Kaffee aus und rolle mich wieder auf der Couch zusammen. Tue, als würde ich schlafen. Elas Handy klingelt an diesem Vormittag drei oder vier Mal, jedes Mal geht sie zum Telefonieren aus dem Zimmer. Spricht sie mit Erik? Ich würde so gern danach fragen, aber ich traue mich nicht. Bis kurz vor zwei Uhr halte ich es auf dem Sofa aus, dann ist es mit meiner Beherrschung vorbei.

Duschen, umziehen, alles in die kleine Reisetasche werfen. Das Taxi rufe ich mir noch vom Badezimmer aus. «Tut mir leid, Ela. Ich werde Erik sagen, dass du dein Bestes getan hast. Aber ich muss ihn sehen und mich entschuldigen, bevor ich in die Klinik gehe.»

Sie schüttelt den Kopf, aber sie hält mich nicht auf. Wahrscheinlich ruft sie Erik an, sobald ich die Tür hinter mir geschlossen habe.

Je näher der gutgelaunte Taxifahrer mich meinem Ziel bringt, desto nervöser werde ich. Will ich Erik wirklich sehen? Welchen Sinn hat es, sich für etwas Unentschuldbares entschuldigen zu wollen? Egal was ich tue, es wird die Dinge nicht ungeschehen machen.

Es ist die Angst vor der Ablehnung, vor dem Abscheu in seinen Augen, das wird mir irgendwann klar, kurz bevor wir in meine Straße abbiegen. Ich fürchte mich davor, in seinem Gesicht das zu sehen, was ich selbst für mich empfinde.

Dem Taxifahrer gebe ich ein weit übertriebenes Trinkgeld, als Entschädigung für meine schlechte Laune und aus dem Gefühl heraus, damit wenigstens irgendjemandem den Tag ein wenig verschönern zu können.

Vor dem Haus steht nur mein Auto. Natürlich, mit dem Audi hatte Erik ja einen Unfall. *Totalschaden.*

Meine Hand zittert, als ich den Schlüssel aus der Tasche hole, ich treffe kaum das Schloss.

Vielleicht ist Erik ja gar nicht da. Vielleicht entlassen sie ihn erst morgen. Doch als ich die Diele betrete, sehe ich da seine Schuhe stehen und seine Jacke am Haken hängen.

Die Tür zum Wohnzimmer ist halb offen, und bevor mich der Mut verlässt und ich einfach kehrtmache, drücke ich sie ganz auf.

Erik sitzt auf dem Sofa, starrt einfach geradeaus, in Richtung der Terrassentür. Er wendet den Kopf nicht zu mir, als ich eintrete, es ist, als hätte er mich gar nicht kommen gehört. Vor ihm auf dem Couchtisch steht ein leeres Whiskeyglas.

«Hallo.» Zwei Silben, und sie klingen erbärmlich. Als würde ich gleich in Tränen ausbrechen.

Er antwortet nicht. Er rührt sich auch nicht, sondern schaut einfach weiter nach draußen, wo eben leichter Regen eingesetzt hat.

Also gut. Dann werde ich sagen, was ich zu sagen habe, und anschließend nach oben verschwinden, ins Schlafzimmer. Ihm aus dem Weg gehen und aus den Augen.

«Ich weiß, du willst mich nicht sehen, und ich verstehe das, aber ich wollte dir unbedingt noch einmal sagen, wie leid mir tut, was passiert ist.»

Nein, nicht was *passiert* ist.

«Was ich getan habe», korrigiere ich mich. «Ich habe versucht zu begreifen, was in mir vorgegangen ist, aber ich weiß es einfach nicht. Mir ist klar, dass ich Hilfe brauche. Morgen lasse ich mich stationär in der Psychiatrie aufnehmen und gehe dort erst wieder weg, wenn die Ärzte das für richtig halten.»

Meine Stimme ist mit jedem Satz fester geworden, aber jetzt schnürt sich meine Kehle wieder zu.

«Es tut mir leid», wiederhole ich hilflos. «Alles.»

In dem Moment, als ich den Rückzug antreten will, dreht Erik sich zu mir herum. «Alles?»

Es ist kein harmloses Nachfragen, auch kein Friedensangebot. So lauernd, wie er mich ansieht, will er auf etwas ganz Bestimmtes hinaus.

«Ja.» Ich schlucke gegen das enge Gefühl in der Kehle an. «Natürlich.»

«Wenn das so ist, dann sei doch so nett und sage mir, wer das war, gestern Abend, in dem Auto hinter mir.»

Ich verstehe nicht, was er meint. «Welches Auto?»

«Das Auto, das mich von der Straße abgedrängt hat.» Er richtet sich auf, dreht sich ganz zu mir. Unter dem rechten Ärmel seines Shirts zeichnen sich die Umrisse eines Verbands ab.

«Das war nämlich kein einfacher Unfall, Joanna. Es war ein weiterer Versuch, mich umzubringen. Der Wagen hat mich erst von hinten und dann von links gerammt, bis ich von der Straße abgekommen bin.»

Er verengt die Augen. «Ein bisschen viel Zufall, oder? Erst versuchst du, mich zu erstechen, und als du es nicht schaffst, provoziert jemand anders einen Autounfall. Nur eine halbe Stunde später.»

Ich will etwas antworten, aber ich weiß nicht, was, ich dachte, der Unfall wäre Eriks schlechtem Zustand zuzuschreiben gewesen.

«Du bist abgedrängt worden? Das hat Ela mir nicht ge–»

«Gib dir keine Mühe», unterbricht er mich lächelnd. «Jedem Idioten muss klar sein, dass es da einen Zusammenhang gibt. Und ich war vielleicht lange Zeit naiv, aber das ist vorbei.»

Ich habe aus gutem Grund ein schlechtes Gewissen, aber das hier ist ungerecht. «Damit habe ich nichts zu tun, das schwöre ich! Ich weiß nichts von irgendwelchen Typen, die dich von der Straße abdrängen wollten.»

Erik lacht auf. «Und selbst wenn – was heißt das schon? Was weißt du denn noch mit Sicherheit, hm?»

Dass er damit recht hat, macht es schlimmer. Es fühlt sich so unfair an, was er sagt, aber trotzdem ist es wahr. Ich kann mich an ihn nicht erinnern, ich habe die Herrschaft über mein eigenes Handeln verloren – wer weiß, was da noch alles ist.

Plötzlich wünsche ich mir, es wäre schon morgen, und ich müsste mich nur noch in ein frischbezogenes Krankenhausbett legen, die Augen schließen und die Ärzte machen lassen.

Ich bin so müde. «Wenn du wirklich glaubst, was du da sagst – warum zeigst du mich dann nicht an? Warum nicht schon gestern?»

Jetzt senkt er seinen Blick und sieht einen Moment lang so verletzlich aus, dass ich am liebsten zu ihm gehen und mich an ihn schmiegen würde. Wir waren uns so nah, für kurze Zeit.

Aber der Graben, den ich mit meinem Messer zwischen uns aufgerissen habe, lässt sich nicht mehr überbrücken. Würde ich meinem Impuls nachgeben, Erik zu umarmen, er würde mich wegstoßen. Und er hätte jedes Recht dazu.

Und er tut es, mit Worten. «Ich habe dich nicht angezeigt, weil ich dieses verrückte Bedürfnis habe, dich zu beschützen. Und glaube mir, ich finde das selbst von Tag zu Tag lächerlicher.»

Er sieht mir in die Augen, und in seinem Blick liegt eine Kälte, die ich bei ihm noch nie gesehen habe. «Aber vielleicht mache ich es noch. Je länger ich darüber nachdenke, was passiert ist, desto klarer wird mir, dass ich vor allem mich selbst schützen muss.»

26

Ich sehe, wie Joannas Augen feucht werden, während sie gleichzeitig um Haltung kämpft. Reglos, stumm. Von mir zum Schweigen gebracht.

Warum habe ich das gesagt? Ich werde sie nicht anzeigen. Ich denke, ich wollte sie einfach nur verletzen, ihrem Gesicht ansehen, dass ihr weh tut, was ich sage. Weil ich recht damit habe, mit jedem verdammten Wort. Ich … wollte mich an ihr rächen für das, was sie getan hat.

Aber das war trotz allem falsch, das weiß ich. Und doch hat es mir gutgetan, den Schmerz in ihren Augen zu sehen. Zumindest gerade noch. Jetzt nicht mehr. Jetzt fühlt es sich so an, als ob ich ein Mistkerl bin.

Eine innere Stimme bedrängt mich, ich solle aufspringen und Joanna in die Arme nehmen. Ihr sagen, dass … dass … ach, irgendetwas Tröstendes. Es ist trotz allem Joanna, die da vor mir steht, und es geht ihr so schlecht wie nie.

Eine andere wispert mir zu, ich solle mich aber vorher vergewissern, dass sie kein Messer hinter ihrem Rücken versteckt hat, das sie mir in den Körper stoßen wird, sobald ich nah genug heran bin. Ich muss aufhören, sie mit den gleichen Augen wie früher zu sehen. Sie ist eine andere als noch vor einer Woche. Das muss ich endlich begreifen.

«Ich verstehe», sagt sie mit fremd klingender Stimme und wiederholt gleich darauf noch einmal leise: «Ja, ich verstehe. Wirklich.»

Ich antworte nicht, mir fällt nichts ein, das ich sagen könnte.

Vielleicht habe ich auch Angst davor, wieder Mistkerlsätze von mir zu geben.

Die Zeit scheint an der Stille zwischen uns festzuhängen, bis Joanna sich endlich wieder rührt. «Ich gehe nach oben und lege mich hin.»

Sie dreht sich um und verlässt den Raum lautlos wie ein Geist. Ich starre noch eine Weile auf die Stelle, an der sie um die Ecke verschwunden ist, dann lehne ich mich zurück und lege den Kopf in den Nacken. Starre an die Decke, an der es nichts zu sehen gibt. Das Pochen im Oberarm schmerzt bei weitem nicht so, wie das Wissen darum, dass es zwischen Joanna und mir vorbei ist.

Abschied. Er fühlt sich an wie ein Fremdkörper in meiner Seele, und doch … er ist Realität. Seit Tagen schon führe ich ein Leben, das mir selbst wie das eines anderen erscheint. Jetzt fühlt dieses Leben sich an wie mein Tod. Ich weiß nicht, wie es ohne Joanna weitergehen soll.

Irgendwann spüre ich ein Kitzeln am Ohr. Wie lange ist es her, dass mir die Tränen kamen? Einen Tag? Zwei? Es war jedenfalls aus dem gleichen Grund.

Und davor? Jahrelang nicht.

Mir fallen die Augen zu. Kein Wunder nach den letzten Tagen. Ich spüre, wie ich langsam in den Schlaf abdrifte, Stück für Stück hinabgleite. Dann ist schlagartig dieser Gedanke da und lässt mich hochfahren.

Was, wenn Joanna wieder die Mordlust überkommt, während ich schlafe? Dann bin ich ihr schutzlos ausgeliefert. Ich schaue mich um, die Wohnzimmertür kann man abschließen, aber den Durchgang zur Küche nicht. Dafür aber die Tür zwischen Küche und Diele.

Auf dem Weg fällt mir ein, dass Joanna keine Möglichkeit hat, sich etwas zu essen oder zu trinken zu holen, wenn ich abschließe. Ich wische die Bedenken zur Seite. Hier geht es um mein Leben. Sie kann Wasser trinken, das hat sie sich selbst zuzuschreiben.

Wieder so ein Mistkerlsatz.

Nachdem ich mich in meiner Wohnzimmer-Küche-Festung verbarrikadiert habe, lege ich mich auf die Couch und ziehe die Decke über mich, die zusammengefaltet über der gepolsterten Lehne hängt. Ein Relikt aus einem normalen Leben.

Sofort schleicht der Schlaf wieder heran wie ein Dieb, der sich nur für einen Moment hinter der Mauer meines Bewusstseins versteckt hatte.

Als er mich fast erreicht hat, schleicht er nicht mehr. Er fällt über mich her.

Es ist Nacht, und es dauert eine Weile, bis ich meinen Kopf so weit sortiert habe, dass ich weiß, wo ich bin. Ich liege im Wohnzimmer. Die Gegenstände um mich herum erkenne ich nur vage, wie durch einen dunklen Schleier, der die Konturen samten verwischt. Tisch, Schrank, Sessel … Die Ahnung eines Lichtscheins drückt sich von der Terrasse aus durch die breiten Glaselemente.

Gut, ich weiß, *wo* ich bin, nun muss ich noch herausfinden, *wann* ich bin. Auf jeden Fall habe ich einige Stunden geschlafen. Ich höre mein eigenes Stöhnen, während ich mich aufrichte und die Anzeige des Receivers suche. Ich finde 6:13.

Wann bin ich eingeschlafen? Das muss gegen vier am Nachmittag gewesen sein. Vierzehn Stunden. Wahnsinn. Und doch wiederum nicht, wenn man bedenkt, was ich alles …

Joanna.

War sie zwischenzeitlich unten? Hat mich vielleicht sogar ein Klopfen an der Tür geweckt?

Ich schalte die Stehlampe ein und gehe zur Wohnzimmertür. Bevor ich den Schlüssel umdrehe, halte ich den Atem an und lege das Ohr gegen das Holz. Versuche Geräusche auf der anderen Seite auszumachen. Als ich die Tür öffne, beschleunigt sich mein Herzschlag. Die Hand noch an der Klinke betrachte ich die leere Diele vor mir und atme erleichtert aus. Was habe ich erwartet? Dass Joanna über mich herfällt, sobald ich die Tür öffne? Verrückt. Oder?

Kurz denke ich darüber nach, oben nachzusehen, ob sie schläft, verwerfe den Gedanken aber wieder. Ich brauche jetzt keine erneute Konfrontation mit ihr. Um neun muss ich in der Firma sein, Gabor verlässt sich auf mich. Wenigstens dieser Teil meines Lebens soll wieder normal verlaufen.

Um halb acht sitze ich in Anzug und neuem Hemd im Taxi. Zum Glück hatte ich die Sachen in die Garderobe gehängt. Von Joanna habe ich nichts gesehen oder gehört. Gut, sage ich mir. Ich muss lernen, dem Drang, mich um sie kümmern zu wollen, zu widerstehen.

Ich begegne nur wenigen Menschen, als ich die Firma betrete. Die meisten meiner Kolleginnen und Kollegen kommen erst zwischen acht und halb neun. Gleitzeit.

Am Eingang zu meinem Büro bleibe ich stehen und sehe mich um. Mein Schreibtisch mit den beiden Monitoren und einem Stapel Dokumente darauf, der Schrank … Ein Stück Normalität, fast so, als wäre mein Leben nicht komplett aus dem Ruder gelaufen.

Also gut, jetzt ist Professionalität gefragt.

Ich setze mich an den Schreibtisch und fahre den Computer hoch. Mal sehen, ob ich im Firmennetzwerk etwas über dieses neue Projekt finde. Normalerweise wird für so was gleich ein eigenes Verzeichnis angelegt, auf das alle beteiligten Abteilungen Zugriff haben und in dem alles abgelegt wird, was mit dieser Sache zu tun hat.

Ich kann nichts finden. Entweder, es existiert tatsächlich noch nichts darüber, oder ich habe keine Berechtigung für dieses Verzeichnis. Was aber ziemlich unwahrscheinlich ist, da ich als IT-Abteilungsleiter mit Administratorrechten ausgestattet …

«Klopf, klopf.»

Ich schrecke hoch und schaue dem personifizierten Ärger ins scheinheilig lächelnde Gesicht. Nadine.

«Guten Morgen», flötet sie, als wären wir frisch verliebt.

«Das war er bis gerade noch.» Demonstrativ richte ich meinen

196

Blick wieder auf den Monitor. «Was willst du? Zwischen uns gibt es nichts mehr zu besprechen.»

«Ich wollte dir nur sagen, dass es mir leidtut wegen der Sache bei euch zu Hause. Ich …»

«Du hast dich mit diesem Auftritt endgültig disqualifiziert», fahre ich sie an und schaffe es nur mit Mühe, nicht laut zu werden.

Sie macht zwei vorsichtige Schritte auf mich zu und knetet dabei ihre Finger. «Ich sagte doch, es tut mir leid. Können wir das nicht einfach vergessen? Wenn du möchtest, rufe ich auch Joanna an und entschuldige mich bei ihr.»

Ich stütze mich auf der Schreibtischplatte ab und richte mich halb auf, woraufhin Nadine ein Stück zurückweicht. «Wage es bloß nicht, bei uns zu Hause anzurufen oder dich noch mal dort blicken zu lassen.»

«Okay, schon gut …» Sie macht eine kleine Pause. «Könnten wir dann wenigstens hier normal miteinander umgehen? Schließlich arbeiten wir zusammen.»

Damit hat sie recht, auch wenn sich alles in mir dagegen sträubt. Sie ist Geigers Assistentin, wir haben häufig miteinander zu tun. Außerdem …

Ich nicke widerwillig und setze mich wieder. «Also gut, solange es um den Job geht. Und wo wir gerade schon beim Job sind, was weißt du über das neue Großprojekt?»

Nadine zieht die Brauen hoch. «Welches Großprojekt?»

«Phoenix oder so. Gabor sagt, es ist eine große Sache. Ich fahre gleich nach München, um die Verhandlungsführer abzuholen. Du musst doch was darüber wissen.»

«Nein, keine Ahnung. Ich weiß nichts von einem neuen Großprojekt. Phoenix, ehrlich?»

Ich betrachte Nadines Gesicht und beschließe, ihr zu glauben. Diese Sache wird immer nebulöser. Es gehört zu Nadines Job, Vertragsverhandlungen vorzubereiten und sich um alles zu kümmern, was dazu benötigt wird. Von der Reservierung des Meetingraumes über das Catering bis zu den Hotelbuchungen für die potenziellen Geschäftspartner. Wenn selbst sie nicht über diese Sache informiert ist …

«Das ist sehr seltsam», sage ich mehr zu mir selbst. Nadine hebt die Schultern.

«So wichtig kann diese Sache nicht sein, sonst wüsste ich was darüber.»

Das sehe ich anders. Wenn hundert Anlagen kein Großprojekt sind, was ist es dann? Aber vielleicht ist alles noch so vage, dass Gabor es noch nicht an die große Glocke hängen möchte? Hat er mich deshalb außen vor gelassen? Das würde Sinn ergeben. Und es beruhigt mich, endlich eine plausible Erklärung gefunden zu haben. Allerdings war es in dem Fall dumm von mir, Nadine darauf anzusprechen.

«Na ja, ist ja auch egal», spiele ich das Thema herunter und sorge dafür, dass sie nicht mehr nachhakt, indem ich hinzufüge: «Jedenfalls bin ich damit einverstanden, dass wir hier einen normalen Umgang miteinander haben, auch wenn es privat …»

Den Rest lasse ich offen.

«Gut, dann … gehe ich mal wieder rüber.» Sie zögert noch, gerade so, als warte sie auf etwas, das ich noch sagen würde. Ich starre angestrengt auf den Monitor. Schließlich wendet sie sich ab und verlässt mein Büro.

Fünf Minuten vor neun sitze ich in Gabors Vorzimmer und beobachte die Schultheiß dabei, wie sie irgendwelche Papiere von einer Seite des Schreibtischs auf die andere räumt. Um Punkt neun kann ich zu Gabor hinein.

Er steht am Fenster und dreht sich zu mir um. Anders als beim letzten Mal lächelt er nicht, sondern wirkt angestrengt. Ich versuche, das Ziehen in meinem Magen zu ignorieren.

«Guten Morgen, Erik. Setzen Sie sich.» Gabor nickt zu der Sitzgruppe hin. Ich wähle den gleichen Platz wie bei unserem letzten Gespräch.

«Ich habe Ihnen einen Wagen bei einer Mietwagenfirma in der Nähe bereitstellen lassen. Eine E-Klasse. Diese Männer setzen sich nicht in einen unserer kleinen Firmenwagen. Sie können das Fahrzeug so lange fahren, bis Sie Ersatz für Ihren Audi gefunden haben. Die Mietrechnung und alle Tankbelege reichen Sie anschließend ein, wir übernehmen das.»

Er setzt sich mir gegenüber und schlägt die Beine übereinander.

Gabor stellt mir eine Luxuskarosse zur Verfügung, bis ich wieder ein eigenes Auto habe? Und übernimmt die Spritrechnungen? Hat er am Ende ein schlechtes Gewissen und möchte jetzt etwas wiedergutmachen? Plötzlich fällt mir etwas ein, und ich wundere mich, dass ich erst jetzt daran denke. «Darf ich fragen, warum Sie nicht Ihren Fahrer nach München schicken?»

Gabor sieht mich verständnislos an. «Meinen Fahrer? Wo denken Sie hin? Ich hätte diese Männer selbst abgeholt, wenn Sie das nicht als Vertreter der Geschäftsleitung übernehmen würden. Alles andere wäre eine Beleidigung für die Herren.»

«Seltsame Menschen», bemerke ich.

«Allerdings. Wie ich schon sagte, ist es deshalb auch enorm wichtig, dass Sie pünktlich am Bahnhof sind. Diese Leute fassen es als Akt der Geringschätzung auf, wenn Sie auch nur eine Minute zu spät kommen. Sie brauchen etwa eine Stunde bis München und dann mindestens noch dreißig Minuten bis zum Hauptbahnhof. Um ein Polster zu haben, fahren Sie also am besten um halb elf los.»

«Woran erkenne ich die Männer?»

«Die werden *Sie* erkennen. Im Auto liegt ein Schild mit den Namen der beiden. Dort finden Sie ebenfalls die Angaben zum Gleis und der genauen Ankunftszeit.»

Gabor steht auf und beginnt, im Zimmer auf und ab zu gehen. Er wirkt sehr nervös, was darauf hindeutet, dass diese Sache wirklich wichtig für ihn ist.

«Während Sie unterwegs sind, bereitet Frau Schultheiß die Unterlagen mit allen Informationen zu dem Projekt für Sie vor. Mit den Verhandlungen geht es erst morgen Vormittag so richtig los, Sie haben also den Rest des Tages Zeit, sich in das Projekt einzulesen. Erstes Meeting dann morgen nach dem Mittagessen.»

Gabor beendet seine Wanderung und setzt sich hinter seinen Schreibtisch. «Ich denke, das wäre alles.»

Mein Stichwort, die Bühne zu verlassen.

An der Tür drehe ich mich noch einmal zu ihm um. «Vielen Dank, Herr Gabor.»

«Wofür?»

«Dass Sie mich doch ins Projektteam genommen haben. Ich hatte mir schon Sorgen gemacht.»

«Gehen Sie jetzt. Ich verlasse mich auf Sie.»

«Soll ich mir ein Taxi bis zur Mietwagenfirma nehmen?»

«Nein, Frau Balke wird Sie hinfahren.»

Ausgerechnet Nadine. Aber eigentlich ist es klar. Sie kümmert sich um Dienstreisen, Reisekostenabrechnungen und Mietwagen.

Auf dem Weg reden wir nicht viel, und das wenige ist dienstlicher Natur. Gott sei Dank.

Um halb elf steige ich in die schwarze Limousine.

Nadine hat mir das Namensschild und den Zettel mit der Ankunftszeit und dem Bahnsteig gegeben.

Dreizehn Uhr elf, Gleis sechzehn. Die beiden Namen auf dem DIN-A4-großen Schild kann ich kaum aussprechen, sie klingen arabisch – das erklärt einiges. Vor allem, wer das Geld für hundert unserer Solarkraftwerke aufbringen kann, von denen eines schon mehrere Millionen kostet. Und kein Wunder auch, dass Gabor einen solchen Deal nicht vorschnell an die große Glocke hängen will.

Bei der Vorstellung, wie schwer es ihm fallen muss, mit diesen Leuten auf Augenhöhe zu verhandeln, kann ich mir ein Schmunzeln nicht verkneifen. Bei G.E.E. sind sogar die Putzfrauen ausschließlich deutsch. Gabors kaum verhohlener Rassismus hat mich schon immer angewidert, einige Male so sehr, dass ich einfach etwas dazu sagen *musste*, selbst auf die Gefahr hin, dass es mich meinen Job kosten könnte. Interessant, dass er für Geschäfte einer gewissen Größenordnung seine Überzeugungen dann doch hintanstellt.

Etwa zwanzig Kilometer vor München steht der Verkehr. Ein Lkw-Unfall, wie ich im Radio höre. Vollsperrung. Ausgerechnet.

Ich schaue auf die Uhr. Viertel nach elf. Mein Handy liegt in der Mittelkonsole. Wenn alle Stricke reißen, kann ich Gabor anrufen. Aber das werde ich nur im äußersten Notfall tun. Noch ist Zeit.

Um zwölf beginne ich, nervös zu werden. Ich bin noch keinen Meter weitergekommen. Zum wiederholten Mal greife ich nach dem Telefon und vergewissere mich, dass es immer noch guten Empfang hat und ich anrufen kann, wenn es nötig ist. Als ich das Gerät gerade wieder zurücklegen möchte, klingelt es.

Ich sehe Joannas Namen auf dem Display und weiß nicht, was ich tun soll. Nach dem vierten Läuten gehe ich schließlich ran.

«Ja?»

Drei, vier Sekunden verstreichen, begleitet von leisem Hintergrundrauschen.

«Du warst einfach weg.» Ihre Stimme ist leise und defensiv. Ich kämpfe nieder, was da in mir aufkommen möchte.

«Ja», antworte ich nur.

«Wie … also – geht es dir gut? Deinem Arm?»

«Den Umständen entsprechend.» Ich möchte das Gespräch so schnell wie möglich beenden, die Situation macht mich nervös genug, ich kann und will mich jetzt nicht mit Joannas Befindlichkeiten auseinandersetzen.

«Sagst du mir, wo du bist?»

Mein Seufzen klingt genervter, als ich es beabsichtigt hatte. «Im Auto, ich fahre für die Firma nach München zum Bahnhof, ein paar wichtige Leute abholen. Das heißt, falls dieser beschissene Stau sich rechtzeitig auflöst.»

«Okay.» Jetzt klingt sie sachlich, keine Spur mehr von verschreckt. Auf schlechte Laune meinerseits hat sie noch nie nachgiebig reagiert. «Dann will ich dich nicht länger aufhalten. Gute Fahrt.»

Von wegen Fahrt. Überall laufen Leute zwischen den stehenden Fahrzeugen auf der Autobahn herum. Ich steige ebenfalls aus und nehme das Telefon mit.

Zwanzig nach zwölf. Verdammt. Ich muss Gabor anrufen und ihm sagen, dass ich es nicht rechtzeitig schaffe. Er wird toben und mich wahrscheinlich gleich wieder aus dem Projekt schmeißen. Das war's dann. Okay, noch ein paar Minuten.

Mir bricht der Schweiß aus, obwohl es alles andere als warm draußen ist. Wenn die Araber Unpünktlichkeit wirklich als Beleidigung auffassen, scheitert vielleicht das ganze Projekt an mir. Gabor hat mich mehrfach darauf hingewiesen, wie wichtig es ist, rechtzeitig da zu sein.

Ich steige wieder ein, rutsche auf dem Sitz herum. Verdammt, ich *muss* jetzt anrufen. Ich wähle seinen Namen aus dem Adressbuch, habe den Finger schon über dem Anrufbutton ... und ziehe ihn wieder zurück.

Vier Minuten vor halb eins, und es geht weiter. Halleluja. Ich kann es noch schaffen, wenn jetzt nichts mehr dazwischenkommt. Es *darf* einfach nichts mehr dazwischenkommen, ich habe in den letzten Tagen doch wirklich genug Scheiße erlebt.

Aber am Stadtrand von München stockt es wieder. Noch einundzwanzig Minuten. Ich hangle mich von Ampel zu Ampel, fluche, schlage aufs Lenkrad. Warum zum Teufel fahren diese Idioten nicht? Sind denn heute nur Hirnamputierte unterwegs? Endlich geht es etwas zügiger. Bis zur nächsten roten Ampel.

Eine Minute nach eins. Das wird verdammt eng. Aber mein Gott, die werden sich doch nicht anstellen, wenn ich drei, vier Minuten zu spät komme. Falls der Zug überhaupt pünktlich ist. Genau, wann kommt schon mal ein Zug der Deutschen Bahn auf die Minute pünktlich an?

Zehn nach eins. Ich biege in die Straße ein, die zum Bahnhof führt. Die letzte Kurve, ich sehe das große Gebäude schon vor mir. Nur noch zwei-, dreihundert Meter, dann habe ich den Parkplatz erreicht und finde tatsächlich eine Lücke in der Nähe des Eingangs. Ich schnappe mir die Namensschilder, springe aus dem Wagen – zwölf nach eins – und renne ins Gebäude. Fast pünktlich.

Ich spüre, wie sich der Anflug eines Glücksgefühls in mir breitmacht …

Dann geht die Welt unter.

27

Wieder eine Nacht, in der ich entsetzlich schlecht schlafe. Ich schrecke im Halbstundentakt hoch, und es dauert jedes Mal ewig, bis das rasende Hämmern meines Herzens sich beruhigt.

Ob Erik schläft? Ob er überhaupt noch da ist?

Vielleicht hat er Nadine angerufen, damit sie ihn abholt. Den silberfarbenen Audi gibt es ja nicht mehr. In ihr hätte er eine allzeit bereite Verbündete, die ihm willig bestätigen würde, dass er gut daran tut, mich aus seinem Leben zu drängen, so schnell wie möglich.

Ich könnte nach unten gehen und nachsehen, ob er noch hier ist.

Aufstehen und mich bewegen tut gut. Zuerst schleiche ich ins Arbeitszimmer, das gelegentlich auch als Gästezimmer herhalten muss, und sehe nach, ob Erik sich die Couch ausgezogen hat. Doch der Raum ist leer.

Dann ist er also im Wohnzimmer. Oder fort.

Das mulmige Gefühl, mit dem ich die Treppe hinuntergehe, lässt in mir den Abend vor einer Woche wieder aufleben, vor *noch nicht ganz* einer Woche, an dem ich Erik zum ersten Mal gesehen habe. Meiner Erinnerung nach, zumindest.

Ich taste mich zur Wohnzimmertür vor. Verschlossen. Ebenso wie die Tür zur Küche. Er ist also noch da, und er ist klug genug, sich abzusichern, gegen die messerschwingende Irre.

Vielleicht kann ja wenigstens er schlafen. Ich ertappe mich dabei, wie ich über das Holz der Wohnzimmertür streichle. Mich auf die andere Seite wünsche. In Eriks Arme, oder in die von irgendjemandem, dem etwas an mir liegt und der mich davon überzeugen kann, dass alles gut wird.

Vielleicht morgen. Immerhin ist Erik noch da, wir haben die Chance auf ein gemeinsames Frühstück, ein Gespräch. Wenn ich es überhaupt schaffe, ihm in die Augen zu sehen, ich habe mich noch nie so geschämt.

Vergangenen Montag hätte ich alles dafür gegeben, den fremden Mann aus meinem Haus vertreiben zu können. Jetzt tut der Gedanke weh, dass er wirklich gehen könnte.

Falls mich doch jemand in diese Situation hineinmanipuliert hat, hat er eine Meisterleistung vollbracht.

Ich lege mir für morgen Sätze zurecht, Dinge, die ich Erik sagen, mit denen ich ein vernünftiges Gespräch in Gang setzen kann. Darüber muss ich eingeschlafen sein, denn als ich mir meiner selbst das nächste Mal bewusst werde, ist es hell. Ein Blick auf den Wecker, gleich acht Uhr.

Wieder der Gang über die Treppen, ich hoffe, Erik ist schon wach und die Türen aufgeschlossen …

Ja. Sie stehen sperrangelweit offen, und Erik ist nicht nur wach, er ist fort.

Ich weiß nicht, warum ich damit nicht gerechnet habe. Für mich war es keine Frage, dass er sich heute schonen würde. Erholen. Aber wie es aussieht, war es ihm wichtiger, von hier fortzukommen.

Vielleicht ist er ja auch auf der Polizei und zeigt mich an.

Ich habe die Espressomaschine angeschaltet, ohne es mitzubekommen, habe frisches Wasser nachgefüllt und eine Kaffeetasse aus dem Schrank geholt. Mein Körper macht das ganz alleine, während meine Gedanken anderswo sind. War das letztens mit dem Messer genauso?

Nein. Da war ein Teil von mir gelähmt und auf seinen Beobachterposten verdammt, und ein anderer dafür höchst aktiv. Es war nicht das gleiche Gefühl. Nicht dieses … Geistesabwesende.

Kliniken suchen. Das hat heute Priorität. Ich nehme meinen Kaffee und gehe hoch ins Büro, schalte den Computer ein, suche über Google nach *Spezialist Amnesie Deutschland*.

Die häufigsten Treffer landet ein Prof. Dr. Hendrik Luttges aus Hamburg, der sich seit Jahrzehnten mit Gedächtnisforschung beschäftigt.

Hamburg. Da wird mich weder Ela besuchen können, noch Darja, meine Kollegin aus dem Fotostudio, noch … Erik. Alle anderen Bekanntschaften, die ich in Deutschland geschlossen habe, sind ohnehin zu oberflächlich, als dass ich ihnen auch nur die Hälfte meiner Probleme eingestehen könnte.

Aber – ich könnte Professor Luttges nach München kommen lassen. Gegen Geld, natürlich. Ich finanziere ihm sein nächstes Forschungsprojekt, wenn er herausfindet, was mit mir nicht stimmt.

Moment. Stopp. Es ist, als würde ich meinen Vater denken hören. Probleme werden mit Geld gelöst, immer. Davon haben wir schließlich auch mehr als von allem andern. Ein Grund, warum ich nach Deutschland gekommen bin, war, dass diese Philosophie mich so unendlich angekotzt hat.

Aber jetzt wäre es dumm, nicht alle Möglichkeiten zu nutzen, die ich habe. Oder?

Ich suche im Internet nach weiteren Experten – in Bielefeld gibt es ebenfalls jemanden, aber auch das ist nicht gerade um die Ecke.

Soll ich mich einfach irgendeinem Neurologen anvertrauen? Oder einem Psychiater? Soll ich doch auf Elas Vorschlag zurückgreifen und mich in ihrer Klinik behandeln lassen?

Ich stütze die Stirn in beide Hände, schließe die Augen. Ich bin es immer noch viel zu sehr gewohnt, dass andere Leute mir Schwierigkeiten aus dem Weg räumen, das rächt sich jetzt.

Aber ich kann es auch selbst. Ich muss mir nur Zeit nehmen. Wenn Erik wirklich fort ist, habe ich es schließlich nicht so eilig.

Meine Suche und das Lesen von ein paar komplizierten Fachartikeln hat über eine Stunde gedauert; der Kaffee, den ich kaum angerührt habe, ist mittlerweile eiskalt.

Also wieder nach unten, neuen machen. Dabei schaffe ich es kaum, den Blick von meinem Handy zu wenden.

Ich wünschte, ich könnte mit jemandem sprechen, jetzt, sofort. Ob es eine Hotline für Amnesie-Patienten gibt?

Mit Telefon und Kaffee sinke ich auf das Wohnzimmersofa, und das stellt sich als Fehler heraus. Die Umgebung allein genügt, um die gestrige Szene wieder vor Augen zu haben. Erik, der mir sein ganzes, berechtigtes Misstrauen entgegenschleudert. Mir vorwirft, ich hätte Killer engagiert. *Was ich mir ja leisten könnte.* Der Satz lag unausgesprochen in der Luft.

War Geld früher ein Thema zwischen uns? Dieses unsinnig große Vermögen, für das ich nie etwas getan habe, das viel zu viel ist für einen einzelnen Menschen? Habe ich die Restaurantrechnungen beglichen oder er? Haben wir geteilt? Immer vorausgesetzt, dass es dieses *Früher* wirklich gab.

Ich schalte den Fernseher an, ich habe sie so satt, die Sackgassen in meinem Kopf. Der erste Sender zeigt Cartoons, der zweite eines dieser unvermeidlichen Politikerinterviews, denen man kurz vor den Wahlen in Deutschland ebenso wenig entkommt wie in Australien. Ich zappe, bis ich eine Tierdokumentation finde – über die Aufzucht verwaister Otterbabys.

Einfach nur hinsehen und dabei nicht denken müssen tut gut. Nach den Ottern folgt eine Sendung über Pinguine. Meine Gedanken beginnen abzuschweifen.

Gleich halb eins. Ob Erik noch mal ins Krankenhaus gefahren ist, Verbände wechseln? Das Handy liegt vor mir auf dem Couchtisch, und ich tippe Eriks Namen in den Kontakten an, ohne lange nachzudenken. Wenn er nicht mit mir reden will, muss er ja nicht abheben.

Freizeichen. Einmal, zweimal, nach dem dritten Mal Rauschen. Verbindung.

«Ja?»

«Du warst einfach weg.» Ich versuche, es nicht wie einen Vorwurf klingen zu lassen, dafür hört es sich jetzt an, als hätte ich Angst, alleine zu Hause. Meine Güte.

«Ja.»

«Wie … also – geht es dir gut? Deinem Arm?»

«Den Umständen entsprechend.»

Okay, der Anruf war eine schlechte Idee. Ich ringe bloß nach Worten, und Erik hat hörbar keine Lust auf ein Gespräch mit mir. Vielleicht ist er ja auch schon auf dem Rückweg und gleich wieder hier.

«Sagst du mir, wo du bist?»

Er seufzt, als hätte ihm die Frage gerade noch gefehlt. «Im Auto, ich fahre nach München zum Bahnhof, ein paar wichtige Leute abholen. Das heißt, falls dieser beschissene Stau sich rechtzeitig auflöst.»

Und dann musst auch du mich noch nerven, klingt unausgesprochen mit.

«Okay.» Immerhin ist mein schlechtes Gewissen jetzt weg. «Dann will ich dich nicht länger aufhalten. Gute Fahrt.»

Das Gespräch hat nichts besser gemacht, eher im Gegenteil, aber das habe ich mir selbst zuzuschreiben. Was hatte ich auch erwartet?

Ich lehne mich auf der Couch zurück, bereit, den Tag in Gesellschaft des Doku-Kanals zu verbringen. Nicht denken müssen. Keine Entscheidungen treffen.

Eben hat eine neue Sendung begonnen, und sie berührt mich auf unerwartete Art und Weise. Eine Dokumentation über Dingos in New South Wales.

Zu Hause.

Die Bilder des Australischen Berglands und des Sturt-Nationalparks wecken zum ersten Mal seit Monaten brennendes Heimweh in mir. Hat mein Vater recht? Gehöre ich eigentlich dorthin?

Ich kenne die Landstriche kaum, die auf dem Bildschirm an mir vorbeiziehen, trotzdem fühlen sie sich so vertraut an.

Hier dagegen fühle ich mich immer noch fremd, wenn ich ganz ehrlich zu mir bin. Erst recht in meiner aktuellen Situation.

Plötzlich weiß ich, mit wem ich wirklich sprechen will.

In Melbourne ist es jetzt halb elf Uhr abends. Das ist spät, aber ich will mein Glück trotzdem versuchen. Wenn ein Mensch für mich da sein wird, dann dieser.

Es klingelt dreimal, viermal, dann steht die Verbindung.

«Hello?»

«Mama.» Ich bin so erleichtert, dass ich fast zu heulen beginne. Nein. Schlechte Idee. Sie soll sich keine Sorgen machen.

«Hey, mein Schatz! Das ist aber schön, dich zu hören.» Sie gleitet nicht mehr ganz mühelos vom Englischen ins Deutsche, es gibt kurze Pausen und einen leichten, weichen Akzent. Vielleicht liegt es an der späten Stunde, vielleicht daran, dass sie ihre Muttersprache nur noch so selten spricht.

«Wie geht es dir?» Ich versuche, vergnügt zu klingen. «Alles in Ordnung bei euch?»

«Oh ja. Du fehlst uns natürlich, sehr sogar – aber sonst geht es uns gut. Daddys Blutdruckwerte sind endlich wieder im grünen Bereich, und ich halte demnächst einen Vortrag über meine Projekte beim Ernährungskongress in Sydney. Ist das nicht … fabulous?»

«Das ist großartig, Mama.»

«Aber jetzt erzähl mir: Wie geht es dir denn? Was gibt es Neues?»

Ich hätte vorgestern fast jemanden erstochen. Die Vorstellung, wie meine Mutter auf eine solche Eröffnung reagieren würde, lässt beinahe hysterisches Gelächter in mir aufsteigen.

«Ganz gut. Eigentlich. Gesundheitlich bin ich im Moment nicht richtig auf dem Damm, aber …»

«O weh, ja, der deutsche Herbst.» Sie seufzt, es klingt sehnsüchtig. «Du musst einfach eine Schicht mehr anziehen, mein Schatz, kauf dir doch ein paar schicke Jacken.»

«Mache ich.» Wenn ich jetzt nicht langsam sage, was Sache ist, driften wir in Smalltalk ab. «Sag mal, Mama, kann ich dich etwas fragen?»

«Natürlich.»

«Hatte ich irgendwann schon einmal Probleme mit meinem Gedächtnis? Erinnerungslücken?»

Zwischen uns liegen Tausende von Kilometern, aber ich weiß ganz genau, wie ihr Gesicht jetzt aussieht, in den drei, vier Sekunden, die sie schweigt. Die Stirn in nachdenkliche Falten gelegt, die Lippen ein klein wenig geschürzt. Sie versucht gleichermaßen, eine Antwort auf meine Frage zu finden und sich zu erklären, wieso ich sie überhaupt stelle.

«Nein, Joanna. Im Gegenteil, du hattest immer das beste Gedächtnis von uns allen. Weißt du noch, damals, als Dad den Code für das neue Poolhaus vergessen hatte? Du warst die Einzige, die sich daran erinnern konnte, obwohl du ihn erst ein- oder zweimal eingegeben hattest, und er war immerhin sechsstellig. Oder damals, in dem Hotel in Sydney …»

Ich lasse sie sprechen, lasse sie eine Anekdote nach der anderen auspacken. Bald schon geht es nicht mehr um mein Gedächtnis, sondern einfach nur um gemeinsame Erinnerungen. Schöne, vertraute Bilder aus einer Welt, in der ich dachte, ich sei unverwundbar.

Mama genießt das Gespräch, das weiß ich. Bei Dad kommt sie nicht so ausführlich zu Wort, dazu hört er sich viel zu gerne selbst reden.

Irgendwann unterbreche ich sie doch. «Habe ich dir irgendwann in den letzten Monaten von einem Erik erzählt?»

«Nein.» Über diese Antwort hat sie kaum eine Sekunde lang nachgedacht. «Wieso? Wer ist das?»

«Nicht wichtig. Nicht mehr.»

«Aha.» Selten hat jemand so viel Gewicht in nur drei Buchstaben gelegt. Eine kurze Pause entsteht.

«Es wäre schön, wenn du wieder heimkommen würdest, Jo», sagt Mama dann, zögernd. Sie weiß, dass ich mir in dieser Sache nicht dreinreden lassen will. «Deutschland kann für dich ja trotzdem eine zweite Heimat bleiben, du kannst jedes Jahr ein paar Monate dort verbringen, vielleicht komme ich ja sogar einmal mit.»

Ich sage nichts, also setzt sie hastig das nach, was ich befürchtet hatte. «Wir sind ohne dich nicht vollständig, besonders Dad leidet sehr darunter, dich nicht zu sehen.»

Ich kann mir ein Schnauben nicht verkneifen. Er leidet höchstens darunter, mich nicht in seinem unmittelbaren Einflussbereich zu haben. Ich könnte ja eigene Entscheidungen treffen, die seinen Interessen zuwiderlaufen.

«Ich will dir nichts einreden.» Jetzt klingt sie kleinlaut und tut mir leid. «Aber du weißt, wie sehr wir uns freuen würden, wenn du wieder bei uns wärst …»

Ich höre nur noch mit einem Ohr zu, mein Blick ist vorhin mehr aus Zufall als aus Absicht auf das Fernsehbild gefallen. Dort läuft ein Newsticker, der eine Sondersendung in fünf Minuten ankündigt.

«… erst mit Jasper und Ashley gesprochen, die lassen dich ganz herzlich –»

«Tut mir leid, Mama.» Ich lese, was auf den vorbeigleitenden Einblendungen steht, lese es immer und immer wieder. Kann es nicht glauben. Will es nicht. «Ich muss aufhören. Tut mir leid.»

Ich unterbreche die Verbindung ohne ein weiteres Wort, dabei gleitet mir das Smartphone aus der Hand. Ich lasse es liegen. Gehe zum Fernseher und knie mich davor.

Der Newsticker läuft immer noch. Und dann kommen die ersten Bilder.

28

Eine ohrenbetäubende Detonation, etwas wirft mich zu Boden, presst meine Lungen zusammen, macht das Atmen schwer. Luft … Ich brauche Luft. Da sind stechende Schmerzen. Am Rücken, am Oberarm, überall. Dinge prasseln auf mich herab, ein bizarrer Regen der Zerstörung. Ich rolle mich zusammen, schütze meinen Kopf mit den Armen. Plötzlich hört es auf. Ein kurzer Moment dumpfer Stille, dann das Chaos. Schreie, Rufe, Knirschen und Krachen. Dunkle Wolken um mich herum, Glassplitter und zerfetzte Gegenstände. Und überall Staub. Er setzt sich in Nase und Hals, der Hustenreiz ist unerträglich, und ich gebe ihm nach. Liege da, huste, keuche, ringe nach Atem und versuche zu verstehen, was geschehen ist. Eine Explosion, vielleicht Gas … vielleicht eine Bombe?

Ich muss hier weg. Raus aus dem Gebäude. Vielleicht folgen noch weitere Explosionen? Vorsichtig hebe ich den Kopf. Die Welt besteht nur noch aus Staub, grau und düster. Dazwischen albtraumhafte Szenen. Schemenhafte Gestalten tauchen wie aus dem Nichts auf, verkrümmt, klettern mit ungelenken Bewegungen über Trümmer. Manche stolpern, andere rennen vorbei, einige fallen wieder hin, weinend … Und diese Schreie. Von überall. Einige ganz in meiner Nähe.

Jemand stößt gegen meinen Fuß, fällt neben mir zu Boden. Ein Mann. Staubbedeckt. Er stöhnt, kämpft sich wieder hoch, humpelt weiter.

Ich ziehe die Beine an, bewege die Arme. Ein Gedanke in meinem Kopf, groß und wichtig: *Ich muss hier weg.* Langsam richte ich mich auf, stehe schließlich schwankend in dem Trümmerfeld aus zersplittertem Glas, Mörtel- und Betonbrocken, Holz … Neben mir ein Mann. Grauer Staub auf Mantel und Haaren, das Gesicht übersät mit kleinen, dunklen Stellen. Er starrt mit schreckgeweiteten Augen auf die Trümmer. Reglos. Fassungslos.

Über alldem diese furchtbaren Schreie. Ganz in meiner Nähe die Rufe einer Frau. «O Gott! O mein Gott!»

Immer mehr Menschen kriechen aus dem Trümmerfeld. Ich sehe Blut an ihren Händen, an Armen und Beinen. Eine andere Frau stolpert auf mich zu, das Gesicht eine einzige graue Fläche. Ihr Kleid ist eingerissen, an ihrem Unterarm klafft eine lange, dunkle Wunde. Schwarzes Blut. Alles hier ist schwarz und grau. Die Explosion hat die Farben aus der Welt geschleudert.

Die Beine der Frau knicken ein. Ich mache einen Schritt auf sie zu und versuche sie aufzufangen, bleibe an etwas hängen und stürze mit ihr zusammen zu Boden. Der Schmerz raubt mir fast die Sinne. Die Wunde am Oberarm …

Die Frau landet auf mir. «Alles okay?», frage ich unsinnigerweise, während ich mich unter ihr herauswinde.

«Gerhard. Mein … mein Mann.» Ihre Stimme klingt heiser. «Ich habe ihn zum Zug gebracht.»

Ich schaffe es, mich wieder aufzurichten. Mein Blick fällt auf ihren blutverschmierten Arm. Sie schaut an mir vorbei, dorthin, wo der Ausgang ist. Ein heller Fleck in dieser grauen Staubhölle. «Ich möchte raus, bitte.» Ich helfe ihr dabei, sich aufzurichten. Als wir es geschafft haben, geht sie ohne ein weiteres Wort los und ist Sekunden später nicht mehr zu sehen.

Ich sollte ihr nachgehen. Raus hier.

Die Halle ist erfüllt von verzweifelten Rufen, von Stöhnen und immer wieder von entsetzlichen Schmerzensschreien – auch ganz in meiner Nähe.

Ein Mann windet sich etwa zehn Meter von mir entfernt auf dem Boden. Er umfasst seinen Oberschenkel, der Rest seines Beines ist in dem Durcheinander nicht zu sehen. Eine Gestalt stakst gebückt an ihm vorbei, kümmert sich nicht um ihn. Niemand kümmert sich um ihn.

Neben ihm türmen sich Bruchstücke großer Anzeigetafeln auf. Dahinter lodert Feuer zwischen den Trümmern eingestürzter Mauern. Dort irgendwo fangen die Bahnsteige an. Da scheint die Explosion stattgefunden zu haben. Ich gehe auf den schreienden Mann zu, klettere über einen massiven Holzbalken, rutsche ab und bekomme einen heftigen Stoß, natürlich wieder gegen den verletzten Arm.

Was zum Teufel tue ich hier eigentlich? Da vorne hat es eine Explosion gegeben, die Menschen rennen alle weg von dort. Vielleicht strömt Gas aus, und es knallt gleich wieder? Ich sollte ebenfalls zusehen, dass ich schnellstmöglich aus dem Gebäude rauskomme.

Aber … der Mann. Er brüllt sich die Seele aus dem Leib. Sein Bein scheint eingeklemmt zu sein, ich muss wenigstens versuchen, ihm zu helfen. Nach wenigen Metern muss ich erneut über Steine und zerbrochene Holzbalken klettern. Ein Hustenanfall krümmt meinen Körper zusammen, setzt mich minutenlang außer Gefecht. Erst als ich den Mann erreiche, entdecke ich auch seinen Unterschenkel. Er liegt zwei Meter neben ihm, der Fuß steckt in einem braunen Schuh.

Ich habe noch nie abgetrennte Gliedmaßen gesehen, aber mir darf jetzt auf keinen Fall übel werden. Der Mann scheint mich gar nicht wahrzunehmen. Seine Hände umklammern den ausgefransten Beinstumpf, die Trümmer unter der grässlichen Wunde glänzen dunkel. Das Leben läuft aus ihm heraus, er wird verbluten. Das Bein muss abgebunden werden, das habe ich schon zigmal in Filmen gesehen. Ich ziehe meinen Gürtel aus den Schlaufen und knie mich neben den jetzt nur noch wimmernden Mann. Er scheint zu merken, dass ich ihm helfen möchte. Ich hebe die Hand mit dem Gürtel und weiß nicht, wo ich ansetzen soll. Das hier ist kein verdammter Film.

«Ich helfe Ihnen», bringe ich heraus. «Sie müssen Ihr Bein loslassen, damit ich es abbinden kann.» Kein Anzeichen dafür, dass er mich verstanden hat. Die Hände pressen sich weiter verkrampft um seinen Oberschenkel. Was soll ich denn jetzt tun? Wie soll ich denn so …

Eine Hand legt sich auf meine Schulter und drückt zu. «Sind Sie Arzt?»

«Nein», antworte ich, noch bevor ich sehe, wer da hinter mir steht. Ich wende mich um und entdecke erleichtert die orange-silberne Jacke eines Sanitäters.

«Dann gehen Sie bitte zur Seite, ich übernehme das.» Der Mann ist noch jung, ich sehe das Entsetzen in seinem Gesicht und höre es in seiner Stimme. Er bemüht sich, routiniert zu wirken.

«Sind Sie selbst verletzt?»

Bin ich das? «Nein, nichts Schlimmes, ich …»

«Dann verlassen Sie das Gebäude. Draußen werden bald Kollegen von mir ankommen, die sich um Sie kümmern. Bitte gehen Sie jetzt.»

«Was ist denn passiert?», frage ich, ohne wirklich damit zu rechnen, dass dieser junge Kerl das weiß.

«Keine Ahnung. Eine Explosion, mehr weiß ich nicht. Gehen Sie bitte.»

Ich versuche aufzustehen, doch es gelingt mir nicht gleich. Der Mann umfasst mit festem Griff meinen Oberarm, direkt an der Wunde. Ich stoße einen Schrei aus, woraufhin er die Hand zurückzieht. «Sind Sie doch verletzt?»

«Nein … Ja, aber nicht hiervon.»

Noch während ich mich aufrichte, kniet der Sanitäter schon neben dem Mann, betrachtet kurz den blutigen Stumpf und macht sich dann an seiner Tasche zu schaffen.

Ich schaue hinüber zu den Bahngleisen. Der Staub hat sich weiter gelegt, die Sicht wird immer besser. Ein zerborstener Imbissstand, daneben mehrere reglose Körper auf dem Boden, manche in absurd verrenkter Stellung.

Noch weiter hinten fangen die Bahnsteige an. Oder das, was davon übrig ist. Ich kann nur einen Teil einsehen, aber das Bild, das sich mir dort bietet, ist grauenvoll. Die rußgeschwärzte, verbeulte Zugmaschine eines ICE liegt schräg über einem Bahnsteig, Flammen schlagen aus dem Führerhaus.

Ein gewaltiger Stahlträger ist auf die Lok gefallen und hat sie einknicken lassen wie eine Blechdose. An einigen Stellen ist die Verkleidung aufgerissen worden. Dämmmaterialien und Kabel hängen heraus wie Organe und Adern. Um dieses Szenario herum liegen verstreut Gepäckstücke und Gegenstände, die ich nicht zuordnen kann. Und menschliche Körper. Einige wenige von ihnen bewegen sich, die meisten liegen reglos. Wie tot. Ich möchte mich abwenden und das Gebäude verlassen, wie der Sanitäter es mir gesagt hat, aber ich schaffe es nicht. Erst als jemand neben mir auftaucht und mir hastig zuruft, ich soll nach draußen gehen, schnell, kann ich meinen Blick von der grauenvollen Szene lösen. Der Mann in der Uniform der Bahnpolizei ist inzwischen an mir vorbeigerannt.

Als ich mich ein letztes Mal umschaue, sehe ich den jungen Sanitäter hastig seine Sachen in die Notfalltasche werfen. Der Mann neben ihm am Boden rührt sich nicht mehr. Seine Augen sind geschlossen. Ich brauche nicht zu fragen. Ich weiß, er ist tot.

Mit der Erkenntnis beginnt das Trümmerfeld um mich herum zu schwanken. Auch der Körper des Sanitäters verliert seine scharfen Konturen, alle Geräusche werden dumpf. Dann nur noch Dunkelheit.

«Hallo, hören Sie mich?»

«Ja», möchte ich sagen, aber ich glaube, ich denke es nur. Ich öffne die Augen. Das Bild, das sich mir bietet, ist verschwommen. Nach mehrmaligem Zwinkern wird es klarer, aber auch verwirrender. Das Gesicht dicht vor mir erscheint mir übergroß. Die Perspektive ist seltsam. Die Augen, die mich sorgenvoll anschauen, gehören zu dem Sanitäter, sein Kopf ist über mir.

Sobald ich versuche, meinen Oberkörper aufzurichten, gerät die Umgebung sofort wieder ins Schwanken. Ich schließe schnell die Augen, warte einen Moment, öffne sie wieder. Besser.

«Sie sind umgekippt», erklärt der Mann mir überflüssigerweise. «Geht's jetzt wieder?»

Er hilft mir dabei, mich aufzurichten. Ich suche den verletzten Mann. Den toten Mann. Er liegt zwei Meter neben mir. Der Sanitäter bemerkt meinen Blick. «Ich konnte nichts mehr tun», erklärt er und richtet sich auf. «Er hat zu viel Blut verloren. Ich … Ich muss jetzt weiter.»

«Ja», sage ich nur. Er schultert seine Tasche und schlägt die Richtung zu den Bahnsteigen ein.

Immer mehr Sanitäter, Feuerwehrleute und Polizisten kommen in die Halle gerannt. Die Zeitlupe, in der alles unmittelbar nach der Explosion geschah, weicht der postkatastrophalen, organisierten Betriebsamkeit der Helfer und Rettungsmannschaften.

Viele andere um mich herum sind ebenfalls zum Ausgang unterwegs. Schmutzige, blutverschmierte, entsetzte Gesichter. Ein Jugendlicher läuft weinend an uns vorbei, ein Feuerwehrmann mit hektischen, roten Flecken im Gesicht eilt auf mich zu und fordert mich auf, schneller zu gehen.

Kurz muss ich am Eingang warten, weil mehrere Uniformierte eine große Kiste hereinschleppen. Dann habe ich es geschafft. Ich tue einen tiefen Atemzug, und obwohl mir die Lunge brennt, bin ich sicher, nie etwas Köstlicheres eingeatmet zu haben. Jemand legt mir eine Decke über die Schulter und zieht mich mit sich, während er auf mich einredet. Ich verstehe nicht, was er sagt, mein Verstand ist nicht in der Lage, sich auf seine Worte einzustellen. Dann werde ich sanft nach unten gedrückt, sitze auf einem Mäuerchen. Eine Hand streckt sich mir entgegen. Sie hält einen Plastikbecher.

Ich nehme ihn an und hebe den Kopf, vor mir steht eine Frau. «Wie geht es Ihnen? Haben Sie Schmerzen? Sind Sie verletzt?»

Sie ist hübsch. In ihrer sauberen, weißen Kleidung bildet sie einen absurden Kontrast zum Inneren des Bahnhofs. Ein Engel in der Hölle.

«Ja. Es geht mir gut. Wissen Sie, was dadrinnen geschehen ist?»

«Das weiß noch niemand genau. Kann ich Sie einen Moment alleine lassen? Wir sind noch zu wenige hier.»

«Ja, danke. Ich komme klar.»

Sie nickt mir zu und wendet sich ab.

Ich versuche zu begreifen, was dort drinnen geschehen ist. Dieser Mann geht mir nicht aus dem Sinn. Ich sehe ihn vor mir, schreiend vor Schmerzen, die Hände in seinem Beinstumpf verkrampft. Ich hätte nicht geglaubt, dass ein Mensch so schreien kann.

Plötzlich ist Gabor in meinem Kopf. Und der Grund, warum ich hier bin, die beiden Araber. Was ist mit ihnen? Ich war ein paar Minuten zu spät …

Ich war ein paar Minuten zu spät.

Wäre ich pünktlich gewesen, hätte ich genau dort gestanden, wo die Explosion stattgefunden hat. Wenn ich so pünktlich gewesen wäre, wie Gabor es mir wieder und wieder eingebläut hat.

Mir wird schlecht. Noch ahne ich mehr, als ich es in Worte fassen kann, woher die plötzliche Übelkeit kommt.

Ich bin um Haaresbreite dem sicheren Tod entkommen, weil ich bei der Explosion nicht dort war, wo ich nach Gabors Willen unbedingt hätte sein sollen.

Ich stehe auf, spüre, wie die Decke mir von den Schultern rutscht. Es ist mir egal. Etwas Dumpfes hat sich über meine Gedanken gelegt. Etwas, das sie langsam macht.

Ich gehorche einer inneren Stimme, die mir sagt, ich solle sofort weggehen von diesem Ort. Und ich soll das Auto stehen lassen, das Gabor mir besorgt hat. Sie wirkt fremd, diese Stimme, aber sie ist glasklar und autoritär. Ich lasse den Parkplatz hinter mir, auf dem jetzt laufend neue Rettungsfahrzeuge und Menschen ankommen. Niemand nimmt Notiz von mir. Um jemanden, der selbst gehen kann, muss man sich in diesem Moment nicht kümmern.

Die Stimme in meinem Kopf erzählt mir von einer defekten Gastherme und von dem Versuch, mich von der Straße abzudrängen.
Und dann wiederholt sie den Inhalt der Mail, die ich durch Zufall
auf Gabors Notebook gesehen habe:

Hauptbahnhof München, 18. Oktober. 13:10 h. Weitere Details
folgen.

Keine Rede von irgendwelchen Verhandlungsführern, die dort ankommen. Nur eine Zeitangabe. Exakt die Zeit, zu der die Explosion
stattgefunden hat.

29

Es ist München. Es ist der Bahnhof.

Ich knie vor dem Fernseher wie vor einem Altar und starre auf die Bilder, unfähig zu begreifen, was da passiert.

Die Kamera erfasst taumelnde, staubbedeckte Menschen, rennende Einsatzkräfte und ein halb eingestürztes Gebäude. All das in flackerndem Blaulicht. Der Journalist, der vor dem Bahnhof steht, hat Mühe, gegen das Sirenenheulen im Hintergrund anzuschreien.

«Noch ist nichts Genaues bekannt, nur, dass es mindestens zwei Explosionen waren, die den Münchner Hauptbahnhof erschüttert und teilweise zerstört haben. Es gibt zahlreiche Verletzte, und nach allem, was wir bisher in Erfahrung bringen konnten, sind auch Todesopfer zu beklagen.»

Der Mann weicht zwei Sanitätern mit einer Trage aus, die knapp hinter ihm vorbeilaufen. Es kostet ihn sichtlich seine ganze professionelle Kraft, den Blick weiterhin in die Kamera zu richten.

Todesopfer. Ich habe Mühe, zu atmen. Erik war auf dem Weg zum Münchner Bahnhof, er hatte es so verdammt eilig …

Mein Telefon liegt noch auf dem Boden, ich kann es kaum aufheben, so sehr zittern meine Hände. Erst beim zweiten Mal schaffe ich es, die letzten Telefonate aufzurufen. Erik anzuwählen.

Bitte.

Bitte.

Bitte heb ab.

Es dauert, bis die Verbindung sich aufbaut. Nur, dass es keine Verbindung zu ihm ist.

Die gewünschte Rufnummer ist zurzeit nicht erreichbar. The number you dialed is not available.

Das kann nicht, das darf nicht sein. Aber wahrscheinlich ist einfach nur das Netz überlastet, weil jeder dort versucht, Familie und Freunde zu erreichen. Entwarnung zu geben. Und umgekehrt bemühen sich alle Angehörigen um Kontakt zu denen, die sie am Bahnhof vermuten. So wie ich es tue.

Noch einmal. Warten. Nicht denken, keine Bilder im Kopf zulassen …

Die gewünschte Rufnummer ist zurzeit nicht erreichbar …

Wenn es nicht am Netz liegt, dann am Handy selbst. Das zertrümmert unter Mauerbrocken liegt, gemeinsam mit seinem Besitzer.

Nein. Ich darf das nicht denken. Weil es nicht so ist. Weil es nicht so sein kann.

Noch ein Versuch. Dasselbe Ergebnis.

Während ich wieder und wieder und wieder Eriks Nummer wähle, läuft die Live-Übertragung weiter, der rote Newsticker verkündet: *Sondersendung: Explosion am Münchner Bahnhof +++ Anzahl der Opfer noch nicht abzuschätzen +++ Terroranschlag nicht auszuschließen.*

Nach dem zehnten oder fünfzehnten Anruf gebe ich auf. Krieche noch näher an den Fernseher heran, versuche, Erik unter den durchs Bild laufenden und humpelnden Menschen zu finden. Viele stützen sich gegenseitig, fast alle weinen, doch sie sind zu weit entfernt, als dass man Gesichter erkennen könnte. Irgendwo im Hintergrund herzzerreißende Schreie. «Mama! Ich will zu meiner Mama!»

Dann wieder der Reporter, der sein blasses Gesicht in die Kamera hält.

«Wir haben eben neue Informationen erhalten. Offenbar hat eine der Detonationen direkt am Gleiskörper stattgefunden, in unmittelbarer Nähe des wenige Sekunden zuvor eingefahrenen ICE 701009 aus Hamburg. Augenzeugenberichten zufolge muss die Explosion gewaltig gewesen sein und hat nicht nur den Zug, sondern auch große Teile des Bahnhofsgebäudes zerstört.»

Jetzt geht im Hintergrund ein Mann vorbei, der von der Statur her Erik sein könnte, aber er ist nicht zu erkennen, sein Gesicht ist weißgrau vom Staub, nur über die Stirn zieht sich eine scharfe, blutrote Linie.

Nein. Jetzt, wo er näher kommt, wird klar, es ist jemand anders.

«Wir haben einen Augenzeugen, der im Bahnhof war, als die Explosionen stattgefunden haben», erklärt der Reporter gerade. Ein älterer Mann kommt ins Bild, man sieht, dass ihm das Atmen schwerfällt.

«Können Sie uns beschreiben, was Sie erlebt haben?»

Der Mann hustet. «Das lässt sich nicht beschreiben», krächzt er. «Ich war gerade am Haupteingang, und plötzlich war da ein Knall, ein wahnsinnig lauter Knall – und dann Feuer, und Rauch. Ich habe sofort kehrtgemacht, aber ich habe noch gesehen, wie ein Teil der Decke nach unten gestürzt ist. Auf … die Leute drauf.» Er dreht sich zur Seite, wischt sich übers Gesicht. «Drei Minuten später, und ich hätte genau dort gestanden. Mein Gott. Die armen Menschen.»

«Vielen Dank», sagt der Reporter, die Kamera schwenkt zur Seite, auf einen Notarzt, der eben in einen Krankenwagen steigt. Dann wieder auf das Gebäude, aus dem immer noch eine Mischung aus Rauch und Staub quillt.

Ich weiß, dass sie innen nicht filmen dürfen. Oder jedenfalls nicht senden, was sie filmen. Zum Glück.

Sie schalten zurück ins Studio, wo der Sprecher eine Notfallnummer für Angehörige durchgibt, die ich mir so zittrig notiere, dass ich sie kaum lesen kann.

Aber zuerst versuche ich noch einmal Erik direkt zu erreichen, wünsche mir nichts mehr, als seine Stimme zu hören, damit ich mir nicht länger seinen toten Körper unter den Trümmern vorstellen muss.

Nichts. Wieder die Tonbandansage. *Die gewünschte Rufnummer ist zurzeit nicht erreichbar.*

Also die Hotline. Beim ersten Mal ist sie besetzt, beim zweiten Mal lande ich in der Warteschleife.

Warten, in dieser Situation. Zur Unwissenheit und Untätigkeit verdammt sein. Ich weiß, dass ich das nicht mehr lange aushalten werde, und wundere mich gleichzeitig, woher diese starke Reaktion kommt.

Der Mann, um den es geht, ist mir ... nein, nicht mehr fremd, aber auch bei weitem nicht so vertraut, dass ich solche Angst empfinden müsste bei dem Gedanken, ihm könnte etwas zugestoßen sein.

Wäre es ebenso schlimm, wenn es sich um Darja handeln würde? Oder um Ela? Beide kenne ich länger als Erik, mit beiden verbindet mich etwas wie Freundschaft. Trotzdem – meine Panik wäre nicht so groß, wie sie es jetzt ist. Ich wäre entsetzlich besorgt, würde versuchen, herauszufinden, ob es ihnen gutgeht, aber nicht mit dieser verzweifelten Dringlichkeit.

Ela. Der Gedanke an sie richtet mich innerlich ein Stück auf. Wenn ich sie erreiche, ist das besser als jede Angehörigenhotline. Sie kann Erkundigungen über ihre Freunde in den Krankenhäusern einziehen – und das wird sie. Erik liegt ihr am Herzen, sie wird alles in Bewegung setzen, um herauszufinden, wie es ihm geht.

Doch auch sie hebt nicht ab. Ich hätte es mir denken müssen, in allen Krankenhäusern der unmittelbaren und weiteren Umgebung muss bereits der Katastrophenplan in Kraft getreten sein, selbst im Labor ist sicherlich die Hölle los.

Aber immerhin springt bei Ela nach dem vierten Läuten die Sprachbox an.

«Erik», stammle ich ins Telefon. «Er war am Münchner Hauptbahnhof, und ich erreiche ihn nicht. Hat er sich bei dir gemeldet?» Auch das ist ein Hoffnungsschimmer. Vielleicht würde im Moment sein erster Anruf nicht mir gelten, sondern Ela. «Bitte versuche, etwas herauszufinden. Und ruf mich dann an, schnell, ja? Bitte.»

Eine halbe Stunde vergeht, eine Stunde. In der Sondersendung werden immer die gleichen Bilder wiederholt, es gibt Zusammenfassungen für Menschen, die neu zuschalten, im Studio werden Experten interviewt. Sprengstoffexperten. Terrorexperten. Sie alle halten sich bedeckt, plädieren dafür abzuwarten, bis sich eine Gruppierung zu dem Anschlag bekennt.

Denn dass es sich um einen Anschlag handelt, darin sind sich mittlerweile alle einig.

Ela meldet sich nicht.

Mein Handy zeigt an, dass ich mittlerweile siebenundvierzig Mal versucht habe, Erik anzurufen. Jedes Mal mit dem gleichen Ergebnis.

Er würde abheben, wenn er könnte, das weiß ich. Trotz meiner Messerattacke. Trotz allem. Er würde mir das nicht antun.

In der Zwischenzeit ist von mindestens zweiunddreißig Todesopfern die Rede. Die Betonung liegt auf mindestens, das heißt, es handelt sich um die Anzahl der Leichen, die bereits geborgen worden sind.

Ich verfolge die Berichterstattung nur noch in einer Art halb betäubtem Zustand. Irgendein psychischer Schutzmechanismus nimmt der Panik die Schärfe, verhindert, dass ich zusammenbreche. Auf die Frage, woher diese enorme Verbundenheit zu Erik plötzlich kommt, habe ich keine Antwort, ich weiß nur, dass sie da ist. Unzweifelhaft.

Als am späteren Nachmittag mein Handy läutet, breche ich beinahe in Tränen aus. Ela, zeigt das Display.

Einen Herzschlag lang überlege ich mir, nicht abzuheben. Was, wenn sie erfahren hat, dass Erik tot ist? Wenn die Ungewissheit abgelöst wird, von einer Wahrheit, mit der ich nicht umgehen kann?

Trotzdem nehme ich ab, spüre, wie mir die Tränen in die Augen steigen, noch bevor Ela ein Wort gesagt hat.

Sie weiß nichts, wie sich nach den ersten Sekunden herausstellt. Sie hat eben erst ihre Box abgehört.

«Wieso war Erik am Bahnhof?» Ihre Stimme dringt schrill durch den Hörer. «Hat er sich in der Zwischenzeit gemeldet? Weißt du etwas?»

«Nein.» Das Wort ist nur ein Hauch, meine Stimme so kraftlos wie ich selbst. «Ich versuche ihn seit Stunden zu erreichen, aber ...»

«Oh Scheiße. Scheiße.» Ela ist hörbar den Tränen nah. «Ich starte sofort einen Rundruf. Ich finde ihn. Ich melde mich.» Sie legt auf, bevor ich etwas erwidern kann.

Ich kauere mich wieder auf dem Boden vor dem Fernseher zusammen. Die Arme um die Knie gelegt, die Stirn obendrauf. Schaue nur noch selten hin; alle Bilder, die gezeigt werden, kenne ich schon, sie wiederholen sie im Halbstundentakt, nur selten kommt etwas Neues dazu. Blaulicht in der hereinbrechenden Dunkelheit. Interviews mit Augenzeugen, die das Geschehen vom Parkplatz aus gesehen haben, von einem der gegenüberliegenden Häuser, von ihrem Auto aus.

Dann zeigen sie ein Handyvideo, jemand hat zufällig den Moment der Explosion festgehalten, von draußen.

Orangefarbenes Aufleuchten, im nächsten Moment berstende Fenster, fliegende Trümmer, einstürzende Mauern.

Sie wiederholen es, in Zeitlupe, und ich stelle mir vor, wie Erik in der Halle zusammenschrickt, die Hände schützend vors Gesicht hält, fortgeschleudert wird, bis er gegen eine Wand prallt oder einen Zug. Wie dann ein Teil der Decke auf ihn herabstürzt und ihn unter sich begräbt.

Die Bilder sind nicht real, aber sie bohren sich wie Dolche durch die Schutzschicht, die ich um mein Inneres gezogen habe. Der Schmerz krümmt mich zusammen, ich höre mich schluchzen, will mich zusammenreißen, kann es nicht.

Es hat keinen Sinn, sich länger etwas vorzumachen. Wäre Erik in Ordnung, wäre er nicht am Bahnhof gewesen, dann hätte ich längst etwas von ihm gehört. Die Katastrophe ist über sechs Stunden her. Die sechs quälendsten Stunden, an die ich mich erinnern kann.

Aber er hat kein Lebenszeichen von sich gegeben. Weil er es nicht konnte. Weil er ...

Noch verbiete ich mir, das Wort zu denken. Als würde ich damit erst alles wahr machen. Als wäre es nicht schon längst entschieden.

Um acht Uhr rufe ich noch einmal bei Ela an, erreiche wieder nur die Sprachbox. Hinterlasse verzweifeltes Gestammel.

Wie ich die Nacht überstehen soll, weiß ich nicht. Noch einmal meine Mutter anrufen? Nein, schlechte Idee. Am Ende muss ich sie trösten, sie beruhigen, ihr versichern, dass mir nichts passieren wird.

Und dann meldet sie sich, hat in den Frühnachrichten von dem Anschlag gehört, das war doch in meiner Nähe?

Ja, war es. Aber mir geht es gut. Ich bin okay, ja, keine Sorge.

Um neun Uhr gibt es immer noch kein Bekennerschreiben oder Bekennervideo der Attentäter. Untypisch, da sind sich die Experten einig. Besonders bei einem so gewaltigen Terrorakt. Die Opferzahl wird ständig nach oben korrigiert, aktuell liegt sie bei einundsiebzig.

Politiker verkünden Maßnahmen, ohne noch zu wissen, gegen wen, Staatstrauer wird angeordnet.

Um halb zehn mühe ich mich endlich auf die Beine. Ich muss etwas trinken, doch ich bekomme nicht einmal zwei Schluck Wasser hinunter, mein Magen wehrt sich, würgt alles wieder hoch. Erst beim zweiten Mal klappt es.

Ich stütze mich mit beiden Händen an der Spüle ab. Mit etwas Glück behalte ich gleich auch Wodka bei mir. Ein Glas sollte reichen, um mir vier oder fünf Stunden gnädige Bewusstlosigkeit zu schenken.

Ich habe eben den Kühlschrank geöffnet, als sich ein Schlüssel in der Haustür dreht.

Mein Körper bewegt sich ganz ohne mein Zutun. Aus der Küche hinaus, in die Diele.

Dort steht er. Bewegungslos, während hinter ihm die Tür ins Schloss fällt. Sein Anzug ist zerrissen, eine Schramme zieht sich über seinen linken Wangenknochen, Staub und Schmutz in seinem Gesicht sind nur notdürftig abgewischt.

Ich bringe keinen Ton heraus. Meine Beine gehorchen mir nur

226

zögernd, tragen mich langsam auf ihn zu, viel zu langsam, doch dann stehe ich vor ihm, lege meine Arme um seinen Hals, drücke ihn an mich, viel zu fest. Will spüren, will wissen, dass er es wirklich ist, dass er lebt. Will seinen Herzschlag hören, höre stattdessen aber nur mein eigenes Schluchzen, das aus mir herausbricht, gegen das ich nicht ankämpfen kann. Statt Erik zu umarmen, klammere ich mich an ihm fest, verberge mein Gesicht an seiner Brust, die nach Rauch und Metall riecht. Merke erst nach einiger Zeit, dass er meine Umarmung nicht erwidert.

Ich versuche, mich zusammenzunehmen. Atme mehrmals tief durch, bis das Schluchzen aufhört. Dann löse ich mich ein Stück von Erik, nicht viel, nur so weit, dass ich ihm ins Gesicht sehen kann.

Sein Blick ist hart, und gleichzeitig so verletzt, dass es mir fast das Herz bricht.

Als er spricht, sind es nur zwei Worte, die er sagt.

«Geh weg.»

30

Joannas Hände lösen sich nur langsam von mir. Schließlich macht sie einen Zeitlupenschritt zurück und bringt damit eine wohltuende und zugleich schmerzhafte Distanz zwischen uns. Dann steht sie einfach nur da und sieht mich an. Graue Schlieren ziehen sich über Stirn und Nase. Staub, den ihre Haut von meiner Jacke aufgenommen hat.

«Ich bin so froh, dass du lebst», sagt sie die ersten Worte, seit ich das Haus betreten habe. Ich beobachte sie genau, suche vergeblich einen verräterischen Zug in ihrem Gesicht.

«Ach ja?» Meine Stimme klingt selbst für mich kalt und schneidend. «Bist du dir da sicher?»

«Erik …» Sie stockt, setzt ein weiteres Mal an, nun mit festerer Stimme. «Denkst du, ich weiß nicht, was in München passiert ist? Sie berichten die ganze Zeit darüber. Ich habe mit dem Schlimmsten gerechnet, habe mir alle möglichen Horrorszenarien ausgemalt. Und plötzlich stehst du hier vor mir, und du lebst. Ja, zum Teufel, ich *bin* sicher, dass ich mich darüber freue.»

Für einen kurzen Moment drängt alles in mir zu ihr hin in dem brennenden Wunsch, sie an mich zu drücken und einfach alles um mich herum zu vergessen. Dann sind wieder die schrecklichen Bilder da. Ein Messer, das auf mich niedersaust. Der Bahnhof. Schreiende Menschen. Tote Menschen, die nicht mehr als solche zu erkennen sind.

«Ich würde dir gerne glauben, Jo. Aber ich kann es nicht. Nicht mehr.»

Ihr Blick senkt sich, fixiert einen Punkt auf den Bodenfliesen und hält sich daran fest. Sekundenlang. Dann schüttelt sie den Kopf und wendet sich ab.

Ich warte, bis sie am oberen Ende der Treppe angekommen ist, dann lasse ich mich dort, wo ich gerade stehe, einfach zu Boden sinken. Ich möchte nicht ins Wohnzimmer und nicht in die Küche, möchte nicht hier sein und auch nicht woanders. Ich möchte … einfach nichts. Kann man das? Nichts wollen? Kann man nichts denken? Einfach nur … sein?

Was soll dieser Schwachsinn? Verliere ich jetzt endgültig den Verstand? Aber … denkt jemand, bei dem das tatsächlich passiert, darüber nach, ob er gerade den Verstand verliert?

Ich fühle, wie die letzte Energie aus meinem Körper weicht, lehne mich mit dem Rücken gegen die Kommode, sacke zusammen wie eine seelenlose Attrappe meiner selbst.

Mein Blick streift durch die Diele. Ich kenne, was ich sehe, und doch erscheint mir alles seltsam fremd. Das kleine Aquarell an der Wand neben dem Eingang zur Küche, die hohe Bodenvase aus blauem Glas mit Wedeln von Pampasgras darin, der aus gebogenen Blechen geschweißte Schirmständer auf der anderen Seite … Dinge, die mir vertraut sind, die aber plötzlich nicht mehr zu mir gehören wollen.

Aber was ist überhaupt geblieben von dem, was bis vor ein paar Tagen mein Leben ausgemacht hat, was mein Leben *war*?

Was hat die Frau, die gerade nach oben gegangen ist, noch mit meiner Joanna gemein? Was hat dieses Haus noch mit mir zu tun? Und selbst mein Arbeitgeber …

Ich schließe die Augen, reiße sie jedoch im nächsten Moment wieder auf, als sofort das Bild des schreienden Mannes wieder vor mir auftaucht, dessen Unterschenkel einen Meter neben ihm im Dreck liegt. Ich schüttele den Kopf, um sicherzugehen, dass die Szene verschwindet, und weiß doch, sie wird wiederkommen. Sie lässt mich nicht los, seit ich den Bahnhof verlassen habe.

Dafür fällt es mir schwer, mich an meinen Heimweg zu erinnern. Ich weiß, dass ich einfach losgegangen bin, in irgendeine Richtung, nur weg von dem furchtbaren Chaos. Das Auto habe ich stehen lassen, weil … ja, warum eigentlich? Weil ich es sowieso nicht zwischen den ganzen Rettungs- und Feuerwehrwagen herausbekommen hätte? Ja, wahrscheinlich. Und weil etwas mir sagte, es sei besser so.

Menschen kamen mir entgegen. Viele Menschen. Sie alle waren zum Bahnhof unterwegs, ich wollte nur schnell von dort fort. Weit weg. Immer wieder musste ich stehen bleiben und mich irgendwo festhalten, wenn alles um mich herum zu wanken begann. Oder wenn ein lautes Geräusch mir bis ins Mark fuhr und mich erschrocken zusammenfahren ließ. Und immer wieder sah ich diese Bilder vor mir. Diese furchtbaren Szenen im Bahnhof.

Ich versuchte, ein Taxi zu finden, ohne Erfolg.

Da erst kam ich zum ersten Mal auf die Idee, mein Handy zu benutzen.

Verrückt. Man gewöhnt sich so sehr an dieses Gerät, dass man keinen Schritt ohne es tut. Und wenn man es dann wirklich mal sinnvoll einsetzen könnte, vergisst man, dass es existiert.

Es steckte noch in der Innentasche, aber das Display war total zertrümmert. Ich steckte es wieder ein. Mehr nicht. Dann stand ich plötzlich in einem Hinterhof. Die alte, vergammelte Holzbank in der Ecke, in der Dunkelheit kaum zu erkennen. Ich ließ mich einfach daraufallen und schloss die Augen. Die Explosion, die Schreie … ich erlebte sie wieder und wieder.

Als der alte Mann mich fragte, ob er mir helfen könne, war es schon später Abend. Er rief mir ein Taxi.

Ich schließe die Augen. Weiß, dass da etwas in einer dunklen Ecke meines Bewusstseins sitzt und darauf wartet, in gedachte Worte gefasst zu werden.

Gabor.

Kann es tatsächlich sein, dass er mich nach München geschickt hat, damit ich bei der Explosion ums Leben komme? Jetzt, hier auf dem Dielenboden, erscheint mir dieser Gedanke vollkommen abwegig. Der ganze Tag kommt mir im Rückblick völlig irreal vor. Die Explosion und die Trümmer, Feuer, schreiende Menschen und überall Blut ... und doch brauche ich nur meine Hände und meine Kleidung zu betrachten, und ich weiß, dass ich tatsächlich dort gewesen bin.

Aber Gabor? Er hat mich doch nur nach München geschickt, weil ich keine Ruhe gegeben und immer wieder darauf bestanden habe, in das Projekt einbezogen zu werden. Er hat mir sogar eine Limousine zur Verfügung gestellt, die die Firma bezahlt. Wobei ich mich frage, warum der Wagen auf meinen Namen gemietet wurde, wenn G.E.E. doch sowieso alle Kosten übernimmt. Das ist unüblich.

Und dann sind da auch noch diese anderen, seltsamen Dinge, die in den letzten Tagen geschehen sind.

Das kann kein Zufall mehr sein. So viel Zufall gibt es nicht. Ich verstehe den Sinn nicht, aber welchen Hintergrund das alles auch immer hat – Joanna hängt mit drin. Und wenn sowohl Joanna als auch Gabor etwas mit den Geschehnissen zu tun haben, dann stecken sie unter einer Decke.

Mein Magen rebelliert, und ich habe tatsächlich noch genügend Energie in mir, um mich hochstemmen und mit ein paar schnellen Schritten die Gästetoilette erreichen zu können.

Als das Würgen endlich nachlässt, wasche ich das Gesicht mit kaltem Wasser. Im Wohnzimmer lasse ich mich auf die Couch fallen. Ich kann nicht mehr denken, will nicht mehr denken. Möchte weglaufen von alledem und würde es wohl doch nicht tun, selbst wenn es möglich wäre. Ich bin so schrecklich müde, schließe die Augen, bereit, sie sofort wieder zu öffnen, wenn diese schrecklichen Bilder wieder auftauchen. Doch alles, was ich außer der gnädigen Dunkelheit wahrnehme, ist die Ahnung eines Lichtscheins, der durch meine geschlossenen Lider dringt.

Den Gedanken, dass alle Türen offen stehen und dass Joanna

ins Wohnzimmer kommen könnte, mit einem Messer in der Hand, schiebe ich beiseite.

Plötzlich ist da die Erinnerung an meine Mutter. Es ist, als würde sie vor mir stehen und mich mit ihrem sanften Lächeln ansehen. Ich kann mich nicht erinnern, sie jemals wütend erlebt zu haben. Selbst dann nicht, wenn sie allen Grund dazu hatte, ihr Lächeln hat sie nie verloren.

Das Bild berührt mich derart intensiv, dass sogar die fremde Kälte in meinem Inneren davor zurückweicht. Es ist schön, meine Mutter so nah vor mir zu sehen. In letzter Zeit ist es mir immer schwerer gefallen, mir ihr Gesicht vorzustellen. Ihr Bild ist mit den Jahren verschwommener geworden, abstrakter. Als rücke sie jedes Mal ein kleines Stückchen weiter von mir weg.

Jetzt ist es anders. Ganz deutlich habe ich die fächerartigen Lachfältchen, das Grün ihrer Augen und sogar die kleine Narbe an der Stirn vor mir, die noch aus ihrer Kindheit stammte. Ich spüre das Bedürfnis, sie in die Arme zu nehmen, nein, mich von ihr in die Arme schließen zu lassen. Trösten zu lassen, so, wie sie mich als Kind getröstet hat, wann immer ich es brauchte.

Weitere Bilder tauchen auf, und ich flüchte mich bereitwillig hinein. Szenen aus meiner Kindheit, schöne Dinge, die ich mit meinen Eltern erlebt habe. Gemeinsame Ausflüge am Wochenende, Skifahren im Winter, sogar zum Campen sind sie mit mir gefahren, weil ich das unbedingt wollte. Obwohl beide überhaupt keine Freude daran hatten, die Nacht in einem unbequemen Zelt zu verbringen.

Natürlich war nicht immer alles nur rosig. Hier und da gab es auch mal Ärger, aber selbst in schwierigen Situationen waren wir uns nie lange böse.

Ich öffne die Augen und starre an die Decke.

Meine Eltern gibt es nicht mehr. Joanna ist meine Familie. *War* meine Familie. Und jetzt? Fremd.

Die Firma, Gabor, Bernhard … mein Umfeld. Fremd.

Ich richte mich auf und stelle dabei fest, dass es kaum eine Stelle an meinem Körper gibt, die nicht schmerzt. Ich stütze die Ellbogen auf die Oberschenkel, senke den Kopf und vergrabe die Finger in meinen Haaren. Was soll ich nur tun?

«Ich muss mit dir reden.»

Ich fahre hoch, starre Joanna an, die in der Mitte des Raumes steht. Ich habe nicht mitbekommen, dass sie hereingekommen ist.

«Was willst du?»

«Das sagte ich gerade: mit dir reden.»

Etwas an ihr hat sich verändert. Ihre Stimme klingt anders als zuvor. Bestimmter. Zurückhaltung und schlechtes Gewissen sind daraus verschwunden.

«Ich weiß nicht, worüber ich mit dir reden sollte», sage ich betont harsch.

Sie kommt näher. «Wirklich nicht? Eine Katastrophe nach der anderen bricht über uns herein, und du weißt nicht, worüber wir reden sollen?»

«Falsch. Ich weiß nicht, worüber ich mit *dir* reden soll.»

Joanna lässt sich in den Sessel neben mich sinken, ohne dabei den Blick von mir abzuwenden. «Ich habe gerade da oben gesessen und mir den Kopf über all das zerbrochen. Schalte bitte deinen Verstand ein, der funktioniert doch normalerweise recht gut. Dann müsstest du einsehen, dass jemand nicht nur dich, sondern uns beide umbringen möchte.»

Ich stoße ein kurzes Lachen aus. «Sicher ist nur, dass *du* mich umbringen wolltest.»

Joanna beugt sich nach vorne und stützt die Hände auf dem Tisch ab. Ihr Blick ist jetzt ganz intensiv, alle Unsicherheit, alle Angst und Verzweiflung sind daraus verschwunden.

«Das meinte ich damit, dass du deinen Verstand einschalten sollst. Wenn ich dich wirklich umbringen wollte, Erik, dann wärst du längst tot.»

31

Tot. Das Wort hängt zwischen uns in der Luft, Eriks Augen verengen sich, als würde es ihm Schmerzen bereiten, und ich ahne, warum. Er hatte heute sehr viel Tod um sich, eigentlich muss er knapp vor einem Zusammenbruch stehen. Sein Weltbild kann nicht mehr dasselbe sein wie noch am Morgen. Genau genommen kann für ihn nichts mehr so sein.

«Wenn ich dich wirklich umbringen wollte, hätte ich so viele Gelegenheiten gehabt, Erik.» Ich würde gern seine Hände streicheln, doch vermutlich ist das keine gute Idee. «Du hast eine ganze Nacht lang neben mir geschlafen, wir waren …»

«Dass du es nicht geschafft hast, bedeutet ja nicht, dass du es nicht trotzdem ernsthaft versucht hättest», unterbricht er mich. «Und du wärst beinahe erfolgreich gewesen, das wissen wir beide.»

Ich setze mich neben ihn auf das Sofa, ans andere Ende. «Du denkst also, ich wäre so versessen darauf, dich zu töten, dass ich bereit bin, mich dabei selbst um die Ecke zu bringen? Denn wenn deine Theorie stimmt, muss das mit der Therme ja auch ich gewesen sein. Nicht wahr?»

Er schließt kurz die Augen. «Ich habe nicht behauptet, dass es vernünftig ist, was du tust, also versuche nicht, jetzt mit vernünftigen Argumenten zu punkten. Du verletzt dich schließlich auch selbst, schon vergessen?» Die Finger seiner rechten Hand sind in eines der Sofakissen verkrallt. Ich glaube nicht, dass er es merkt.

«Das Schlimmste», sagt er so leise, dass ich es kaum hören kann, «ist für mich der Gedanke, dass du wahrscheinlich beteiligt bist an dem, was da heute geschehen ist. Mein Boss hat mich für den Zeitpunkt der Explosion an genau den Ort geschickt, an dem die Bombe hochgegangen ist. Aber ich war zu spät dran, so ein Pech. Für ihn. Für euch. Davor der Autounfall, deine Messerattacke, die verstopfte Therme.» Er schluckt, schüttelt den Kopf. «Ich verstehe nicht, wie er dich zu diesem Irrsinn überreden konnte. Nicht mit Geld, schätze ich, davon hast du viel mehr als er.»

Ich hatte mir vorgenommen, ihm nicht ins Wort zu fallen, aber nun kann ich nicht anders. «Ich kenne deinen Boss überhaupt nicht. Meine Güte, ich kenne nicht mal dich so wirklich, aber du kannst sicher sein, ich könnte mich nie …»

Ich könnte mich nie an einem so entsetzlichen Verbrechen beteiligen, wollte ich sagen.

Tatsache ist aber, dass ich nur noch hoffen kann, damit richtigzuliegen. Unwillkürlich greife ich mit der Hand zur rechten Schläfe – es schmerzt nicht mehr sehr, wenn man dagegendrückt, aber ausreichend, um mich daran zu erinnern, wie wenig ich dem trauen kann, was ich über mich selbst zu wissen glaube.

Trotzdem. Manche Dinge sind undenkbar, unter welchen Umständen auch immer.

Ich sehe Erik fest in die Augen. «Ich habe mit dem Anschlag in München nichts zu tun. Das schwöre ich dir, bei allem, was du möchtest.»

Er erwidert meinen Blick. Wortlos. Forschend. Bis seine Augen feucht werden, dann wendet er ihn ab.

«Wenn du wüsstest … wie es war. Was ich gesehen habe. Ein Mann ist vor meinen Augen verblutet, und ein Stück weiter entfernt, bei den Gleisen –»

Er stockt, atmet zitternd ein. «Ich habe es nicht genau sehen können, die Luft war voll Staub, aber zwischen den Trümmern, da waren keine Leichen, die man hätte erkennen können. Nur … Klumpen. Die eine Minute vorher noch geatmet und gelebt haben, die vielleicht Freunde vom Zug abholen wollten, oder ihre Eltern.»

Nun laufen ihm die Tränen übers Gesicht, ziehen klare Spuren über die dünne Staubschicht, die immer noch seine Haut bedeckt.

Es ist, als würde er es nicht merken, sein Blick ist an die Wand gerichtet, aber ich bin sicher, er sieht sie nicht, sondern er ist wieder am Bahnhof, inmitten dieser Hölle aus Zerstörung und Schreien und Tod. An einem Ort, an dem er noch viel Zeit verbringen wird.

Das Zittern beginnt in seiner Hand, die immer noch das Kissen gepackt hält. Von dort breitet es sich aus, erfasst seinen ganzen Körper. Er versucht etwas zu sagen, aber es gelingt ihm nicht, er versucht aufzustehen, aber ich lasse ihn nicht, sondern schlinge meine Arme um ihn, gefasst darauf, dass er sich wehren wird. Was er auch tut, aber nur halbherzig. Er versucht, sich aus meiner Umarmung zu winden, schüttelt den Kopf, aber ich halte ihn fest.

Nach wenigen Sekunden gibt er auf und lässt seine Stirn gegen meine Schulter sinken. Ich halte ihn, fühle, wie das Zittern erst stärker wird, dann langsam nachlässt, abebbt, bis es kaum noch zu spüren ist.

Ich streichle sein Haar, sein nasses Gesicht, würde gerne etwas sagen, doch ich finde keine Worte.

Er schon, nach einiger Zeit, auch wenn es nur ein einziges ist, das er flüstert.

«Nein.»

Als er mich diesmal von sich wegschiebt, lasse ich es geschehen.

«Komm mir nicht mehr so nahe, Jo. Ich kann den Gedanken, dass mich jemand anfasst, der diesen Mördern geholfen hat, nicht ertragen. Auch wenn du es bist. Gerade dann.»

«Aber das habe ich nicht, ich –»

«Ich glaube dir, dass du das glaubst. Aber wir wissen beide, wie es um deinen Kopf bestellt ist, und wer weiß – vielleicht hast du deine Mithilfe genauso verdrängt wie meine Rolle in deinem Leben.»

Alles in mir rebelliert gegen diese Theorie. Sie ist falsch, sie muss einfach falsch sein. Die Fernsehbilder haben mich zutiefst erschüttert, das wäre doch nicht so gewesen, wenn ich an dem Anschlag

236

auch nur irgendwie beteiligt gewesen wäre. Oder davon gewusst hätte.

Nur … was weiß ich denn noch mit Sicherheit?

«Wenn du denkst, ich gehöre zu diesen Irren, dann zeig mich an.» Trotz des Aufruhrs in meinem Inneren klingt meine Stimme ganz ruhig. «Das ist mein Ernst. Tu es, vielleicht verschafft uns das Klarheit. Erzähl ihnen von meinem Angriff mit dem Messer, von dem Auto, das dich abgedrängt hat, und dass dein Chef dich genau zum passenden Zeitpunkt am Bahnhof haben wollte, erzähl ihnen, was auch immer du für relevant hältst. Ich werde alles zugeben, woran ich mich erinnere.»

Er beugt sich vor, stützt den Kopf in die Hände. Als er wieder aufblickt, wirkt er verlorener als je zuvor. «Ich kann es nicht.» Da ist keine Kraft mehr in seiner Stimme. «Weißt du, was sie mit dir machen würden, Jo? Nicht nur die Polizei, auch die Medien – was denkst du, wie schnell die auf die Idee kämen, dass du mit deiner vielen Kohle terroristische Organisationen unterstützt und wer weiß was alles noch.» Er räuspert sich, hustet, schüttelt wieder den Kopf. «Du wärst sofort das Gesicht dieses Anschlags. Die Terror-Milliardärin aus Australien.» Als er mich jetzt ansieht, ist sein Blick weicher als noch eben. «Wenn ich mit Sicherheit wüsste, du warst beteiligt, würde ich keine Sekunde zögern. Aber so … so kann ich es nicht. Du bist –»

Mein Handy läutet mitten in seinen Satz hinein. Keiner der Klingeltöne, die ich für mir nahestehende Menschen eingestellt habe. Ich werfe einen Blick auf das Display. Anonym.

«Willst du nicht rangehen?»

Ich schüttle den Kopf. «Das kann keinesfalls so wichtig sein wie unser Gespräch.»

«Ach.» Die Andeutung eines Lächelns flackert über Eriks Gesicht. «Wenn du möchtest, gehe ich gern so lange aus dem Zimmer.»

Im selben Moment, als ich begreife, was er mir damit unterstellen will, hört das Klingeln auf. «Du denkst, das sind meine Komplizen, ja? Die mit mir auf das gelungene Feuerwerk anstoßen wollen?»

«Das habe ich nicht gesagt. Ich finde es nur interessant, dass du …»

Wieder läutet das Handy. Wieder anonym. Diesmal zögere ich keine Sekunde, ich hebe ab und schalte den Lautsprecher ein.

«Ja bitte?» Ich klinge gehetzt, nervös.

Am anderen Ende hört man erst nur hektisches Atmen. Dann eine gepresste Stimme. «Joanna? Sind Sie Joanna?» Ein Mann.

Eriks Augen sind groß geworden, er formt mit den Lippen stumm ein Wort, das ich nicht lesen kann.

«Ja. Mit wem spreche ich?»

«Sind Sie alleine?»

Ich sollte jetzt nein sagen, und dass ich eine ganze Horde von Freunden um mich habe, aber mein Gefühl sagt mir, dass der Mann dann auflegen würde.

«Ja. Sagen Sie mir jetzt endlich, wer dran ist?»

«Hier ist … Bernhard. Ich bin ein Kollege von Erik, wir sind uns kurz begegnet, vor etwa einer Woche.»

Der Besucher mit der Computertasche. «Ja, ich erinnere mich. Woher haben Sie meine Nummer?»

«Egal. Sagen Sie mir nur … haben Sie von Erik gehört? Wissen Sie, ob es ihm gutgeht?»

Ich blicke hoch, sehe Erik entschieden den Kopf schütteln und begreife, welche Chance sich ihm hier eröffnet.

«Nein.» Ich versuche, so viel Verzweiflung wie möglich in meine Stimme zu legen. Es gelingt mir erschreckend leicht. «Ich erreiche ihn nicht, obwohl ich es seit Stunden versuche, immer wieder.»

«Also doch.» Auch Bernhard klingt, als koste es ihn Kraft, nicht in Tränen auszubrechen. «Das wollte ich nicht, glauben Sie mir bitte! Ich wusste nicht, was passieren würde, nicht so genau. Sie haben mich angelogen.»

«Wer? Wer hat Sie angelogen?» Auf keinen Fall darf Bernhard dieses Gespräch jetzt abbrechen.

Schweigen.

238

Ist er noch dran? Wenn ich ihn jetzt vertrieben habe, mit meiner dämlichen, viel zu direkten Frage, dann habe ich gleichzeitig die erste reale Chance zunichtegemacht, wenigstens ein bisschen Licht in das Dunkel zu bringen, das uns umgibt.

Aber er ist noch da. Ein wenig gefasster als vorhin. «Das spielt keine Rolle mehr. Für Erik ist es zu spät, aber für Sie noch nicht, Joanna. Sie müssen verschwinden, so schnell Sie können. Bitte, glauben Sie mir. Das ist kein Scherz, Sie müssen sich in Sicherheit bringen.»

Die Angst greift mit all ihrer Kälte nach meinem Inneren, schneller, als mein Kopf das Gesagte begreifen kann. «Aber – wer will mir etwas antun? Und warum?»

Wieder Schweigen, ich werfe einen hastigen Blick zu Erik, der sich sichtlich beherrschen muss, um ruhig zu bleiben. Sich nicht zu verraten.

«Erklären Sie es mir!» Ich kann nicht verhindern, dass meine Stimme kippt. «Bitte.»

Bernhard antwortet wieder nicht, aber ich kann hören, dass die Umgebung, von der aus er spricht, sich verändert hat. Straßengeräusche, ein Auto hupt, in größerer Entfernung fährt ein Einsatzfahrzeug mit Sirene vorbei.

«Es ist zu kompliziert, ich habe nicht so viel Zeit. Sie spielen in allem, was passiert ist, eine zu große Rolle, als dass man Sie einfach in Ruhe lassen würde.» Ein dumpfes Geräusch, wie von einer ins Schloss geworfenen Autotür. «Es gibt alle Informationen, die Sie haben möchten, und wenn Sie lange genug am Leben bleiben, werden Sie sie bekommen, aber für den Moment müssen Sie mir einfach so glauben. Bringen Sie sich in Sicherheit, sonst sind Sie bald genauso tot wie Erik.»

32

Ich sehe, dass Joanna Mühe hat, die Fassung zu bewahren, während sie mit zittriger Hand das Telefon zur Seite legt. Gleichzeitig versuche ich zu begreifen, was ich da gerade von Bernhard gehört habe.

«Was ... meint er damit?»

Woher zum Teufel soll ich das wissen, denke ich. «Das fragst du mich?»

«Er sagte, ich spiele eine große Rolle. Ich weiß, wie sich das jetzt für dich anhören muss. Aber ich habe keine Ahnung, wovon er geredet hat, das musst du mir glauben.» Joannas Hand wischt mit einer fahrigen Geste über ihr Gesicht. «Ich weiß es wirklich nicht.»

Ich horche in mich hinein und stelle fest, dass mein Verstand trotz der immer skurriler werdenden Situation wieder funktioniert. Vielleicht auch gerade deswegen. Entweder Bernhard *und* Joanna stecken mit Gabor unter einer Decke, und das war gerade der abgedrehte Versuch, mich von ihrer Unschuld zu überzeugen, oder aber Joanna ist tatsächlich in großer Gefahr. Ich bohre meinen Blick in ihre Augen. «Woher hat Bernhard deine Handynummer?»

Sie hebt die Schultern und schüttelt verzweifelt den Kopf. «Ich habe keine Ahnung.»

Nach ein paar Sekunden, in denen ich über die letzten Minuten nachdenke, nicke ich ihr schließlich zu. «Gut. Ich glaube dir.»

Sie wirkt überrascht. «Du glaubst mir? Warum gerade jetzt, nach diesem Anruf? Ich dachte, jetzt würdest du mir noch weniger ...»

«Wenn das eine abgesprochene Sache gewesen wäre, hättest du eine Erklärung dafür gehabt, dass Bernhard deine Nummer kennt.»

Sie zieht die Brauen hoch, sodass sich auf ihrer Stirn Falten bilden. «Und *deswegen* glaubst du mir plötzlich?»

Ja, denke ich, *und vielleicht auch, weil ich dir glauben möchte. Trotz allem.*

«Bernhard sagte, dass du in Gefahr bist», übergehe ich die Frage. «Also weiß er, welche Schweinerei da läuft.»

«Aber er sagte auch, dass er nicht genau wusste, was passieren würde, und dass jemand ihn angelogen hat.»

«Ja, und er denkt, ich bin tot. Irgendetwas weiß er, vielleicht hat er wissentlich in Kauf genommen, dass ich draufgehe. Aber das werde ich gleich klären.»

Ich stehe mit einem wütenden Ruck auf und greife nach Joannas Handy. Die plötzliche Bewegung jagt Schmerzwellen durch meinen Körper. Ich ignoriere sie. Endlich gibt es einen Ansatz zu erfahren, was unser Leben so aus der Bahn geworfen hat. Die Chance werde ich nicht verstreichen lassen. Und dieser falsche Hund Bernhard kann sich auf was gefasst machen. «Ich werde Bernhard jetzt anrufen. Und dann wird er mir sagen, was er weiß, egal, wie lange es dauert. Er wird sich die Zeit schon nehmen, wenn er erfährt, dass ich andernfalls sofort die Polizei anrufe.»

«Tu das nicht», stößt Joanna hastig hervor und lässt mich innehalten. «Er denkt doch, du bist tot.»

Ich nicke grimmig. «Fein. Dann wird er gleich umso überraschter sein, wenn er meine Stimme hört.»

«Nein, Erik, verstehst du nicht? Was auch immer das alles zu bedeuten hat, wenn die denken, du bist tot, werden sie nicht mehr nach dir suchen.»

«Aber nach dir. Das hat Bernhard doch gerade deutlich gesagt. Dass du in großer Gefahr bist. Was macht es da für einen Unterschied, ob sie nur nach dir oder nach uns beiden suchen?»

«Ich … Ach, ich weiß nicht. Es ist nur so ein Gefühl, dass es gut wäre, wenn er denkt, du bist tot. Wir wissen nicht, ob wir ihm wirklich glauben können.»

Joanna hat recht. Es kann tatsächlich von Vorteil sein, wenn man denkt, ich sei tot.

«Also gut. Aber Bernhard meinte, du musst sofort verschwinden. Falls er die Wahrheit gesagt hat, heißt das, die können jeden Moment hier …» Das Telefon in meiner Hand beginnt zu vibrieren. Joanna hat den Anrufer nicht unter ihren Kontakten gespeichert, natürlich nicht, aber ich kenne die Nummer, die angezeigt wird. «Das ist Nadine», sage ich und starre die Zahlenreihe an. «Was will die denn jetzt? Um diese Uhrzeit?»

«Geh nicht ran», sagt Joanna beschwörend.

Ich nicke und lasse das Smartphone so vorsichtig auf den Tisch gleiten, als könne Nadine an ihrem Telefon eine zu hastige Bewegung bemerken. Ich ahne, was in Joanna gerade vor sich geht. «Denkst du, Nadine steckt da mit drin?»

Joanna schürzt die Lippen. «Ich finde es zumindest seltsam, dass sie ausgerechnet jetzt hier anruft. Und woher hat sie überhaupt meine Nummer?»

Ich zucke resigniert mit den Schultern. «Wenn Nadine deine Nummer will, dann kriegt sie sie auch. Wahrscheinlich hat sie sie schon seit Monaten.»

Das Handy hat zu klingeln aufgehört. Erst Bernhard, jetzt Nadine – als hätten sie sich abgesprochen. Wie auch immer, ich werde Bernhards Warnung ernst nehmen. «Wir müssen hier weg.»

Joanna nickt ohne Zögern und lässt ihren Blick durch das Wohnzimmer wandern, als nehme sie Abschied von diesem Ort, an dem ich mit ihr gemeinsam eine wundervolle Zeit verbracht habe, während er in Joannas Erinnerung wohl nur ihr Zuhause war. Der Gedanke daran ist immer noch verstörend für mich. Mehr vielleicht als alles, was sonst um uns herum gerade geschieht.

Ich muss wissen, was hinter der ganzen Sache steckt. Warum Gabor mich nach München geschickt hat und was er und Bernhard mit dieser Explosion zu tun haben. Und vielleicht auch Nadine.

In irgendeinem Winkel meines Verstandes wispert eine Stimme, dass ich noch immer nicht sicher sein kann, ob Joanna nicht doch mit Gabor unter einer Decke steckt. Sie ist leise, diese Stimme, aber beharrlich. Ich höre nicht auf sie.

«Du solltest Gabor anrufen.»

«Was? Warum sollte ich das tun?»

«Er muss davon ausgehen, dass du von meiner Fahrt nach München weißt, und auch, dass ich dort jemanden vom Bahnhof abholen sollte. Mittlerweile dürfte so ziemlich jeder mitbekommen haben, was dort geschehen ist. Du weißt also, dass ich am Bahnhof war, als er in die Luft geflogen ist. Und ich bin um diese Zeit noch nicht zu Hause und gehe nicht ans Telefon. Wäre es da nicht normal, dass du als meine Verlobte voller Sorge herumtelefonierst, wenn du mich nicht erreichen kannst? Vor allem in der Firma? Aber da ist um diese Zeit niemand mehr. Also würdest du dir was anderes überlegen.»

«Ja, das würde ich wohl. Ich *war* ja auch wirklich in dieser Situation, als ich den Fernseher eingeschaltet habe. Ich bin fast verrückt geworden vor Sorge.»

Wenn ich an den Moment denke, als ich nach Hause kam, an ihre Reaktion, ihre Erleichterung – ich möchte ihr wirklich glauben.

«Was ist dieser Gabor für ein Typ?», fragt sie und nimmt das Handy vom Tisch.

«Je hilfloser du dich gibst, desto leichter hast du es mit ihm.»

«Ah ja, die Sorte kenne ich.»

Gabors Nummer weiß ich auswendig. Ich tippe sie für Joanna ins Telefon. «Und noch etwas: Wenn du mit ihm redest, stell dir einfach *vor*, wir seien verlobt und du liebst mich.»

Sie wirft mir einen unergründlichen Blick zu. «Ich schalte den Lautsprecher wieder ein, okay?»

«Ja, aber halte das Telefon trotzdem ans Ohr, wenn du sprichst, dann merkt er auf der anderen Seite nichts davon.»

Es läutet nur zwei Mal, dann ist er dran.

«Hallo, hier spricht Joanna Berrigan.» Joanna redet sehr schnell. Es klingt wirklich besorgt, fast hysterisch. «Sie kennen mich wahr-

243

scheinlich nicht. Ich bin die Verlobte von Erik. Erik Thieben. Er sollte heute für Sie jemanden vom Münchner Hauptbahnhof abholen. Dort hat es doch diese Explosion gegeben. Ich versuche seit einer Ewigkeit, ihn zu erreichen, aber er geht nicht ran. Ich … mache mir große Sorgen. Haben Sie was von ihm gehört?»

Mehrere Sekunden lang herrscht Schweigen, dann sagt Gabor ruhig: «Guten Abend, Frau Berrigan. Es stimmt, er sollte zwei Geschäftspartner vom Bahnhof abholen. Er hat sich noch nicht gemeldet. Wir haben schon bei der Polizei angerufen, aber dort konnte man uns noch nichts sagen. Frau Berrigan …»

Eine Pause von mehreren Sekunden entsteht, dann spricht Gabor mit hörbar belegter Stimme weiter. «Das heißt noch nicht, dass ihm etwas zugestoßen ist.»

Du elender Heuchler, denke ich und spüre das dringende Bedürfnis, ihm die Jacketkronen aus dem Mund zu schlagen.

«Er sagte mir, er solle um kurz nach eins am Bahnhof sein. Das ist doch genau der Zeitpunkt der Explosion.» Joanna macht das sehr gut. Ihre Verzweiflung klingt glaubhaft.

«Ja, das stimmt, aber das heißt noch nichts. Die Polizei sagte, dass noch nicht alle Verletzten erfasst sind. Auch nicht die leicht Verwundeten, die nur zur Beobachtung in ein Krankenhaus gekommen sind. Das kann noch bis morgen dauern. Außerdem kann es auch sein, dass er einen Schock erlitten hat, weil er tatsächlich in der Nähe war, als die Explosion stattgefunden hat. Ich weiß, das ist jetzt schwer für Sie, aber wir müssen einfach abwarten.»

«Abwarten? Ich kann doch nicht hier sitzen und nichts tun, ich …»

«Sind Sie zu Hause, Frau Berrigan?»

Ich schüttle heftig den Kopf und wedele verneinend mit der Hand.

«Nein, ich … ich habe es zu Hause nicht mehr ausgehalten und bin zu einer Freundin gefahren.»

Sehr gut. Das verschafft uns etwas Zeit.

«Das war sicher eine gute Idee. Wo ist das? In der Nähe?»

Joanna sieht mich fragend an, doch bevor ich reagieren kann, sagt sie: «Sie sehen ja meine Nummer. Bitte rufen Sie mich an, wenn Sie etwas hören. Ich melde mich morgen früh wieder.» Damit legt sie auf, atmet tief durch und legt das Telefon zur Seite.

«Das hast du sehr gut gemacht», bestätige ich ihr. «Es klang echt.»

Sie wirft mir einen herausfordernden Blick zu. «Ich brauchte mich nur an heute Nachmittag zu erinnern. Es *war* echt.»

33

Jalousien herunterlassen, Vorhänge zuziehen, alle großen Lichter ausschalten. Von draußen soll es wirken, als wäre keiner zu Hause. Am liebsten würde ich schnell noch an den Türen sämtlicher Häuser in der Umgebung klopfen, um mich zu vergewissern, dass niemand Erik gesehen hat, aber damit würde ich wohl übers Ziel hinausschießen.

Dafür gibt es andere Dinge, die ich tun kann: Die Angehörigenhotline anrufen, zum Beispiel, und die Frau am anderen Ende anflehen, mir doch zu sagen, ob mein Verlobter nicht mittlerweile aufgetaucht ist. Ja, ich bin sicher, er war zur Zeit des Anschlags am Bahnhof. Nein, ich habe noch nichts von ihm gehört, nicht das Geringste. Ja, natürlich hinterlasse ich Namen, Adresse und Telefonnummer.

«Bitte rufen Sie mich an, sobald Sie etwas wissen, egal wie spät es ist», flüstere ich erstickt in den Hörer, bevor ich auflege.

Eriks Blick ruht nachdenklich auf mir. «Ich wusste ja gar nicht, wie überzeugend du lügen kannst. Erstaunlich. Und erschreckend, um ehrlich zu sein.»

Ich habe den Mund bereits zu einer Antwort geöffnet, entschließe mich dann aber doch zu schweigen. Mein Tag war nicht so entsetzlich wie seiner, aber er war furchtbar genug. Im Moment liegen meine Nerven so blank, dass ich aus dem Stand alle denkbaren Formen von Emotionsausbrüchen produzieren könnte: hysterisches Gelächter ebenso wie einen Heulkrampf. Oder einen Wutanfall.

Das zu erklären traue ich mir nicht zu. Also besser ruhig sein.

Mein nächster Anruf gilt einem der größten Krankenhäuser Münchens, wo ich nach dem dritten Versuch jemanden von der Zentrale erwische und ein weiteres Mal akustisch zusammenbreche. Auch diese Frau notiert sich meine Daten.

Je häufiger unsere Namen auf den Listen der Suchenden und Gesuchten auftauchen, desto besser. Wenn Gabor Erik ebenfalls vermisst meldet, erfährt er vielleicht, dass auch die Verlobte schon angerufen hat. Mehrmals. Überall. Offen zur Schau getragene Sorge ist derzeit die beste Tarnung.

Das nächste Krankenhaus. Und das nächste. Erik ist irgendwann aufgestanden, hat aus der Küche eine Flasche Wein geholt und sie geöffnet. Er reicht mir ein halbgefülltes Glas, doch ich winke ab. Ich brauche einen klaren Kopf, es ist schon nach Mitternacht. Dass ich meine Erschöpfung ignoriere, bedeutet nicht, dass sie nicht da ist.

Also trinkt Erik alleine. Brütet vor sich hin, während ich Krankenhaus Nummer vier anrufe und dort ewig in der Warteschleife hänge. Als sich endlich jemand meldet, muss ich mich zusammennehmen, um verzweifelt statt genervt zu klingen.

Als ich das Gespräch beende, hat Erik die Augen geschlossen und den Kopf zurückgelehnt, das Glas in seiner Hand ist leer, das zweite, das für mich bestimmt war, ebenfalls.

«Weißt du, was ich interessant finde?», sagt er, ohne aufzublicken.

«Was denn?»

«Man könnte deine plötzliche Betriebsamkeit in zweierlei Weise interpretieren. Dass du meinen Tod vortäuschen willst, um mich zu schützen. Oder –»

«Oder?» Es klingt gereizt. *Reiß dich zusammen*, befehle ich mir stumm.

«Oder du bereitest alles für meinen wirklichen Tod vor. Wenn du mich umbringen wolltest, würde eine so großartige Chance nie wiederkommen. Offiziell weiß niemand, ob ich noch am Leben bin, falls ich also nie wieder auftauche, wird die Polizei keine großen Ermittlungen in die Wege leiten.» Nun öffnet er doch die Augen und beugt sich vor, um nach der Weinflasche zu greifen und sich den letzten Rest in sein Glas zu gießen.

«Man wird am Bahnhof meine Leiche nicht finden, das ist der einzige Schönheitsfehler. Aber ich könnte ja direkt neben der Bombe gestanden haben und pulverisiert worden sein. Nicht wahr?»

Ich starre ihn sekundenlang nur an, wortlos. Wäre die Sache mit dem Messer nicht, hätte ich jetzt allen Grund, empört zu sein. So allerdings … sein Gedankengang ist nicht unlogisch. Dass er trotzdem falsch ist, davon werde ich Erik nicht überzeugen können.

Ich stemme mich von der Couch hoch, gehe in die Küche und hole das Tapas-Kochbuch aus dem Regal. Im hinteren Drittel klemmt ein Briefumschlag zwischen den Seiten, den ziehe ich heraus und gehe damit ins Wohnzimmer zurück. Werfe ihn auf den Couchtisch.

«So. Da drin sind zwanzigtausend Euro, mit denen solltest du eine gewisse Zeitlang zurechtkommen, ohne an deine Konten gehen zu müssen. Wenn du wirklich denkst, ich will dich umbringen, dann nimm sie und fahr zum Flughafen, steig in den ersten Flieger raus aus Deutschland und versteck dich.»

Erik wirft kaum einen Blick auf den Umschlag, seine Augen sind schmal geworden. «Du denkst, ich nehme dein Geld?»

«Es geht nicht um Geld, es geht nur darum, dass du dich sicher fühlen kannst. Geld ist hier nicht die Lösung, das ist sie interessanterweise nie, aber es hilft.»

Ich kann sehen, wie es hinter seiner Stirn arbeitet, wie er sich überlegt, ob sich mein Vorschlag irgendwie mit der Theorie vereinbaren lässt, dass ich mit Gabor unter einer Decke stecke.

«Ich gehe auf keinen Fall», sagt er schließlich. «Bernhard sagte, du bist in Gefahr; denkst du wirklich, da könnte ich einfach abhauen?»

Ich nehme den Umschlag wieder an mich und stecke ihn ins Buch zurück. «Hängt davon ab, ob du mir traust. Trotz der Sache mit dem Messer, die ich dir immer noch nicht erklären kann. Wirklich nicht. Deshalb kann ich dir auch nicht versprechen, dass es nicht wieder passiert, aber ich schwöre dir, dass ich dir nichts antun *will*. Nicht bewusst.»

Erik reibt sich das Gesicht mit beiden Händen. Er ist blass, sagt nichts, nickt nur.

Ich darf nicht vergessen, was er hinter sich hat. Nicht nur heute, auch in den letzten Tagen, in denen er sich fast rund um die Uhr um mich gekümmert hat. Da ist es nur fair, dass jetzt ich die Dinge in die Hand nehme.

Davon abgesehen fühlt es sich gut an – es entspricht der Version von Joanna, für die ich mich immer gehalten habe.

«Du schläfst oben, im Schlafzimmer, da kannst du die Tür absperren. Ich nehme meine Sachen und lege mich auf die Couch.»

Er will protestieren, halbherzig, aber ich winke ab. «Es ist die einzig vernünftige Lösung. Auf die Weise kann nichts passieren.»

Er ist nicht überzeugt, aber seine Müdigkeit siegt. «Du öffnest keinem Menschen, Jo, okay? Und wenn du von draußen Geräusche hörst, komm sofort nach oben.»

Ich verspreche es. Breite mein Bettzeug auf der Couch aus und versuche dabei, das mulmige Gefühl zu unterdrücken, das in mir hochsteigen will.

Was, wenn Gabor mir nicht glaubt, dass ich bei einer Freundin übernachte? Wenn er jemanden vorbeischickt, um nachzusehen?

Der Schlaf verweigert sich mir. Jedes Knistern in den Wänden macht mich nervös. Ich lausche auf Schritte vor dem Haus, auf Autos, die vorbeifahren – werden sie langsamer? – auf meinen eigenen Puls.

Es ist nach zwei Uhr nachts, als ich aufgebe und den Fernseher einschalte. Ich stelle ihn so leise, dass ich selbst kaum etwas hören kann.

Immer noch laufen Sondersendungen zum Anschlag auf den Münchner Bahnhof, und nun meldet sich die Regierung zu Wort. Der Sicherheitsapparat laufe auf Hochtouren, ist der allgemeine Tenor, die Bevölkerung müsse keine Angst vor Folgeanschlägen haben.

Anderer Meinung ist nur der Vorsitzende einer rechtspopulistischen Partei, der so etwas schon lange kommen gesehen haben will und behauptet, Deutschland befände sich bereits im Krieg. Dazwischen immer wieder Live-Schaltungen zum Bahnhof und das Material von heute Mittag. Das wird wohl die ganze Nacht lang so gehen. Mittlerweile habe ich die Bilder so oft gesehen, dass sie mir fast vertraut sind. So vertraut, dass ich über all dem Grauen tatsächlich wegdämmere.

Es fühlt sich an, als hätte ich nicht länger als drei oder vier Stunden geschlafen, doch als ich die Augen aufschlage, ist es beinahe zehn Uhr. Der Fernseher läuft immer noch, zeigt neue Aufnahmen der Trümmer, diesmal ist die große Bahnhofshalle von innen zu sehen. Ein paar Minuten lang starre ich auf die Bilder, die mir erst richtig zu Bewusstsein bringen, was Erik durchgemacht haben muss. Und mit einem Mal ist mir klar, was als Nächstes zu tun ist.

Wir können nicht einfach den Kopf in den Sand stecken. Erik ist überzeugt davon, dass Gabor von dem Anschlag zumindest gewusst hat, wenn er nicht gar daran beteiligt war. Bernhards Anruf war praktisch das Eingeständnis einer Mitwisserschaft.

Das alles dürfen wir der Polizei nicht verschweigen.

Ich, um genau zu sein. Denn Erik muss weiterhin tot bleiben. So lange, bis wir in Sicherheit sind.

Ein paar Minuten später klopfe ich an seine Tür. Fühle, wie mein Herzschlag sich beschleunigt, als dahinter weiterhin Schweigen herrscht. Kann hier oben etwas Gravierendes passiert sein, während ich unten geschlafen habe?

Noch einmal klopfen. Fester. Lauter.

«Ich bin wach.»

Seine belegte Stimme straft ihn Lügen. «Tut mir leid, dass ich dich geweckt habe, aber wir müssen besprechen, wie wir weitermachen. Ich mache uns Kaffee, ja?»

Eine Viertelstunde später sitzen wir in der Küche, jeder eine dampfende Tasse vor sich. Den Fernseher habe ich ausgeschaltet, wer weiß, was die Bilder bei Erik auslösen würden. Ich brauche jetzt seine ganze Aufmerksamkeit und Konzentration.

«Wir müssen die Polizei informieren.» Er will mich unterbrechen, hält aber inne, als ich den Kopf schüttle. «Alleine blicken wir da nicht durch, und wenn wir jetzt einfach nur rumsitzen und abwarten, kostet uns das Kopf und Kragen. Ich glaube nicht, dass Gabor sich lange Zeit lassen wird, bis er den nächsten Versuch startet, uns loszuwerden. Mich.»

Erik rührt in seinem Kaffee, das Klirren des Löffels an den Innenwänden der Tasse ist für ein paar Sekunden das einzige Geräusch. Abgesehen von dem Motor eines Wagens, den ich von draußen hören kann. Ein Diesel, im Leerlauf. Der nicht weiterfährt.

Vor meinem inneren Auge sehe ich Männer mit schwarzen Sonnenbrillen, die das Haus fotografieren, vielleicht steigt einer aus und versucht, durch die Jalousien hereinzuspähen …

Alles in mir schreit danach, aufzustehen und einen schnellen Blick nach draußen zu werfen, aber das wäre das Dümmste, das Falscheste, das ich tun könnte –

Ich habe den Gedanken kaum zu Ende gedacht, als der Fahrer des Autos aufs Gas steigt. Das Motorengeräusch wird leiser, verebbt schließlich ganz.

Erik hat immer noch nichts gesagt.

«Ich spreche mit der Polizei. Unter allen Umständen.» Die Sicherheit in meiner Stimme überrascht mich selbst. «Aber du würdest mir sehr helfen, wenn du mir noch einmal alle Details erzählst. Alle deine Verdachtsmomente gegen Gabor und seine Leute.»

Für den Anruf bei der zuständigen Stelle habe ich mir Notizen gemacht, um nur ja nichts zu vergessen. Ich gehe davon aus, dass das Gespräch aufgezeichnet wird, also muss ich überzeugend wirken, vor allem in meiner Sorge um Erik.

«Mein Verlobter war gestern Mittag am Münchner Hauptbahn-

251

hof», schluchze ich, als ich endlich einen zuständigen Mann am Apparat habe. «Er hat sich seitdem nicht gemeldet, ich kann ihn nicht erreichen, und nirgendwo weiß man, was mit ihm passiert ist …»

Der Beamte versucht, mich zu beruhigen, und ich lasse ihn. Spreche mit leiser, gefasster Stimme weiter. «Es war alles so eigenartig gestern. Wissen Sie – ich glaube, Erik hat geahnt, dass da irgendetwas nicht stimmt. Es hat in den letzten Tagen ein paar Versuche gegeben, ihn aus dem Weg zu schaffen. Und im Nachhinein betrachtet sieht es für mich so aus, als könnte seine Firma in den Anschlag verwickelt sein. Ich habe gestern noch einen sehr seltsamen Anruf von einem seiner Kollegen bekommen. Er hat mich gewarnt, wissen Sie.»

«Tatsächlich?» Der Beamte ist hellhörig geworden, allerdings auch vorsichtig. Wahrscheinlich rufen stündlich zehn Leute bei ihm an, jeder mit einer anderen Verschwörungstheorie. «Würden Sie bei uns vorbeikommen und Ihren Verdacht zu Protokoll geben?»

Das habe ich befürchtet. «Nein. Tut mir leid, aber ich möchte das Haus im Moment nicht verlassen. Ich weiß nicht, ob ich lebend bei Ihnen ankommen würde.»

«Na gut. Dann schicken wir jemanden bei Ihnen vorbei. Heute Nachmittag gegen zwei, seien Sie bitte erreichbar, auch telefonisch.»

Ich gebe ihm die Adresse und lege auf.

Die drei Stunden bis zum angekündigten Eintreffen der Beamten fühlen sich an wie drei Tage. Kurz vor zwölf ruft Ela an, aufgelöst, will wissen, ob Erik wieder aufgetaucht ist, sie findet ihn auf keiner der Listen – weder auf der mit den Überlebenden noch der mit den Todesopfern.

Es tut mir weh, sie anlügen zu müssen, aber es geht nicht anders, wenn ich Eriks Tarnung aufrechterhalten will. «Nein. Kein Lebenszeichen», flüstere ich in den Hörer. «Ich weiß nicht mehr, was ich tun soll.»

«Ich komme bei dir vorbei.»

«Auf keinen Fall.» Das war jetzt ein bisschen zu schnell. «Bitte nicht. Ich habe die ganze Nacht kein Auge zubekommen und jetzt eine Schlaftablette geschluckt. Vielleicht morgen. Hoffentlich ist bis dahin …» Ich spreche den Satz nicht zu Ende, Ela versteht auch so.

«Oh Gott, ja. Hoffentlich.» Ich kann hören, wie sie zögert, noch etwas sagen will, aber nicht wirklich weiß, wie. «Du hörst dich fast wieder an wie früher. Als würde dir etwas an Erik liegen. Ist das so? Erinnerst du dich?»

Er sitzt mir gegenüber, blickt hoch, als er merkt, dass ich ihn ansehe. Versucht zu lächeln.

«Nein», sage ich. «Kein Stück. Aber ich werde trotzdem fast wahnsinnig vor Angst um ihn. Und nein, ich verstehe es auch nicht.»

Wir versprechen einander, uns sofort beim jeweils anderen zu melden, wenn wir etwas von Erik erfahren, dann legt Ela auf.

Als es kurz nach vierzehn Uhr an der Tür läutet, kostet es mich fast übermenschliche Überwindung zu öffnen. Die beiden Männer, die ich durch das Guckloch sehen kann, könnten ebenso gut Gabors Leute sein. Dunkle Hosen, dunkle Jacken. Erst, als einer von ihnen einen Ausweis hochhält, schließe ich auf.

Wir setzen uns ins Wohnzimmer. Eigentlich wollte ich, dass Erik oben wartet, bis die Polizisten wieder gegangen sind, aber er bestand darauf, so viel wie möglich von dem Gespräch mitzuhören. Also sitzt er jetzt in der Vorratskammer, und ich hoffe, dass ihn dort nichts zum Niesen bringt.

Ich habe mich vorbereitet. Unter anderem damit, dass ich die Reste des Blutergusses auf meiner Stirn mit Concealer abgedeckt habe. Die Polizei soll sich nicht die falschen Fragen stellen.

Aber sie fragen ohnehin kaum, stattdessen lassen sie mich reden, und ich erzähle ihnen alles. Von der defekten Gastherme, die uns beide fast das Leben gekostet hätte, und von dem Autounfall, bei dem Erik von der Straße abgedrängt wurde. «Zu beiden Vorfällen gibt es Polizeiberichte und Krankenhausunterlagen, die Sie bestimmt einsehen können. Erik sagte noch vorgestern, dass er vermutet, Gabor Energy Engineering würde hinter alldem stecken. Trotzdem hat er sich nichts dabei gedacht, am Montag zum Münchner Bahnhof zu fahren, um Geschäftspartner abzuholen. Sein Chef hat ihm eingeschärft, unbedingt pünktlich um dreizehn Uhr zehn dort zu sein.» Ich sehe erst den einen, dann den anderen Polizisten an, merke, wie ihre Gesichter vor meinen Augen verschwimmen. Tränen genau zum richtigen Zeitpunkt. «Und das war er dann wohl auch.»

Der Beamte, der mir links gegenübersitzt, hat sich die ganze Zeit über Notizen gemacht. Nun legt er den Stift zur Seite. «Wenn das alles stimmt, Frau …». Er wirft einen Blick auf seinen Schreibblock. «Frau Berrigan, warum haben Sie diesen Verdacht dann nicht längst gemeldet? Wieso hat Herr Thieben das nicht getan?»

«Wir hatten doch keine Beweise.» Ich wische mir mit dem Handrücken übers Gesicht, bedacht darauf, den Concealer unberührt zu lassen. «Was denken Sie, wie lange Erik dann seinen Job noch gehabt hätte? Und wir wussten ja nicht, ob wir uns nicht irrten, es war so unvorstellbar. Und es gab ja auch überhaupt keinen Grund für Gabor, Erik loswerden zu wollen.»

Die beiden Polizisten wechseln einen schnellen Blick.

«Sie sagten am Telefon, gestern hätte Sie einer von Eriks Kollegen angerufen und gewarnt?»

«Ja.» Ich nehme mein Handy vom Couchtisch und öffne die Anrufliste. Bei der Gelegenheit sehen die Beamten auch die siebenundvierzig vergeblichen Versuche, Erik zu erreichen, das kann nicht schaden.

«Der Anruf hier um ein Uhr zwölf, das war Bernhard Morbach, mit dem Erik eng zusammenarbeitet. Er hat mich vorher noch nie angerufen, keine Ahnung, woher er meine Nummer hatte. Er wollte sich vor allen Dingen entschuldigen. Sagte, er hätte nicht genau gewusst, was passieren würde, er hätte Erik warnen müssen und es tue ihm leid. Und dann sagte er, ich solle verschwinden, mich verstecken, so schnell wie möglich. Sonst wäre ich auch bald tot.»

Wieder ein schneller Blickwechsel der Beamten. Der rechte der beiden nickt. «Vielen Dank, Frau Berrigan, Ihre Informationen könnten sich unter Umständen als sehr hilfreich erweisen. Wahrscheinlich wäre es gut, wenn wir Sie an einen sicheren Ort bringen würden, bis wir Ihre Angaben überprüft haben. Es soll Ihnen auf keinen Fall etwas zustoßen. Sind Sie einverstanden?»

Ich zögere, dann schüttle ich den Kopf. «Im Moment würde ich lieber hierbleiben. Falls Erik doch noch auftaucht.»

Der Mann zuckt bedauernd die Schultern. «Wir würden Ihnen gerne jemanden zum Schutz abstellen, aber im Moment brauchen wir jeden Einzelnen. Öffnen Sie am besten niemandem die Tür und rufen Sie die Polizei, sobald Ihnen etwas merkwürdig vorkommt. Vielleicht haben Sie ja auch Freunde, die für ein paar Tage bei Ihnen einziehen würden?»

Ich antworte nicht, hebe nur die Schultern.

«Na gut. Falls Sie es sich noch anders überlegen …» Er drückt mir eine Karte in die Hand, ich nehme sie, lächle dankbar.

Kein Ort, den die Polizei mir anbieten könnte, ist so sicher wie der, an den ich uns bringen werde.

Ein Tag noch, dann ist alles überstanden.

34

Ich verlasse die Vorratskammer. Endlich. Darin bin ich mir vorgekommen wie ein Verbrecher.

Dass Joanna die Beamten wissentlich angelogen hat, erzeugt ein unbehagliches Gefühl in mir. Immerhin gehören diese Männer zu denen, auf deren Hilfe wir hoffen. Aber sie hat recht, das musste sein.

Es vergeht noch etwa eine Minute, ehe sie vom Flur her ruft: «Du kannst jetzt rauskommen, sie sind losgefahren.» Sie bleibt im Durchgang zur Küche stehen, als sie mich am Tisch sitzen sieht.

«Das hast du sehr gut hinbekommen», sage ich.

Sie setzt sich mir gegenüber. «Was blieb …»

Die Türklingel. Schon wieder. Wir sehen uns an. Fragend, als müsse der jeweils andere wissen, wer da geklingelt hat.

«Die Polizisten», vermutet Joanna und steht auf. Ich tue es ihr nach. «Ja, vielleicht haben sie noch was vergessen. Geh leise zur Tür und sieh nach. Aber öffne nicht, wenn es jemand anderes ist.»

Sie nickt mir zu. Ich sehe die Angst in ihrem Gesicht. Ob sie mir meine auch ansieht? Sie schleicht in den Flur, ich postiere mich an der Tür zur Kammer, bereit, wieder darin zu verschwinden.

Eine ganze Weile geschieht nichts, dann sagt Joanna etwas. Die Polizisten sind also tatsächlich zurückgekommen. Ich ziehe die Tür der Vorratskammer hinter mir zu, bis nur noch ein schmaler Lichtstreifen hindurchfällt.

Wieder Joannas Stimme, ich kann nicht verstehen, was sie sagt. Dann wieder, noch dumpfer … nein, das ist nicht Joanna. Das kommt von draußen. Eine andere Frau. Sie spricht weiter, schnell und aufgeregt. Ich glaube, meinen Namen zu hören, verstehe plötzlich alles, was gesagt wird.

Joanna hat die Frau ins Haus gelassen.

Dann erkenne ich die Stimme. Nadine. Ich beiße die Zähne so fest zusammen, dass es schmerzt. Das darf doch nicht wahr sein. Ausgerechnet Nadine. Was, wenn Gabor sie geschickt hat? Seit ihrer Show hier traue ich ihr alles zu. Die Haustür wird geschlossen.

«Danke, dass du mich reinlässt», höre ich Nadine sagen. «Trotz meines blöden Benehmens vor ein paar Tagen.»

«Wenn du mit mir reden wolltest, hättest du auch einfach anrufen können. Hast du ja letztens auch getan.» Die Art, wie Joanna mit Nadine spricht, lässt keinen Zweifel daran, dass sie nicht sonderlich begeistert von ihrem Auftauchen ist.

«Ja, aber du bist nicht mehr rangegangen. Deshalb … ich muss einfach wissen, was mit Erik ist. Außerdem –» Sie unterbricht sich. Setzt neu an. «Ich bin schon eine Weile hier. Die beiden Männer sind fast gleichzeitig mit mir angekommen. Ich habe mich versteckt und gewartet, bis sie wieder weg waren. Immerhin wusste ich damit, dass du zu Hause bist. Wer war das?» Nadines Stimme klingt noch immer gehetzt.

«Warum willst du das wissen?»

«Weil … war das jemand aus der Firma?»

Eine kurze Pause entsteht. Joannas Gedanken rasen in diesem Moment wahrscheinlich ebenso wie meine. Was führt Nadine im Schilde? Und – wenn sie jetzt weiß, wo Joanna steckt, weiß es Gabor dann auch?

«Nein, niemand aus der Firma. Komm weiter.»

Schritte, die sich entfernen und gleich darauf von der anderen Seite wieder näher kommen. Sie sind im Wohnzimmer.

«Setz dich.»

«Danke. Wer waren denn nun diese Männer?»

Pause. Dann Joannas Stimme: «Das geht dich nichts an. Ich habe jetzt wirklich andere Sorgen und keinen Nerv für Spielchen. Also hör auf, Fragen zu stellen, und sag mir endlich, warum du hier bist.»

Vorsicht, Joanna. Nicht so forsch. Du bist krank vor Sorge um mich. Nadine ist nicht dumm.

Nach einer Weile wird eine Nase geräuschvoll geputzt. Dann wieder Nadines Stimme. Jetzt weinerlich, hier und da unterbrochen von Schluchzen.

«Ich finde es so furchtbar, dass wir noch immer nicht wissen, was mit Erik ist. Und ich habe ihm noch das Auto gemietet, mit dem er nach München gefahren ist.»

Weiteres Schluchzen, das irgendwann von Joanna unterbrochen wird.

«Weiß man denn schon, was mit den Leuten passiert ist, die Erik hätte abholen sollen?»

«Ich weiß gar nichts. In der Firma ist in letzter Zeit alles anders geworden.» Langsam scheint Nadine sich wieder in den Griff zu bekommen. «Erik hat mir von einem neuen Projekt erzählt, von dem ich nichts wusste. Das gab es noch nie. Ich habe … immer das Projektsekretariat geleitet, und plötzlich soll da ein Projekt sein, von dem ich überhaupt nichts weiß? Ich habe Geiger darauf angesprochen. Das ist mein Chef. Und auch der von Erik. Der hat ganz seltsam reagiert. Er sagte, er wisse nichts von einem Projekt, aber er hat gelogen, das habe ich gleich gemerkt.»

«Woran denn?»

«Als ich sein Büro verlassen habe, hat er sofort telefoniert. Ich sehe das an meinem Telefon. Ich habe mich neben die Tür gestellt und gelauscht. Viel konnte ich nicht verstehen, Geiger hat ziemlich leise gesprochen. Aber mein Name ist gefallen, und das Wort *Phoenix* gleich zwei Mal.»

Phoenix. Da ist er wieder, der Name dieses ominösen Projekts. Ich muss mich zwingen, ruhig zu bleiben, nicht die Tür aufzustoßen und ins Wohnzimmer zu rennen. Ich …

«Phoenix», sagt Joanna in die Pause hinein, die Nadine macht. «Den Namen habe ich noch nie gehört. Was soll das sein?»

Sehr gut, Joanna.

«Ich weiß es nicht. Mir gegenüber hat Erik ihn erwähnt, als er mich auf das Projekt angesprochen hat. Und heute Vormittag rief mich Bernhard Morbach an. Du kennst ihn ja. Er war total nervös, als hätte er es furchtbar eilig. Er wollte, dass ich mich mit ihm treffe, und zwar draußen, nicht in der Firma, und ich sollte ihm einen USB-Stick mitbringen, der unter einer Schublade seines Schreibtisches klebte. Zuerst wollte ich nicht, weil mir das komisch vorkam, aber er sagte, es ginge um Leben und Tod, da habe ich nachgegeben.»

Sie stockt.

«Und dann?» Joannas Ton ist jetzt sanfter als zuvor.

«Wir haben uns am Rand des Parkplatzes getroffen. Bernhard sah schrecklich aus. Blass, ungekämmt, überhaupt nicht wie er selbst. Und wie er mich angesehen hat. Irgendwie irre. Er hat gesagt, dass Erik …» Wieder Schluchzen. «Er sagte, er glaubt, dass Erik tot ist. Und dass die hinter ihm her sind.»

«*Die?*», fragt Joanna, als Nadine nicht weiterspricht.

«Ich weiß es doch auch nicht. Wahrscheinlich diese Islamisten.»

«Islamisten?», wiederholt Joanna laut.

«Ja, die den Bahnhof in die Luft gesprengt haben. Es gibt doch dieses Video. Da geben die zu, dass sie es waren. Wusstest du das nicht? Es war heute Morgen im Radio und in den Zeitungen. Im Fernsehen bestimmt auch.»

Ein Bekennervideo. Das wird ja immer verworrener. Was hat Gabor mit Islamisten zu tun? Ausgerechnet der, der schon Probleme damit hat, in ein Taxi zu steigen, wenn es von einem Ausländer gefahren wird. Wie zum Teufel passt das alles zusammen?

Ich muss dieses Video sehen.

«Nein, ich … habe den Fernseher heute noch nicht angehabt», erklärt Joanna.

«So, wie es aussieht, hat Bernhard irgendetwas mit der Sache zu tun. Er sagte, er hätte nicht gewusst, wie weit die gehen würden. Und ich sei auch in Gefahr, weil ich nach dem Projekt gefragt habe und die glauben, Erik hätte mir was erzählt.»

«Aber was soll er dir denn erzählt haben?»

«Ich weiß es nicht.» Nadines Stimme klingt plötzlich gefasst. «Ich dachte, vielleicht hat er mit dir darüber gesprochen.»

«Nein, hat er nicht. Ich fürchte, ich kann dir wirklich nicht weiterhelfen, Nadine.»

«Bist du sicher?» Diese Art des Nachfragens kenne ich von Nadine. Jetzt lässt sie so schnell nicht mehr locker. «Das mit dem Anschlag waren Islamisten. Denen bedeuten doch unsere Leben nichts. Deshalb *musst* du mir bitte sagen, was du weißt. Alles.»

Joanna seufzt. «Es gibt nichts zu sagen. Alles, was ich dir erzählen kann, ist, dass Bernhard mich gestern Abend auch angerufen hat. Und er hat mir was Ähnliches erzählt.» Pause. «Es war in letzter Zeit nicht einfach für Erik und mich. Ich war eine Weile ziemlich durcheinander, aber das weißt du ja. Sein Job war schon seit Wochen kein Thema mehr zwischen uns. Es gab andere Dinge, über die wir reden mussten. Wichtigere Dinge. Unsere Beziehung stand auf dem Spiel, da war keine Zeit für einen Plausch über irgendwelche Projekte in der Firma.»

Joanna macht das wirklich sehr gut. Vielleicht sagt Nadine die Wahrheit und hat tatsächlich Angst, aber ebenso gut kann es sein, dass sie mit denen unter einer Decke steckt. Dass Gabor sie geschickt hat, um herauszufinden, ob Joanna etwas weiß. Ich tendiere tatsächlich dazu, Letzteres anzunehmen, und Joanna sieht das offensichtlich auch so.

«Würdest du dann bitte gehen? Ich glaube, wir haben alles besprochen, und ich wäre jetzt gerne allein.»

«Aber …» Ich sehe förmlich vor mir, wie Nadine nach einem Grund sucht, noch bleiben zu können. «Wir sitzen doch im gleichen Boot. Wir machen uns beide Sorgen um Erik.»

«Da irrst du dich», sagt Joanna kühl. «Wir sitzen absolut nicht im gleichen Boot.»

«Ich hatte gehofft, ich könnte vielleicht hier …»

«Nein. Geh jetzt. Bitte.»

Als die Haustür ins Schloss fällt, verlasse ich augenblicklich die Kammer und bin mit einigen schnellen Schritten im Wohnzimmer. Ich schalte den Fernseher ein, zappe durch die Kanäle. Serien, Soaps, aber auch immer wieder Sondersendungen zu dem Anschlag. Das Bekennervideo wird erwähnt, aber nirgends gezeigt.

«Glaubst du, sie sagt die Wahrheit?», fragt Joanna hinter mir. Ich drehe mich zu ihr um.

«Ich weiß es nicht. Ich versuche gerade, dieses Video zu finden. Islamisten und Gabor. Ich verstehe überhaupt nichts mehr. Er verachtet die doch zutiefst. Er hasst sie richtiggehend. Wenn er wirklich gemeinsame Sache mit denen gemacht hat, muss dabei ganz enorm was für ihn herausgesprungen sein.»

Joanna nickt. «Jeder ist käuflich. Es ist nur eine Frage des Preises. Wenn ich etwas von meinem Vater gelernt habe, dann das.» Sie deutet mit dem Kinn zur Tür. «Warte, ich hole mein Notebook, da finden wir es bestimmt.»

Als sie wiederkommt, setzen wir uns nebeneinander auf das Sofa. Ich schaue Joanna zu, wie sie durch die Websites navigiert. «Ich traue Nadine nicht. Kann sein, dass sie von Gabor geschickt worden ist.»

Joanna hat das Video mittlerweile auf einer Nachrichtenplattform gefunden. Sie sieht kurz zu mir herüber und klickt auf den Startbutton.

Arabische Schriftzeichen sind zu sehen, rot auf schwarzem Hintergrund. Flammen an den Rändern. Die Szene verschwimmt, dann ist eine Gestalt zu erkennen, schwarz vermummt bis auf einen schmalen Augenschlitz. Im Hintergrund weht eine schwarze Fahne. Der Mann beginnt zu reden, und ich traue meinen Ohren nicht: Er spricht reinstes, akzentfreies Deutsch.

Von einer großen Tat zur Verteidigung der arabischen Brüder

und zur Befreiung der heiligen Stätten ist die Rede. Und von einer Tat der Rache.

«Ihr habt die amerikanischen Schlächter unterstützt, als sie über uns hergefallen sind. Damit habt auch ihr unsere Familien getötet. Ihr habt unsere Städte zerbombt und Angst und Elend über uns gebracht. Ihr habt euch sicher gefühlt, weit weg von Elend und Tod. Doch das ist nun vorbei. Nun werdet auch ihr Angst haben. Auch ihr werdet erleben, wie eure Frauen und Kinder sterben. Die Angst wird euer Begleiter sein, wo immer ihr auch seid. Denn nun werden auch eure Städte brennen und eure Bahnhöfe und Flughäfen explodieren. Und ihr werdet nichts dagegen tun können, denn meine Brüder werden euer Land überfluten. Wir werden euch den einzig wahren Glauben bringen. Glaubet, oder ihr werdet sterben.»

Es folgen noch andere Phrasen, doch die bekomme ich nur am Rande mit. Mein Gedanken drehen sich immer schneller im Kreis, und ich versuche zu verstehen, wie es sein kann, dass Gabor das unterstützt, was ich da gerade gehört habe.

Seit mir zum ersten Mal der Gedanke gekommen ist, er könnte in diese Sache verwickelt sein, wächst meine Wut auf ihn. Wenn ich darüber nachdenke, was er mir, was er *uns* in den letzten Tagen angetan hat, dass er mehrfach versucht hat, uns beide zu töten …

Wenn er aber wirklich mit diesen Kerlen gemeinsame Sache gemacht hat, kann es dafür nur einen einzigen Grund geben: Geld und Macht, und zwar viel davon. Ich weiß nicht, ob ich jemals in meinem Leben auch nur annähernd solche Verachtung empfunden habe wie in diesem Moment für Gabor.

Das Video ist zu Ende. Joanna lässt sich fassungslos gegen die Rückenlehne fallen. «Das darf doch alles nicht wahr sein.»

«Ist es aber. Und Gabor hängt mit drin. Was ich aber immer weniger verstehe: Warum möchte er uns töten? Was haben wir mit diesem ganzen Scheiß zu tun? Das ergibt doch keinen Sinn.»

Eine Weile schweigen wir, jeder für sich in Gedanken versunken.

Irgendwann beugt sich Joanna vor, klappt ihr Notebook zu und wendet sich mir zu.

«Es gibt etwas, das ich noch viel weniger verstehe. Warum kann ich mich nicht an dich erinnern?»

35

In Melbourne ist es kurz nach zwei Uhr nachts, aber darauf kann ich jetzt keine Rücksicht nehmen. Ich lasse das Telefon klingeln, weiter und weiter, unbarmherzig. Bis es endlich knackt, raschelt und sich die verschlafene Stimme meines Vaters meldet.

«Jo? Bist … du das?»

Ich könnte heulen vor Erleichterung und schäme mich gleichzeitig dafür. Gleich werde ich in die alten Verhaltensmuster zurückrutschen, die mein ganzes bisheriges Leben geprägt haben. Wenn es schwierig wird – just call Daddy. Das wollte ich so unglaublich gerne überwinden. Aber jetzt möchte ich noch dringender überleben.

«Ich komme nach Hause, Dad. Lass mich bitte abholen, so schnell wie möglich.»

«Was?» Ich kann hören, dass er jetzt hellwach ist. «Jo, meine Süße, endlich. Das ist großartig, na klar holen wir dich zurück. Gleich morgen früh schicke ich Gavin los …»

«Nicht erst morgen. Sofort.» Ich höre mich an wie er, stelle ich selbst fest. Der gleiche Befehlston. Etwas zu spät füge ich ein «bitte» an, das nicht sehr geduldig klingt.

«Was ist passiert?» Vater ist nicht dumm, es war klar, dass er diese Frage stellen würde. Ich überlege kurz und entschließe mich dann, ihm die halbe Wahrheit zu sagen. Ich kenne ihn, sobald er auch nur im Ansatz denkt, seiner kostbaren Tochter könnte ein Haar gekrümmt werden, wird er keine Sekunde länger zögern.

«Du hast von dem Anschlag auf den Münchner Bahnhof gehört? Hier ist der Teufel los, jeder fürchtet, dass das nur der Anfang war.»

Das reicht noch nicht, um zu erklären, warum ich es plötzlich so eilig habe – aber die wahren Zusammenhänge breite ich jetzt auf keinen Fall am Telefon aus. «Heute Morgen waren merkwürdige Gestalten an meinem Haus. Vielleicht nur Zufall, aber … ach, egal. Ich will raus aus diesem Land, so schnell wie möglich. Am liebsten sofort.»

Einige Sekunden lang schweigt Dad, aber ich kann etwas knarzen hören, danach seine Schritte und eine Tür, die ins Schloss fällt.

«Ja, natürlich. München. Wir haben alle davon gehört. Gut, hör zu. Gavin fliegt in spätestens zwei Stunden los, und er nimmt ein Security-Team mit. Halte dich bereit, ich lasse dich wissen, wann du abgeholt wirst.»

«Okay.» Schneller geht es nicht, das weiß ich – trotzdem pocht in mir die Angst, es könnte bis zur Ankunft der Maschine bereits zu spät sein. Der Flug dauert mindestens zweiundzwanzig Stunden, einmal muss der Jet zwischenlanden, vermutlich in Dubai. Plötzlich kommt mir das ungeheuer lang vor. Als wäre es ausgeschlossen, dass wir noch einen weiteren Tag unbeschadet überstehen.

Wir.

«Dad? Ich nehme jemanden mit, das solltest du wissen.»

Er holt tief Luft. «Diesen Kerl, von dem du letztens gesprochen hast?»

«Ja. Erik.»

Eine kurze Pause. «Damit bin ich nicht einverstanden.»

Wenn ich jetzt die geringsten Anzeichen von Schwäche zeige, habe ich verloren. Ich kenne meinen Vater – er nimmt Menschen nur dann ernst, wenn sie ihm die Stirn bieten, wenn sie sich von ihm nicht beeindrucken lassen. Also lege ich alle Entschiedenheit in meine Stimme, die ich aufbringen kann.

«Er kommt mit mir. Wenn du das nicht akzeptierst, musst du erst gar keinen Flieger schicken.»

Dad räuspert sich. «Was ist mit Matthew?»

«Gar nichts mehr.» Ich habe jetzt den richtigen Ton gefunden,

den, der keine Diskussionen mehr zulässt. «Matthew ist Vergangenheit, und ich bin sicher, das wird ihm nicht das Herz brechen.» Als ob das in diesem Zusammenhang Vaters vordringlichste Sorge wäre.

Er schweigt einige Sekunden lang. Ich wappne mich für einen Gegenangriff, doch Dad überrascht mich.

«Dir liegt viel an diesem Erik?»

«Ja.» Ich fühle in mich in das Ja hinein, stelle fest, dass ich die Wahrheit gesagt habe. Ich schließe die Augen, bevor ich weiterspreche, ohne zu wissen, ob das, was ich da sagte, wirklich wahr ist. «Wir sind verlobt.»

Ich höre, wie Dad scharf die Luft ausstößt. Es liegen gut sechzehntausend Kilometer zwischen ihm und mir, trotzdem kann ich seine Reaktion förmlich vor mir sehen. Die Brauen, die sich mit einem Ruck über der Nasenwurzel zusammenziehen. Die Art, wie seine Unterlippe sich über den Zähnen spannt.

«Du triffst eine solche Entscheidung, ohne sie zuerst mit mir abzusprechen?»

Ich werde mich von dem gefährlich leisen Ton, den er angeschlagen hat, nicht einschüchtern lassen. «Ja. Weil es eine persönliche Entscheidung ist.»

«Persönlich, soso.»

«Ganz genau.» Mir ist völlig klar, dass dieses Gespräch eine unerfreuliche Fortsetzung haben wird, sobald wir in Australien sind. Dass Vater alle Geschütze auffahren wird, um mich von meinem Entschluss, einen Niemand zu heiraten, abzubringen.

Aber das spielt dann keine Rolle, wir werden in Sicherheit sein, weit weg von Gabor und seinen Handlangern.

«Na gut.» Es ist Dad anzumerken, wie sehr er sich beherrschen muss. «Ich bin ja sehr gespannt auf diesen Erik. In Ordnung, ihr bekommt morgen Bescheid, wann der Flieger landet, und Gavin wird euch mit einer Limousine von zu Hause abholen. Ist so weit alles klar?»

«Ja. Danke, Daddy.»

Ich lege auf und gehe zurück ins Wohnzimmer, wo Erik auf der Couch sitzt und seine Kaffeetasse zwischen den Händen dreht. Ich weiß nicht, wie viel er vom Inhalt des Telefonats mitbekommen hat.

Ich setze mich neben ihn. Warte darauf, dass er mich ansieht, doch das tut er nicht, erst als ich zu sprechen beginne, dreht er den Kopf.

«Morgen», sage ich. «Vater schickt ein Flugzeug, mit ein bisschen Glück ist es in vierundzwanzig Stunden hier. Dann haben wir es geschafft. Von Australien aus kannst du gefahrlos mit der Polizei Kontakt aufnehmen, bis dorthin reichen Gabors Arme ganz sicher nicht.» Ich lächle Erik an, doch sein Gesicht bleibt unbewegt. «Und selbst wenn», fahre ich fort, «sind seine Kontakte ganz sicher nichts im Vergleich zu denen meiner Familie.»

«Wie schön.» Er schüttelt den Kopf. «Ich wollte nie nach Australien, daran erinnerst du dich natürlich nicht mehr, aber wir hatten dieses Gespräch einige Male. Du warst damals meiner Meinung, du hast mehr als einmal gesagt, dass deine Familie unsere Beziehung innerhalb von ein paar Wochen zerstören würde. Und jetzt haben wir nicht einmal mehr eine richtige Beziehung. Was denkst du, wie groß unsere Chancen sind, sie dort wieder aufzubauen?»

Ich will etwas einwenden, doch er bremst mich mit einem weiteren Kopfschütteln. «Ich weiß auch, dass es das Beste ist, in unserer Situation. Ich bin nicht dumm. Aber ich werde dich dort endgültig verlieren.»

Ich will aus einem Reflex heraus widersprechen, aber ich finde nicht die richtigen Worte. Meine Gefühle für ihn sind noch keine halbe Woche alt; seine für mich fast ein Jahr. Wenn alles stimmt, was er behauptet. In manchen Momenten zweifle ich immer noch daran, doch dieser gehört nicht dazu.

Als wäre mein Schweigen ein Beweis für die Richtigkeit seiner Befürchtungen, wendet Erik sich wieder ab. «Du hast vorhin Matthew erwähnt.»

«Ja. Weil ich Dad gesagt habe, dass es zwischen uns vorbei ist.»

«An ihn erinnerst du dich?»

Das also ist es. Die Tatsache, dass er aus unbegreiflichen Gründen der Einzige ist, den ich aus meiner Erinnerung vertrieben habe, macht Erik zu schaffen. Dass alle anderen ihren Platz behalten durften.

Ich würde unendlich viel darum geben, den Grund dafür zu kennen. Den Auslöser. *Ein sehr belastendes Ereignis, ein Trauma, das mit der betreffenden Sache oder Person in Verbindung gebracht wird.*

Sieh an, ich kann mich sogar noch wörtlich an Dr. Schattauers Erklärung erinnern. Nur, dass ich mir einen gewalttätigen Erik mittlerweile nicht mehr vorstellen kann. Dafür weiß ich leider, dass eine gewalttätige Joanna existiert, die mir bis vor kurzem unbekannt war.

«Ja, ich erinnere mich an Matthew», sage ich leise. «Nicht gerne allerdings.»

Die Stimmung bleibt den Rest des Tag über gedrückt. Erik brütet vor sich hin, immer wieder sieht er sich das Bekennervideo auf dem Notebook an. Meine Hinweise darauf, dass wir morgen um die gleiche Zeit wahrscheinlich schon im Flugzeug sitzen und den ganzen Wahnsinn hinter uns gelassen haben, quittiert er nur mit müdem Lächeln.

Vielleicht liegt es daran, dass meine Worte halbherzig sind, ein großer Teil meiner Aufmerksamkeit richtet sich nämlich auf die Geräusche, die von der Straße hereindringen. Jedes Auto, das in der Nähe des Hauses sein Tempo reduziert, beschleunigt meinen Herzschlag. Irgendwann höre ich Männerstimmen von draußen und bemerke erst, dass ich die Luft anhalte, als mir schwindelig wird. Da sind die Männer längst weitergegangen und nicht mehr zu hören.

Je näher der Abend rückt, desto mehr zieht Erik sich zurück. Allmählich wird mir klar, woran es liegen könnte: Sein Leben bricht auseinander. Nicht nur ich bin kein Fixpunkt mehr in seiner Welt, er verliert auch gerade seinen Job und sein Zuhause, während ihn zusätzlich die Bilder von gestern verfolgen müssen.

Es ist dunkel im Wohnzimmer, ich habe trotz Einbruch der

Dämmerung keine Lichter aufgedreht. Irgendwann setze ich mich wieder zu Erik auf die Couch und schlinge meine Arme um ihn. Ich kann fühlen, wie seine Muskeln sich spannen. Er schüttelt den Kopf, drückt mich von sich weg. «Nicht.»

Ich versuche, mir nicht anmerken zu lassen, dass seine Zurückweisung mich verletzt, entgegen jeder Logik. «Es wird in Melbourne besser sein, als du denkst», flüstere ich. «Wir müssen nicht auf dem Familiensitz wohnen, es gibt auch andere Möglichkeiten. Außerdem …»

Das Klingeln meines Handys unterbricht mich. Eine Nummer, die mir vage bekannt vorkommt, es ist nicht die von Nadine, es ist –

«Gabor.» Erik hat nach dem Telefon gegriffen, das Licht des Displays fällt auf sein Gesicht und lässt ihn bleicher wirken, als er vermutlich ist.

Ich strecke die Hand aus. Nach kurzem Zögern legt Erik das Telefon hinein. Nickt mir zu.

«Frau Berrigan!» Gabor klingt, als wäre er höchst erleichtert, mich zu hören. «Wie geht es Ihnen?»

«Ich … mir geht es nicht so gut», stammle ich und schalte gleichzeitig den Lautsprecher des Handys ein.

«Das tut mir sehr leid. Dann haben Sie wohl noch kein Lebenszeichen von Erik erhalten?»

«Nein.» Es sagt wahrscheinlich alles über mein Befinden aus, dass ich mittlerweile zu weinen beginne, sobald ich die Tränen nicht mehr bewusst zurückhalte. «Wissen Sie mehr?», schluchze ich. «Wissen Sie irgendetwas?»

«Leider auch nicht. Aber wir dürfen trotzdem die Hoffnung nicht aufgeben.» Er räuspert sich. «Sagen Sie, Frau Berrigan, war die Polizei auch bei Ihnen?»

Ich wechsle einen schnellen Blick mit Erik. Soll ich lügen? Oder die Wahrheit sagen? Wenn Gabor das Haus beobachten lässt, weiß er, dass ich hier bin und heute zweimal Besuch hatte.

269

Erik schüttelt leicht den Kopf.

«Nein», flüstere ich. «Ich bin ja selbst nicht zu Hause. Aber ich habe mit einem Beamten telefoniert, weil ich wissen wollte, ob es Neuigkeiten gibt.»

«Ich verstehe.» Gabor klingt nachdenklich. «Wo sind Sie denn, Frau Berrigan? Kümmert sich jemand um Sie?»

«Ich bin bei Freunden», sage ich, ein bisschen zu schnell vielleicht. Aber der Plural ist gut. «Sie sorgen ganz wunderbar für mich, ich habe alles, was ich brauche.»

«Das ist beruhigend zu hören.» Gabors Stimme hat sich um eine Nuance gesenkt. «Aber Sie sollten darauf vorbereitet sein, dass die Polizei sich noch einmal bei Ihnen melden wird. Ich hatte heute Nachmittag Besuch von einigen Beamten, denen jemand die absurde Theorie unterbreitet hat, meine Firma könnte in den Anschlag verwickelt sein.» Er lacht kurz auf. «Ich wüsste zu gern, wie die darauf gekommen sind. Ich denke, ich konnte ihnen überzeugend klarmachen, dass das völliger Irrsinn ist. Schon erschreckend, wie weit manche Menschen gehen, um anderen zu schaden.»

Ich sage nichts, traue meiner Stimme nicht. Weiß er es? Oder vermutet es zumindest? Fragt er gerade indirekt, ob ich es war, die der Polizei diesen Tipp gegeben hat?

«Jedenfalls sollten Sie darauf gefasst sein, dass man auf Sie in dieser Sache auch noch zukommen wird. Schließlich hat Erik für mich ... also, schließlich arbeitet Erik für mich.»

Er hat sich hastig korrigiert, doch sein Versprecher ist mir nicht entgangen, und er ist mit Abstand das Beste an diesem Gespräch. Für Gabor ist Erik Vergangenheit, er hält ihn für tot.

«Ja», sage ich. «Danke.»

«Wenn Sie etwas brauchen, melden Sie sich bitte jederzeit. Versprechen Sie mir das? Ich bin wirklich gerne für Sie da, immerhin war Erik ja auf meine Anweisung hin in München ...» Er seufzt. «Glauben Sie mir, das macht mir sehr zu schaffen.»

Ich sehe Eriks Kiefermuskeln hervortreten. «Kann ich mir vor-

270

stellen», entgegne ich. «Noch mal danke, ich weiß Ihr Angebot zu schätzen.»

Erik springt auf, kaum dass ich das Gespräch beendet habe. «Dieses Arschloch! Wie er immer wieder rausfinden will, wo du steckst!» Er dreht sich zu mir herum. «Wir müssen vorsichtig sein, Jo. Er hält es zumindest für möglich, dass du ihm die Polizei auf den Hals gehetzt hast, und dann muss er auch davon ausgehen, dass du mehr weißt, als gut für ihn ist. Vielleicht glaubt er dir nicht, dass du bei Freunden untergekommen bist. Vielleicht schickt er jemanden, um das zu überprüfen.»

Unwillkürlich halte ich wieder die Luft an. Lausche nach draußen, doch alles ist ruhig. «Was soll ich tun?»

36

Wie oft habe ich mir diese Frage in den letzten Tagen selbst gestellt? Was soll ich tun? Was *kann* ich tun? Da ging es allerdings fast ausschließlich um Joannas fehlende Erinnerung an mich. Jetzt geht es um unser Überleben.

Unser. Nie zuvor ist mir wirklich bewusst gewesen, wie weitreichend die Konsequenzen hinter diesem einen Wort sind. Erst jetzt, wo sich das selbstverständliche *Unser* plötzlich in ein *Sie* und ein *Ich* aufgeteilt hat, erkenne ich seine wahre Bedeutung. Wie elementar das Gefühl ist, geliebt zu werden.

«Wir sollten uns für die Nacht vielleicht irgendwo im Haus verstecken. Wer weiß, auf welche Ideen Gabor kommt.»

Joanna streicht sich eine Strähne aus der Stirn. «Denkst du wirklich, der schickt jemanden hierher?»

«Ich weiß es nicht, Jo. Ich kann überhaupt nicht mehr einschätzen, was er tut oder wozu er fähig ist. Fakt ist, dass wir noch bis morgen Abend durchhalten müssen. Bis dahin sollten wir Risiken vermeiden, wo es nur möglich ist.»

«Aber wenn er so weit gehen würde, hätte er dann nicht …» Die Türklingel verhindert, dass Joanna den Satz zu Ende bringt. Wir schauen uns an, als müsse der jeweils andere wissen, wer da vor der Tür steht. Joanna möchte sich abwenden, doch ich lege ihr die Hand auf den Arm. «Warte», sage ich leise. «Nicht zur Tür gehen. Ich schaue von oben nach, wer das ist.»

Ich schleiche durch die Diele zur Treppe, nehme vorsichtig und doch zügig immer zwei Stufen auf einmal. Während ich im Bade-

272

zimmer zum Fenster gehe, klingelt es erneut. Ich drücke den Vorhang behutsam ein Stück zur Seite, gerade ausreichend, damit ich durch den freien Spalt nach unten schauen kann.

Vor der Haustür stehen zwei Männer in Jeans und kurzen Jacken. Ich kenne die beiden nicht, da bin ich sicher.

«Wer ist es?», fragt hinter mir Joanna leise. «Keine Ahnung. Sind das vielleicht die Polizisten? Schau mal bitte.»

Sie kommt zum Fenster, wirft einen Blick hinaus und schüttelt den Kopf. «Nein. Die habe ich noch nie gesehen.»

«Das können Männer von Gabor sein. Nadine wird geplaudert haben, und jetzt wollen sie testen, ob du immer noch zu Hause bist.»

«Und was machen die, wenn ich nicht öffne?»

Ich schaue nach unten und sehe gerade noch, wie die beiden um die Ecke verschwinden. «Sie gehen wieder.»

«Gott sei Dank.» Joanna lässt sich auf den geschlossenen Toilettendeckel sinken. Ich wende mich ihr zu. «Das heißt aber nicht, dass sie wirklich verschwinden. Vielleicht kommen sie später wieder und geben sich dann nicht mit Klingeln zufrieden. Wir sollten uns auf jeden Fall verstecken.»

Joanna schaut sich im Badezimmer um, als suche sie hier nach einem geeigneten Unterschlupf. «Aber wo? Wenn jemand einbricht, der wird doch das ganze Haus nach uns … nach *mir* durchsuchen. Und außerdem …» Sie sieht mich offen an. Ich ahne, was als Nächstes kommen wird. «Hast du keine Angst, ich könnte wieder versuchen, dir etwas anzutun?»

Muss ich die denn haben?, möchte ich spontan fragen, doch ihre Antwort bliebe dieselbe: Dass sie mir nie bewusst weh tun würde, im Moment aber für sich selbst keine Garantie übernehmen kann.

«Ich habe eben gesagt, wir sollten Risiken vermeiden, wo es nur möglich ist», sage ich stattdessen. «Das ist eben ein unvermeidbares.»

Joanna erwidert nichts darauf. Was gäbe es dazu auch noch zu sagen? Sie wollte mich töten, und weder sie noch ich wissen, ob oder wann sie es erneut versuchen wird.

Mir steht eine schlaflose Nacht bevor.

«Also gut, dann lass uns mal runtergehen und überlegen, wo wir die nächsten Stunden verbringen.»

Im Gegensatz zum Keller ist die Vorratskammer warm und trocken, und bisher hat sie sich als Versteck bewährt. Natürlich wird jemand auf der Suche nach Joanna auch dort hineinschauen, aber wenn man ein wenig umbaut, könnte es trotzdem funktionieren.

Ich öffne die Tür zu dem schmalen, länglichen Raum und schalte das Licht an. Beim Anblick des hohen Gefrierschranks im hinteren Teil kommt mir eine Idee.

«Sollen wir uns etwa hier drin verstecken?», fragt Joanna hinter mir. «Da schaut doch jeder als Erstes nach.»

«Ja, aber wenn wir den Gefrierschrank so drehen, dass die Front zum Eingang zeigt, und eines der Regale danebenstellen, können wir damit einen kleinen Bereich abtrennen. Das wird sicher nicht bequem, aber ich glaube, wenn jemand von der Tür her reinschaut, merkt er nicht, dass die Kammer hinter Gefrierschrank und Regal noch ein Stück weitergeht.»

Joanna sieht sich im hinteren Teil des Raumes um. «Das könnte gehen.»

«Gut. Bauen wir um.»

Wir brauchen etwa zehn Minuten, um den Gefrierschrank und das Regal mit den Vorräten so zu positionieren, dass dahinter ein abgetrennter Bereich von etwa einem Meter fünfzig bis zur Rückwand entsteht. Die Kammer hat eine Breite von zwei Metern, die von Regal und Gefrierschrank bis auf einen Spalt von wenigen Zentimetern zugestellt sind. Wir stapeln Vorräte und Kisten so in das Regal, dass möglichst wenige Lücken bleiben, und ziehen es ein wenig schräg. Durch den Spalt an der Seite kann man sich gerade hindurchzwängen. Ich bitte Joanna, es einmal zu versuchen. Gemeinsam ziehen wir das Regal wieder zu. Als wir fertig sind, schalte ich das Licht aus und postiere mich am Eingang zur Kammer.

274

Perfekt. Man könnte meinen, Gefrierschrank und Regal stünden an der hinteren Wand der Vorratskammer. Dass es dahinter noch ein Stück weitergeht, erkennt man nicht.

«Das ist besser, als ich dachte. Wenn wir jetzt noch ein paar Decken auf den Boden legen, haben wir es sogar halbwegs bequem.»

«Ich hoffe, diese ganze Aktion stellt sich als unnötig heraus», sagt Joanna hinter dem Regal.

Kurz nach Mitternacht hocken wir in unserem Versteck auf den Wolldecken.

Erst hatte ich vor, irgendeine Art von Waffe mitzunehmen, habe die Idee dann aber verworfen. Immerhin werde ich mir diesen engen Platz mit Joanna teilen, und man muss das Schicksal ja nicht herausfordern.

Die Tür zur Vorratskammer habe ich offen stehen lassen, damit gar nicht der Eindruck entsteht, hier könne es sich um ein Versteck handeln. Um uns herum herrscht absolute Finsternis. Durch die fest geschlossenen Rollläden dringt kein Lichtschimmer durch Küchen- oder Wohnzimmerfenster, sodass es in der Kammer umso dunkler ist.

An Schlaf ist zumindest in der ersten Stunde nicht zu denken, obwohl wir beide vollkommen erschöpft sind. Wir reden nicht viel. Hier und da setzt einer von uns zu einem Gespräch an, das aber jedes Mal nach wenigen Sätzen im Sande verläuft. Den Grund dafür, dass wir in der hintersten Ecke unserer Vorratskammer auf dem Boden hocken, sprechen wir lange Zeit nicht an.

Irgendwann tastet Joanna nach meiner Hand und rutscht näher an mich heran. Seit ihrer Attacke auf mich weckt jede ihrer Berührungen so widersprüchliche Gefühle in mir, dass ich wie von selbst von ihr abrücke.

«Ich halte das nicht mehr lange aus, Erik.»

Ich frage nicht nach, was genau sie damit meint, sondern beschließe, es auf die ganze furchteinflößende Situation zu beziehen.

«Ja. Das geht mir auch so.»

275

«Diese Nacht noch und dann einen knappen Tag. Das können wir doch schaffen, oder? Dann sind wir in ein paar Stunden in Sicherheit. Die Leute, die uns abholen kommen, sind Profis. Mein Vater hat ihnen schon oft mein Leben anvertraut. Auch, als ich noch ein Kind war.»

«Das ist gut zu wissen», sage ich und fühle, wie sie neben mir ihre Position verändert. Es raschelt. Ich wünschte, ich könnte sehen, ob sie dabei ist, nach etwas zu greifen, einer Flasche zum Beispiel, oder einer Konservendose. Das Regal vor uns ist voll davon.

Ich lausche mit aller Konzentration auf Geräusche, die Rückschlüsse auf Joannas Tun zulassen, aber es ist jetzt wieder völlig ruhig.

Nach ein paar Minuten werden ihre Atemzüge gleichmäßiger. Sie ist eingeschlafen. Ich lehne meinen schmerzenden Rücken gegen die Wand. Nach einer Weile rutscht Joanna ein Stück zurück und legt ihren Kopf auf meinen Oberschenkel. Ich schließe die Augen. Es macht keinen Unterschied, die Dunkelheit verändert sich nicht.

Sie kommen um kurz vor drei.

Ich höre sie, als sie die Küche betreten und sich dabei flüsternd unterhalten. Wie haben sie es geschafft, die Tür so leise aufzubrechen?

Der Druck von Joannas Kopf auf meinen Beinen verschwindet. Sie hat sie auch gehört. Vorsichtig taste ich nach ihr, finde ihren Arm, drücke ihn leicht zum Zeichen, dass ich wach bin.

Ich höre undefinierbares Rascheln, dann wieder Flüstern.

Ein nervöser Lichtschein taucht in der Kammer auf, tanzt kurz hin und her und verharrt dann auf dem Regal, wo er sich in dünne Lichtbretter zerteilt, die durch die Spalten zwischen Kartons, Kisten und Verpackungen dringen und Muster in die Dunkelheit zeichnen.

Mein Herz wummert so heftig, dass ich befürchte, man kann es bis in die Küche hören. Joannas Hand tastet mit fahrigen Bewegungen nach mir, krallt sich so fest in das Fleisch meines Unterarms, dass ich nur mit Mühe ein Aufstöhnen unterdrücken kann. Unwillkürlich halte ich den Atem an. Zwei Sekunden, drei ... dann schwenkt der Lichtkegel vom Regal fort. Ganz vorsichtig lasse ich die Luft aus meinen Lungen, möchte schon erleichtert aufatmen, da wird es plötzlich wieder heller. Die Taschenlampe ist zwar nicht mehr direkt auf das Regal gerichtet, der Lichtstrahl bewegt sich aber noch in der Vorratskammer hin und her.

Kaum hörbare Schritte nähern sich der Stelle, an der wir kauern. Mir bricht der Schweiß aus. Wenn die Kerle uns entdeckt haben, ist das unser Ende. Die sind gekommen, um Joanna zu töten, falls sie sie finden, daran besteht kein Zweifel. Sie werden überrascht sein, wenn auch ich plötzlich vor ihnen auf dem Boden hocke, aber das ist für sie die Gelegenheit, zu Ende zu bringen, was ihnen einige Male zuvor nicht gelungen ist.

Aber es kann auch ein Vorteil sein, dass sie nicht mit mir rechnen. Ich werde es ihnen nicht leichtmachen. Sie werden das Regal zur Seite ziehen müssen, und wenn sie das versuchen, werde ich aufspringen und mich mit aller Kraft dagegenwerfen. Es wird umkippen und die Kerle mit etwas Glück unter sich begraben. Vielleicht kann ich den Überraschungsmoment nutzen und mich auf sie stürzen. Vielleicht … Ich höre weitere Schritte, forscher, weniger vorsichtig. Der zweite Kerl. Er kommt schnell näher, bleibt kurz vor uns stehen.

Habe ich gerade darüber nachgedacht, mich auf die Kerle zu stürzen? Ich bin ganz starr vor Angst.

«Hier unten ist nichts.» Eine zischende Stimme. «Was tust du noch hier? Los, wir gehen nach oben.»

«Reg dich ab. Ich schaue mir nur mal an, was die hier Feines gebunkert haben.»

«Komm jetzt.»

Es wird dunkler, die Taschenlampe richtet sich offenbar auf den Ausgang. Schritte entfernen sich, werden leiser, verschwinden völlig. Mit ihnen die letzten Lichtschimmer.

Dunkelheit. Stille. Joannas Griff lockert sich wohltuend. Ich höre, wie sie tief Luft einsaugt, dann löst sich ihre Hand ganz von meinem Arm.

Sie haben uns nicht entdeckt. Sie sind zwar noch immer im Haus, aber sie haben gerade vor uns gestanden und uns nicht gesehen. Die Erleichterung darüber ist mit nichts vergleichbar, was ich je zuvor empfunden habe. Aber da ist noch etwas anderes. Etwas, worauf ich Joanna unbedingt hinweisen muss, wenn diese Typen verschwunden sind. Und sie uns nicht doch noch entdecken.

Ich schau mir nur mal an, was die hier Feines gebunkert haben, hat einer der Typen gerade gesagt. Er sagte nicht, was die hier gebunkert *hat*, sondern er sagte *haben*. Die wissen also, dass Joanna hier nicht alleine wohnt. Mir ist selbst nicht klar, warum es mir noch immer so wichtig ist, sie darauf hinzuweisen, so wichtig, dass es mir sogar in dieser Situation auffällt. Zumal sie mittlerweile wohl selbst weiß, dass wir uns schon länger kennen *müssen*. Aber es gibt noch so verdammt viele Ungereimtheiten. Dass alle meine Sachen aus dem Haus verschwunden sind zum Beispiel.

Wir wagen es beide nicht zu sprechen, solange die Männer noch im Haus sind. Irgendwann höre ich das dumpfe Geräusch, mit dem die schwere Haustür ins Schloss gezogen wird.

Sie sind weg.

«Das war knapp», stoße ich aus.

Wieder findet Joannas Hand meinen Unterarm, dieses Mal jedoch viel zarter. «Glaubst du, sie sind endgültig gegangen?»

«Ja. Sie haben dich nicht gefunden, was sollen sie dann noch hier? Vielleicht sitzen sie aber auch irgendwo draußen im Auto und warten darauf, dass du zurückkommst.» Ich lasse ein paar Sekunden verstreichen. «Ist dir aufgefallen, was dieser Kerl gesagt hat, als er vor uns stand? Dass er sich nur mal ansehen wollte, was *die* da gebunkert haben?»

«Nein.» Ihre Hand streichelt meinen Arm. «Aber ich verstehe, worauf du hinauswillst.»

Sie lehnt sich an mich, zaghaft, wahrscheinlich rechnet sie damit, dass ich sie jeden Moment wieder wegstoße. «Bleiben wir hier für den Rest der Nacht?»

«Ja. Ich glaube zwar nicht, dass die heute wiederkommen, aber wer weiß …»

«Richtig. Wer weiß.» Sie atmet tief durch. «Erik? Ich erinnere mich noch immer nicht an die Zeit mit dir. Aber ich fühle mich immer wohler in deiner Nähe.»

«Versuch jetzt, zu schlafen», sage ich und schließe die Augen.

37

Ich glaube, ich erwache davon, dass Erik sich bewegt, aber es könnten auch die Schmerzen in meinem Nacken sein, die mich wecken.

Tief habe ich nicht geschlafen, und ich brauche keine drei Sekunden, um unsere Situation wieder präsent zu haben. Heute Nacht waren Fremde im Haus. Die uns um ein Haar entdeckt hätten.

Mühsam richte ich mich auf; nicht nur mein Nacken tut weh, auch der Rest meines Körpers nimmt mir die Nacht auf dem harten Boden übel, Wolldecken hin oder her.

Keine Ahnung, wie spät es ist. Seit alle Fenster dicht sind, haben wir jedes Zeitgefühl verloren. Doch laut der Anzeige auf meinem Handy ist es halb sieben, es wird keine zwölf Stunden mehr bis zu dem erlösenden Anruf dauern.

Im blassen Licht des Displays sehe ich, dass auch Erik schon wach ist. Hat er überhaupt geschlafen? Ist er dieses Risiko in meiner Gegenwart eingegangen?

Ich sehe noch, wie er sich die Augen reibt, dann erlischt das Licht. Ich lausche in die Dunkelheit. Von draußen dringen die Geräusche des beginnenden Tages herein. Vorbeifahrende Autos, Wind. Trügerische Normalität.

«Wie spät ist es?» Eriks Stimme klingt belegt, er muss wirklich geschlafen haben.

«Gleich halb sieben. Wir sollten …»

Das Vibrieren des Smartphones unterbricht mich. Ich halte es immer noch in der Hand, und einen unvernünftigen Moment lang hoffe ich, dass Vater es irgendwie geschafft hat, die Naturgesetze außer Kraft zu setzen. Dass er das Flugzeug den Weg nach Deutschland in der halben Zeit hat zurücklegen lassen.

Aber es ist nicht sein Name, den das Display anzeigt, sondern Elas.

Ich drücke den Anruf weg, ich muss erst richtig wach sein, um ihr überzeugend vorspielen zu können, dass ich immer noch nichts von Erik gehört habe. Und ich will sichergehen, dass niemand mehr im Haus ist. Falls doch, weiß derjenige allerdings spätestens in dem Moment, in dem wir das Regal rumpelnd beiseiterücken, dass er nicht allein ist.

Doch es bleibt ruhig. Keine Schritte, keine Rufe.

«Warte in der Küche», raunt Erik, während er einen ersten Blick ins Wohnzimmer wirft. «Ich sehe oben nach.»

Innerhalb von fünf Minuten ist er wieder zurück, findet mich zusammengekauert auf der Couch. «Niemand hier. Ich hab alles durchgecheckt.» Er lächelt mich an, die Müdigkeit hat sich tief in jede Linie seines Gesichts gegraben. «Soll ich uns Frühstück machen?»

Bevor ich antworten kann, vibriert mein Handy erneut. Wieder Ela, diesmal gehe ich ran.

«Guten Morgen», sage ich, «tut mir leid, vorhin habe ich das Telefon nicht gehört …»

«Jo!» Nur eine Silbe, aber selbst die ist kaum verständlich. Ela weint nicht nur, sie schluchzt stoßweise ins Telefon, bekommt kaum Luft.

Mein erster Gedanke – sie hat Bestätigung dafür, dass sich Erik unter den Opfern befindet – ist natürlich völliger Unsinn. Der steht schließlich vor mir, runzelt fragend die Stirn und deutet auf mein Handy.

Es dauert ein bisschen, bis ich richtig schalte. Lautsprecher an.

Jetzt erfüllt Elas Verzweiflung das ganze Wohnzimmer. «Was ist passiert?», versuche ich es vorsichtig, und dann, obwohl ich mich schäbig dabei fühle: «Ist es wegen Erik? Hast du Neuigkeiten?»

Allmählich bekommt sie sich in den Griff. «Nein. Nein, noch immer nichts, aber –» Sie ringt nach Atem. «Nadine ist tot. Ich habe es eben erfahren. Ihre Mutter hat mich angerufen.»

Ich kann sehen, wie Erik nach Halt sucht, wie seine linke Hand die Lehne eines der Barhocker zu fassen bekommt, wie er die rechte über den Mund legt, als wolle er sichergehen, dass ihm kein Laut entfährt.

«Oh mein Gott.» Auch ich muss keine Erschütterung vortäuschen. Nadine war mir nicht sonderlich sympathisch, aber ich kannte sie ja kaum … was mich zu der Frage bringt, wieso Ela Kontakt zu ihr hatte. Einen Augenblick später gebe ich mir die Antwort selbst: Ela und Erik sind seit Jahren befreundet, er war lange Zeit mit Nadine zusammen – natürlich kannten sich die beiden.

«Wie ist das passiert?» *Gastherme, Autounfall?*

«Sie hat sich umgebracht.» Nun weint Ela wieder heftiger. «Ist aus ihrem Schlafzimmerfenster gesprungen. Neunter Stock. Die Ärzte haben gesagt, sie war sofort tot.»

Ich kann meinen Blick nicht von Erik wenden, der sichtlich alle seine Kraft braucht, um die Fassung zu bewahren. Denkt er daran, wie er Nadine aus dem Haus geworfen hat? War das ihr Abschied, ihr letztes Zusammentreffen? Hoffentlich nicht.

«Das ist … unfassbar», stammle ich. «Sie war noch hier. Gestern. Wollte wissen, ob es Neues von Erik gibt.»

Am anderen Ende der Leitung holt Ela zitternd Luft. «Ihre Mutter denkt, dass sie es deshalb getan hat. Weil sie dachte, Erik sei tot. Angeblich hätte sie sich in letzter Zeit wieder Hoffnungen gemacht.»

Ich würde den Lautsprecher am liebsten wieder abschalten, weil es nicht zu übersehen ist, wie sehr jedes von Elas Worten Erik trifft.

«Ich habe gestern selbst noch mit Nadine telefoniert», fährt sie fort, «und sie war … krank vor Sorge, so wie ich auch, aber nicht verzweifelt. Denkst du, sie hat in der Nacht noch etwas über Erik erfahren? Kann es sein, dass sie mehr wusste als wir?»

Oh ja, das kann allerdings sein, wenn auch anders, als Ela es meint. Darauf würde ich sogar wetten. «Gibt es einen Abschiedsbrief?»

«Nein. Die Polizei hat keinen gefunden.»

Na klar. Wie auch. Ob die beiden nächtlichen Eindringlinge nach ihrem Besuch bei uns noch einen Abstecher zu Nadine gemacht haben? Vielleicht kamen sie ja gerade von ihr.

Ich versuche mir unser gestriges Gespräch zu vergegenwärtigen – Nadine hatte Angst vor Islamisten und erzählte irgendetwas von einem Projekt Phoenix ... aber ich war viel zu beschäftigt damit, sie schnell wieder loszuwerden, als dass ich genau zugehört hätte.

«Wenn du in letzter Zeit mit Nadine telefoniert hast», unterbricht Ela meine Gedanken, «kann es sein, dass ihre Mutter sich auch bei dir meldet. Sie ruft alle Leute durch, mit denen Nadine in den letzten Tagen Kontakt hatte, sie will verstehen, warum ...» Elas Stimme versagt ein weiteres Mal.

«Ja, natürlich.»

Neunter Stock. Da ist Zeit genug, um zu begreifen, was passiert. Um zu wissen, dass es vorbei ist.

Mein Magen krampft sich zusammen. «Ich lege jetzt auf, okay? Danke, dass du mir Bescheid gesagt hast.»

Nachdem ich das Telefon weggesteckt habe, ist die Stille im Raum mit Händen zu greifen. Erik lehnt an der Wand, die Arme um den Körper geschlungen, und starrt ins Nichts. Zum allerersten Mal ist es, als würde er meine Anwesenheit gar nicht wahrnehmen.

Ich würde ihn gern trösten, weiß aber nicht, ob er das möchte. Oder ob es das Falscheste ist, was ich tun kann.

Weil du ihn eben nicht kennst, meldet sich ein vertrauter Gedanke zurück. *Im Gegensatz zu Nadine, die ihn nicht vergessen, sondern bis zu ihrer letzten Stunde an ihm gehangen hat, und die jetzt tot ist.*

Gehen Erik ähnliche Dinge durch den Kopf?

Ich werde ihn nicht fragen, nehme ich mir vor und stehe auf, um die Espressomaschine anzuwerfen – wir müssen die Nerven behalten und uns auf das konzentrieren, was heute noch ansteht. Nur keine schweren Fehler auf den letzten Metern.

«Nicht.»

Ich drehe mich zu Erik herum, seine Stimme klingt überraschend ruhig.

«Wir tun hier nichts mehr, was nicht unbedingt nötig ist. Wir riskieren nicht einmal mehr, dass der Geruch von Kaffee nach draußen dringt.» Erik streicht sich das Haar aus der Stirn, seine Hand zittert. «Nadine hat sich nicht umgebracht. Da bin ich sicher. Ich wünschte, ich …» Er schließt die Augen.

Alles, was mir auf der Zunge liegt, klingt zu abgedroschen, um es laut auszusprechen. *Du konntest es nicht wissen. Du hast nichts falsch gemacht. Du hättest keine Chance gehabt, es zu ändern.*

Mit einem Ruck stößt Erik sich von der Wand ab. «Bleib hier, ich bin gleich wieder da.» Er läuft die Treppe hoch, ich höre, wie er die Schlafzimmertür öffnet.

Als er zurückkommt, ist sein Gesicht noch eine Nuance blasser als zuvor. Er setzt sich neben mich auf die Couch, nimmt mich bei den Schultern. «Sie sind hier. Ich habe durch die Gardinen nach unten gesehen – schräg gegenüber steht ein Wagen mit dunklen Scheiben, den ich in unserer Straße noch nie gesehen habe.»

«Das muss aber nicht heißen –»

«Doch.» Eriks Griff verfestigt sich. «Es ist doch völlig logisch: Sie haben dich im Haus nicht gefunden, aber irgendwann musst du zurückkommen. Also warten sie. Ich müsste mich sehr irren, wenn Gabor sich nicht bald wieder bei dir meldet und versucht, dich herzulocken. Und wenn die Leute deines Vaters uns hier abholen, kriegen die da draußen das mit. Ich bin sicher, die lassen uns nicht so einfach abhauen.»

Das wiederum ist meine geringste Sorge. Sobald Gavin und sein Team hier sind, haben wir gewonnen. Bis dahin allerdings …

«Wir warten nicht.» Erik sagt es mit aller Bestimmtheit. «Wir gehen hinten raus, über die Terrasse durch den Garten und dann den kleinen Weg entlang. Dorthin kann von der Straße aus niemand sehen, und damit rechnen sie nicht.» Jetzt erst lässt er meine Schultern los. «Wenn ich hier sitzen bleiben muss, werde ich wahnsinnig.»

Ich nicke, halbherzig. Natürlich kann ich Dad von unterwegs informieren, wir können den Treffpunkt verlegen – aber hier fühle ich mich sicherer als draußen auf offener Straße.

Trotzdem gebe ich Erik nach, schon weil ich sehe, wie viel Überwindung es ihn kostet, nicht auch jetzt zwischen den Lamellen der Rollläden hinauszuspähen, um zu überprüfen, ob der Wagen noch da steht.

«Okay.» Ich lege ihm eine Hand auf den Arm. «Dann brechen wir eben gleich auf.»

Viel müssen wir nicht mitnehmen. Pässe, mein Handy, ein bisschen Geld. Passt alles in meine Handtasche.

Wie recht Erik mit seinen Befürchtungen hatte, wird spätestens klar, als ich gerade dabei bin, mir die Schuhe zuzubinden. Er wartet schon an der offenen Terrassentür, deshalb hört er das Kratzen und Schaben am Eingang nicht.

Jemand ist da, und er will hinein.

Ich greife nach meiner Tasche, stürze ins Wohnzimmer, an Erik vorbei. Hinaus.

Er begreift, ohne dass ich auch nur ein Wort verlieren muss. Zieht hinter uns die Tür zu und drängt mich vor zum Zaun, hilft mir hinüber, klettert dann selbst auf die andere Seite.

Dann rennen wir. Ohne uns umzublicken. Den Weg entlang, die erste Möglichkeit rechts, danach sofort links, weiter, an einem Spielplatz vorbei, in den Park hinein, der daran anschließt.

Dort bleibe ich stehen, die Hände auf die Knie gestützt, und ringe nach Luft.

Erik zieht mich ein Stück zur Seite, in den Schatten einer kleinen Baumgruppe, und späht in die Richtung, aus der wir gekommen sind. Wir sind die ganze Zeit über auf Fußwegen geblieben, haben Straßen gemieden – mit dem Auto konnte uns also niemand folgen.

Und auch zu Fuß scheint das keiner getan zu haben. Wir warten drei Minuten, vier, aber nichts deutet darauf hin, dass jemand uns verfolgt hätte.

«Sie haben uns nicht wegrennen sehen», sagt Erik. «Und sie haben wohl ohnehin nicht damit gerechnet, dass du zu Hause bist. Aber vielleicht wird das Auto auf der Straße allmählich zu auffällig, und sie postieren jemanden im Haus. Der dich in Empfang nehmen soll, sobald du heimkommst.»

Ja, das klingt einleuchtend. Ich frage mich, ob sie sich all diese Mühe machen würden, wenn sie wüssten, wie wenig ich von dem verstehe, was da passiert. Wie wenig ich weiß.

Zwischen den Wolken schiebt sich eine morgendliche Sonne hervor und lässt die Farben der Herbstblätter leuchten. Es muss kurz vor acht Uhr sein. Noch zu früh für den Flughafen, aber hier bleiben können wir auch nicht.

Ich sehe Erik von der Seite her an. «Was tun wir jetzt?»

Er blinzelt in den Himmel, bevor er sich noch einmal nach allen Seiten umsieht und dann nach meiner Hand greift. «Ich weiß, wohin wir gehen.»

38

Wir verlassen den Park und wenden uns nach rechts. Ich schätze, der Fußweg wird etwa zwanzig Minuten dauern. Joanna geht stumm neben mir her. Ich bin sicher, sie ist ebenso angespannt wie ich. Sie reibt sich die Oberarme. Es ist recht kühl, obwohl die Sonne sich immer wieder kurz zeigt. Sie steht schon so tief, dass sie einen Teil ihrer Kraft eingebüßt hat. Aber bald werden wir im Warmen sein.

Ich schaue mich hektisch um, wieder und wieder. Ich glaube, Bewegungen zu sehen, wo keine sind. Der Schatten eines kleinen Baumes lässt mich erschrocken zusammenfahren, als die Sonne sekundenlang hinter den Wolken hervorlugt.

Das ist Verfolgungswahn, wispert eine Stimme in mir.

Das ist leider kein Wahn, sondern todernst, entgegnet eine andere.

Auch Joanna schaut sich jetzt um.

«War da was?», fragt sie.

«Nein», antworte ich knapp.

«Wie weit ist es noch? Und wo gehen wir überhaupt hin?»

«Komm einfach mit. In einer Viertelstunde sind wir da.»

Zum Glück gibt sie sich damit zufrieden. Wenn ich ihr jetzt sage, wohin wir gehen, wird sie mir Fragen stellen, nach denen mir überhaupt nicht der Sinn steht. Wir haben schon vor einiger Zeit ausgiebig über das Thema gesprochen, aber das weiß sie natürlich nicht mehr.

Ich schiebe den Gedanken beiseite, konzentriere mich wieder auf meine Umgebung. Suche nach Männern, die uns hinter Ecken und Mauern auflauern, um uns zu töten. Zu töten. Mein Gott, das kann doch unmöglich wahr sein. Ein Bombenanschlag am Münchner Hauptbahnhof, ich fast mittendrin. Männer, die nachts in unser Haus einbrechen, die uns wirklich umbringen wollen. Das ist doch vollkommen unmöglich, das gehört in einen Actionfilm, aber doch nicht in mein Leben.

Und dann Nadine. Sie ist tot. Das erscheint mir fast noch unwirklicher als alles andere. Sie soll aus dem Fenster gesprungen sein, hat Ela gesagt. Weil sie vielleicht die Nachricht von meinem Tod nicht verkraftet hat.

Nein. Nicht Nadine. Ich glaube, nein, ich *weiß*, dass sie mich auf ihre ganz eigene Art und Weise liebt. Geliebt hat. Aber ich bin absolut sicher, dass es nichts gibt, das Nadine dazu bringen könnte, sich das Leben zu nehmen. Auch nicht mein Tod.

Nein, wenn sie wirklich aus dem Fenster gestürzt ist, dann hat jemand nachgeholfen. Der Gedanke daran, wie skrupellos Menschen sein können, jagt mir einen Schauer über den Rücken.

Und mittendrin mein Chef, den ich für die Verkörperung von Alltag gehalten habe, von Normalität. Ebenso wie mein Leben mit Joanna. All das ist nicht mehr wahr. Irgendeine perverse Schicksalslaune hat mich aus meinem wahren Leben gerissen und in diesem bösartigen Abklatsch davon abgesetzt. Und wie es scheint, gibt es keinen Weg zurück.

Wir biegen um die nächste Straßenecke und sind da. Nur noch wenige Meter trennen uns von dem großen Gebäude. Ich bleibe stehen und schaue an der verwitterten Front empor.

«Eine Kirche?», sagt Joanna neben mir, erwartungsgemäß verwundert.

«Ja. Sie ist immer offen. Dort drinnen ist es wärmer, und ich denke, da suchen die uns bestimmt nicht.»

Sie sieht mich von der Seite her an. «Bist du religiös? Ich meine … glaubst du an Gott?»

Ich atme tief durch. «Nein», sage ich und mache mit dem Kinn eine Bewegung zum Eingang hin. «Lass uns reingehen.»

Als ich die schwere Tür hinter uns geschlossen habe, bleibe ich einen Moment stehen und lasse diese ganz eigene Atmosphäre auf mich einwirken, die in fast allen christlichen Kirchen herrscht. Tageslicht, das durch die bunten Ornamente der Bleiglasfenster fällt und das Innere in ein ganz besonderes Halbdunkel taucht, der schwache Geruch nach Weihrauch, die erhabene Stille als Kontrast zur Außenwelt mit all ihren Geräuschen … Spiritualität, die sich mit Händen greifen zu lassen scheint. Sie verlangsamt den Fluss der Zeit. Sie schafft den Raum für eine Reise in unser Innerstes. Auch ohne einen Gott.

Nach dem Tod meiner Eltern war ich häufig hier. Nicht, weil ich die Nähe zu einem kitschigen Gott mit weißem Bart gesucht hätte, sondern eben dieser Atmosphäre wegen. Hier habe ich mich ihnen nahe gefühlt.

«Setzen wir uns?»

Ich schrecke zusammen, sehe Joanna an. «Ja, lass uns vorne ins Seitenschiff gehen», flüstere ich, ohne es zu wollen. «Da sieht man uns nicht gleich, wenn man einen Blick in die Kirche wirft.»

Wir entscheiden uns für die linke Seite und setzen uns in eine der hinteren Bänke. Joanna blickt sich um, betrachtet die steinerne Heiligenfigur, die auf einem Sockel an einer der gewaltigen Säulen steht. «Du hast recht, hier werden die bestimmt nicht nach uns suchen.»

Ich sage nichts, warte auf die Frage, die sicher gleich kommen wird.

«Warum glaubst du nicht an Gott?»

Wie gut ich sie doch kenne.

«Ich glaube an etwas», sage ich mit Blick auf das fast lebensgroße Abbild des gekreuzigten Jesus hinter dem Altar. «Aber nicht an diese Art von Gott.» Und um das Prozedere abzukürzen, füge ich hinzu: «Ich halte mich gerne in dieser Kirche auf, weil ich die Atmosphäre mag. Und weil ich hier diese besondere Ruhe finde. Dazu brauche ich keinen Gott. Ich weiß, du bist nicht übermäßig religiös, aber du glaubst an ihn. Das ist auch in Ordnung.»

«Aber wenn man nicht an ihn glaubt, sind Kirchen doch nur große Hallen, in denen es merkwürdig riecht.»

Mir steht überhaupt nicht der Sinn nach dieser Diskussion, auch wenn mir klar war, dass sie aufkommen würde.

«Darüber haben wir schon mehrfach gesprochen, Joanna. Ich kann einfach nichts mit der Vorstellung eines personifizierten Gottes anfangen, auch wenn ich mich manchmal in dieser Kirche aufhalte.»

Sie wendet sich mir zu, schaut mich ernst an.

«Liegt es daran, dass deine Eltern so früh gestorben sind?»

Exakt die gleiche Frage hat sie mir schon einmal gestellt, als wir uns über dieses Thema unterhalten haben. Und auch meine Antwort war damals die gleiche. «Nein. Das war schon vorher so. Ich glaube einfach nicht an seine Existenz.»

Eine Weile sitzen wir schweigend nebeneinander, hängen unseren Gedanken nach. Joanna scheint sich mit meiner Antwort zufrieden zu geben. Dann kramt sie in ihrer Tasche herum, zieht ihr Telefon hervor und entsperrt es. «Ich muss meinen Vater anrufen und ihm sagen, dass wir nicht mehr zu Hause sind. Die sollen uns hier abholen.»

Ich nicke.

«Hallo, Dad», sagt Joanna. «Ich wollte dir nur sagen, dass wir nicht mehr zu Hause sind. Wir fanden, dass es besser wäre, wenn wir uns nicht mehr dort aufhielten ...

Nein, mir geht es gut ...

In einer Kirche ...

Ja ...

Zum Flughafen? Etwas über eine Stunde ...

Ja, habe ich ...

Ein Taxi? Aber warum sollen wir nicht ...

Weil wir uns dort nicht mehr sicher gefühlt haben ...

Ich glaube nicht, dass uns hier jemand findet ...

Ja, das stimmt ...

Also direkt beim GAT? ...

Okay ...

290

Ja. Bye, Dad.»

Joanna lässt die Hand mit dem Telefon sinken. «Mein Vater möchte, dass wir uns ein Taxi zum Flughafen nehmen. Er meint, dort in der Lounge des General Aviation Terminals sei es sicherer als hier. Das ist das Terminal für Privatflugzeuge. Er kümmert sich darum, dass wir dort in Empfang genommen werden.»

«Hm …», mache ich. Ich glaube schon, dass wir in dieser Kirche recht sicher sind. Andererseits ist der Gedanke an eine Lounge mit Essen und Getränken auch recht angenehm. Zudem verkürzt es uns die Zeit, wenn wir mit dem Taxi zum Flughafen fahren.

«Okay, von mir aus. Wann sollen wir los?»

«Jetzt. Ich bin eigentlich ganz froh, wenn wir hier früher wegkommen.»

«Rufst du uns ein Taxi?»

Das tut sie. Anschließend steckt sie das Telefon zurück in ihre Handtasche und steht auf. «Okay, gehen wir. Der Wagen ist in zwei Minuten hier.»

Wir warten im Inneren der Kirche. Ich habe die Tür einen Spaltbreit aufgezogen und schaue alle paar Sekunden nach draußen.

Das Taxi kann bei Joannas Anruf höchstens ein paar Straßen weiter unterwegs gewesen sein, denn es dauert keine zwei Minuten, bis es vorfährt.

Bei der Erwähnung des Fahrzieles wiegt der Fahrer den Kopf hin und her. «Da muss ich aber einen Sonderpreis berechnen.»

Das verstehe ich nicht. «Was heißt das? Sie haben doch ein Taxameter.»

«Ja, aber ich muss die weite Strecke leer zurückfahren, weil ich am Flughafen keine Gäste aufnehmen darf. Außerhalb meines Gebietes. Bis zum Flughafen muss ich dreißig Euro extra berechnen.»

«Egal. Fahren Sie», sagt Joanna genervt.

Als wir nach einer Stunde und fünf Minuten vor der glasüberdachten Halle des GAT ankommen, zeigt das Taxameter 184,60 Euro an.

Joanna drückt dem Fahrer zweihundertzwanzig Euro in die Hand und steigt aus. Sie wartet, bis auch ich aus dem Inneren geklettert bin, und nickt dann zu dem Gebäude hin. «Am besten lässt du mich mit denen reden, gut?»

Wir gehen nebeneinanderher zum Eingang, und ich habe plötzlich das Gefühl, nur ein Anhängsel zu sein. Es ist, als hätten wir den kläglichen Rest, der von unserer gemeinsamen Welt noch übrig geblieben ist, mit der Ankunft an diesem noblen Terminal endgültig verlassen und eine Welt betreten, die für Joanna ganz normal, mir jedoch vollkommen fremd ist. Die Welt der Reichen.

Die Halle ist lichtdurchflutet, die Atmosphäre einladend. Joanna unterhält sich mit einer freundlichen jungen Frau am Informationsschalter, die daraufhin zum Telefonhörer greift und mit jemandem spricht.

Ich überlege, dass ich wohl irgendwann meinen Ausweis zeigen muss. Hoffentlich taucht mein Name nicht auf irgendwelchen Listen bezüglich der Sache am Bahnhof auf. Wer weiß, auf welche Gedanken die Ermittler kommen, wenn jemand, der während der Explosion angeblich dort war, verschwunden ist, aber keine Leiche gefunden wird.

«Kommst du?» Joanna reißt mich aus meinen Gedanken und zeigt auf einen hellen Durchgang mit der Aufschrift *Passkontrolle/ Bundesgrenzschutz.*

«Dad hat schon alles geregelt. Man erwartet uns oben in der VIP-Lounge.»

Ich scheine auf keiner Liste zu stehen, denn der emotionslos dreinblickende, rundliche Mann reicht mir meinen Ausweis nach einer Weile kommentarlos zurück und nickt mir zu. Ich kann durch.

Joanna geht zielstrebig zu einer Treppe mit weißem Geländer, ich tappe hinterher. Zwei Minuten und sechsundzwanzig Stufen später betreten wir endgültig eine andere Welt.

Die moderne und gleichzeitig gediegene Atmosphäre der VIP-Lounge umfängt uns. Joanna zeigt einem jungen Angestellten ihren

Ausweis, woraufhin der wissend nickt und uns an bequem aussehenden, dunklen Lederlandschaften vorbei zu einem weiß gedeckten Tisch führt. Daddy hat offenbar auch gleich ein spätes Frühstück für uns organisiert. Wobei ich mich beim Anblick dessen, was da auf zwei Rollwagen an den Tisch gebracht wird, ernsthaft frage, von wie vielen Leuten er eigentlich ausgegangen ist.

Ich mache eine Bemerkung dazu und spüre, dass es Joanna unangenehm ist. Sie fühlt sich sichtlich unwohl in der Rolle der schwerreichen Tochter, in die sie jetzt wieder geschlüpft ist.

«Es wird dir in Australien gefallen», sagt sie, während ich mein Rührei esse.

«Ja, vielleicht», antworte ich. «Aber wie wird es deinem Vater und auch dir selbst gefallen, wenn du in deiner Heimat mit jemandem auftauchst, der wildfremd ist? Für deine Familie und auch für dich selbst?»

Joanna betrachtet eine Weile nachdenklich ihr Messer, legt es dann zur Seite und sieht mich offen an. «Ich weiß es wirklich nicht, Erik. Für den Moment ist erst einmal wichtig, dass wir in Sicherheit sind. Findest du nicht?»

«Ja», sage ich leise und fühle mich plötzlich vollkommen niedergeschlagen. Vielleicht ist es die schiere Erschöpfung nach all den Dingen, die in den letzten Tagen geschehen sind. Mir ist einfach zum Heulen zumute, ich möchte mich in eine Ecke verkriechen, mir eine Decke über den Kopf ziehen und nichts mehr sehen und hören.

«Wenn Sie fertig gefrühstückt haben, steht Ihnen nebenan ein Ruheraum zur Verfügung», sagt der junge Mann, der mir wohl angesehen haben muss, wie ich mich fühle.

Wir sitzen noch etwa eine halbe Stunde am Tisch. Joanna nutzt die Zeit, mir von Australien zu erzählen. Das meiste davon weiß ich schon, aber ich unterbreche sie nicht. Ich bin froh, in der Rolle des Zuhörers zu sein und für eine Weile über nichts nachdenken zu müssen.

Der Ruheraum stellt sich als ein gemütliches Zimmer mit riesigen Ledersesseln heraus, die sich beim Zurücklehnen in bettartige Liegen verwandeln. Kaum, dass wir es uns darauf bequem gemacht haben, bringt uns der junge Mann Decken und Kissen und versichert, dass er sofort zur Stelle ist, falls wir noch einen Wunsch haben. Keine zehn Minuten später bin ich eingeschlafen.

Als Joanna mich weckt, dauert es eine Weile, bis ich mich in der fremden Umgebung zurechtfinde. Zerzaust, wie sie aussieht, ist sie auch gerade erst aufgewacht.

«Es ist schon später Nachmittag, fast sechs.»

«Was?» Ich setze mich mit einem Ruck auf. «Dann haben wir ja sieben Stunden geschlafen.»

«Ja. Wir hatten es wohl nötig. Und ich hätte wohl noch weiter geschlafen, wenn man mich nicht geweckt hätte. Die Maschine meines Vaters landet gerade.»

Da ist es wieder, dieses Gefühl des Fremdseins. Nun werde ich bald im Privatjet eines mir vollkommen unbekannten Menschen sitzen. Eines Milliardärs. Der Joannas Vater ist. Wie wird er wohl auf mich reagieren?

«Da sind sie», sagt Joanna. Sie steht vor der Glasfront, die den Blick auf das Flugfeld freigibt. Ich gehe zu ihr hinüber und betrachte die schnittige, weiße Maschine, die gerade ihren Standplatz erreicht hat und anhält.

«Na dann …», sage ich. Mehr fällt mir in diesem Moment nicht ein.

Zehn Minuten später kommt der Angestellte des Flughafens auf uns zu. In seiner Begleitung sind zwei Männer, die wie ganz normale, sportlich schlanke Geschäftsleute wirken würden, wenn da nicht die sehr kurzen Haare und dieser ernste Ausdruck in ihren Gesichtern wäre.

«Gavin», stößt Joanna hörbar erleichtert aus. «Wenn du wüsstest, wie froh ich bin, dass du hier bist.»

Der Mann nickt ihr zu, ohne mich auch nur eines Blickes zu würdigen. «Wir hatten optimale Flugbedingungen. In zwei Stunden werden wir wieder starten.»

«Gut. Das ist übrigens mein Verlobter. Erik. Mein Vater hat dir ja gesagt, dass er uns begleiten wird.»

Der Blick der dunklen Augen richtet sich auf mich, scheint sich für einen kurzen Moment in mich hineinzubohren und wendet sich dann wieder ab.

«Nein, Joanna. Dein Vater sagte ausdrücklich: Er nicht.»

39

Im ersten Moment denke ich, ich hätte mich verhört. Gavin steht in der ihm eigenen entspannten Haltung da, sein Blick ist freundlich, aber damit täuscht er mich nicht. Er würde sich zwar für mich erschießen lassen, aber ich könnte ihn zu nichts überreden, was den Befehlen meines Vaters widerspricht.

Okay. Das klären wir sofort.

«Ich habe gestern mit Dad telefoniert und vor ein paar Stunden noch mal – es ist abgesprochen, dass Erik mitkommt. Du hast etwas missverstanden.»

In Gavins Miene rührt sich kein Muskel, aber in seinem Blick liegt etwas wie Mitgefühl. «Das habe ich ganz sicher nicht. Wir haben Anweisung, dich nach Hause zu bringen, und zwar allein. Unter allen Umständen.»

Gavin arbeitet für unsere Familie, seit ich vierzehn bin. Er war auf allen unseren Reisen dabei – und auf den meisten meiner Dates. Einer von zwei stummen Schatten, die am Nebentisch saßen und den Eingang des Lokals im Auge behielten, während ich mit meinem jeweiligen Begleiter Händchen hielt. Ich schaffte es nie, Gavin zu überreden, sich wenigstens mal für eine halbe Stunde zu verziehen.

Allerdings ist das lange her.

Ich nehme Eriks Hand. «Er kommt mit. Auf meine Verantwortung.»

Leichtes, kaum sichtbares Kopfschütteln. «So leid es mir tut, Joanna. Es ist nicht deine Verantwortung. Und nicht deine Entscheidung.»

Trotz des australischen Einschlags in Gavins Englisch versteht Erik jedes Wort, keine Frage. Ich muss nur einen Blick auf ihn werfen, um zu sehen, dass er genau begreift, was gerade passiert. Ich drücke seine Hand fester.

«Ich rufe jetzt Dad an», erkläre ich Gavin und hoffe, er kann meiner Stimme anhören, dass sein Job auf dem Spiel steht. «Danach wird die Sache hoffentlich klar sein. Falls ich ihn nicht erreiche, gilt meine Anweisung, nicht seine. Und schon gar nicht das, was du dafür hältst.»

Ich lasse Eriks Hand los, gehe ein paar Schritte zur Seite. Es dauert einige Sekunden, bis die Verbindung sich aufbaut. Während ich das Telefon ans Ohr presse und dem Freizeichen lausche, versuche ich die unbändige Wut in den Griff zu bekommen, die sonst gleich verhindern wird, dass ich den richtigen Ton anschlage. Halb und halb rechne ich ohnehin damit, dass Dad nicht rangeht – er hat die Angelegenheit geregelt, sie ist jetzt Sache seiner Untergebenen und wird daher funktionieren. So wie immer.

Aber er hebt nach dem dritten Läuten ab.

«Hallo, Jo.» Da ist keine Schlaftrunkenheit in seiner Stimme. Er war wach. Vielleicht hat er darauf gewartet, dass ich anrufe. Ich halte mein Handy fester.

«Hi, Dad. Ich bin schon am Flughafen.»

«Ja, ich weiß. Und die Maschine ist ebenfalls schon da, ich habe Nachricht vom Piloten.»

Durchatmen. «Okay. Hör zu, Dad, es gibt da offenbar ein Missverständnis. Gavin weigert sich, Erik mit an Bord zu nehmen, obwohl ich ihm mehrfach erklärt habe, dass das so mit dir abgesprochen ist. Kannst du ihm bitte sagen, dass er meine Anweisungen zu befolgen hat?»

Aus den Augenwinkeln kann ich sehen, wie Erik sich wegdreht. Wenn es wahr ist, was er sagt und er mich seit fast einem Jahr kennt – auf diese Seite von mir trifft das vermutlich nicht zu. Offenbar gefällt sie ihm ebenso wenig wie mir selbst, aber das spielt jetzt keine Rolle.

297

Mein Vater hat noch nicht geantwortet, sich nur geräuspert. Kein gutes Zeichen.

«Das hat schon seine Richtigkeit», sagt er jetzt.

«Wie bitte?»

«Ach komm, Jo. Wir können diesen Erik immer noch rüberholen, wenn es unbedingt sein muss. Aber jetzt fliegst erst mal du nach Hause. Alleine. Ich will in Ruhe mit dir reden.»

Gleich werde ich in den Hörer brüllen, wenn ich nicht aufpasse. «Wir haben eine Abmachung. Ich erwarte, dass du sie einhältst.»

Nein, das war nicht geschickt von mir. Klüger wäre es gewesen, ihm die Tochter vorzuspielen, die er gerne haben würde: folgsam, voller Bewunderung für ihren Daddy und möglichst nicht helle genug für einen eigenen Willen.

«Allerdings hatten wir eine Abmachung.» Jegliches väterliche Verständnis ist aus seiner Stimme verschwunden. «Dass du nämlich in Europa deinen Spaß haben darfst und niemand von uns dir Fragen stellen wird. Dass du Matthew heiratest, sobald du wieder hier bist. Und gestern erzählst du mir plötzlich etwas von einem Verlobten? Den du mitbringen möchtest?» Er lacht auf, nur um anschließend noch wütender ins Telefon zu bellen. «Vergiss es, Jo. Du hast deinen Teil der Vereinbarung gebrochen, und ich denke nicht daran, meinen einzuhalten. Du fliegst jetzt nach Hause, und sollte Gavin auf die Idee kommen, deinen Liebhaber mit an Bord zu lassen, dann gnade ihm Gott.»

Ich schließe kurz die Augen. Von der brennenden Wut in mir ist nichts mehr zu spüren, da ist nur noch Kälte. Und eine große Klarheit.

«Du hast mich belogen. Bewusst belogen. Gestern schon und heute noch einmal.»

Wieder lacht er auf. «Versuch nicht, mir ein schlechtes Gewissen zu machen. Das klappt nicht. Du weißt leider immer noch nicht, was gut für dich ist, also bist du eben auf Menschen angewiesen, die das besser beurteilen können.»

Immer noch keine Wut in mir, trotz dieser Unverschämtheit. Dafür erobert die Angst sich ihren Platz zurück. Die Erkenntnis, dass es doch noch nicht vorbei ist.

«Leb wohl, Dad.»

Ich höre ihn nach Luft schnappen. Er begreift, natürlich, er kennt mich. «Du fliegst heim, nur damit das klar ist. Komm nicht auf die Idee, dich querzustellen, ich sperre dir alle deine Konten, notfalls bekommt Gavin dich auch mit Gewalt in diesen verdammten Flieger …»

Ich lege auf. Sehe, wie Gavin mit leichtem Bedauern die Schultern hebt. *Ich habe es dir gesagt, nicht wahr?*

Es ist nur noch eine Frage von Augenblicken, bis sein Handy läuten wird und Dad ihm die neuen Anweisungen gibt. Wir brauchen jede Sekunde Vorsprung, die wir kriegen können. Wenn Gavin telefoniert, ist er abgelenkt. Das ist die einzige Chance, und selbst die ist winzig.

Ich nicke ihm zu. «Du hattest recht. Er hat mich reingelegt.»

Gavin senkt den Kopf. «Tut mir sehr leid.»

«Nicht deine Schuld.» Ich sehe zu Erik hinüber, der mit versteinerter Miene auf das Flugfeld hinaussieht. Er hat ganz genau begriffen, was passiert ist, natürlich hat er das, und seine Enttäuschung muss noch viel größer sein als meine. In zwei Stunden werde ich in Sicherheit sein, während er nirgendwohin kann.

«Gavin?»

«Ja?»

«Gib uns fünf Minuten für uns, ja?» Ich deute auf die Panoramascheibe, am anderen Ende des Raums. «Das wird jetzt nicht einfach für mich.»

Er taxiert kurz die Umgebung, schätzt die Lage ab, nickt dann. «Okay. Nimm dir Zeit.»

Ich trete zu Erik, greife nach seiner Schulter. Er dreht nur langsam den Kopf zu mir herum.

«Komm, bitte.» Ich ziehe ihn mit mir, und wie erwartet sträubt er sich.

«Wozu denn noch?»

«Bitte. Sieh mich nicht so an. Komm, wir haben nicht viel Zeit.»

Endlich gibt er nach. Widerwillig. «Ich wusste es», sagt er leise. «Irgendwie wusste ich es schon seit gestern. Aber wenigstens du kommst hier raus, und nach dir suchen sie ja.»

Ich ziehe ihn zu der Glaswand, unter uns liegt die Halle des Terminals. Jetzt läutet ein Handy, ich höre, wie Gavin «Sir?» sagt, und schlinge meine Arme um Eriks Hals.

Einen Moment lang stehen wir eng aneinandergeschmiegt da, dann drückt Erik mich von sich weg. «Du willst es noch schwerer für mich machen?»

«Nein.» Ich lasse ihn nicht los. «Gleich da vorne ist die Tür. Ich fliege nicht ohne dich zurück. Allerdings werden sie versuchen, mich dazu zu zwingen, also müssen wir so schnell rennen, wie wir können. Raus aus dem Gebäude. Gavin und seine Leute sind noch nicht eingereist, die lassen sie nicht einfach durch die Kontrolle, und das ist unsere Chance.»

Erik schweigt. Legt seine Arme wieder um mich. «Das ist verrückt, du kannst nicht bleiben, das wäre –»

Für diese Diskussion haben wir jetzt keine Zeit. Ich löse mich mit einem Ruck von ihm und gehe auf die Tür zu, betont locker. Sobald ich sie aufgerissen habe, beginne ich zu rennen. Aus der Lounge hinaus, die Treppen hinunter, immer zwei auf einmal. Erik ist dicht hinter mir, ich kann seinen Atem hören, ebenso wie Gavins Flüche, aber das spielt keine Rolle, denn dort vorne ist die Passkontrolle, die wir vor ein paar Stunden erst in die andere Richtung passiert haben.

Die beiden Beamten versuchen trotzdem, uns aufzuhalten. Einer von ihnen erwischt tatsächlich Erik an der Jacke, doch der reißt sich schnell wieder los.

Gavins Rufe werden lauter. «Bleib stehen, Joanna, das hat doch keinen Sinn!»

Noch zwanzig Meter bis zum Ausgang, noch zehn. Was für ein Glück, dass wir an der General Aviation sind und nicht an einem der öffentlichen Terminals. Erik ist jetzt auf meiner Höhe, er packt mich am Arm und zieht mich mit sich. Die Türen öffnen sich, es schlägt uns Dunkelheit und kühle Luft entgegen; ich bekomme noch am Rande mit, wie die alarmierten Zollbeamten Gavin und seinen Kollegen aufhalten, dann sind wir draußen.

Hier gibt es keine Taxis, das hier ist Niemandsland, trotzdem rennen wir weiter, halten uns links. Bloß nicht in Richtung Flughafen, dort würden Leute, die sich verhalten wie wir, mehr als nur verdächtig wirken. Besonders drei Tage nach einem Anschlag.

Also bleiben wir einfach am Rand der Bundesstraße, werden immer langsamer, halten irgendwann an. Bei jedem Wagen, dessen Lichter uns von hinten erfassen, befürchte ich, dass er neben uns abbremsen und jemand uns hineinzerren wird.

Erik deutet nach rechts. «Dort vorne ist eine Tankstelle.»

Ich nicke, keuchend. Den Rest des Weges legen wir im halben Tempo zurück, auf der kargen Grünfläche abseits der Straße. Immer wieder fühle ich Eriks Blick auf mir, aber jetzt ist keine Zeit für Erklärungen.

Ich frage mich, ob es anders gelaufen wäre, wenn ich Dad tatsächlich reinen Wein eingeschenkt und ihm von Gabor erzählt hätte. Von der Sache mit der Gastherme und von meiner Messerattacke auf Erik. Davon, dass er zum Zeitpunkt des Anschlags am Bahnhof war. Davon, dass unser beider Leben unmittelbar bedroht ist.

Ich versuche es mir vorzustellen.

Wahrscheinlich wäre auf diese Weise ein Flugticket für Erik herausgesprungen – in ein ganz anderes Land. Paraguay oder Chile, vielleicht.

Doch wenn ich ganz ehrlich zu mir selbst sein will, muss ich mir eingestehen, dass es vermutlich nichts geändert hätte. Tief in seinem Inneren wäre George Arthur Berrigan hocherfreut gewesen, dass jemand anders das Problem Erik endgültig aus der Welt schafft.

40

Was zum Teufel geht in Joanna vor? Lange Zeit glaubte ich, diese Frau zu kennen, die da mit grimmiger Miene neben mir auf die Tankstelle zustapft. Ihre plötzliche Veränderung vor ein paar Tagen war schwer zu verkraften, aber da wollte ich noch unter allen Umständen bei ihr bleiben. Ihr helfen. Obwohl sie sich nicht mehr an mich erinnern konnte, war sie doch noch meine Joanna.

Aber dann schnitt das Messer, das mich töten sollte, eine derart tiefe Kluft zwischen uns, dass ich Joanna fast aufgegeben habe. Ich habe ihr danach alles zugetraut. Auch, dass sie mit denen unter einer Decke steckt, die mich offenbar aus dem Weg räumen wollten.

Und jetzt, selbst in Lebensgefahr, schlägt sie die Chance aus, sich in Sicherheit zu bringen. Sie flieht sogar vor ihren eigenen Leuten, weil der Mann, an den sie keine Erinnerung mehr hat, nicht mitkommen kann. Mit einem Mal ist sie wieder die Frau, als die ich sie die ganze Zeit gesehen habe. Die bereit ist, jede Hürde zu nehmen, die sich uns in den Weg stellt.

Die vielleicht sogar wieder weiß, wer ich bin?

«Wo sollen wir jetzt hin?», unterbricht sie meine Gedanken. Wir haben die Tankstelle fast erreicht. Ich bleibe stehen, werfe einen Blick zurück in die Richtung, aus der wir gekommen sind. Das erleuchtete GAT-Gebäude ist mehrere hundert Meter entfernt. In der Dunkelheit zwischen dem Terminal und uns ist kaum etwas zu erkennen. Wie es aussieht, werden wir aber nicht verfolgt.

Ich wende mich Joanna zu, die sich ebenfalls umgedreht hat. «Warum hast du das getan?»

Sie schaut mich an, als hätte ich eine vollkommen unsinnige Frage gestellt. «Weil ich nicht ohne dich fliegen wollte.» Ihr Atem geht noch immer stoßweise.

Ich weiß nicht, wie ich das Durcheinander beschreiben soll, das in mir herrscht. «Aber warum?» Ich will wenigstens ein bisschen Klarheit. «Ich verstehe das nicht. Du konntest dich nicht mehr an mich erinnern, hast sogar versucht … Hat sich denn etwas geändert? Ist dir wieder etwas aus unserer gemeinsamen Zeit eingefallen?»

«Nein. Leider nicht.» Sie schüttelt den Kopf und macht eine abwehrende Handbewegung. «Wir haben jetzt keine Zeit für Diskussionen. Wir werden Deutschland beide nicht verlassen und sollten zusehen, dass wir schleunigst von hier verschwinden. Es wird nicht lange dauern, bis Gavin hier draußen auftaucht und die Tankstelle findet. Viel mehr gibt es hier ja nicht. Ich rufe uns jetzt ein Taxi, und du überlegst, wohin wir fahren.»

Ich wundere mich, wie abgeklärt Joanna mit dieser Situation umgeht. Und sie hat recht. Für den Moment ist es wichtig, dass wir aus der Umgebung des Terminals verschwinden. Dieser Gavin hat auf mich nicht den Eindruck eines Mannes gemacht, der schnell aufgibt. «Gut, lass uns aber wenigstens bis zur Tankstelle gehen. Hier stehen wir wie auf dem Präsentierteller.»

Wir legen die letzten hundert Meter zurück und bleiben an der Rückseite des Gebäudes stehen. Während Joanna sich um ein Taxi kümmert, denke ich darüber nach, was wir jetzt tun sollen. Nach Hause zurück können wir auf keinen Fall. Bis München brauchen wir mit dem Taxi etwa eine halbe Stunde. Dort wird zwar noch immer ein ziemliches Chaos herrschen, aber …

«Das Taxi ist in fünf Minuten da», erklärt Joanna und steckt das Telefon in die Hosentasche. «Am besten ist es wohl, wenn wir uns in München ein Hotelzimmer nehmen, was meinst du?»

«Ja. Am Isartor gibt es ein Hotel, in dem ich schon mal war. Das ist okay und recht groß.»

«Gut. Also Isartor.»

«Ach, und – Jo?»

Sie hat die Arme vor dem Körper verschränkt, es ist offensichtlich, dass sie friert. «Ja?»

«Nimm den Akku aus deinem Handy. Ich glaube nicht, dass dein Vater so schnell jemanden findet, der für ihn dein Handy lokalisiert, aber lass uns kein Risiko eingehen.»

Sie zögert einen Moment, dann holt sie das Smartphone wieder aus der Hosentasche und zieht den Akku aus der Verankerung. «Gute Idee.»

Wir gehen um das Tankstellengebäude herum und warten seitlich davon im Schatten einer Nische. Nach etwa zehn Minuten biegt das Taxi auf das Tankstellengelände ein.

Wir steigen ein, ich nenne dem Fahrer unser Ziel. Dann sitzen wir schweigend im Heck. Aufgewühlt und doch vollkommen niedergeschlagen durch die Ereignisse der letzten Stunde. Die vergangenen Tage waren schlimm, aber sie sind nicht im mindesten mit der Hoffnungslosigkeit zu vergleichen, die zumindest mich gerade ausfüllt. Genau in dem Moment, in dem wir glaubten, endlich in Sicherheit zu sein, sind wir zurückgeworfen worden in die Gefahr.

Stumpfe Dunkelheit zieht an meinem Seitenfenster vorbei, nur hier und da vom entfernten Licht einer Laterne oder eines einzelnen Hauses unterbrochen.

Als wir auf die Autobahn in Richtung München auffahren, lege ich meine Hand auf Joannas Unterarm. «Sagst du mir jetzt, warum du das getan hast und hiergeblieben bist?» Ich spreche so leise, dass sie mich gerade eben noch verstehen kann. Sie deutet mit dem Kinn zum Fahrer und schüttelt den Kopf. «Jetzt nicht.»

Eine halbe Stunde später zahlt Joanna die dreiundsechzig Euro für die Fahrt. «Mein Bargeldvorrat geht zur Neige», sagt sie, als wir ausgestiegen sind und ich die Wagentür zugeschlagen habe. «Ich habe nicht viel mitgenommen. Mein Vater hat mir eben am Telefon mitgeteilt, dass er alle meine Karten sperren lässt. Er ist zwar immer recht prompt in der Umsetzung seiner Drohungen, aber wenn wir Glück haben, kann ich das Hotel noch mit meiner Mastercard zahlen.»

«Das halte ich für keine gute Idee. Ich weiß ja nicht, welche Möglichkeiten dein Vater hat, aber es könnte sein, dass er durch deine Karte erfährt, wo wir gerade sind.»

«Du hast recht, daran habe ich gar nicht gedacht. Mein Dad hat alle Möglichkeiten, die man haben kann. Und noch ein paar mehr.»

Mein Bild von Joannas Vater wird immer klarer. Und jedes zusätzliche Detail lässt mich stärker vermuten, dass ich mir eine Begegnung mit ihm nicht wünschen sollte.

«Ich kann das auch übernehmen», sage ich. «Ich glaube nicht, dass Gabor meine Zahlungen verfolgen kann.»

Ich taste nach meiner Brieftasche. Sie ist nicht da, wo sie sein sollte. «Verdammt», entfährt es mir. Ich klopfe die wenigen verbliebenen Möglichkeiten an meiner Kleidung ab. Nichts. Das auch noch. Es ist zum Verzweifeln.

«Mein Portemonnaie ist weg. Entweder, es liegt im Taxi, oder ich habe es schon vorher verloren.»

«Bist du sicher?»

«Ja, ich bin sicher. Es ist nicht da. Vielleicht ist es mir auch rausgefallen, als wir weggerannt sind.»

«Okay, warte.» Joanna spricht den nächsten freundlich wirkenden Passanten an, bekommt von ihm lächelnd sein Handy überreicht und tippt eine Nummer ein. Zwei Minuten später ist klar, dass die Brieftasche nicht im Taxi liegt.

Ich spüre lähmende Resignation. Sie entzieht mir die Energie, versucht, mich dazu zu verführen, einfach da, wo ich gerade stehe, zu Boden zu sinken. Einfach nichts mehr zu tun.

«Und ich dachte, es könne nicht mehr schlimmer kommen.»

Joanna macht ein nachdenkliches Gesicht. «Also gut, dann lass uns mal reingehen und ein Zimmer bezahlen, bevor Dad meine

Karten wirklich sperrt. Wir müssen einfach hoffen, dass er die Zahlung nicht mitbekommt.»

Sie scheint sich mit unserer beschissenen Situation besser arrangieren zu können als ich. Und sie ist noch hier, obwohl sie längst im noblen Learjet ihres Vaters sitzen und Champagner schlürfen könnte. Sie ist geblieben. Meinetwegen. Also reiße ich mich zusammen und betrete mit ihr zusammen die geräumige, modern eingerichtete Hotellobby.

Ein junger Mann hinter der Rezeption aus hellem Holz schaut uns lächelnd entgegen und begrüßt uns freundlich. Es sind noch Zimmer in verschiedenen Kategorien frei. Wir entscheiden uns für ein Standardzimmer. Ein kurzer Blick neben und hinter uns gilt wohl dem nicht vorhandenen Gepäck.

Auf die Bitte, eine Kreditkarte zu hinterlegen, zieht Joanna ihre Mastercard hervor und legt sie auf den Tresen. Mein Puls beschleunigt sich. So muss sich ein Gauner fühlen, der versucht, mit einer gestohlenen Kreditkarte zu zahlen.

Der Hotelangestellte zieht die Plastikkarte durch den Schlitz des Zahlungsgerätes und drückt einen Knopf. Quälend langsam zerrinnen die Sekunden, während der Mann mit unbeweglicher Miene auf das kleine Display schaut. Das dauert viel zu lange. Jetzt wird er gleich den Kopf schütteln und uns sagen, dass es mit der Karte ein Problem gibt. Das passt. Alles andere würde mich bei unserer Pechsträhne wundern. Ich frage mich, ob er angezeigt bekommt, dass die Karte gesperrt ist. Und ob … «Vielen Dank», sagt der Mann in diesem Moment und reicht Joanna die Mastercard zurück. «Es wurde noch nichts abgebucht, das geschieht erst beim Auschecken. Und hier ist Ihre Zimmerkarte.»

Wir lächeln uns an. Es hat funktioniert. Die Erleichterung steht Joanna deutlich ins Gesicht geschrieben, und mir wahrscheinlich ebenso.

«Frühstück gibt es von sechs Uhr dreißig bis zehn Uhr im Restaurant», wird uns erklärt. «Ihr Zimmer ist im dritten Stock. Die

Aufzüge finden Sie gleich hier links. Ich wünsche Ihnen einen angenehmen Aufenthalt.»

Das Zimmer ist geräumig. Joanna schaut sich kurz um und lässt sich auf das Kingsize-Bett fallen.

«Zumindest sind wir jetzt mal aus der Schusslinie.»

Ich ziehe einen Ledersessel heran, der ihr schräg gegenüber steht. Sitze vor ihr, schaue sie an. Ich möchte ihr so viel sagen und weiß nicht, wo ich beginnen soll.

«Jo. Noch kannst du zurück. Wenn du jetzt …»

«Auf keinen Fall.»

Das dachte ich mir. Und doch … gerade jetzt, wo ich endlich wieder weiß, dass sie zu mir steht, hätte ich sie gerne in Sicherheit. Und bin gleichzeitig mehr als froh, sie bei mir zu haben.

«Ich kann dir gar nicht sagen, wie glücklich es mich macht, dass du das getan hast. Aber ich verstehe es trotzdem nicht.»

«Erik …»

«Nein, warte bitte. Wenn du dich noch immer nicht an uns erinnern kannst, heißt das, du kennst mich erst seit ein paar Tagen. In dieser kurzen Zeit ist eine Menge geschehen. Wir haben seitdem sehr viel zusammen erlebt. Aber das ändert nichts daran, dass ich ein Fremder für dich sein muss. Und dass in unserem Haus nichts mehr an mich erinnert, wie immer das auch möglich ist. Was also ist der Grund dafür, dass du wegen eines fremden Mannes nicht nur deinen Vater vor den Kopf stößt, sondern sogar dein Leben riskierst?»

Joanna sieht mir die ganze Zeit über direkt in die Augen.

«Ich hasse es, mir mein Leben von meinem Vater diktieren zu lassen. Er ist ein Patriarch und gewohnt, dass alles nach seiner Pfeife tanzt. Bis zu einem gewissen Grad mache ich das auch mit, er ist schließlich mein Dad. Aber ich lasse nicht zu, dass er über das Leben von Menschen bestimmt, die mir viel bedeuten.»

Kommt jetzt die Ernüchterung? «Heißt das, du bist nur hiergeblieben, weil du deinem Vater die Stirn bieten wolltest?»

Joanna zeigt keinerlei Reaktion, und ich frage mich schon, ob sie mich überhaupt verstanden hat, als sie meine Hände ergreift.

«Du hast offenbar einen Teil von dem ausgeblendet, was ich gerade gesagt habe.» Ihre Stimme klingt nicht vorwurfsvoll, sondern sanft. «Den wichtigsten Teil. Ist das eine Eigenart von dir? Falls du es nicht verstanden hast, wiederhole ich es gerne. Ich sagte: Ich lasse nicht zu, dass mein Dad über das Leben von Menschen bestimmt, die mir viel bedeuten.»

Wie gut Worte doch tun können. Ich denke an all die Dinge, die Joanna in den letzten Tagen gesagt, Dinge, die sie getan hat. Wie oft sie mich weggestoßen hat, wenn ich versucht habe, mich ihr zu nähern. Und jetzt …

«Ich bedeute dir viel? Nach der kurzen Zeit? Nach allem, was geschehen ist?» Meine Hände liegen noch immer in ihren. Sie fühlen sich mit einem Mal sehr warm an.

«Ja, das tust du. Aber das ist doch auch nicht weiter verwunderlich. Ich weiß nicht, was mit mir geschehen ist, aber was immer es auch war, ich scheine grundsätzlich noch die Gleiche zu sein. Und wenn es stimmt, was du sagst, habe ich mich schon einmal in dich verliebt. Warum sollte ich das also nicht wieder tun, wenn wir uns aus meiner Sicht neu kennenlernen?»

41

Ich warte darauf, dass Erik etwas sagt, doch das tut er nicht. Er lässt mich mit meinem Geständnis in der Luft hängen, mustert mich nur stumm, mit einer Mischung aus Hoffnung und Misstrauen.

Ich kann es ihm nicht verdenken. Unter dem rechten Ärmel seines Hemds sind die Konturen des Verbands deutlich zu erkennen; ich vermute, dass er immer noch Schmerzen hat, obwohl man ihm nichts anmerkt und er sich nie beklagt.

Doch zum ersten Mal seit der Sache mit dem Messer berühren wir uns, ohne dass er zurückweicht oder erstarrt. Er erwidert den leichten Druck meiner Hände, lässt sie aber sofort los, als ich aufstehe, um die Vorhänge zuzuziehen. Wir sind im dritten Stock, ja, trotzdem ist mir wohler, wenn die Fenster bedeckt sind. Und die Tür verriegelt, doch dafür hat Erik vorhin schon gesorgt.

Für einen Moment bleibe ich am Fenster stehen, sehe ihn einfach nur an.

Ich habe ihn nicht belogen. Er bedeutet mir viel; mehr, als ich mir selbst erklären kann. Meine Entscheidung vorhin am Flughafen war weder eine Laune noch eine Trotzreaktion. Ich hätte es nicht über mich gebracht, ohne ihn in den Flieger zu steigen. Nicht nur, weil ich ihn damit im Stich gelassen hätte. Sondern auch, weil der Gedanke, von ihm getrennt zu sein, plötzlich unerträglich schmerzhaft war.

Ich gehe zurück zu ihm, setze mich auf die breite Armlehne seines Sessels. Im Moment sollte niemand auch nur ahnen, wo wir sind; selbst wenn mein Vater Abbuchungen über die Kreditkarte nachverfolgen kann – die wird es erst beim Auschecken aus dem Hotel geben. Bis dahin sind wir in Sicherheit. Ich hatte völlig vergessen, wie sich das anfühlt.

Ob es für Erik ebenso ist? Wahrscheinlich nicht, immerhin ist er mit der Frau im Zimmer, die ihn beinahe erstochen hätte. Die jederzeit gewalttätig werden kann. Gegen ihn. Gegen sich selbst. Mit deren Kopf etwas nicht stimmt. Kein Wunder, dass er meiner Offenheit von vorhin mit Vorsicht begegnet.

«Was ich eben gesagt habe, war ernst gemeint.» Ich streiche ihm eine Haarsträhne aus der Stirn. Lasse meine Hand ein wenig länger liegen als nötig. «Ich kann dir nicht genau sagen, wann es begonnen hat, aber es wird immer stärker. Du wirst immer wichtiger für mich.»

Unter meiner Berührung schließt Erik für ein paar Sekunden die Augen. «Jo, ich …» Er unterbricht sich. «Erinnert dich dieses Zimmer an etwas?»

Ich blicke mich um. Das Hotel hat fünf Sterne, die Einrichtung ist geschmackvoll und teuer – aber nicht sonderlich einprägsam. «Nein. Tut mir leid.»

Er nickt, als hätte er genau das erwartet. «Natürlich nicht. Ich hätte dich nicht fragen sollen. Es ist nur – vieles hier sieht ähnlich aus wie in unserem Hotel auf Antigua, sogar die Beleuchtung ist die gleiche.» Er deutet auf die trichterförmigen Lampen an den Wänden, die ihr warmes Licht auf cremefarbene Tapeten strahlen. «Du hast sie damals Fackelhalter genannt.»

Etwas in meinem Brustkorb verengt sich. *Fackelhalter*, das war die erste Assoziation zu diesen Designerleuchten, als ich das Zimmer betreten habe. Nur dass ich dachte, das wäre mir eben erst eingefallen.

«Es war der Urlaub, in dem ich dir den Heiratsantrag gemacht habe. Unter der schönsten und kitschigsten Palme, die ich finden konnte. Wir haben gemeinsam ein Cocktail-Seminar an der Strandbar belegt, und du hast im Alleingang fünf Flaschen Rum zerstört, weil du unbedingt lernen wolltest, sie genauso zu werfen wie der Barkeeper. Wir hatten unseren ersten Streit, weil du irgendwann beschlossen hast, die Umgebung zu erkunden, allein, ohne mir Bescheid zu sagen. Ich war halbtot vor Angst um dich, und du hast überhaupt nicht begriffen, wieso.»

Ich kann sehen, wie lebendig die Bilder in Eriks Kopf sind, während keine der Beschreibungen in mir auch nur das Geringste zum Klingen bringt.

«Das alles hat uns beiden gehört. Es war unser Leben, unsere Geschichte. Manchmal waren wir uns so nah, dass wir den anderen nur ansehen mussten, um zu wissen, was er denkt. Wenn du jetzt sagst, du bist dabei, dich in mich zu verlieben, ist das zwar wunderschön, aber …»

Diesmal bin ich es, die ihn nicht ausreden lässt. Es tut mir weh zu sehen, wie er um unsere gemeinsame Vergangenheit trauert, aber ich kann es nicht ändern – ich kann nur das Jetzt mit ihm teilen, das ist alles, was wir haben. Wer weiß, wie lange noch.

Ich lehne meine Stirn gegen seine. «Unser Leben», sage ich, «ist das hier.» Meine Lippen legen sich auf seine, wie von selbst, ganz leicht nur. Eine Berührung wie ein Hauch, aber sie macht mir auf einen Schlag klar, wie sehr ich mich danach gesehnt habe. Danach, ihm wieder so nah zu sein wie an diesem einen, kostbaren Nachmittag.

Eine gefühlte Ewigkeit lang ist es ganz allein mein Kuss. Meine Zunge, die sich behutsam vortastet, meine Hände, die über Eriks Schultern streichen, seinen Nacken, sein Haar. Er rührt sich nicht, als würde er abwarten, ob sich hinter meiner Annäherung noch etwas anderes verbirgt. Als müsse er wachsam bleiben und auf alles gefasst sein.

Erst ganz allmählich löst sich seine Anspannung. Seine Hände gleiten über meine Taille, über meinen Rücken; dann zieht er mich so fest an sich, dass mir beinahe die Luft wegbleibt.

Ich vergrabe mein Gesicht an seinem Hals, beginne, die Knöpfe seines Hemds zu öffnen, atme seinen Duft ein, der für mich das Vertrauteste an ihm ist.

«Joanna.» Er hält mich, als müsse er verhindern, dass ich ihm entgleite. «Ich habe dich so vermisst.»

Als ich ihm das Hemd von den Schultern streife, steht er auf, zieht mich mit sich hoch und die wenigen Schritte zum Bett. Diesmal ist unser Kuss keine spielerische Annäherung, sondern ein Auftakt, der klarstellt, dass wir beide wissen und beide wollen, was jetzt kommt.

Eriks Hände unter meinem Shirt, auf meiner Haut. Ich merke kaum, wie er mich auszieht, nach und nach, spüre nur seine Lippen, seine Hände, seine Zunge. Mit jeder seiner Berührungen fällt das Denken mir schwerer, doch eines begreife ich trotzdem mit großer Klarheit: Dass dieser Mann mich kennen muss. Dass er ganz genau weiß, wo und wie er mich anfassen muss, um mich um den Verstand zu bringen. Neu ist das hier nur für mich.

Eine Zeitlang wehre ich mich noch dagegen loszulassen, versuche stärker zu sein als die Empfindungen, die Erik in mir weckt. Mit seinen Lippen und dann, ganz sanft, seinen Zähnen an meinem Hals. Mit seinen Händen an meinen Brüsten. Ich fühle, wie er sich an mich presst, wie erregt er ist, und wünsche mir mit einem Mal nichts mehr, als ihn auf mir zu spüren. Und in mir.

Er bemerkt meine Unruhe. Richtet sich ein Stück auf und sieht mich an.

«Komm», flüstere ich, ziehe ihn zu mir, doch er schüttelt lächelnd den Kopf. Seine Hand gleitet von meiner Brust über meinen Bauch, wo sie kurz verharrt, und zwischen meine Beine.

Ich fühle seine Berührung im ganzen Körper, wie einen elektrischen Schlag, meine Atemzüge klingen wie Schluchzen; Erik küsst mich, als wolle er mich besänftigen, während seine Hand das genaue Gegenteil tut, weiter und immer weiter, er hört erst genau in dem Moment auf, als alles in mir nur noch ein einziges Wollen ist, ein Schrei nach mehr; an einem Punkt, an dem ich längst die Kontrolle verloren habe.

«Ich liebe dich so sehr», flüstert er. Streichelt mein Gesicht. Sieht mir unverwandt in die Augen, während er sich auf mich legt und langsam in mich eindringt.

Es ist wie fliegen, wie höher steigen, mit jeder seiner Bewegungen ein weiteres Stück. Ich fühle, wie mein Körper in seinen Armen zittert, alles in mir nur noch Erwartung, nur noch stummes Flehen darum, dass er jetzt nicht mehr aufhört, bitte nicht mehr aufhört.

Und dann ist es, als würde die Welt zerbersten und ich mit ihr, ich höre mich aufschreien, während Erik mich fester packt, mich hält; beim ersten und auch beim zweiten Mal.

Dann erst sucht er seinen eigenen Rhythmus. Härter, schneller. Gibt alle Rücksicht und Beherrschung auf, sein Körper spannt sich, seine Finger graben sich in meine Schultern, und er stöhnt meinen Namen. Schreit ihn, als fürchtete er, mich noch einmal zu verlieren.

Aber das wird er nicht. Nie wieder.

Danach liegen wir eng umschlungen da, mein Kopf auf seiner Brust. Ich streichle die Stelle, an der sein Herz schlägt. Und weiß plötzlich, dass ich das schon einmal getan habe, mindestens. Ich weiß nicht, wann es war und wo. Trotzdem bin ich mir sicher, ich irre mich nicht.

«Erik?»

Er hat eine Hand in meinem Haar vergraben und krault mich träge, jetzt dreht er den Kopf zu mir. Lächelt. «Ja, mein Schatz?»

«Ich glaube, ich habe mich eben an etwas erinnert. Nicht wirklich konkret, aber doch. An eine Situation wie diese.»

Sein Lächeln vertieft sich. «Du erinnerst dich an nichts, was mit mir zu tun hat, außer an den gemeinsamen Sex?» Er lacht auf. «Mein Gott, muss ich gut sein.»

Ich boxe ihn spielerisch in die Seite. «Nicht an den Sex, Dummkopf. An das hier. Mit dir zusammen liegen, und –» Ich unterbreche mich, überlege, ob ich sagen soll, was mir auf der Zunge liegt, oder ob es dumm klingt. Beschließe, dass es keine Rolle spielt. «Dein Herz streicheln.»

Er rückt ein Stück von mir ab. Sieht mich ungläubig an, und ich bereue sofort, nicht den Mund gehalten zu haben.

«Habe ich etwas Falsches gesagt?»

Erik schüttelt den Kopf. «Nein, Jo. Nein, ganz im Gegenteil. Das hast du immer so genannt, es ist ganz typisch du … erinnerst du dich wirklich?»

Nicht wirklich, nein. Mehr so, als hätte ich ein Déjà-vu. Aber es ist das, was in den Tagen, seit ich Erik kenne, einer Erinnerung am nächsten kommt.

«Ja, ich glaube, das tue ich.»

42

Ich liege auf dem Rücken, Joanna in meinem Arm. Ihr Gesicht ruht auf meiner Brust. Sie atmet ruhig und gleichmäßig. Ich wage nicht, mich zu bewegen, weil sie vielleicht eingeschlafen ist und weil ich diesen unbeschreiblich schönen Moment nicht zerstören möchte. Ich habe das Gefühl, solange ich nur ruhig liegen bleibe, kann ich das Glück festhalten, das mich gerade so vollkommen ausfüllt.

Ich betrachte die weiß getünchte Decke. Die Stuckrosette in der Mitte und die dazu passenden Leisten an den Rändern bilden einen stilvollen Kontrast zu der modernen Einrichtung des Raumes. Gestern und heute können zusammenpassen, auch wenn sie so unterschiedlich sind, dass sie auf den ersten Blick unvereinbar miteinander scheinen.

Gilt das auch für Menschen? Für Beziehungen?

Es fällt mir schwer, dem Drang zu widerstehen, Joanna noch enger an mich zu ziehen. Noch mehr ihrer nackten Haut auf meiner zu spüren. Aber selbst das wäre mir wahrscheinlich nicht nah genug. Jetzt, wo sie trotz der Gefahr freiwillig bei mir geblieben, wo plötzlich zumindest ein kleiner Teil *meiner* Joanna wieder aufgeblitzt ist. Und damit die Hoffnung, dass zwischen uns doch noch alles wieder gut werden kann.

Wie wenig doch nötig ist, um zumindest für den Moment glücklich zu sein.

Aber da ist mit einem Mal noch etwas anderes. Nicht mehr als ein Gefühl, dennoch droht es, diesen wunderbaren Moment zu zerstören. Ich wehre mich dagegen, konkrete Gedanken daraus werden zu lassen, kann es aber nicht verhindern.

Was, wenn dieses kurze Aufflackern in Joannas Gedächtnis nicht der Startschuss zur vollständigen Erinnerung an mich war, sondern das letzte Zucken, bevor unsere gemeinsame Vergangenheit endgültig zu einem schwarzen Loch in ihrem Kopf wird?

Was, wenn sie sich schon in einer Stunde wieder wie von Sinnen auf mich stürzt und ohne Zögern einen spitzen Gegenstand in das Herz rammt, das sie eben noch gestreichelt hat?

Nein. Was immer mit Joanna geschehen ist, es lässt nach. Sie ist jetzt in großer Gefahr, und zwar durch mich. Wäre sie nicht mit mir zusammen, würden sich Gabor und seine Typen nicht für sie interessieren, das weiß sie. Und trotzdem hat sie die einmalige Chance verstreichen lassen, das Land zu verlassen.

Welchen Beweis brauche ich noch, um sicher zu sein, dass *meine Joanna* gerade wieder zu mir zurückkehrt?

Der Sex gerade … er war aufregend wie immer mit ihr und doch ganz anders. Ich hatte das Gefühl, sie erkundet mich neugierig und weiß dennoch genau, was mir gefällt. Lässt sich einerseits fallen, wie man es nur bei jemand Vertrautem kann, und beobachtet doch meine Reaktionen auf ihren Körper und ihr Tun.

Ich sehe sie wieder unter mir, mit geschlossenen Augen. Ihr Becken drängt sich mir entgegen, ihre Hände liegen auf meiner Taille, dirigieren mich.

Ich spüre, wie mein Körper auf diese Gedanken reagiert, und verrückterweise wäre es mir fast ein wenig peinlich, wenn Joanna es bemerkt. Ich möchte nicht, dass sie mich für unersättlich hält. Sie kennt mich ja kaum. Noch nicht. Aber das wird sich hoffentlich bald wieder ändern.

Joanna hat die Augen geschlossen, reagiert nicht auf meine Bewegung. Sie schläft tatsächlich wieder, trotz der vielen Stunden, die wir schon tagsüber geschlafen haben. Oder sie tut nur so, weil sie in Ruhe nachdenken möchte. Sich zu erinnern versucht.

Mein Blick richtet sich wieder an die Decke, und plötzlich muss ich an Nadine denken. Ich möchte es nicht, es ist, als dränge sie sich in diesem intimen Moment zwischen Joanna und mich.

Unfassbar, dass sie tot ist. Es fällt mir noch immer schwer zu glauben. Und macht mir einmal mehr bewusst, dass dies hier kein Hollywoodfilm ist, sondern die Realität.

«Geht es dir auch so gut wie mir?», fragt Joanna leise und beginnt wieder damit, meine Brust zu streicheln.

«Ja, ich …», setze ich an. «Ich bin so froh, dass du dich wenigstens ein bisschen an mich erinnerst. Und ich genieße diesen Moment sehr.»

Unsere Blicke treffen sich. In diesem Moment spüre ich die Liebe zu dieser Frau wie einen warmen Strom, der durch meinen ganzen Körper fließt. Ich kann nicht anders, als sie näher zu mir heranzuziehen. Und noch weiter. Sie liegt auf mir, ihre Haare umspielen mein Gesicht, ihr Mund ist meinem so nah, dass es nur eine kleine Bewegung von mir braucht, bis unsere leicht geöffneten Lippen aufeinanderliegen. So zärtlich, dass es mehr die Ahnung einer Berührung ist. Ich trinke ihren Atem, bin ihr damit noch näher, scheine mit ihr zu verschmelzen. Meine Hände wandern ihre Wirbelsäule entlang nach unten, umschließen ihren Po, drücken ihr Becken sanft gegen meine Lenden. Joanna geht darauf ein, erwidert den Druck meines Unterleibs. Die Erregung möchte mir die Sinne rauben. Ich beginne, mich in gleichmäßig langsamem Rhythmus zu bewegen, fast wie von selbst dringe ich in sie ein, halte sie, als sie sich stöhnend aufbäumt. Dann gibt es nichts mehr als Gefühl und Bewegung. Versinken in dem anderen.

Irgendwann lässt sich Joanna ermattet neben mir auf den Rücken fallen. Unser beider Atem geht stoßweise, die Körper glänzen schweißnass.

Ich möchte nichts tun, über nichts mehr nachgrübeln müssen. Einfach nur daliegen in der Gewissheit, sie ist bei mir. Endlich wieder.

Ich kann nicht abschätzen, wie lange wir so daliegen, bis sie fragt: «Was denkst du gerade?»

«Ich versuche in Worte zu fassen, was ich für dich empfinde», antworte ich, ohne den Blick von der Stuckrosette über mir abzuwenden.

«Und?»

«Ich schaffe es nicht. Alles, was mir einfällt, ist mir zu schwach oder zu abgenutzt.» Nun wende ich mich ihr doch zu. Sie tut es mir gleich.

«Ich liebe dich, Jo. Aber es ist mehr als das. Diese Worte werden so gedankenlos von jedem für jede kleinste Gefühlswallung benutzt.»

«Ich verstehe, was du meinst.» Sie hebt die Hand, streicht mir mit den Fingerspitzen über die Stirn. «Und es ist ein sehr schönes Gefühl. Es tut mir so leid.»

«Was tut dir leid?», frage ich überrascht und irritiert zugleich.

«Dass ich dich das nicht auch so spüren lassen kann. Aber du musst mir glauben, da ist mehr als ...»

Sie verstummt, weil ich meine Finger auf ihre Lippen gelegt habe.

«Was sagst du denn da? Du kannst es mich nicht spüren lassen? Jo, du bist eben mit mir vor deinen eigenen Leuten geflohen. Um mit mir hierzubleiben, wo du dein Leben riskierst. Was denkst du, spüre ich dabei nicht?»

«Es sind nicht meine Leute, es sind die meines Vaters. Und ja, ich konnte dich einfach nicht hier zurücklassen. Aber ...»

«Es ist gut», unterbreche ich sie sanft. «Du bist hier, trotz allem. Meinetwegen.»

Während ich es ausspreche, wird mir vielleicht zum ersten Mal seit unserer Flucht aus dem Terminal klar, was es für mich bedeuten würde, wenn Joanna etwas zustieße, weil sie bei mir geblieben ist. Die Erkenntnis besorgt und beschämt mich gleichermaßen. Ich habe es einfach so hingenommen, dass sie sich in Lebensgefahr begibt. Um meinetwillen.

Ich richte mich auf und lehne mich mit dem Rücken gegen das gepolsterte Kopfteil des Bettes.

«Jo, ich finde es unglaublich, was du da getan hast, aber …»

«Aber?»

«Aber mir wäre wohler, wenn du in Sicherheit wärst.»

«Du möchtest, dass ich mit Gavin nach Australien fliege? Ohne dich?»

«Nein, ich möchte, dass wir gemeinsam nach Australien fliegen, aber das geht leider nicht. Deshalb ist es mir wichtig, dass wenigstens du in Sicherheit bist.»

Ich beuge mich etwas nach vorne, streichle ihre Wange. «Der Gedanke, dass dir etwas passieren könnte, ist unerträglich.»

Joanna nimmt meine Hand, zieht sie von ihrem Gesicht weg und setzt sich nun ebenfalls aufrecht hin. Aus ihren Augen ist jegliche Sanftheit verschwunden. «Wenn ich jetzt zurückgehe, werden wir uns nie wieder sehen. Das muss dir klar sein. Ist es das, was du möchtest?»

«Nein, natürlich nicht. Ich kann ja nachkommen. Mit einer regulären Maschine. Schon morgen.» Ich hoffe, meine Worte klingen überzeugender, als ich selbst sie empfinde. Joanna schüttelt den Kopf und stößt ein bitteres Lachen aus.

«Du kennst meinen Dad nicht. Wenn ich erst einmal zurück in Australien bin, wird er Himmel und Hölle in Bewegung setzen, damit ich Matthew heirate. So, wie er es geplant hat. Alles findet immer entweder so statt, wie Dad es geplant hat, oder gar nicht.»

«Aber du bist eine erwachsene Frau. Er kann doch nicht …»

«Noch einmal: Du kennst ihn nicht. Mein Vater kann alles, was er will. Und er setzt seinen Willen fast immer durch.»

Joannas Worte wecken einen gewissen Trotz in mir. Ich weigere mich zu akzeptieren, dass dieser Mann auf der anderen Seite der Erde so einfach über unser Schicksal bestimmen soll. Über unser Leben.

«Wir werden einen Weg finden, Joanna. Soll er dich doch enterben, wir können für uns selbst sorgen. Ich werde mir in Australien Arbeit suchen, irgendwo weit weg von deinem Vater. Das Land ist groß. Wir suchen uns ein kleines Häuschen und …»

Sie unterbricht mich kopfschüttelnd. «Nein, Erik, auf keinen Fall. Ich bleibe hier.»

43

Wir schlafen wenig in dieser Nacht. Erik startet noch drei oder vier Versuche, mich von einer Rückkehr nach Australien zu überzeugen, gibt aber auf, als ich damit drohe, mir ein eigenes Zimmer zu nehmen, wenn er es nicht sein lässt.

Natürlich ist mir klar, dass meine Entscheidung nicht sehr klug ist. Aber es hat mir schon widerstrebt, Dad um Hilfe zu bitten, als ich noch dachte, ich würde dadurch Erik mit aus der Schusslinie ziehen können. So verhärtet, wie die Fronten jetzt sind, würde ich von meinem Vater nicht einmal mehr ein Stück Brot annehmen wollen.

Denn die Chancen, dass wir es auch alleine schaffen, stehen nicht schlecht. Allerdings müssen wir aus der Stadt raus, wenn nicht ganz aus dem Land und dann … vielleicht diesen Bernhard kontaktieren. *Es gibt alle Informationen, die Sie haben möchten*, das waren seine Worte am Abend des Anschlags, *und wenn Sie lange genug am Leben bleiben, werden Sie sie bekommen.*

Noch leben wir. Wie lange ist lange genug?

Ich werde ihn gleich morgen als Erstes anrufen, denke ich, als gegen vier Uhr früh doch allmählich die Müdigkeit nach mir zu greifen beginnt. Und danach hauen wir hier ab.

Als ich die Augen wieder aufschlage, ist es draußen hell und Erik schon wach. Er liegt neben mir und betrachtet mich, streichelt sanft meinen Arm. Lächelt.

Ich kuschle mich ganz nah an ihn heran. «Wie spät ist es?»

«Gleich halb neun.» Seine Hand wandert über meine Schulter zur Taille und weiter zur Hüfte. Bleibt dort liegen.

«Nein», sage ich mit all der Bestimmtheit, zu der ich in schlaftrunkenem Zustand fähig bin. «Nicht jetzt. Wir müssen uns um so vieles kümmern.»

«Ja.» Erik schließt die Augen. «Aber wer weiß, wann wir wieder so beisammen sein werden wie jetzt. Ich will dich noch nicht loslassen, Jo.»

Wir geben uns noch zehn Minuten. Zehn Minuten, in denen ich spüre, wie Angst und Unruhe sich langsam wieder ihren Platz in meinem Inneren zurückerobern, trotz Eriks Nähe. Tatsache ist, wir haben keine Zeit zu verlieren.

Es kostet mich Überwindung, in den Frühstücksraum zu gehen, aus dem Zimmer hinaus, in dem ich mich unsichtbar für die Welt gefühlt habe.

«In der Lobby ist ein Computer mit Internetanschluss», erklärt Erik, während er in seinem Kaffee rührt. «Von dort aus könnten wir Flüge buchen. Vielleicht nach Italien oder Spanien, fürs Erste.»

«Deinen Pass hast du noch?»

«Ja. Der war in der Innentasche meiner Jacke.» Erik lächelt. «Unverlierbar.»

Es könnte klappen. Wir müssten ein paar Kleinigkeiten kaufen – Sachen zum Anziehen, Toilettenartikel, einen Koffer –, aber dann könnten wir ein Taxi direkt zum Flughafen nehmen. Nach all meinen Anrufen bei der Polizei und den Angehörigenhotlines steht sein Name sicher auf der Vermisstenliste. Würde man ihn trotzdem weiterlassen? Er ist ja nicht verdächtig.

Außer natürlich, mein Vater hat sich mit der deutschen Polizei in Verbindung gesetzt und meine Flucht dort als Entführung angezeigt. Das wäre ihm zuzutrauen, jederzeit.

Aber gut. Wir werden uns einem Problem nach dem anderen stellen.

Der Computer in der Lobby ist besetzt, von einem sichtlich schlechtgelaunten Geschäftsmann, der vergeblich versucht, seine Mails abzurufen. Ich kann sehen, wie Eriks Ungeduld wächst, wie schwer es ihm fällt, sich nicht einzumischen. Vielleicht geht es ihm wie mir – die Leute, die hier ein- und ausgehen, machen mich nervös. Ebenso wie die Schlagzeilen in den Zeitungen, die auf einem Tisch neben der Rezeption ausliegen. Sie drehen sich alle um den Anschlag. Ich ziehe Erik in Richtung der Aufzüge, eine der Kabinen steht schon bereit. «Lass uns erst noch telefonieren.»

«Wen willst du denn anrufen?»

«Bernhard. Du erinnerst dich daran, was er gesagt hat? Er weiß etwas, und ich will es auch wissen.»

Im Zimmer angekommen, setze ich mich auf unser zerwühltes Bett und greife nach dem Telefon auf dem Nachtkästchen. «Weißt du Bernhards Nummer auswendig?»

Erik nickt, schließt kurz die Augen, dann schreibt er die Ziffernfolge auf den Notizblick mit Hotel-Logo, reißt das Blatt ab und gibt es mir.

Ich drücke die Null für eine Außenleitung und wähle. Doch das Handy ist nicht erreichbar. Ich versuche es drei-, viermal, immer mit dem gleichen Ergebnis.

«Hattet ihr in der Firma eure Handys üblicherweise abgeschaltet?»

Erik schüttelt den Kopf. «Nur während der Besprechungen auf stumm gestellt.»

Kein gutes Zeichen. Ich lege den Hörer auf die Gabel zurück. Schweigend machen wir uns wieder auf den Weg nach unten, wo der Computer mittlerweile frei ist. Erik ruft die Buchungsseite der Lufthansa auf. «Welche Stadt?»

Rom, ist mein erster Gedanke. Aber Dad weiß, dass ich da immer schon mal hinwollte. Das Gleiche gilt für Barcelona. «Florenz», sage ich also.

Erik gibt die geforderten Angaben in die Maske ein, wählt ein beliebiges Rückreisedatum, allerdings nur pro forma. Wir wissen beide, dass wir nicht nach München zurückkehren werden.

«Es gibt einen Flug um fünfzehn Uhr zehn», sagt er. «In viereinhalb Stunden.»

«Sehr gut.» Ich hole meine Geldbörse aus der Tasche. Vier Kredit-
karten, drei davon gehören zu Konten, die zwar auf meinen Namen
lauten, auf denen aber Dads Geld liegt. Zu meiner Verfügung. Bei
der vierten ist es anders, dort horte ich meine Ersparnisse. Geld-
geschenke, Selbstverdientes. Das Guthaben auf diesem Konto ist das
bei weitem am wenigsten beeindruckende, aber man könnte damit
immer noch leicht eine vierköpfige Familie ein Jahr lang über Wasser halten.

Ich drücke Erik die Karte in die Hand, er gibt die Nummer ein.
Klickt auf *Verbindlich kaufen.*

Wir warten auf die Bestätigung, ich sehe mich bereits nach einem
Drucker um, auf dem wir unsere Online-Tickets und gleich auch
die Boardingpässe ausdrucken können, als die Fehlermeldung erscheint. In Rot.

Ihre Kreditkarte wurde abgelehnt.

Ich fühle, wie mein Puls sich beschleunigt. Erik sieht mich an,
eine Hand vor den Mund gelegt.

Vielleicht hat er sich vertippt? Ich überprüfe die Kartennummer,
nein, alles richtig, trotzdem starte ich einen neuen Versuch, gebe
die Daten diesmal eigenhändig ein. Mit demselben Ergebnis. Das
heißt, mit den anderen drei Karten muss ich es gar nicht erst versuchen.

Wir haben in den vergangenen Tagen weit Schlimmeres durchgemacht, trotzdem ist das hier der Moment, in dem ich aufgeben
möchte. Ich weiß nicht mehr weiter, habe nicht einmal mehr die
Kraft, die Tränen zurückzudrängen, die sich in meinen Augen sam-
meln.

Erik schließt die Seite der Airline und nimmt mich in die Arme,
zieht mich aus der Lobby. Er hat recht, eine weinende Frau würde
Aufsehen erregen.

«Wir sitzen in der Falle», wispere ich, als wir wieder im Aufzug
stehen. «Wir können nicht einmal das Hotel zahlen, geschweige
denn das Land verlassen, wir sind erledigt.»

Erik blickt zu Boden, mit ernstem Gesicht. Seine Augenbrauen sind zusammengezogen, als fühlte er einem Schmerz in seinem Inneren nach. «Hör mir zu, Jo. Du rufst jetzt deinen Vater an und sagst ihm, du kommst nach Hause. Ein bisschen Bargeld hast du noch, oder? Wenn es für das Taxi nicht reicht, soll Gavin vor der General Aviation auf dich warten und es bezahlen.» Er sieht zu mir hoch. «Das ist der einzig vernünftige Weg. Ich werde nicht zulassen, dass du hier in Deutschland dein Leben riskierst.»

Ich glaube nicht, dass Erik es ahnt, aber seine Worte sind mir eine riesige Hilfe. Anders, als er es beabsichtigt, aber das tut nichts zur Sache.

Als sich die Aufzugtüren öffnen, ist von meiner Verzweiflung kaum noch etwas übrig, dafür erfüllt mich so viel Wut, dass sie mir fast den Atem nimmt. Ich hänge das «Do not disturb»-Schild an unsere Zimmertür, hole mein Handy hervor und ramme den Akku an den dafür vorgesehenen Platz, trotz Eriks Protest. Sobald ich Netz habe, wähle ich Dads Nummer. Er ist nach dem zweiten Läuten dran.

«Verdammt, Joanna. Wird Zeit, dass du dich meldest. Wo steckst du?»

Ich hole tief Luft. «Das geht dich nichts mehr an. Du hast meine Konten sperren lassen? Auch die, auf denen mein selbstverdientes Geld liegt?»

«Ja. Habe ich doch angekündigt. Denkst du wirklich, ich verschwende meine Zeit mit leeren Drohungen?»

«Aber auf mein Konto hast du keinen Zugriff!»

Er lacht. «Jo, mein Mädchen. Das Konto ist bei unserer Hausbank. Denkst du wirklich, die sagen nein, wenn ich sie um einen Gefallen bitte? Denkst du, die gehen das Risiko ein, dass ich unser Geld zur Konkurrenz transferieren lasse?»

Ich habe riesige Lust, etwas zu zerstören, gleichzeitig habe ich mich noch nie so hilflos gefühlt.

«So, und jetzt hörst du mir zu.» Mein Vater klingt nicht mehr amüsiert, sondern geschäftsmäßig. «Du fährst zum Flughafen, Gavin nimmt dich in Empfang, du fliegst nach Hause. Ende der Diskussion.»

Er weiß nicht, was er da gerade tut. Sonst würde er nicht die allerletzte Chance zunichtemachen, mich zurückzugewinnen.

«Nein, Dad.» Meine Stimme ist ruhiger, als ich zu hoffen gewagt habe. «Ich werde hierbleiben, und daher werde ich möglicherweise bald tot sein. Es sind die gleichen Leute hinter mir und Erik her, die den Münchner Bahnhof in die Luft gejagt haben, und sie haben es schon ein paarmal fast geschafft, uns umzubringen. Damit, dass du uns eben die Versorgung abgeschnitten hast, erhöhst du ihre Chancen ganz beträchtlich. Glückwunsch. Aber weißt du was? Bevor ich mich mein Leben lang von dir erpressen lasse, lasse ich mich lieber erschießen. Bye.»

Ich lege auf, bevor er etwas sagen kann. Stelle mir sein Gesicht in diesem Moment vor und beginne zu lachen. Ein Lachen, bei dem die Tränen ganz knapp unter der Oberfläche sitzen; trotzdem fühlt es sich befreiend an.

Erik lacht nicht mit. Er betrachtet mich skeptisch und mit leichtem Kopfschütteln. «Ein bisschen theatralisch, was du da gerade abgezogen hast.»

Mein Handy beginnt zu klingeln, es ist Dad, natürlich. Ich drücke ihn weg. «Ja, da hast du recht. Als wäre ich vierzehn. Liegt möglicherweise daran, dass ich das schon mit vierzehn hätte tun sollen.»

Erik deutet auf das Telefon. «Könnte doch sein, dass er jetzt nachgibt, nachdem er weiß, wie ernst die Lage wirklich ist. Joanna, verschenke nicht aus Trotz die Chance, dich in Sicherheit zu bringen. Oder vielleicht sogar uns.»

Ich verstehe Eriks Gedankengänge, aber er die meines Vaters nicht. Nachgeben liegt nicht in seiner Programmierung. Um keinen Preis. «Wir werden es ja sehen», sage ich. «Sollte er Angst um mich haben, wird er die Konten wieder öffnen lassen, nicht wahr? Das wäre es doch, was jeder andere liebende Vater an seiner Stelle täte. Jede Wette: meiner nicht.»

Ich lasse das Handy aufs Bett fallen. Das Gefühl von vorhin, einen Sieg errungen zu haben, wenn auch einen traurigen, ist verschwunden. «Wir müssen es irgendwie schaffen, ohne Geld zurechtzukommen. Ich habe keine Ahnung, wie, aber …»

«Müssen wir nicht», unterbricht Erik meinen Satz. «Du hast Geld, erinnerst du dich nicht? Du hast es mir erst vorgestern an den Kopf geworfen. Also – beinahe.»

Mein Gott, natürlich. Das Tapas-Kochbuch. Die zwanzigtausend Euro. Dieses Geld haben wir, das gibt es, nur …

Ich sehe Erik von der Seite her an. «Wie sollen wir da rankommen?»

44

Ja, wie sollen wir an das Geld kommen?

Die Situation ist an Ironie nicht mehr zu überbieten. Zwanzigtausend Euro, die über Leben und Tod entscheiden können, liegen bei uns zu Hause, in unserer eigenen Küche. Und könnten doch ebenso gut auf dem Mond deponiert sein, weil wir keine Chance haben, heranzukommen.

Gabors Leute wissen mittlerweile, dass Joanna im Haus war, es aber nicht mehr ist. Und sie müssen davon ausgehen, dass sie aus Angst nicht zurückkommt. Weil sie ihrerseits weiß, dass jemand in ihr Haus eingedrungen ist. Werden sie trotzdem dort warten? Oder sind sie abgezogen?

Wie auch immer, sie kann sich auf keinen Fall dort blicken lassen. Die Gefahr ist einfach zu groß. Und ich bin tot und sollte das nach Möglichkeit auch bleiben.

«Ich weiß es nicht», sage ich frustriert. «Wir können unter keinen Umständen zum Haus zurück.»

Joanna zieht die Unterlippe zwischen die Zähne, das tut sie immer, wenn es gilt, ein wichtiges Problem zu lösen. Diese kleine Eigenheit birgt so viel Vertrautes in sich, dass mir alles um uns herum für einen kurzen Moment ganz irreal erscheint.

Aber dann weiten sich ihre Augen, und ich weiß, dass sie eine Idee hat. «Du hast recht. *Wir* können nicht zum Haus zurück. Aber wie wäre es, wenn jemand anderes das Geld für uns holt?»

«Jemand anderes?», wiederhole ich, um mir damit ein wenig Zeit zum Nachdenken zu verschaffen. «Das ginge vielleicht, aber an wen hast du dabei gedacht? Davon abgesehen besteht trotzdem die Gefahr, dass Gabors Leute sich noch dort herumtreiben.»

«Ela.»

Ela. Natürlich. Doch schon im nächsten Moment dämpft ein Gedanke meine Euphorie.

«Nur, dass Ela denkt, ich sei tot.»

Joanna hebt die Schultern. «Dann müssen wir sie eben aufklären. Oder du versteckst dich, wenn sie hier ankommt.»

Darüber muss ich nicht nachdenken. «Nein. Wenn sie sich für uns in Gefahr begibt, werden wir sie nicht zum Dank noch weiter anlügen. Es hat mir sowieso widerstrebt.»

«Ja, da hast du recht. Wenn wir ihr die Situation erklären, wird sie verstehen, dass wir keine andere Möglichkeit hatten. Ich rufe sie an und erzähle ihr, dass du noch lebst. Und dann …»

«Nein. Ruf sie an und sage ihr, du bist in Schwierigkeiten und brauchst das Geld. Wenn sie damit herkommt, werde ich da sein, und wir können es ihr gemeinsam erklären. Okay?»

«Okay. Das wird das Beste sein.» Mit einer schnellen Bewegung beugt Joanna sich vor und küsst mich auf den Mund. «Es wird alles gut. Du wirst sehen, es wird doch noch alles gut.»

Sie hat ihr Telefon schon in der Hand, als mir noch etwas einfällt. «Warte.» Joanna stockt inmitten der Bewegung und sieht mich irritiert an.

«Wir müssen uns etwas überlegen, um zu verhindern, dass Gabors Typen Ela in Empfang nehmen. Ich kann mir zwar nicht vorstellen, dass die wirklich noch da sind, aber man weiß ja nie.»

Joanna überlegt kurz. «Die Polizei?»

«Was?»

«Kurz bevor Ela da ist, rufe ich die Polizei zu Hilfe, weil ich glaube, dass gerade jemand in mein Haus einbricht. Ela wartet, bis die Polizisten da waren. Spätestens dann sollten Gabors Leute sich aus dem Staub gemacht haben.»

Das hört sich zwar gut an, aber Joanna hat etwas vergessen. «Das wird nicht funktionieren. Wenn du einen Hilferuf loslässt, weil jemand in dein Haus einbricht, bist du ja wohl zu Hause. Wenn die aber klingeln und niemand öffnet ihnen, müssen sie davon ausgehen, dass dir etwas passiert ist. Was werden sie dann wohl tun?»

«Mist.» Die Enttäuschung steht ihr ins Gesicht geschrieben. «Sie werden die Tür aufbrechen und das ganze Haus auf den Kopf stellen. Dann wird es ewig dauern, bis sie wieder abziehen.»

«Genau. Es sei denn …» Während Joanna meine Befürchtungen wiedergegeben hat, ist mir etwas anderes eingefallen, das die Lösung sein könnte. «Es sei denn, du bist in einer anderen Stadt, bei einer Freundin. Ein Bekannter hat dich angerufen, der an unserem Haus vorbeigefahren ist und irgendwelche Typen gesehen hat, die sich dort herumtreiben. Du machst dir Sorgen, schließlich bin ich seit dem Anschlag verschwunden, und du hast der Polizei vor ein paar Tagen schon mal gesagt, dass du Angst hast.»

Sie überlegt ein paar Sekunden lang. «Stimmt, das klingt plausibel. Und ist sogar nachprüfbar.»

«Und falls diese Typen tatsächlich noch ums Haus herumlungern, werden sie netten Besuch von der Polizei bekommen.»

«Okay. Aber erst rufe ich Ela an.»

«Sage ihr bitte, sie soll vorsichtig sein. Wenn sie dort jemanden entdeckt, der ihr merkwürdig vorkommt, soll sie sofort verschwinden.»

Joanna schaltet nicht auf den Lautsprecher um, doch anhand ihrer Reaktionen und Antworten kann ich mir halbwegs zusammenreimen, was Ela sagt. Das Gespräch dauert nur wenige Minuten. Am Ende erklärt Joanna ihr noch, wo der Ersatzschlüssel versteckt ist, dann legt sie auf. «Sie macht sich riesige Sorgen um mich, aber auch um dich. Und sie holt das Geld natürlich. Es wird ein Schock für sie, wenn sie dich hier sieht.»

«Ja, aber sie wird verstehen, dass wir sie nicht grundlos belogen haben», versuche ich meine Hoffnung als Überzeugung zu verkaufen.

Zehn Minuten später ruft Joanna die Polizei an. Sie klingt besorgt und verwirrt, ängstlich und verzweifelt. Sie liefert eine derart überzeugende schauspielerische Leistung ab, dass meine Gedanken ganz kurz in eine Richtung abschweifen, die nichts mehr in meinem Kopf zu suchen hat. Nur Sekunden, dann ist es wieder vorbei. Ich weiß, ich kann ihr vertrauen. Basta.

Als Joanna das Telefon weglegt, huscht ein Lächeln über ihr Gesicht. «Sie machen sich sofort auf den Weg. Mein Gott, der arme Kerl am Telefon war so besorgt um mich, dass er am liebsten eine Hundertschaft um mein Ha… um *unser* Haus postieren würde.»

«Ein wenig Sorgen mache ich mir trotzdem um Ela. Hoffentlich geht alles gut.»

Es geht alles gut. Nach rund einer Stunde ruft Ela an und erklärt Joanna, dass sie das Geld hat und auf dem Weg nach München ist. Die Polizisten seien nur zehn Minuten um das Haus herumgelaufen und dann wieder verschwunden. Sonst hätte sie niemanden bemerkt. Weitere neunzig Minuten später klopft es an unsere Zimmertür.

Ich nicke Joanna zu, die mich fragend ansieht, und verschwinde im Badezimmer. Das haben wir so abgesprochen.

Die Geräusche, die folgen, deuten darauf hin, dass die beiden sich um den Hals fallen. Die Tür wird geschlossen. Dann Joannas Stimme: «Ich muss dir etwas sagen. Bitte, reg dich nicht auf, okay?»

«Was ist denn los?»

«Es geht um Erik. Er lebt.» Sie hat den zweiten Teil so schnell nachgeschoben, dass Ela gar keine Zeit hatte, den Anfang falsch zu interpretieren.

«Was? Das ist ja phantastisch. Er lebt? Bist du sicher? Ich bin ja so froh. Geht es ihm gut? Wo ist er?»

Ich öffne die Badezimmertür. «Hier, Ela.»

Sie erstarrt, sieht mich an wie einen Geist. Dann fliegt sie auf mich zu und fällt mir um den Hals. Sekundenlang stehen wir so da, eng umschlungen, stumm. Als sie sich wieder von mir löst, macht sie einen Schritt zurück und betrachtet mich von oben bis unten, als müsse sie sich davon überzeugen, dass alles noch so ist, wie es sein sollte. An der Stelle, wo der Verband sich durch das Hemd drückt, bleibt ihr Blick nur kurz hängen.

«Wo warst du, und was ist passiert?» Ihre Stimme ist ruhig, sie hat sich wieder gefasst. Ich deute auf den Sessel. «Setz dich, ich erkläre dir alles.»

Ich warte, bis sie Platz genommen hat, dann erzähle ich. Beginnend mit der seltsamen Mail, die ich auf Gabors Notebook entdeckt habe. Ich lasse nichts aus. Ela unterbricht mich zwei Mal, um eine Zwischenfrage zu stellen, und hört mir ansonsten nur ernst zu. Als ich meine Erzählung mit unserer Flucht aus dem Terminal beende, lässt sie sich Zeit, bevor sie schließlich nickt. «Verstehe. Das ist ja wirklich unglaublich. Und du denkst, Gabor hat was mit dem Anschlag am Bahnhof zu tun?»

«Ich weiß nicht, ob er dafür verantwortlich ist, aber auf irgendeine Art hat er seine Finger im Spiel. Verstehst du jetzt, warum wir allen erzählt haben, ich sei seitdem verschwunden?»

«Ja, natürlich. Wobei ich finde, dass ihr wenigstens mir die Wahrheit hättet sagen können. Ich habe mir so wahnsinnige Sorgen gemacht.»

«Wir wollten dich nicht mit hineinziehen», erklärt Joanna.

Ela wirft mir einen düsteren Blick zu. «Das musstet ihr jetzt sowieso. Zwei Tage früher, und ihr hättet mir schlaflose Nächte erspart.»

Ich gehe zu ihr und lege ihr eine Hand auf die Schulter. «Tut mir leid. Wir haben dabei wirklich nur an deine Sicherheit gedacht. Du passt auf dich auf, ja? Am besten schläfst du die nächsten Tage bei Richard.»

Sie tut meine Sorge mit einer Handbewegung ab. «Was ist mit Joannas Amnesie? Und den anderen … seltsamen Dingen?»

«Keine Ahnung. Da tappen wir noch vollkommen im Dunkeln. Ich wüsste nicht, wie es da einen Zusammenhang geben könnte. Das

Wichtigste ist jetzt, dass wir möglichst schnell und weit von hier wegkommen.»

Ela versteht das offenbar als Aufforderung und zieht das Kuvert mit dem Geld aus ihrer Tasche, steht auf und gibt es Joanna. «Hier. Was habt ihr jetzt vor?»

Joanna wirft mir einen auffordernden Blick zu. Antworte du, soll das heißen.

«Wir werden schnellstmöglich das Land verlassen.»

«Wie?»

«Mit dem Flugzeug.»

Ela schüttelt energisch den Kopf. «Von München aus? Das ist keine gute Idee. Nicht nach dem, was passiert ist.»

Ich ahne, worauf sie hinauswill, weil es mir selbst schon kurz durch den Kopf gegangen ist, als ich versucht habe, die Tickets für uns zu buchen. «Du meinst, weil die Sicherheitsvorkehrungen am Flughafen jetzt extrem hoch sind? Da sehe ich kein Problem. Wir werden doch nicht gesucht.»

«Und was, wenn jemand bei der Polizei angerufen und behauptet hat, ihr hättet was mit dem Anschlag zu tun?»

So weit habe ich noch gar nicht gedacht. «Du meinst Gabor?»

Ela zuckt mit den Achseln. «Möglich wäre es zumindest. Wenn er da wirklich mit drinhängt, ist ihm alles zuzutrauen. Er könnte auch ein paar seiner Leute am Flughafen postiert haben, die auf euch warten. Wollt ihr das Risiko eingehen?»

Nein, das wollen wir sicher nicht, das lese ich auch in Joannas Gesicht.

«Ela hat recht», sagt sie. «Es ist wahrscheinlich einfacher, mit dem Auto außer Landes zu kommen. Wir könnten uns einen Leihwagen nehmen.»

«Hm. Denkt ihr nicht, dass an den Grenzen jetzt auch verstärkt kontrolliert wird?», wende ich ein.

Ela nickt. «Vielleicht, aber nie so streng wie auf dem Flughafen. Ich finde die Idee mit dem Leihwagen gut.» Und nach einer kurzen

Pause fügt sie hinzu: «Ach, und noch etwas fällt mir ein. Du sagtest eben, du hast dein Handy am Bahnhof verloren. Möchtest du meins haben? Für alle Fälle? Falls ihr getrennt werdet …»

«Nein, danke. Das ist lieb von dir, aber wir haben ja ein Telefon. Das sollte reichen.»

«Moment», wirft Joanna ein. «Ela hat recht, wir sollten nichts riskieren. Was ist, wenn mit meinem Handy was passiert? Wenn ich es verliere, oder es geht kaputt? Oder Dad schafft es, diese Karte auch noch sperren zu lassen? Ohne Telefon wären wir ganz schön aufgeschmissen, ich denke, du solltest Elas Angebot annehmen. Für alle Fälle.»

«Meine Rede.» Ela greift in ihre Tasche und hält mir das Gerät entgegen. Schließlich nehme ich es und lasse es in meiner Tasche verschwinden. «Du bekommst es wieder.»

«Darauf bestehe ich auch», sagt sie.

Eine kurze Umarmung für mich, eine für Joanna, dann ist Ela mit drei Schritten an der Tür und schaut sich zu uns um. «Viel Glück. Und bitte, meldet euch.» Bevor jemand von uns etwas erwidern kann, fällt die Tür hinter Ela wieder ins Schloss.

Ich stelle mich ans Fenster und warte, bis sie aus der Hoteltür tritt, sehe ihr nach, wie sie die Straße entlanggeht, in einiger Entfernung in ihr Auto steigt und davonfährt. Niemand folgt ihr.

«Okay», sage ich dann. «Wie kommen wir jetzt an einen Leihwagen? Am besten schaue ich im Netz nach, wo die nächste Autovermietung ist und …»

«Ich besorge uns einen», fällt Joanna mir ins Wort und zieht wie zum Beweis, dass ihr Entschluss feststeht, ihre Jacke an. Aus dem Umschlag mit dem Geld fischt sie ein paar Scheine heraus und reicht mir den Rest. «Hier, steck das bitte ein. Ich nehme mir unten ein Taxi und lasse mich zur nächsten Autovermietung bringen. Wir sind in München, die kann nicht weit weg sein. Die Fahrer kennen sich ja wohl hier aus.»

«Okay. Ich komme mit.»

«Nein, ich mache das alleine.» Ihre Stimme klingt ungewohnt energisch. Fast befehlsgewohnt. «Du bist tot, schon vergessen? Wir dürfen kein Risiko eingehen. Ich besorge einen Wagen und hole dich damit hier ab. Okay?»

Der Gedanke, sie alleine losziehen zu lassen, widerstrebt mir, aber letztendlich hat sie wohl recht. So unwahrscheinlich es vielleicht auch sein mag, dass einer von Gabors Leuten uns begegnen würde, ist es trotzdem besser, ich warte hier im Hotel.

«Also gut.»

«Fein. Bis gleich.» Joanna drückt mir einen Kuss auf den Mund. Bevor ich ihn erwidern kann, ist sie schon auf dem Weg zur Tür.

Mechanisch falte ich den Umschlag zusammen und schiebe ihn in die vordere Hosentasche, gehe zum Bett, setze mich auf die Kante.

Ela, Gabor, Bernhard, Gavin. Joannas Vater. Mein Gott, in was sind wir da nur hineingeraten? Wie schön war unser beschauliches Leben bis letzte Woche. Für wie selbstverständlich habe ich es genommen, mit Joanna zusammen zu sein. Mit ihr verlobt zu sein. Was gäbe ich jetzt dafür, genau dieses Leben wiederzuhaben. Ich würde sie täglich auf Händen tragen. Ich …

Aus einem Impuls heraus stehe ich auf, trete wieder zum Fenster. Ich möchte sie sehen, wenn sie in das Taxi steigt. Keine Minute, da taucht sie unter mir auf. Die Taxen stehen ein Stück die Straße hinunter, auf der anderen Seite. Joanna geht zielstrebig auf die Fahrzeuge zu, dreht sich nicht zu mir um, schaut nicht nach oben.

Sie ist nur noch etwa fünfzig Meter entfernt, als plötzlich die Tür eines parkenden Wagens direkt vor ihr aufgerissen wird. Ich sehe ein Bein in dunkler Hose, einen Oberkörper. Ein Arm greift nach Joanna und zerrt sie so schnell in das Auto, dass sie keine Chance zur Gegenwehr hat. Die Tür ist noch nicht wieder zugeschlagen, da fährt das Fahrzeug schon aus der Lücke und schießt davon.

Niemand hat es gesehen, es ist viel zu schnell gegangen, und die Straße war fast menschenleer. Niemand außer mir. Gavin und seine Leute wissen wirklich, was sie tun.

335

Der ganze Spuk hat vielleicht zehn Sekunden gedauert. Weitere Sekunden vergehen, bis der Schock sich löst.

Ich stürme raus aus dem Zimmer, den kurzen Flur entlang zu den Fahrstühlen. Ich drücke fest auf den Knopf, entscheide, dass das zu lange dauert, reiße die Tür zum Treppenhaus auf. Dritte Etage. Ich nehme immer zwei Stufen gleichzeitig, stütze mich am Geländer ab. Zwischen der zweiten und der ersten Etage schaltet sich mein Verstand ein. Sagt mir, dass ich mich gerade vollkommen bescheuert benehme. Was soll die Rennerei? Glaube ich, den Wagen mit Joanna darin noch wegfahren zu sehen, wenn ich endlich da ankomme, wo er zwei Minuten zuvor losgefahren ist? Und ist nicht sowieso klar, wer sie in das Auto gezerrt hat und wohin die Fahrt gehen wird?

Ich wusste, es war ein Fehler, das Handy wieder einzuschalten. Unbändige Wut macht sich in mir breit, sie brennt so stark in mir, dass sie mich von innen beinahe zerfrisst.

Ich erreiche das Erdgeschoss. Erst zahlen, das dauert nur eine Minute. Auf keinen Fall Ärger mit der Polizei riskieren. Gut, mein Verstand arbeitet wieder.

Ich gehe zur Rezeption, nenne der fülligen Angestellten die Zimmernummer. Beobachte ungeduldig ihr Getippe auf der Computertastatur.

Hundertzwanzig Euro. Ich ziehe das Kuvert aus der Hosentasche, lege einen Hunderter und einen Fünfziger auf die Theke. «Stimmt so», sage ich und gehe. Den irritierten Blick der Frau registriere ich noch.

«Flughafen, General Aviation Terminal», belle ich dem Taxifahrer zu. Er dreht sich um und zieht die Brauen hoch. Dann nickt er. Kein Gespräch, keine Diskussion. Er hat verstanden.

Während der Fahrt starre ich nach draußen, ohne zu erkennen, was ich sehe. Mit jedem Kilometer wächst meine Wut auf Joannas Vater. Und meine Ohnmacht. Ich werde mich nicht abwimmeln lassen, ich werde diesen Gavin anbrüllen und wenn es sein muss, mit den Fäusten auf ihn losgehen. Und weiß doch schon jetzt, dass ich nichts werde ausrichten können. Wenn sie noch da sind. Ja. Wenn sie überhaupt noch da sind.

Ich bezahle den Fahrer großzügig und schwinge mich aus dem Wagen. Stoße mir meinen verletzten Arm an der Türkante an und fluche vor Schmerz und Wut gleichermaßen.

Die Terminalhalle, der Durchgang mit dem Zollbeamten. Er schaut mir kritisch entgegen. Aber er kann mich nicht wiedererkennen, es ist ein anderer als gestern. «Ich muss da rein, zu der Maschine von Herrn Berrigan, bitte.»

«Wie ist Ihr Name?» Es klingt viel freundlicher, als ich es dem Gesichtsausdruck nach erwartet habe.

«Thieben. Erik Thieben.»

Der Blick des Mannes senkt sich auf eine Liste, die vor ihm liegt. «Tut mir leid, ich kann Sie hier nicht finden.»

«Nein, ich stand gestern auf der Liste. Ich war auch schon hier, aber ich habe etwas vergessen.»

Kopfschütteln. «Tut mir leid, ich kann Sie nicht durchlassen.»

«Aber ich muss zu diesen Leuten. Es ist wichtig.»

«Ich kann da nichts machen.»

«Verdammt, es geht für mich um alles», platzt es aus mir heraus. «Kapieren Sie das nicht?»

Ich sehe, dass der Blick des Mannes sich suchend an mir vorbeirichtet, und weiß, was das bedeutet. Security. Ich Idiot. Dann ist es jetzt vorbei.

«Entschuldigung», höre ich plötzlich eine bekannte Stimme auf Englisch sagen. «Können Sie den Mann bitte durchlassen? Er gehört zu uns. Mister Berrigan hat das gestern schon geklärt.»

Der Beamte mustert Gavin kurz und wendet sich mir wieder zu. «Ihren Ausweis bitte.»

Der Name Berrigan wirkt offenbar sogar bei deutschen Zollbeamten.

Ich bekomme meinen Ausweis zurück, passiere den Schalter

und gehe neben Gavin her bis zur Treppe. Dort stelle ich mich ihm schnaubend in den Weg. «Wo ist Joanna?»

In Gavins Gesicht regt sich kein Muskel. Sein Blick bohrt sich förmlich in mich hinein. «Warum fragen Sie das mich? Sie sind doch mit ihr weggelaufen.»

«Und ihr habt sie gerade vor dem Hotel entführt, also sagen Sie mir jetzt …»

Ich sehe die Hand nicht kommen. Erst als sie sich um meinen Hals legt und mir erbarmungslos die Luft abdrückt, wird sie mir bewusst.

«Was sagen Sie da? Entführt? Wo? Von wem?»

Ich krächze, greife nach Gavins Hand, versuche, sie wegzuziehen. Ohne Erfolg. Als ich schon befürchte, die Besinnung zu verlieren, lockert sich der Griff endlich. Ich muss husten. Und beginne zu ahnen, dass es nicht so ist, wie ich gedacht habe. Es ist viel schlimmer.

«Ich … ich weiß es nicht. Ein dunkler Wagen ist vor dem Hotel aufgetaucht. Jemand hat sie hineingezogen. Dann ist der Wagen verschwunden.»

Gavin starrt an mir vorbei. Vier, fünf Sekunden lang. Dann nickt er mir zu. «Warten Sie hier. Wir fahren in zwei Minuten los.»

45

Der dunkle Stoff des Rücksitzes, gegen den mein Gesicht gepresst wird. Rasender Puls in meinen Schläfen, am Hals, überall. Fremde Hände wie Eisenklammern. Eine davon schließt sich um meine Handgelenke, die andere hält mich im Nacken gepackt. Innerlich bin ich starr vor Entsetzen, doch mein Körper wehrt sich, lässt mich gegen die Rückseite des Fahrersitzes treten, stemmt sich gegen den Griff des Mannes, der mich festhält, kämpft mit mehr Kraft, als ich ihm zugetraut hätte.

«Schluss jetzt, Mädchen, oder ich muss dir weh tun.» Keine Stimme, die ich kenne. Trotz des beinahe freundschaftlichen Tons habe ich keinen Zweifel daran, dass der Mann nicht zögern wird, seine Ankündigung wahr zu machen.

Also halte ich still. Den Kopf immer noch an die Rückenlehne gedrückt, das Gesicht zur dunklen Seitenscheibe des Wagens gedreht. Ich habe die Gesichtszüge des Mannes, der mich in den Wagen gezerrt hat, nur flüchtig gesehen und nicht erkannt. Kann ihn nicht einschätzen. Kann überhaupt kaum denken, weiß nur, dass ich verloren bin.

Sie haben mir die Augen nicht verbunden.

Sie werden mich nicht am Leben lassen.

Und dann ist da auch noch dieser Geruch, der mir Übelkeit verursacht, der Unheil bedeutet.

Wieder reagiert mein Körper ohne mein Zutun. Er beginnt unkontrolliert zu zittern, heftig, als würde man mich schütteln.

Der Mann lockert seinen Griff ein wenig. «Die kollabiert mir hier gleich», sagt er zu einem seiner beiden Kumpane auf den Vordersitzen.

«Drück ihr bloß nicht die Halsschlagader ab, wir brauchen sie ohne Hirnschaden», antwortet einer. Die Stimme kenne ich, ich habe sie schon einmal gehört, und gemeinsam mit dem Geruch ergibt sie ein angsteinflößendes Ganzes –

Joanna. Mir geht es hier vor allem um Sie und Ihre Sicherheit. Wollen Sie meine Hilfe?

Der Psychiater. Der, mit dem Erik sich angelegt hat. Bartsch.

Der Mann neben mir lässt mich los, langsam, als wolle er abwarten, ob ich gleich wieder beginne, mich zu wehren. Aber ich bleibe bewegungslos auf meinem Platz. Mein Atem geht so schnell, als wäre ich gerannt, als würde ich immer noch rennen, und innerlich tue ich das auch.

Gabors Leute haben uns gefunden. Mich. Und es war unser eigener Fehler – sie müssen Ela gefolgt sein, von der Schwelle unseres Hauses bis zu der des Hotels. Aus dem ich eine halbe Stunde später herausspaziert bin, ohne groß auf der Hut zu sein. Waren ja nur fünfzig Meter bis zu den Taxis.

Ich könnte mich für meine eigene Idiotie ohrfeigen. Die ganze Zeit über waren wir so vorsichtig, nur um dann diesen furchtbaren Fehler zu machen.

«Joanna, ist alles in Ordnung mit Ihnen?» Nun klingt Bartsch wieder so höflich und besorgt wie vor einer Woche in unserem Wohnzimmer.

Ich antworte ihm nicht, sondern konzentriere mich auf die Welt außerhalb des Wagens, der langsamer geworden ist. Der nun vor einer roten Ampel hält.

Nicht nachdenken. Einfach tun. Ich stoße mich vom Sitz ab, greife nach dem Öffnungshebel der Autotür – nicht verriegelt, ihr dämlichen Arschlöcher, sie öffnet sich widerstandslos, weit genug, um durchschlüpfen zu können.

Mit einem Bein und dem halben Oberkörper bin ich bereits

340

draußen, als der Mann neben mir meinen Arm packt und mich daran zurückreißt.

Ich höre mich aufschreien, es fühlt sich an, als hätte er mir die Schulter ausgekugelt. Im nächsten Moment wirft er sich über mich und zieht die Tür mit einem Knall wieder zu.

«Mach das noch einmal, Miststück, dann lernst du mich kennen.» Er schlägt mir ins Gesicht, fest, erst mit der flachen Hand, ein zweites Mal mit dem Handrücken. Ich schmecke Blut.

«Lambert! Hören Sie sofort auf!» Bartsch hat sich im Sitz umgedreht. «Es war Ihr Fehler, wieso lassen Sie der Frau so viel Spielraum?»

«Weil ich nicht damit rechne, dass Wickers, dieser Idiot, die Zentralverriegelung vergisst!», brüllt Lambert. Immer noch liegt er mit seinem ganzen Gewicht auf mir, drückt mir die Luft ab. «Aber keine Sorge», sagt er, leiser jetzt, «das wird nicht noch einmal passieren.»

Er zerrt meine Hände hinter den Rücken, schlingt etwas Schmales, Hartes um die Gelenke und zieht es zu, so fest, dass es schmerzt. «Selbst schuld», sagt er.

Ich taste mit der Zunge nach der Stelle, an der meine Lippe aufgesprungen ist. Ja, selbst schuld, aber das war es wert. Vielleicht hat ja jemand meinen Fluchtversuch mitbekommen und sich die Autonummer gemerkt. Und informiert die Polizei.

Vorne klingelt ein Handy. Zweimal, dann geht Bartsch ran. «Ja? Ja, wir haben sie. Es ist alles glatt gegangen, besser als erhofft.» Er hält inne, schüttelt den Kopf. «Wie bitte? Nein. Davon war keine Rede, das …»

Sein Gesprächspartner muss ihm ins Wort gefallen sein. Bartsch setzt mehrmals dazu an, etwas zu sagen, ohne Erfolg. «Das hätten Sie wirklich deutlicher machen müssen», sagt er schließlich defensiv. «Nein, ich … das war nicht … wissen Sie, eine solche Eigenmächtigkeit hätte ich mir nicht herausgenommen.»

Er wird mit jedem Wort nervöser, und seine Nervosität steckt mich an. Die Stimmung im Auto ist ohnehin bis zum Zerreißen gespannt, und wenn einer der drei Männer die Nerven verliert …

Meine Hände beginnen, sich taub anzufühlen, und ich balle abwechselnd die Fäuste und strecke die Finger, um die Durchblutung in Gang zu halten.

«Ich verstehe», sagt Bartsch ins Telefon. «Ja, ich denke, das lässt sich klären. Natürlich. Bis gleich.»

Er legt das Handy beiseite und dreht sich zu mir herum. «Wie heißt die Frau, die in Ihrem Haus war? Und vorhin bei Ihnen im Hotel?»

Ich hatte recht. Wir waren naiv zu glauben, dass Gabor seine Leute mittlerweile abgezogen hätte. Und dass die Polizei die Umgebung gründlich überprüfen würde. «Warum?», frage ich.

«Das spielt doch keine Rolle. Sagen Sie mir nur ihren Namen.»

In meinem Kopf überschlagen sich die Gedanken. Soll ich einfach nur den Mund halten? Soll ich lügen? Ela zu verraten kommt nicht in Frage, ich könnte sie nicht vor Gabor warnen, ebenso wenig wie Erik.

Der Gedanke an ihn brennt wie Feuer. Er ahnt nicht, was passiert ist, er sitzt im Hotel und wartet. Freut sich auf meine Rückkehr.

Eine Hand fährt in mein Haar, reißt mir den Kopf in den Nacken. Lambert. «Er hat dich was gefragt!»

«Lassen Sie das.» Bartschs Ermahnung klingt gefährlich sanft. «Das ist doch noch nicht nötig.»

Lambert lässt mich los, grinsend, er hat das *noch* ebenso deutlich gehört wie ich.

Bartsch fragt kein zweites Mal. Er dreht sich wieder nach vorne, verschränkt die Arme vor der Brust.

Ich habe lange nicht mehr auf die Umgebung draußen geachtet, erst jetzt sehe ich, dass sie sich verändert hat. Wir sind nicht mehr in der Stadt, sondern wohl schon ein ganzes Stück außerhalb. Industriegebäude reihen sich an Lagerhallen, die meisten Fahrzeuge, die uns entgegenkommen, sind Lkw.

«Geduld», sagt Bartsch, und ich weiß nicht, ob das an Lambert oder an mich gerichtet ist.

Sie parken den Wagen an einer der Lagerhallen. Sie ist riesig, und sie steht ein Stück abseits, auf einem mit hohen Mauern umgebenen Gelände. Weit abgelegen. Hier weglaufen zu wollen ist eine hoffnungslose Angelegenheit.

Am anderen Ende des Geländes sehe ich einen Lkw aus einer der Hallen fahren, doch er ist so weit entfernt, dass ich ihn auch nicht hören kann, als der Fahrer die Autotür öffnet.

Hat es Sinn, zu schreien? So laut ich kann?

Lambert scheint zu ahnen, was in mir vorgeht. «Ein Fluchtversuch, ein mieser Trick, und ich breche dir die Knochen.»

Also versuche ich es gar nicht erst. Die Chancen, dass jemand mich hören würde, sind winzig, und mir ist klar, dass Lambert seine Drohung wahr machen würde, ohne zu zögern. Er genießt seine Macht. Er würde gern noch ein bisschen mehr davon spüren.

Wir gelangen über eine Rampe in die Halle. Lambert stößt mich mehr hinauf, als dass er mich schiebt. Niemand hindert ihn daran, auch Bartsch nicht, der an uns vorbeigeht und als Erster die Halle betritt.

Meterhohe Regale, fast bis zur Decke. Riesige Kisten, manche davon in Folie eingeschweißt. Jemanden wie mich in einer davon verschwinden zu lassen, wäre überhaupt kein Problem.

Auf der freien Fläche in der Mitte der Halle stehen zwei Gabelstapler, an einen davon lehnt Bartsch sich jetzt, betont lässig. «So. Wir haben noch ein wenig Zeit. Die würde ich gern nutzen, um meine Frage von vorhin zu wiederholen: Wer war die Frau, die Sie im Hotel besucht hat?»

Ich komme kaum dazu Luft zu holen, da stößt Lambert mich schon so fest in den Rücken, dass ich zu Boden stürze. Meine Hände sind immer noch gefesselt, ich kann den Fall nicht abfangen, sondern mich nur seitlich drehen, um mein Gesicht zu schützen. Meine rechte Schulter prallt mit so viel Wucht auf den Boden, dass mir Tränen in die Augen schießen. Lambert lacht, tritt noch einmal nach mir, nicht allzu fest, eher symbolisch. «Och. Jetzt heult sie, die Kleine.»

«Es reicht.» Bartsch ist mit ein paar schnellen Schritten herangekommen, schiebt Lambert zur Seite und geht neben mir in die Hocke. Sieht mich von oben her an.

Da ist etwas wie ein Bild in meinem Kopf, etwas das ich sehen könnte, wenn es nur noch ein bisschen weiter an die Oberfläche kommen würde. Ich schließe die Augen, im gleichen Moment legt Bartsch mir die Hand unters Kinn, dreht mein Gesicht in seine Richtung.

«Sagen Sie ihn mir, Joanna. Den Namen.»

Sein Geruch. Dieses Aftershave, es war mir schon damals in unserem Wohnzimmer zuwider, jetzt weckt es beinahe Brechreiz in mir.

Wieder ein Tritt, gegen den Oberschenkel, diesmal etwas fester.

«Ich sagte aufhören», herrscht Bartsch Lambert an. Im gleichen Moment höre ich, wie sich Schritte nähern.

«Was ist hier los?»

Eine Stimme, die ich kenne, auch wenn sie bisher nur übers Telefon mit mir gesprochen hat. Gabor ist da, und er ist nicht alleine. Zwei Männer flankieren ihn, vier weitere halten sich im Hintergrund, einer davon setzt sich auf eine der Kisten. «Was sind Sie doch alle für Stümper», sagt er leise.

Gabor wirft einen irritierten Blick zurück über die Schulter, dann wendet er sich Bartsch zu. «Wieso liegt Frau Berrigan am Boden, und wer hat sie so zugerichtet?» Er blickt in die Runde. «Meine Herren, das ist ja wohl nicht Ihr Ernst.»

Betont vorsichtig hilft er mir hoch, putzt sogar den Schmutz von meinem rechten Ärmel. «Ich möchte mich für meine Mitarbeiter entschuldigen. Wenn ich etwas nicht ausstehen kann, dann ist das schlechtes Benehmen.» Er blickt sich zu Bartsch um. «Und? Ich gehe davon aus, Sie wissen mittlerweile, um wen es sich bei der Frau handelt, die Sie haben davonspazieren lassen?»

«Wir waren gerade dabei, es herauszufinden.»

Ela, mein Gott. Wir haben einfach ihr Leben riskiert, obwohl wir es hätten besser wissen müssen. Was würde ich jetzt tun, wenn sie nicht davongekommen wäre? Wie würde ich mich fühlen?

Wenn sie mich fragen, beschließe ich, werde ich sagen, die Frau hieß Susanne Jäger. Eine Nachbarin. Ich werde so tun, als fiele es mir schwer, sie zu verraten …

Doch Gabor spricht das Thema überhaupt nicht mehr an. Er wirft seinen Leuten einen verächtlichen Blick zu, bevor er sich vor mich stellt. So nah, als wollte er mich umarmen. Oder küssen.

Unwillkürlich mache ich einen Schritt zurück und stoße gegen Lambert, der mich an den Armen festhält, nicht so grob wie zuvor, aber doch so, dass ich nicht ausweichen kann, als Gabor damit beginnt, mich abzutasten. Sachlich und schnell. Erst die Jacke, dann die Hosentaschen. Aus der rechten vorderen zieht er mein Smartphone. Das gesperrt ist.

Ich mache mich darauf gefasst, dass Lambert gleich versuchen wird, den Code aus mir herauszuprügeln. Nehme mir vor, so lange hart zu bleiben, bis es nicht mehr geht.

Doch Gabor fragt nicht einmal danach. «Dreh sie um», sagt er.

Er greift nach meinen tauben Händen, und mir ist klar, dass ich verloren habe. Mein Handy lässt sich auch per Fingerabdruck entsperren. Ich versuche, mich loszureißen, in dem Wissen, wie albern das ist. Was Gabor mit meinen Fingern tut, kann ich kaum fühlen, und schon gar nicht kann ich sie ihm entziehen. Es dauert nicht einmal eine halbe Minute.

«Vielen Dank, Joanna. Also, dann wollen wir mal sehen.»

Ich drehe mich herum, würde Gabor das Telefon gern aus der Hand schlagen und mit aller Kraft drauftreten.

«Letzte Anrufe. Ah – jemand namens Manuela. War das Ihre Besucherin? Ja?»

Ich antworte nicht. Schüttle nur den Kopf, dankbar dafür, dass ich Elas Nachnamen nicht mit eingespeichert habe.

«Na, lassen Sie uns das doch überprüfen. Mal sehen, was Manuela uns so alles erzählen kann.»

Diesmal muss Lambert mich mit aller Kraft zurückhalten, als ich versuche, mich auf Gabor zu werfen. Er darf diese Nummer nicht wählen. Er darf nicht hören, wer dort abheben würde, ungeduldig und voller Vorfreude.

Ich kämpfe gegen Lamberts Griff an. «Bitte. Nicht.»

Gabor blickt hoch, lächelnd. «Oh doch.»

46

Mir rasen tausend Dinge durch den Kopf, während ich auf Gavin warte. Wenn *er* Joanna nicht entführt hat, bleibt nur eine Möglichkeit. Aber warum haben Gabors Leute das getan? Nur, um sie an einen Ort zu bringen, wo sie sie gefahrlos beseitigen können? Oder braucht Gabor sie noch? Kann sie ihm in irgendeiner Hinsicht nutzen? Dann besteht die Chance, dass sie noch eine Zeitlang am Leben bleibt.

Als Gavin zurückkehrt, wird er von zwei Männern begleitet. Einen davon kenne ich, er ist auch am Vortag in der Lounge dabei gewesen. Der andere ist um einiges älter. Wie seine beiden Begleiter ist er sportlich schlank und trägt einen dunklen Anzug. Sie bleiben stehen, Gavin nickt mir zu. «Gehen wir.»

«Aber wohin?»

«Draußen steht ein Auto. Wir fahren zuerst zu der Stelle, an der man Joanna entführt hat.» Nach den ersten Schritten fügt er hinzu. «Es war sehr dumm von Ihnen beiden, wegzulaufen.»

«Haben Sie schon mit ihrem Vater gesprochen?», frage ich, während wir auf die Passkontrolle zugehen.

«Ja.»

«Und? Wie hat er reagiert?»

Gavins Blick genügt als Antwort. Nicht fragen.

Der Zollbeamte lässt uns mit einer lockeren Handbewegung passieren. Wir verlassen das Gebäude und gehen auf einen schwarzen SUV zu, der nur wenige Meter vom Eingang entfernt geparkt steht. Gavin öffnet die Verriegelung mit der Fernbedienung und bleibt vor der Beifahrertür stehen. «Sie fahren.»

Er hat recht, das ist einfacher, als ihm den ganzen Weg bis zum Hotel zu erklären. Ich steige ein und habe mich gerade angeschnallt, als mein Handy klingelt. Nein, als Elas Handy klingelt. Entweder möchte jemand sie sprechen, oder … hastig taste ich nach dem Telefon, ziehe es heraus, starre auf das Display. «Das ist Jo», stoße ich aufgeregt aus. Ich drücke die grüne Taste und presse das Gerät gegen mein Ohr. «Jo, Gott sei Dank. Wo bist du? Geht es dir gut?»

Stille am anderen Ende. «Jo? Ich bin's, Erik. Sag doch was.»

Warum antwortet sie nicht? Hat man ihr den Mund zugeklebt? Vielleicht ist sie gefesselt, und es ist ihr gelungen, die Wahlwiederholung …

«Welch eine Überraschung. Erik.»

Eine eiserne Klammer legt sich um meinen Magen. Diese Stimme. Das ist … «Herr Gabor?»

«Ja, allerdings. Und ich bin außerordentlich überrascht, Sie am Telefon zu haben. Und dann noch an dem der lieben Manuela. Also eigentlich müsste ich Ihnen ja böse sein. Dass Sie mich als Ihren Arbeitgeber nicht darüber informiert haben, dass Sie noch am Leben sind, zeugt nicht gerade von Pflichtbewusstsein.»

Gavin stößt mich an, macht eine fragende Handbewegung. Ich schüttle energisch den Kopf und lege den Zeigefinger auf die Lippen.

«Was machen Sie mit Joannas Telefon? Und wo ist sie? Geht es ihr gut? Wenn Sie ihr etwas angetan haben, dann …»

«Bleiben Sie ruhig, Erik. Joanna genießt meine Gastfreundschaft. Und ich würde mich sehr freuen, wenn auch Sie zu uns kämen. Dann könnten wir ein wenig plaudern.»

Ich schaue zu Gavin herüber, der meinen Blick finster erwidert.

«Ich möchte Joanna sprechen», sage ich so bestimmt, wie es mir möglich ist. «Vorher tue ich gar nichts.»

Statt einer Antwort höre ich ein schabendes Geräusch, dann Joannas entfernte, aber schnell näher kommende Stimme: «Sie Scheißkerl, lassen Sie mich sofort los.» Die letzten beiden Worte höre ich ganz deutlich. Gabor hält ihr das Telefon ans Ohr.

«Jo. Mein Gott. Geht es dir gut? Haben sie dir was getan? Wo bist du?»

«Erik. Komm nicht hierher. Hörst du? Auf keinen Fall darfst du …» Sie verstummt schlagartig, jemand muss ihr den Mund zugehalten haben. Gleich darauf höre ich wieder Gabors Stimme.

«Ihre Verlobte möchte Sie offenbar bei unserem netten Zusammentreffen nicht dabeihaben. Ich schon.» Es klingt tatsächlich wie eine Einladung zum Kaffee. «Wo sind Sie gerade?»

Ich spüre eine unbändige Wut in mir aufsteigen. Dieser Dreckskerl hat mehrfach versucht, mich umzubringen. Und nun hat er Joanna in seiner Gewalt. Zum ersten Mal in meinem Leben verspüre ich die Lust, jemandem Schmerzen zuzufügen. Schlimme Schmerzen. «Das werde ich Ihnen sicher nicht auf die Nase binden.»

«Auch gut. Dann machen wir es eben unabhängig von Ihrem Standort. Ich gebe Ihnen … sagen wir mal, eine Viertelstunde, um hier aufzutauchen. Wenn Sie bis dahin nicht bei uns sind, brauchen Sie gar nicht mehr zu kommen, jedenfalls nicht, was Joanna angeht. Und jetzt hören Sie genau zu, ich beschreibe Ihnen, wo wir sind.»

«Nein, warten Sie. Ich bin in der Nähe des Flughafens, eine Viertelstunde reicht nicht.»

«Ah, na also. Am Flughafen. Was tun Sie dort?»

«Ich dachte, Jo wäre vielleicht schon hier, nachdem sie nicht wiederaufgetaucht ist», lüge ich. «Wir wollten heute von hier aus losfliegen.»

Gabor schweigt eine Weile, in der mir schlecht wird vor Angst, dann sagt er: «Ich erwarte Sie in einer halben Stunde. Wir sind in einer Lagerhalle am Stadtrand. Das können Sie gut schaffen.»

Er erklärt mir den Weg und spricht dabei langsam und betont deutlich. Zum Schluss nennt er mir die Adresse. Ich wiederhole sie in Gedanken drei Mal. «Ach, und Erik … Ich finde den Satz so kindisch, weil diese hirnlosen Fernsehganoven das immer sagen, aber ich weiß nicht, wie ich es sonst ausdrücken soll. Wenn Sie die Polizei verständigen, wird Ihre Verlobte sterben.» Dauerton. Er hat aufgelegt.

«Das war Gabor», sage ich überflüssigerweise und lasse das Telefon sinken. «Er hat Jo entführt und verlangt, dass ich zu ihm komme. In einer halben Stunde. Wenn nicht, tötet er sie.»

«Wird er das tun?»

Ich nicke. «Ja, ich denke, das tut er. Und er sagte, wenn ich die Polizei verständige, stirbt sie auch.»

Gavin zieht die Mundwinkel nach unten. «Nein, keine Polizei. Noch nicht. Das übernehmen wir. Schaffen Sie den Weg in einer halben Stunde?»

«Ja, ich glaube schon.»

«Gut.» Er zieht einen Kugelschreiber aus der Innentasche seines Sakkos, öffnet das Handschuhfach und nimmt die Bedienungsanleitung des Autos aus einer Ledertasche. Mit einer schnellen Bewegung reißt er das Deckblatt ab und hält es mir entgegen. «Die Adresse. Schreiben Sie sie auf. Und die Nummer von Ihrem Telefon. Dann fahren Sie los, ich rufe Sie an.»

«Und was werden Sie …»

«Schreiben Sie. Jetzt.»

Während ich tue, was Gavin verlangt, dreht er sich zu den beiden Männern im Heck des Wagens um.

«Ruft Riley an. Alle außer den Piloten sofort raus. Komplettausrüstung. Und wir brauchen drei Fahrzeuge. Ich erwarte, dass wir in fünf Minuten abfahren. Los jetzt.»

Als die Türen hinter den Männern zuschlagen, reiche ich Gavin das Blatt zurück. Er wirft einen kurzen Blick darauf und nickt. «Sie fahren jetzt dorthin und tun alles so, wie dieser Gabor es verlangt hat. Wir kommen in wenigen Minuten nach. Ich rufe Sie während der Fahrt an, dann werden Sie mir genau erklären, warum Gabor Jo entführt hat. Und was das für ein Kerl ist. Alles klar?»

Ich bin so durcheinander, dass eigentlich gar nichts mehr klar ist, aber ich hoffe, ich habe verstanden. Mein Gefühl sagt mir, dass es das Beste sein wird, Gavins Anweisungen zu befolgen. Im Gegensatz zu mir kennt er sich mit solchen Situationen offenbar aus.

Er verlässt den Wagen, ich starte den Motor und fahre los. Auf der Autobahn Richtung München gebe ich die Adresse ins Navigationsgerät ein. Es ist auf englische Sprache eingestellt. Natürlich.

Vierundzwanzig Minuten, zeigt das Display an. Gott sei Dank.

Als Gavin mich anruft, sitzt er ebenfalls schon im Auto. Ich erzähle ihm in knappen Worten, was ich über Gabor weiß, und das ist offensichtlich lange nicht so viel, wie ich über ihn zu wissen glaubte. Von den Versuchen, uns umzubringen, berichte ich ebenso wie von der Mail, die ich auf Gabors Notebook gesehen habe. Und von der Explosion am Bahnhof.

Gavin fragt mich, wie viele Leute Gabor hat. Woher soll ich das wissen?

Inzwischen habe ich den Münchener Stadtrand erreicht. Das Navi zeigt noch 2,2 Kilometer bis zum Ziel. Ich fahre in eine Art Industriegebiet. Autowerkstätten und -händler verschiedener Marken reihen sich aneinander, eine große Schlosserei, eine Sanitärfirma. Dazwischen größere und kleinere Hallen, unbeschriftet, fensterlos.

Noch achthundert Meter. Hier gibt es keine Autohändler mehr. Nur noch Lagerhallen.

Ich versuche mir vorzustellen, was mich erwartet, wenn ich ankomme. Wird man mich niederschlagen, wenn ich in der Falle sitze? Mir bricht der Schweiß aus. Es fällt mir immer schwerer, einen klaren Gedanken zu fassen, je näher ich meinem Ziel komme. Das ist die Angst. Sie beherrscht mich mehr und mehr, droht meinen Verstand komplett zu lähmen. Alles, alles in mir schreit danach umzukehren, so schnell wie möglich eine große Distanz zwischen mich und Gabor zu bringen.

Aber Joanna. Sie ist diesem Drecksack hilflos ausgeliefert. Nein. Ich werde auf keinen Fall weglaufen. Es gelingt mir, die Angst zu unterdrücken, Platz zu schaffen für das Gefühl der Wut auf Gabor und seine Helfer. Diese verdammten Schweine.

Noch hundert Meter. Ein Blick auf die Uhr. Ich bin gut durchgekommen, habe noch sechs Minuten, bis die halbe Stunde um ist. Ich halte an, ziehe das Telefon hervor, wähle die letzte Nummer.

«Ich bin da», sage ich, als Gavin das Gespräch nach dem ersten Klingeln annimmt. «Was soll ich tun?»

«Wie lange haben Sie noch Zeit?»

«Noch fünf Minuten.»

«Okay. Warten Sie noch zwei Minuten, dann gehen Sie rein. Wir sind auch fast da. Tun Sie alles, was der Kerl von Ihnen verlangt. Gehen Sie zum Schein auf alles ein. Sie müssen Zeit schinden. Und versuchen Sie in Joannas Nähe zu gelangen. Wenn wir da reinkommen, wird es ungemütlich. Sie müssen sie schützen, haben Sie das verstanden?»

«Ja, ich werde es versuchen.»

«Gut. Wenn wir jetzt aufgelegt haben, verstecken Sie das Telefon irgendwo im Auto und gehen los.»

«Das Telefon? Aber warum …»

«Haben Sie vergessen, dass Gabor Sie von Joannas Telefon aus angerufen hat? Er wird auch Sie untersuchen. Er wird das Telefon finden und die Wahlwiederholung drücken. Eine australische Nummer. Wenn er nicht komplett dämlich ist, ahnt er, was Sache ist.»

«Aber ich kann die Anrufe doch …»

«Fuck», brüllt Gavin plötzlich. «Sie haben Joanna in diese Situation gebracht. Jetzt hören Sie auf zu labern und tun, was ich Ihnen gesagt habe, sonst reiße ich Ihnen Ihren gottverdammten Arsch auf.»

Ich möchte zurückschreien und ihm sagen, dass er mich mal kreuzweise kann. Dass es Joannas Entscheidung war, am Flughafen vor ihm zu fliehen, weil er so stur war. Dass ich Joanna mehr als einmal gebeten habe, zurückzugehen.

Aber ich brauche ihn. Joanna braucht ihn.

«Okay», sage ich tonlos und lege auf. Das Telefon verstecke ich unter der Fußmatte hinter dem Fahrersitz. Ich atme noch einmal tief durch, dann steige ich aus. Die letzten hundert Meter gehe ich zu Fuß. Vielleicht ist es ganz gut, wenn sie mich nicht kommen hören.

Meine Knie fühlen sich wackelig an. Aber ich denke nicht mehr daran, wegzulaufen.

Irgendwo da vorne ist Joanna.

47

Lamberts Hand, die sich auf meinen Mund presst, riecht nach kaltem Zigarettenrauch. Ich versuche, ihn zu beißen, nach hinten zu treten, doch beides beeindruckt ihn nicht. Im Gegenteil, er lacht. «Warte nur, bis Gabor mir freie Hand lässt», flüstert er mir ins Ohr.

Der hat soeben sein Gespräch mit Erik beendet und steckt mein Handy sorgfältig in die Innentasche seines Sakkos. «Das war ergiebiger, als ich erwartet hatte», sagt er, zu mir gewandt.

Der Mann, der sich vorhin auf die Kiste gesetzt hat, ist nun aufgestanden und schlendert auf uns zu. Er ist groß, gekleidet wie ein Geschäftsmann, und seine dunklen Haare sind millimeterkurz geschnitten.

«Habe ich das richtig verstanden, Gabor? Dieser Thieben, von dem Sie uns versichert hatten, dass er endlich tot ist, lebt immer noch?»

Gabor zuckt mit den Schultern, sichtlich bemüht, souverän zu wirken. «Ja, aber nicht mehr länger als eine knappe halbe Stunde. Er ist auf dem Weg hierher.»

Also hat meine Warnung nichts genutzt. Erik wird diesen Leuten in die Hände fallen – wahrscheinlich in dem Glauben, mich damit zu retten. Als ob Gabor es riskieren könnte, einen von uns beiden am Leben zu lassen.

«Es war ein Fehler, Ihnen so viel Verantwortung zu übertragen», stellt der Mann mit den kurzen Haaren fest. «Wird gar nicht so einfach, das alles wieder zu korrigieren. Ich hoffe, Ihnen ist klar …»

«Genug.» Die Stimme kommt vom Eingang her. Ich habe nicht

gemerkt, dass das Tor der Halle sich wieder geöffnet hat, und den anderen scheint es ebenso gegangen zu sein.

Der Mann, der nun eintritt und sich uns nähert, wirkt, als hätte er alle Zeit der Welt. Er hat nur ein Wort gesagt, doch das war ausreichend, um alle Anwesenden erstarren zu lassen, Gabor eingeschlossen. Lamberts Griff wird immer unbarmherziger. Wahrscheinlich will er sicherstellen, dass ich ihm nicht vor den Augen des Neuankömmlings entwische.

Der Mann ist alt, sicher Mitte achtzig. Er hält sich sehr gerade, fast militärisch stramm, obwohl er einen Gehstock bei sich hat, auf den er sich aber nicht stützt; er stößt ihn nur bei jedem zweiten Schritt kräftig auf den Boden, als wolle er sich selbst beim Gehen den Takt vorgeben.

Der Dreiteiler, den er trägt, erinnert mich an die in London angefertigten Maßanzüge meines Vaters. Dieser Mann hier hat Geld. Und Macht, die weit über die von Gabor hinausgeht. Ich kann Menschen das ansehen. Ich bin einigen von dieser Sorte begegnet, allerdings noch keinem, der allein durch sein Erscheinen so viel Angst in seiner Umgebung ausgelöst hat. Die Männer, an denen er vorbeigeht, weichen zurück, nicht sichtbar, aber innerlich. Wie Schüler, die von ihrem Lehrer möglichst nicht bemerkt werden wollen.

«Ich finde es ausgesprochen bedauerlich, dass ich gezwungen bin, Ihnen hinterherzuräumen, Gabor.» Die Stimme des Mannes ist leise, aber kräftig, als wäre es unter seiner Würde, sie zu erheben, damit die Menschen um ihn herum ihn verstehen können. «Sie hatten gesagt, Sie wären dieser Aufgabe gewachsen. Offenbar war es ein Fehler, Ihnen das zu glauben.» Er bleibt stehen, beide Hände auf den Knauf seines Stocks gelegt. «Sie gefährden den Erfolg des Projektes. In zwei Wochen sind Wahlen, und im Licht der Ereignisse werden wir unseren größten Sieg seit über siebzig Jahren feiern – es sei denn, Ihre Fehler bringen uns zu Fall.»

Wahlen? Was haben denn die Wahlen mit alldem zu tun? Ich

begreife nicht, wovon der Mann spricht, ich sehe nur, dass Gabor um Fassung ringt. Er räuspert sich mehrmals, trotzdem klingt er unsicher, als er spricht.

«Ich versichere Ihnen, Herr von Ritteck, ich habe alles unter Kontrolle. Es gab einige unvorhersehbare Zwischenfäll –»

«Unvorhersehbar?» Der Mann macht gemächlich drei Schritte auf Gabor zu. «Sie haben einem Angestellten Zugriff auf unsere vertrauliche Korrespondenz gewährt. Wenn Sie das unvorhersehbar – dumm nennen wollen, stimme ich Ihnen zu. Und dann kümmern Sie sich nicht umgehend um diesen Fehler, sondern lassen den Mann laufen.»

Gabor hat immer wieder den Kopf geschüttelt. «Ich habe doch Maßnahmen ergriffen. Es gab ein geradezu geniales Konzept, um Thieben zu beseitigen, falls sich herausstellen sollte, dass es nötig sein würde.»

Von Ritteck tritt einen weiteren Schritt auf Gabor zu, dem es sichtlich schwerfällt, nicht zurückzuweichen. «Falls? Ihre Aufgabe wäre es gewesen, sämtliche Risiken von der Staffel fernzuhalten. Oder mich wenigstens unmittelbar von Ihrem Versagen zu informieren und meine Befehle entgegenzunehmen. Und glauben Sie mir, die wären eindeutig gewesen.»

Gabor will etwas einwenden, aber von Ritteck bremst ihn mit einer knappen Handbewegung. «Soweit ich weiß, ist Thieben ja nicht das einzige Problem. Wie sieht es mit den zwei anderen Mitarbeitern aus?»

«Beide tot», erklärt Gabor eifrig. «Bei Nadine Balke geht man von Selbstmord aus, und Morbachs Leiche wird man niemals finden. Nicht in den nächsten zehn Jahren.»

Für einen Moment bin ich froh, dass Lambert mich so eisern festhält. Bernhard Morbach. Der Mann mit der Computertasche, der mich gewarnt hat. *Sie müssen verschwinden, so schnell Sie können. Das ist kein Scherz, Sie müssen sich in Sicherheit bringen.*

Ihm selbst ist das offenbar nicht gelungen.

«Morbach.» In von Rittecks Miene tritt ein bedauernder Zug. «Er war vielversprechend. Der deutschen Sache sehr ergeben, ich mochte ihn. Ein paar Jahre noch, dann hätte er die nötige Härte gehabt, um sich von ein paar Toten nicht aus der Bahn werfen zu lassen, wenn es um das Wohl der Heimat geht. Er hätte begriffen, dass sie wie Soldaten für ihr Land gefallen sind. Opfer eines notwendigen Krieges gegen diese Untermenschen mit ihren Gebetsteppichen und Schleiern, die sich anmaßen, auf deutschem Grund die gleichen Rechte zu genießen wie wir.» Wieder stößt er seinen Stock auf den Boden. «Die es wagen, uns zu bedrohen, die mit ihrem Terror unsere Frauen und Kinder in Angst versetzen. Doch diesmal werden sie die Früchte ihres Tuns ernten.»

Langsam, ganz langsam dämmert es mir. Das Projekt. Projekt Phoenix, das muss es sein. Davon spricht dieser Mann. Über hundert Tote, um den Hass der Bevölkerung zu schüren – auf Muslime in erster Linie, aber in Folge auf alles, was fremd ist.

Was für ein Irrsinn. Und ja, in zwei Wochen sind Wahlen …

Ich habe keine Zeitungen gelesen in den letzten Tagen, war kaum im Internet – der Wunsch, selbst zu überleben hat keinen Platz für etwas anderes gelassen. Aber ich kann mir vorstellen, wie hoch die Wellen in den sozialen Medien geschlagen haben müssen. Wie fruchtbar der Boden schon Stunden nach dem Anschlag für rechtspopulistische Politiker und ihre simplen Lösungen geworden sein muss.

Wie Soldaten für ihr Land gefallen. Ich denke an die Bilder im Fernsehen und an das, was Erik mir erzählt hat. Wünsche mir, dass dieser von Ritteck mit allen seinen Helfern auffliegt, bloßgestellt wird, für das bezahlt, was er getan hat, wünsche es mir wie fast nichts sonst auf der Welt.

Nur überleben will ich noch dringender. Doch das ist in Anbetracht dessen, was ich nun weiß, so unwahrscheinlich wie noch nie.

Gabor hat sich ein wenig gefangen, wie es scheint. «Das alles liegt

357

mir ebenso am Herzen wie Ihnen», erklärt er. «Deshalb habe ich mich freiwillig für diesen Einsatz gemeldet. Warum hätte ich das tun sollen, wenn mir unsere Ziele nicht wichtiger wären als mein eigenes Wohl?»

Ritteck mustert ihn von unten bis oben. «Geltungsbedürfnis», sagt er trocken. «Und natürlich wissen Sie auch, wie einflussreich die Leute sind, bei denen Sie sich damit beliebt machen.»

Gabor wirkt ehrlich verletzt. «So denken Sie von mir? Ich versichere Ihnen, ich würde mich jederzeit für die Staffel opfern. Und ich werde es auch tun, ich werde meinen Kopf hinhalten und alle anderen schützen, falls Phoenix durch meine Fehler scheitern sollte.»

Es ist schwer zu sagen, ob von Ritteck ihm glaubt. Er steht einfach nur da, schweigend. Dann wendet er langsam den Kopf.

Bisher hat dieser Mann mich keines Blickes gewürdigt, jetzt sieht er mich zum ersten Mal an. Lange. Ausdruckslos.

Ich wende meinen Blick nicht ab, ich habe ohnehin nichts mehr zu verlieren. «Phoenix darf nicht scheitern», sagt er, bevor er wieder Gabor ins Visier nimmt. «Nur interessehalber: Wissen Sie eigentlich, wen Sie da in Ihrer Obhut haben?» Er deutet mit dem Stockknauf in meine Richtung.

«Ja, natürlich. Das ist die Verlobte von Erik Thieben. Ihr Name ist Joanna.»

«Hm.» Gemächlich verlagert Ritteck sein Gewicht vom rechten Bein aufs linke. «Joanna … und wie weiter?»

Es ist Gabor anzusehen, dass er diese Frage für reine Schikane hält. Dass ihm etwas wie «Das spielt doch keine Rolle», auf der Zunge liegt und er es sich nur aus Respekt und wohl auch Angst vor seinem Gegenüber verkneift. «Joanna Berrigan. Sie ist Australierin und Fotografin, seit etwa einem Jahr lebt sie in Deutschland.»

«Richtig, nur scheint Ihnen leider das Wichtigste entgangen zu sein», unterbricht ihn Ritteck. «Dann sollte ich Sie vielleicht ins Bild setzen. Berrigan, hm? Denken Sie doch mal nach, Gabor.» Er wartet zwei Sekunden, drei. «Der Name sagt Ihnen nichts? Das habe ich schon vermutet. Ich gedenke auch nicht, Ihnen jetzt einen Vortrag über den Einfluss und die Vermögensverhältnisse ihres Vaters zu halten, daher nur so viel: Sie ist niemand, den man einfach verschwinden lassen kann, ohne damit eine Lawine ungeahnten Ausmaßes loszutreten.»

Er hat Gabor kalt erwischt, das ist unübersehbar. Sein Blick huscht zu mir, dann wieder zurück zu Ritteck, der eben seine Taschenuhr aus der Westentasche zieht. «Wieso weiß ich das und Sie nicht, Gabor? Können Sie mir das erklären?»

«Nein.» Gabor strafft sich. «Diese Nachlässigkeit geht ganz klar auf mein Konto. Aber hätte der Plan funktioniert, den ich schon vor Monaten in die Wege geleitet habe, wäre auch dieses Problem mit einem Schlag gelöst gewesen.»

Von Ritteck seufzt. «Und so werde ich es für Sie lösen. Müssen. Sie sind unfähig, Gabor. Sie sind es nicht würdig, der Staffel 444 anzugehören.»

Erstmals sieht man Gabor die Wut an, die er bisher mit aller Kraft unterdrückt haben muss. «Ja, ich habe versagt. Aber ich war es nicht allein. Sie haben mir Bartsch geschickt, mit der Versicherung, dass er ein erstklassiger Mann ist. Eine Koryphäe, wenn es um die menschliche Psyche geht, das waren Ihre Worte. Aber hätte er seine Aufgabe korrekt erfüllt ...»

Bartsch hat sich bis zu diesem Moment im Hintergrund gehalten. Nun tritt er aus dem Schatten hervor, stellt sich neben von Ritteck. «Ich habe meine Aufgabe nach allen Vorgaben erfüllt. Die Idee war Ihre, Herr Gabor. Sie war gut, das will ich nicht in Frage stellen. Aber sie war nie wasserdicht.»

Gabor, der sich plötzlich zwei Gegnern gegenübersieht, lacht höhnisch auf. «Auf einmal war sie nicht wasserdicht, ja? Das hat vor zwei Monaten aber ganz anders geklungen. Da konnten Sie es überhaupt nicht erwarten, in den Flieger zu steigen.»

Bartsch schüttelt den Kopf. «Hören Sie doch auf. Sie werden es nicht schaffen, mir den Schwarzen Peter zuzuspielen. Ich habe in dieser Sache keinen Fehler gemacht.»

«Ach ja?» Gabor streckt den Arm aus, deutet auf mich. «Wenn das wahr wäre, müsste dort jetzt eine Killerin vor uns stehen.»

48

Gabor hat in seiner Beschreibung eine hohe Mauer erwähnt, hinter der sich die Halle befinden soll. Die Mauer, vor der ich nun stehe, muss die richtige sein. Als ich ihr Ende erreiche und freie Sicht auf das dahinterliegende Gelände habe, entdecke ich dort eine dunkle Limousine, die direkt vor der Halle parkt. Instinktiv mache ich ein paar Schritte zur Seite und drücke mich hinter einen Turm aus aufgestapelten Europaletten.

Ob die Insassen der Limousine zu Gabors Leuten gehören?

Ich schaue auf die Uhr. In zwei Minuten ist die halbe Stunde um, ich werde es darauf ankommen lassen müssen. Keine Zeit mehr zu verlieren.

Kurz danach stehe ich vor der etwa drei Meter breiten Einfahrt.

Die Halle ist ein Stück nach hinten versetzt. Verschiedenfarbige Eingänge und Verladerampen weisen darauf hin, dass sich mehrere Firmen das Gebäude teilen. Allerdings ist die freie Fläche davor größtenteils leer. Nur am äußeren rechten Ende der Halle stehen ein paar Pkw. Etwa dort, wo ich nach Gabors Anweisungen hingehen soll.

Ich müsse zu einem blauen Tor, sagte er. Dort vorne ist es, genau da, wo die dunkle Limousine parkt.

Eine Minute nach Ablauf der Frist erreiche ich die Stelle. Das Tor ist verschlossen. Ich sehe mich um, habe keine Ahnung, was ich jetzt tun soll. Gabor hat nichts darüber gesagt, und ich habe auch nicht daran gedacht, ihn zu fragen.

Mir rennt die Zeit davon. Ich balle die Hand zur Faust und

schlage mehrmals gegen das Tor. Der Effekt ist minimal, das Material schluckt meine Schläge fast vollkommen, dafür schmerzt meine Hand. Ich drehe mich um, trete mit der Ferse zu. Das Resultat unterscheidet sich kaum vom ersten Versuch.

«Lassen Sie das.»

Ich weiß nicht, woher der Mann so plötzlich gekommen ist. Er steht seitlich neben mir, und die Waffe in seiner Hand lässt mich keine Sekunde daran zweifeln, zu wem er gehört.

«Mein Name ist Erik Thieben», sage ich vorsichtig. «Ich möchte zu Herrn Gabor.»

«Halten Sie den Mund und kommen Sie mit.»

Er dirigiert mich vom Tor weg um die Ecke der Halle. Der Abstand zwischen Außenwand und Mauer beträgt hier höchstens zwei Meter. Vor einer Tür steht ein weiterer Mann. Groß, stämmig, mit versteinerter Miene. Er tritt einen Schritt zur Seite und öffnet den Eingang.

Vor mir liegt ein schmaler Gang, der in einer doppelflügeligen Schwungtür endet. Etwa auf der Hälfte zweigt rechts ein schmalerer Flur ab.

«Geradeaus», befiehlt der Kerl in meinem Rücken.

Die Schwungtür lässt sich ohne Mühe öffnen und gibt den Blick auf einen abgetrennten Bereich der Halle frei. Mit einem schnellen Rundumblick versuche ich, die Situation vor mir zu erfassen.

Das Teilstück ist etwa hundert Meter lang und ebenso breit. Schmale Oberlichter auf der rechten Seite sowie einige Glaseinsätze im Dach tauchen die Stahl- und Betonkonstruktion in tristes, farbloses Licht. Es riecht nach Öl, der Steinboden ist übersät mit dunklen Flecken. Zu beiden Seiten stehen hohe Regale, davor Holzkisten und beladene Paletten. Es könnte sich um Maschinen oder Bauteile für irgendwelche größere Anlagen handeln. Der Mittelbereich ist frei bis zur gegenüberliegenden Wand. Dort ist ein Rolltor in die Wand eingelassen, hoch und breit genug, um einen großen Lkw hindurchzulassen.

Zwei Gabelstapler sind in der Nähe abgestellt. Davor steht eine Gruppe von mehreren Personen, die sich nun alle zu uns umdrehen. Ich glaube, Gabor und Bartsch zu erkennen. Aber wo ist Joanna?

Ohne auf das Kommando des Mannes hinter mir zu warten, setze ich mich in Bewegung. Den Drang, loszulaufen, kann ich nur mit großer Mühe unterdrücken. Was haben die mit Joanna gemacht? Meine Schritte werden immer schneller. «He, langsam», ruft der Typ hinter mir, aber der kann mich mal.

Dann endlich sehe ich sie. Einer von Gabors Männern hatte sie verdeckt. Jemand hält sie von hinten fest, eine Hand liegt über ihrem Mund.

Meine Erleichterung währt nur eine Sekunde, dann sehe ich die Waffen, die auf mich gerichtet sind.

Wenn doch nur Gavin mit seinen Männern endlich hier wäre! Aber wie soll ich mich dann verhalten? Und vor allem: Wie reagieren diese Typen darauf? Werden die nicht einfach losschießen, wenn die Australier plötzlich die Halle stürmen?

«Ah, Erik. Da sind Sie ja.» Gabor hebt den Arm und schaut demonstrativ auf seine Uhr. «Und sogar fast pünktlich. Ich hoffe, Sie waren so vernünftig, nicht die Polizei zu informieren. Meine Mitarbeiter sind rund um die Halle verteilt. Sie werden es sofort bemerken, wenn sich Einsatzkräfte nähern. Und dann werden wir Sie beide auf der Stelle töten.»

Noch etwa zehn Meter trennen uns. Ich habe mich so sehr auf Gabor und Joanna konzentriert, dass ich den alten Mann erst in diesem Moment bemerke. Er steht schräg neben Gabor auf einen Stock gestützt. Nicht gebeugt und ohne das kleinste Anzeichen von Gebrechlichkeit. Angesichts seiner straffen Haltung erscheint der Stock wie ein nicht funktionierendes Requisit, das Schwäche nur vorgaukeln soll.

Es ist dieser Gehstock, an dem ich ihn erkenne. Den Mann, der mir in Gabors Vorzimmer begegnet ist. Damals habe ich kaum auf ihn geachtet, und er auf mich noch viel weniger. Jetzt sieht er mich immerhin an, erkennt mich vielleicht sogar, aber sein Blick ist ohne jedes menschliche Interesse. Kalt und auf eine gänsehauterzeugende Art emotionslos. Dieser Mann ist von einer Aura der Macht umgeben, und das wäre er wahrscheinlich auch noch, wenn er in Lumpen gehüllt wäre.

Ich bleibe stehen, drehe mich zu Joanna um. Sehe die Angst in ihren Augen. Reiße mich von ihr los und wende mich Gabor zu.

«Sagen Sie mir jetzt endlich, was das alles soll? Ich habe keine Ahnung, was Sie hier treiben, aber ich würde gerne verstehen, warum Sie mich umbringen wollten. Und warum Sie Joanna entführt haben. Was haben wir mit Ihren Machenschaften zu tun? Was haben wir Ihnen denn getan? Oder was habe ich getan?»

«Nun», setzt Gabor an, wird aber sofort von dem Alten unterbrochen. «Halten Sie den Mund.»

Er sagt es ebenso emotionslos, wie er mich gerade noch angesehen hat. Es klingt vollkommen unaufgeregt, fast beiläufig, und doch schwingt etwas in dieser Stimme mit, das mir noch mehr Angst macht als die Waffen, die auf mich gerichtet sind.

«Ich werde ein wenig Licht in das Dunkel Ihrer Unwissenheit bringen, junger Mann. Sagen wir es mal so: Sie waren zur falschen Zeit am falschen Ort. Eine Laune des Schicksals, an der Sie selbst noch nicht einmal die Schuld tragen. Umso tragischer ist es für Sie und Frau Berrigan, dass Sie für die stümperhafte Sorglosigkeit eines anderen den Kopf hinhalten müssen.»

Der Blick, mit dem der Mann Gabor ansieht, dauert nur zwei Sekunden, doch es liegt mehr Verachtung darin, als man mit Worten hätte ausdrücken können.

Der Mann geht ein paar Schritte auf mich zu und bleibt zwei Meter vor mir stehen. Trotz der Distanz nehme ich seinen Geruch wahr. Er riecht alt.

«Herr Thieben, was ich jetzt von Ihnen wissen möchte, ist der Name der Frau, die Ihrer Verlobten einen Besuch im Hotel abgestattet hat. Aber wahrscheinlich waren Sie ja zu dieser Zeit selbst dort, während wir alle dachten, Sie seien tot.» Wieder dieser Blick zu Gabor.

Ich blicke zu Joanna hinüber, die es trotz der Hand auf ihrem Mund schafft, den Kopf mit weit aufgerissenen Augen zu schütteln. *Tun Sie alles, was die von Ihnen verlangen*, hat Gavin gesagt. Aber er sagte auch, ich solle Zeit schinden. Ich zucke mit den Schultern. «Ich weiß nicht, wen Sie meinen. Außerdem werde ich kein Wort sagen, solange dieser Kerl seine Hand auf Joannas Mund hat.»

Eine kaum wahrnehmbare Bewegung des Alten bewirkt, dass die Hand sich senkt. Er schaut Joannas Bewacher dafür noch nicht einmal an.

«Erik, warum bist du hergekommen?», platzt Joanna sofort heraus. «Sie werden uns beide töten. Das muss dir doch klar sein.»

«Ihre Verlobte hat leider recht, Herr Thieben. Wir werden Sie wohl beide töten müssen, so oder so. Was sie aber nicht wissen kann, ist Folgendes:

Ich werde Sie jetzt gleich noch einmal fragen, wer diese Frau war. Wenn Sie mir nicht oder falsch antworten, lasse ich Ihrer Verlobten einen Finger abschneiden und stelle die gleiche Frage erneut. Als Computerfachmann haben Sie sicher schnell überschlagen, dass wir nach etwa fünfzehn Minuten am letzten Finger angekommen wären. Machen wir zwanzig Minuten daraus, denn wir werden zwischendurch sicher ein paar Maßnahmen ergreifen müssen, damit Frau Berrigan das Bewusstsein wiedererlangt.»

Ich bin kurz davor, mich zu übergeben.

«Dann ziehen wir ihr die Schuhe aus und brauchen wieder etwa zwanzig Minuten für zehn Mal die gleiche Frage. Ich denke, es wird genügen, wenn ich Ihnen in zirka vierzig Minuten sage, wie wir anschließend verfahren.»

Ohne auf eine Reaktion von mir zu warten, dreht der Alte sich zu einer Gruppe von drei Männern um, die etwas abseits an große Kisten gelehnt warten, und nickt ihnen zu. Sie erheben sich und gehen auf eine Pilotentasche zu, die wenige Meter von ihnen entfernt auf dem Boden steht.

«Nun also zum ersten Mal die Frage, Herr Thieben: Wie heißt die Frau, die zu Ihnen in das Hotel gekommen ist?»

«Manuela», sage ich ohne Zögern. «Die Frau heißt Manuela Reinhard. Sie ist eine alte Freundin von mir.»

Gabor hatte am Telefon von Manuela gesprochen, weil er ihren Vornamen auf dem Display von Joannas Telefon gesehen hat. Ihren Nachnamen kennt er nicht. Also kann auch niemand wissen, dass der Name Reinhard nicht stimmt. So oder so – ich musste etwas sagen.

«Erik», ruft Joanna. «Was tust du?» Ich bewundere sie dafür, dass sie in dieser Situation die Nerven hat, das Spiel mitzumachen. Der Alte nickt mir zu. «Wie lautet Frau Reinhards Adresse?»

Ich nenne ihm eine Straße, in der ein flüchtiger Bekannter von mir wohnt, und hoffe inständig, dass Gavin mit seinen Leuten schnellstens auftaucht. Die Kerle werden überprüfen, ob Ela tatsächlich an der angegebenen Adresse gemeldet ist. Wenn sie in einem Telefonbuch im Internet nachsehen, kann ich behaupten, dass sie keinen Festnetzanschluss hat.

Sie werden also dorthin fahren müssen. Es wird vielleicht zwanzig Minuten dauern, bis sie feststellen, dass ich sie angelogen habe. Wenn Gavin bis dahin nicht aufgetaucht ist, wird es eng. Aber dann ist sowieso alles verloren.

Gabor steht noch immer stumm neben dem Alten und schaut mich hasserfüllt an.

«Wie geht es jetzt weiter?», frage ich ganz bewusst in seine Richtung.

«Das sage ich Ihnen in zwei Minuten», antwortet der Alte für ihn. Ich verstehe nicht, was er damit meint.

«Warum zwei Minuten?»

Er antwortet nicht, aber das ist auch nicht nötig.

Ich weiß, dass ich mich verrechnet habe, als ein zweiter junger Kerl mit kurzgeschorenen Haaren zu uns herüberkommt. Er spricht dabei in das Telefon, das er ans Ohr hält. «Ja, verstehe», sagt er leise. «Und das ist sicher? Okay.»

Er lässt die Hand mit dem Handy sinken und schüttelt den Kopf, woraufhin der Alte eine Braue hebt. «Sie haben gerade einen Finger Ihrer Verlobten verspielt, Herr Thieben. Wie ein guter Freund bei der Polizei gerade bestätigt hat, wohnt unter dieser Adresse keine Manuela Reinhard. Daher gehe ich davon aus, dass der Nachname auch nicht stimmt.»

«Nein, das … das ist …», beginne ich, ohne zu wissen, wie der Satz enden soll. Es ist auch egal, denn einer der Männer tritt auf Joanna zu. In der Hand hat er eine Blechschere.

«Nein, warten Sie bitte», sage ich verzweifelt. «Ich kann Ihnen …»

Weiter komme ich nicht, denn in dieser Sekunde explodiert das Rolltor.

49

Im ersten Moment denke ich, jemand hat einen Sprengsatz in die Halle geworfen, so schmerzhaft laut ist der Knall. Dann erst sehe ich den Lkw.

Er ist durch die geschlossene Einfahrt gebrochen wie ein riesiges, aggressives Tier und hat das Tor förmlich zerrissen, jetzt schnellt er auf uns zu, mit aufheulendem Motor.

Ich kämpfe gegen Lamberts Griff an, den er unwillkürlich gelockert hat. Nur noch weg hier. Weg. Ich begreife nicht mehr, was passiert, meine Instinkte haben das Kommando übernommen, die Panik verleiht mir ausreichend Kraft, um mich loszureißen.

Der Schwung bringt mich beim zweiten Schritt zu Fall. Ein weiterer ohrenbetäubender Knall erfüllt die Halle, und unmittelbar darauf stürzt jemand zu Boden, halb neben, halb auf mich.

Lambert. Die Augen halb offen und blicklos. Knapp oberhalb seines rechten Auges quillt Blut aus einem Loch im Schädel.

Ich sollte froh darüber sein, dass er tot ist, und das bin ich auch, nur seinen Anblick, sein lebloses Gesicht so nah an meinem, ertrage ich nicht. Ich versuche, mich unter ihm herauszuwinden, aber vergeblich. Meine Hände sind immer noch auf den Rücken gebunden, sie sind nutzlos, ich komme hier nicht weg, gleich werde ich zu schreien beginnen.

Das Lager hallt ohnehin von anderen Schreien wider, teils angsterfüllt, teils … in knappem Befehlston. Und in meiner Muttersprache.

Langsam dämmert mir, was das Auftauchen des Lkws bedeuten

könnte, dass es meine Leute sind, Gavin und sein Team, dass Erik es irgendwie geschafft haben muss, sie zu verständigen.

Ja. Gavins erster Schuss hätte mit Sicherheit demjenigen gegolten, der mein Leben am unmittelbarsten bedrohte. Er muss sofort die Gelegenheit ergriffen haben, sobald nicht mehr die Gefahr bestand, dass er mich treffen würde.

Gabor hat die Hände erhoben, er versucht in ungeschicktem Englisch zu erklären, dass er mit alldem hier nichts zu tun hat, aber Gavin achtet nicht auf ihn, er rennt auf mich zu – und im nächsten Moment begreife ich, warum.

Jemand reißt meinen Kopf zurück. Etwas Hartes und Kaltes wird mir gegen die Kehle gedrückt. «Stehen bleiben», brüllt der Mann, der über mir kniet. Ich sehe ihn nicht, aber ich glaube, es ist der gleiche, der die Schere geholt hat. «Einen Schritt näher, und ich schlitze ihr den Hals auf.»

Sein Englisch ist fast perfekt, und Gavin reagiert unmittelbar. Er verharrt mitten in der Bewegung, hebt beide Hände. In einer davon hält er noch seine Waffe.

«Gut gemacht, Becker.» Von Ritteck geht langsam auf Gavin zu, und ich hasse mich dafür, dass ich der Grund bin, warum der regungslos stehen bleiben und zusehen muss, wie der alte Mann seinerseits eine Pistole hervorzieht. Sie auf Gavin richtet, der sich immer noch nicht rührt.

Anerkennend neigt von Ritteck den Kopf. «Sehen Sie gut hin, meine Herren», sagt er, zu seinen Leuten gewandt. «Das ist Loyalität. Dieser Mann zögert nicht, in Erfüllung seines Auftrags zu sterben. Hocherhobenen Hauptes. Meinen Respekt. Ich wünschte, ich hätte einige von seinesgleichen in meinen Reihen.»

Keine Ahnung, ob Gavin irgendetwas von dem versteht, was von Ritteck sagt. Aber ich bin ganz sicher, dass er noch nicht aufgegeben hat. Weder mein Leben noch sein eigenes.

Bei jedem Atemzug spüre ich die Klinge an meinem Hals deutlicher. Versuche die Vorstellung zu verdrängen, wie es sich anfühlen würde, wenn sie erst durch die Haut dringt, dann durch Blutgefäße und Sehnen …

Auf die eine oder andere Art wird es passieren. Von Ritteck hat klargemacht, dass er weder Erik noch mich am Leben lassen wird. Und nun wird dasselbe Schicksal auch Gavin und seine Leute treffen.

Zwei von ihnen kann ich sehen. Einer hält sich knapp hinter Gavin, der andere steht beim Lkw.

Steig ein und fahr sie alle über den Haufen, denke ich. *Ohne Rücksicht auf mich oder Erik oder irgendwen.*

Wenn Erik überhaupt noch lebt. Ich kann ihn nirgendwo entdecken, vielleicht liegt er niedergestreckt hinter einem der Gabelstapler. Oder zwischen den hoch aufgetürmten Paletten.

Ich habe den Gedanken noch nicht zu Ende gedacht, als ein Pfiff durch die Halle gellt. Im selben Moment gerät eines der am wenigsten beladenen Regale ins Kippen, neigt sich auf uns zu, aber vor allem auf von Ritteck, der es ein wenig später bemerkt als ich.

Er springt schneller zur Seite, als ich es ihm zugetraut hätte, Gavin hechtet in die entgegengesetzte Richtung, bringt sich damit näher an mich heran – und im selben Moment verschwindet die Klinge von meiner Kehle. Die Hand des Mannes, der mich festgehalten hat, erschlafft, er selbst sackt zu Boden, sein Kopf ist auf der linken Seite eingedrückt … die Blechschere gleitet ihm aus den Fingern.

Obwohl ich weiß, dass ich jetzt aufspringen und mich verstecken sollte, schaffe ich es nicht. Es ist, als wäre mein Körper aus Beton und die Zeit wie flüssiges Blei – mir ist bewusst, dass alles um mich herum rasend schnell passiert, trotzdem prägt sich mir jedes Detail ein.

Vor meinen Augen begräbt das Regal Christoph Bartsch unter sich. Den Mann, der Gabor zufolge versagt hat, in Bezug auf mich. *Sonst müsste dort jetzt eine Killerin vor uns stehen.*

Zwei von Gavins Leuten schießen auf die Männer, die von Ritteck schützen, während der alte Mann selbst in aller Ruhe seinen Stock beiseitestellt und den Inhalt seines Magazins überprüft.

Dann eine Hand an meiner Schulter. Jemand greift mir unter die

Achsel, versucht, mich hochzuziehen. «Komm, Jo. Schnell.» Erik, das ist Erik. Ich drehe mich zu ihm um, sehe sein blasses Gesicht. In der rechten Hand hält er etwas, das wie ein Wagenheber aussieht. An einem Ende kleben Haare.

«Bitte.» Er stellt den Heber ab und zieht mich ein Stück hoch. «Wir müssen Deckung suchen, schnell.»

Die Schere, ich will die Schere mitnehmen, es würde sich gut anfühlen, etwas wie eine Waffe zu haben, aber ich bin immer noch gefesselt.

Als hätte Erik mich auch wortlos verstanden, greift er danach, hebt mich auf die Beine und zieht mich hinter einen der größten Kistenstapel.

Wieder Schüsse, diesmal gefolgt von Schreien. Hört das denn draußen niemand? Irgendjemand muss das doch hören!

«Halt still.» Erik hat nach meinen Händen gegriffen, und plötzlich lösen sie sich voneinander. Spüren kann ich sie immer noch nicht, aber sehen. Blaurot und angeschwollen. Die Gelenke wundgerieben und blutig.

Erik lässt den durchschnittenen Kabelbinder fallen. «Diese Arschlöcher», flüstert er.

Wieder Schüsse. Diesmal kein Schrei.

Dafür aber … ein metallisches Knirschen. Nicht vor, sondern hinter uns. Eines der Tore zu den Rampen fährt langsam hoch, allerdings nur bis zur Hälfte.

Ein Fluchtweg. Wenn wir es rausschaffen, können wir telefonieren. Hilfe holen.

Bekommen von Rittecks Leute das mit? Sehen sie es auch, von ihrer Position aus?

Jetzt huscht ein schwarzer Schatten an dem halb geöffneten Tor vorbei. Vielleicht Verstärkung von dieser ominösen Staffel, paramilitärische Kämpfer, gegen die auch Gavins Team keine Chance haben wird.

Wenn sie durch das Tor kommen, sehen sie Erik und mich sofort.

«Wir brauchen ein neues Versteck.» Ohne Eriks Antwort abzuwarten, quetsche ich mich zwischen den Kisten hindurch, die Stapel bilden regelrechte Gassen … von hier aus kann ich Gavin wieder sehen. Er hat sich mit zweien seiner Leute verschanzt, sie beraten sich leise – haben sie überhaupt noch Munition? Und wenn nicht, wie lange kann es dauern, bis ihre Gegner das durchschauen?

Niemand hat Bartsch unter dem Regal hervorgezogen. Von der Taille abwärts bedeckt eine der schweren Kisten seinen Körper, aus seinem Mund quillt Blut, aber er lebt noch. Versucht, mit schwachen Bewegungen das Tonnengewicht fortzuschieben, das ihn langsam erdrückt.

Und dann sind sie plötzlich da. Ohne Vorzeichen, ohne Warnung.

«Zugriff», brüllt jemand, und die Polizisten des Sondereinsatzkommandos fallen über die Halle her wie eine Horde schwarzer Ameisen.

Sie stoßen kaum noch auf Widerstand. Gavin und seine Leute legen sich sofort auf den Boden und die Hände hinter den Kopf, Gabor tut es ihnen nach kurzem Zögern gleich. Nur einer der Männer von Rittecks versucht zu fliehen, durch das Loch, das der Lkw geschlagen hat. Drei Polizisten nehmen die Verfolgung auf.

Der einzig ruhende Pol in all dem Chaos ist der alte Mann. Er blickt den Polizisten lächelnd entgegen, in der Hand hält er immer noch seine Pistole. Die Maschinengewehre, die sich auf ihn richten, beeindrucken ihn ganz offensichtlich gar nicht.

«Waffe fallen lassen!», brüllt einer der SEK-Leute.

«Sofort», sagt von Ritteck. «Einen Moment noch, bitte.»

Er wirft einen Blick auf den toten Lambert, dann einen auf den Mann, den Erik erschlagen hat. Ein Ruck geht durch seinen Körper, als nähme er Haltung an, als wolle er im nächsten Moment salutieren. «Meine Saat geht trotzdem auf», sagt er. «Für Deutschland.»

In einer einzigen schnellen Bewegung hebt er die Pistole, steckt sie sich in den Mund und drückt ab – gleichzeitig eröffnen die Polizisten das Feuer auf ihn.

Ich wende mich ab. *Meine Saat geht trotzdem auf.* Wir werden so viel zu erklären haben, Erik und ich.

Der Kampf endet fast ebenso unmittelbar, wie er begonnen hat. Die Polizisten zerren alle Beteiligten aus der Halle. Einer der SEKler tritt auf uns zu. «Sie sind Joanna Berrigan? Erik Thieben?»

«Ja.» Erik streckt seine Hände vor. «Wir sind unbewaffnet. Beide.»

Der Mann überzeugt sich persönlich davon, bevor er mit dem Kinn zu dem geöffneten Tor weist. «Gehen Sie nach draußen, man wird sich um Sie kümmern.»

Ja, und ich muss mich um Gavin und seine Leute kümmern. Leben überhaupt noch alle? Werden sie Schwierigkeiten bekommen, dafür, dass sie mich gerettet haben? Ich habe keine Ahnung, wie legal ihr Tun war.

Aber vorher …

«Ich muss mit dem Mann sprechen, der unter dem Regal liegt», sage ich. Freundlich, ohne jeden Anflug von Befehlston oder Arroganz. «Bitte. Es ist sehr wichtig.»

Der SEK-Mann schüttelt den Kopf. «Keinesfalls. Wir haben Befehl, die Halle sofort zu räumen.»

«Bitte.» Ich lege die ganze Verzweiflung, die mich seit Tagen ausfüllt, in dieses eine Wort. «Ich muss verstehen, warum mir das alles passiert ist, und er weiß es, glaube ich. Bitte, geben Sie mir die Chance, mit ihm zu sprechen.»

Der Polizist wirft einen prüfenden Blick über die Schulter, zu einem seiner Kollegen, der kurz nickt.

«In Ordnung. Es wird ohnehin ein wenig dauern, bis wir einen Kran auftreiben, mit dem wir die Kiste von ihm runterbekommen. Sieht nicht gut aus für ihn.» Er zögert. «Sie können kurz mit ihm sprechen, aber nur in meinem Beisein.»

Gabor wird an uns vorbeigeführt, sein Blick streift uns flüchtig. Er muss wissen, was auf ihn zukommt. Erik und ich sind am Leben. Wir wissen, was wirklich am Münchner Bahnhof passiert ist, aber

373

werden wir es auch beweisen können? So vieles von dem, was passiert ist, lässt sich auch anders erklären. Was wir zu erzählen haben, klingt so unwahrscheinlich, dass es Gabors Anwälten ein Vergnügen sein wird, jeden Satz in widersprüchliche Einzelteile zu zerlegen.

Und dann?

Es fällt mir schwerer als gedacht, die Halle noch einmal zu betreten. Die vier Toten, die ich sehen kann, gehören alle nicht zu den Leuten meines Vaters.

Von draußen ertönen die Sirenen einer ganzen Horde von Einsatzfahrzeugen, als ich mich neben Bartsch hinknie.

Sein Gesicht ist wachsweiß, die Wangen eingefallen; er atmet flach und stoßweise, aber ich glaube, er erkennt mich.

Es widerstrebt mir zutiefst, etwas von einem Sterbenden zu fordern, doch das hier ist meine einzige Gelegenheit. «Dr. Bartsch?» Ich warte, bis sein Blick meinen findet. «Bitte. Bitte, wenn Sie können, sagen Sie mir, was passiert ist. Was mit meinem Kopf nicht stimmt. Sie wissen es, nicht wahr?»

Keine Reaktion, zuerst. Dann ein winziges, kaum sichtbares Nicken. Ich beuge mich näher zu ihm.

«Der Krankenwagen ist jetzt da», sagt der Polizist hinter mir. «Sie müssen gehen.»

«Ja. Natürlich. Sofort.»

Bartschs Lippen bewegen sich. Seine Stimme ist kaum ein Hauch. «Vergessen Sie es», sagt er. Lächelt beinahe, als hätte er einen Witz gemacht. «Sie haben so viel vergessen. Vergessen Sie auch das.»

«Bitte», sagte ich, eine Spur zu laut. «Bitte, tun Sie mir das nicht an.»

Es ist etwas Nasses in seinem Atem. Als würde er Luft und Wasser gleichzeitig einsaugen. «Schade», flüstert er, «dass ich nicht erleben werde, wie Sie ihn doch noch töten.»

50

Ich stehe vor einem Mannschaftswagen der Polizei, Joanna sitzt ein paar Meter von mir entfernt in der geöffneten Schiebetür eines Rettungsfahrzeuges auf dem Wagenboden. Eine Frau in orangefarbener Notarztjacke hat ihr eine Decke über die Schultern gehängt und redet mit ruhiger Stimme auf sie ein.

Dunkle Streifen und Flecken ziehen sich über Joannas Gesicht. Schmutz und Blut, vermischt mit Tränen. Mit dem Handrücken über Wangen und Stirn verteilt. Die Haare kleben ihr strähnig am Kopf. Alles in mir schreit danach, zu ihr zu gehen und sie in die Arme zu schließen. Sie an mich zu drücken, so nah, dass ich sie mit jeder Faser meines Körpers spüren kann. Die Augen zu schließen und mich zusammen mit ihr in die befreiende Gewissheit fallenzulassen, dass wir es überstanden, dass wir überlebt haben.

«Herr Thieben, bitte.» Einer der beiden Kripobeamten, die mich zu dem Polizeifahrzeug geleitet haben, zeigt ins Innere. Er hatte sich als Kriminalhauptkommissar König vorgestellt. «Fahren wir.»

«Was ist mit meiner Verlobten?», frage ich und deute zu Joanna hinüber. Der Polizist folgt meinem Blick.

«Sie wird noch versorgt, aber Sie werden sie später auf dem Präsidium sehen.»

Ich mache einen demonstrativen Schritt zurück und schüttele den Kopf. «Nein, ich warte auf sie.»

Der zweite Mann, ein etwas fülliger Oberkommissar mit Halbglatze, dessen Namen ich vergessen habe, legt mir die Hand auf die Schulter. Zu fest für eine freundschaftliche Geste.

«Auch wenn mein Kollege es höflich formuliert hat, war das keine Bitte. Steigen Sie jetzt ein. Frau Berrigan wird gleich zum Präsidium gebracht.»

Ich möchte dem Mann sagen, dass ich es satthabe, von irgendwelchen Leuten drangsaliert zu werden. Dass er sich mal vor Augen führen soll, was wir durchgemacht haben, und dass er sich seine Anweisungen an den Hut stecken kann. Mache mir aber im nächsten Moment selbst klar, dass wir in eine Schießerei mit mehreren Toten verwickelt waren und dass diese Männer uns wahrscheinlich das Leben gerettet haben.

Meine Augen bleiben auf Joanna gerichtet. «Gut, aber ich möchte wenigstens kurz zu ihr.»

Bevor der Füllige antworten kann, sagt König: «Beeilen Sie sich.»

Schon während ich auf sie zugehe, steht Joanna auf. Die Decke rutscht ihr von den Schultern, doch das scheint sie nicht zu bemerken. Sie steht nur da und schaut mich an. Wir nehmen uns in die Arme, streicheln uns. Halten uns stumm. Manchmal braucht man keine Worte.

Joanna löst sich ein wenig von mir und legt mir die Hand auf die Wange. Der Anflug eines Lächelns huscht über ihr Gesicht. *Geh ruhig*, soll das wohl heißen. *Jetzt ist alles gut.*

Als wir im Präsidium ankommen, bringen die beiden Beamten mich in einen trist eingerichteten Raum und bieten mir Kaffee an. Nachdem ein junger Mann die dampfende Tasse vor mir abgestellt und wieder gegangen ist, soll ich der Reihe nach erzählen, was passiert ist. Vor allem, was ich über den Anschlag am Münchener Bahnhof weiß.

Ich beginne mit dem Abend, an dem Joanna mich plötzlich nicht mehr erkannte. Allerdings stelle ich die Situation in einer stark abgeschwächten Form da. Meine Angst, dass man Joanna in eine Psychiatrie steckt, ist nach wie vor präsent.

Immer wieder unterbrechen die Männer mich mit Fragen. Ob ich hierzu oder dazu nicht noch mehr sagen könnte, ich soll doch mal genau nachdenken. Welche Rolle Gabor meiner Meinung nach in der ganzen Sache spielt und ob ich weiß, wer von Ritteck ist. Was ich von der Schießerei in der Halle mitbekommen habe. Ob Gavin mit seinen Leuten das Feuer eröffnet oder lediglich auf die Schüsse der anderen reagiert hat. Zwischendurch werfen die beiden sich undeutbare Blicke zu.

Als ich meinen Bericht beendet habe, stellen sie abwechselnd Fragen. Warum ich nicht schon früher die Polizei verständigt und warum ich meinen Tod vorgetäuscht habe.

Während ich ihnen unsere Beweggründe erkläre, wird die Tür geöffnet, und Joanna kommt in Begleitung einer schwarzhaarigen Frau herein. Die Frau legt einen Schnellhefter auf den Tisch und verlässt den Raum wieder.

Auch Joanna bekommt eine Tasse Kaffee, die sie gleich mit beiden Händen umschließt, wie sie das immer tut.

Sie muss die Gelegenheit gehabt haben, sich zu waschen. Ihr Gesicht sieht nicht mehr so schlimm aus wie zuvor an dieser Lagerhalle.

Der Beamte mit der Halbglatze blättert interessiert den Schnellhefter durch. Pullmann. Jetzt fällt es mir wieder ein. Er heißt Pullmann.

Nach einer Weile wirft er ihn klatschend vor sich auf den Tisch und betrachtet Joanna abschätzend. «Erzählen Sie doch mal, wie das war, als Herr Thieben in Ihrem Haus stand und Sie ihn nicht mehr erkannt haben.»

Meine Hände verkrampfen sich unter dem Tisch ineinander. Hoffentlich sagt Joanna jetzt nichts anderes als ich.

«Ich weiß es nicht mehr genau», beginnt sie und wirft mir einen kurzen Blick zu. «Das war ganz seltsam. Aber es hat sich recht schnell wieder gelegt.» Gott sei Dank.

Es folgen einige Fragen, die auch mir gestellt wurden, dann geht es um die Australier.

«Frau Berrigan, wie steht Herr Porter zu Ihnen?», möchte König wissen. Erst als Joanna antwortet, weiß ich, wer damit gemeint ist.

«Gavin leitet das Security-Team meines Vaters.»

«In Australien?»

«Ja.»

«Warum ist er hier?»

«Weil ich meinen Vater angerufen und ihm gesagt habe, dass ich befürchte, dass mein Leben in Gefahr ist.»

Pullmann lehnt sich nach vorne und schlägt mit den flachen Händen auf die Tischplatte. «Und warum zum Teufel benachrichtigen Sie nicht die Polizei, wenn Sie um Ihr Leben fürchten?»

«Das habe ich doch getan», antwortet Joanna ruhig. «Nur gebracht hat es nichts.»

Pullmann winkt schnaubend ab, belässt es aber dabei.

«Was ist mit Gavin?», hake ich nach. «Was passiert mit ihm und seinen Leuten? Sie waren es, die die Polizei verständigt haben. Sie haben uns das Leben gerettet.»

«Das wissen wir noch nicht. Zurzeit laufen die Befragungen noch. Ebenso wie die der anderen.» König schiebt unvermittelt seinen Stuhl zurück und wendet sich an seinen Kollegen. «Ich denke, wir sind für den Moment fertig.» Er steht auf, greift sich den Schnellhefter und rollt ihn zusammen.

«Man wird Sie jetzt nach Hause bringen. Allerdings bitte ich Sie, sich zu unserer Verfügung zu halten. Wir werden Sie wieder befragen, wenn die anderen Vernehmungen beendet sind.»

Wir nicken beide dankbar. Als wir nebeneinander stehen, spüre ich Joannas tastende Hand. Ich ergreife sie und halte sie fest.

Während der Fahrt sitzen wir schweigend nebeneinander im Heck des Wagens. Vielleicht liegt es an der jungen Polizistin und ihrem Kollegen, dass wir nicht über die Dinge sprechen, die Joanna wahrscheinlich ebenso bewegen wie mich. Vielleicht sind es aber auch die Gedanken an unser Haus, die Angst davor, dass es vielleicht nicht mehr *unser* Haus sein kann nach alledem, was in den letzten

Tagen und vor allem den letzten Stunden geschehen ist. Vielleicht ist das, was immer unser privatester Rückzugsort war, durch das Eindringen von Gabors Männern entweiht worden.

Als wir aber in die Einfahrt biegen, ist es etwas ganz anderes, das mir zuerst auffällt und sich mir wie eine Faust in den Magen bohrt. Der fehlende Kakadu.

Er steht sinnbildlich für die letzten Geheimnisse, die zwischen Joanna und mir stehen: ihre fehlende Erinnerung an mich, ihr Versuch, mich zu töten, das Verschwinden jeglicher Beweise für meine Existenz in diesem Haus.

Wir bedanken uns bei den Beamten und steigen aus. Warten, bis das Fahrzeug verschwunden ist. Aber auch dann können wir uns noch nicht rühren.

«Ein komisches Gefühl, oder?», frage ich, ohne den Blick von der leeren Stelle neben dem Rhododendron abwenden zu können.

«Ja. Für dich wahrscheinlich noch mehr als für mich.» Sie rückt näher an mich heran, legt mir einen Arm um die Hüfte. Ich tue es ihr gleich. «Also gut, schauen wir, was passiert.»

Ich kann nicht sagen, was ich erwartet habe, aber als wir uns erst in der Diele und dann in der Küche umsehen und feststellen, dass sich kaum etwas verändert hat, bin ich doch überrascht. Keine Schränke sind aufgerissen, keine Schubladen herausgezogen und keine Gegenstände auf dem Boden verteilt. Auch im Wohnzimmer – alles wie immer. Aber warum hätten die Typen auch das Haus verwüsten sollen. Sie wollten keine Wertgegenstände, sondern uns.

Ich lasse mich auf die Couch fallen, das Telefon in der Hand. Für heute ist nur noch eines zu erledigen: Ela anrufen, ihr sagen, dass wir okay sind. Wir halten das Gespräch kurz, ich habe heute nicht mehr die Nerven, ihr alle Zusammenhänge zu erklären, verspreche ihr aber, mich morgen noch einmal zu melden. Von Joanna war die ganze Zeit über nichts zu hören. Ich schaue mich nach ihr um, kann sie aber nirgendwo sehen. Sofort beschleunigt sich mein Puls, ich verlasse das Wohnzimmer, durchquere die Küche und bleibe im Durchgang zur Diele abrupt stehen. Die Haustür ist offen, Joanna steht auf der Schwelle. In der einen Hand hält sie den Postkastenschlüssel, in der anderen einen Briefumschlag, und es macht den Eindruck, als hätte sie Angst, ihn zu öffnen.

51

Auf dem Kuvert steht mein Name, kaum leserlich, in hastig hingekritzelten Buchstaben. Es ist so leicht, als wäre es leer. Ich würde gerne nach dem Inhalt tasten, bevor ich es öffne, aber ich wage es nicht. Wer weiß, vielleicht befindet sich darin ein weiterer, ein letzter Versuch von Gabor, mich aus dem Weg zu schaffen. Mit Anthrax zum Beispiel.

Erik sieht mein Zögern und nimmt mir den Umschlag aus der Hand. Befühlt ihn vorsichtig. «Es ist etwas drin. Aber ganz sicher kein Sprengstoff.»

Bevor ich noch protestieren kann, geht er in die Küche und holt ein Messer aus dem Block. Nein, nicht ein Messer – *das* Messer.

Als er sieht, dass ich ihm folge, schüttelt er den Kopf. «Bleib im Wohnzimmer und schließ die Tür hinter dir.»

Ich bin so müde, dass ich es einfach tue. Erst als ich auf die Couch sinke, wird mir klar, dass Erik mich vermutlich doch aus Vorsicht hinausgeschickt hat.

Aber unsere Sorge ist unbegründet. Eine halbe Minute später legt Erik den Inhalt des Umschlags vor mich auf den Tisch. Einen USB-Stick, schwarz und schmal. «Die Marke haben wir in der Firma häufig verwendet», sagt er.

Wir sehen uns an, nicken uns stumm zu. Wahrscheinlich sollten wir diesen Stick der Polizei übergeben, aber ganz bestimmt nicht, bevor wir nicht wissen, was sich darauf befindet.

Erik stellt sein Notebook auf den Couchtisch, klappt es auf und steckt den Stick in den USB-Slot.

Fünf Dateien. Drei Bilder im Jpeg-Format, eine Audio-Datei. Und ein Word-Dokument, das *Für Joanna.doc* heißt. Ich deute mit dem Zeigefinger darauf. «Das zuerst, bitte.»

Eine Sekunde lang zögert Erik, dann öffnet er es.

Der Text ist nicht länger als eine halbe A4-Seite. Er strotzt vor Tippfehlern, manche Worte sind zusammengeschrieben, Großbuchstaben gibt es keine.

Es tut mir so leid, *steht da*. Erik ist tot und zum teil ist das auch meine schuld. Ich habe es in kaufgenommen für eine sache an die ich glaube und deren ziele für unser land auch meine sind – die mittel, um sie zu erreichen, aber nicht. Ich habe nicht damit gerechnet, dass meine organisation zu etwas wie dem anschlag auf den münchener bahnhof fähig ist, ich war nicht eingeweiht, das müssen Sie mir bitte glauben. Immerhin kann ich nun sie noch warnen, joanna. Wir haben vor ein paar stunden telefoniert, vielleicht sind sie ja schon dabei, sich zu verstecken, das hoffe ich wirklich sehr. Wahrscheinlich werden sie das was ich hier schreibe, nie lesen, aber es ist mirein bedürfnis, ihnen zu sagen, was ich weiß. Ich bin an diesem abend nicht vorbeigekommen, weil ich probleme mit dem computerhatte, sondern weil ich nachsehen sollte, was schiefgelaufen ist. Hören Sie sich die aufnahme an, die ich mitgeschickt habe, dann werden sie verstehen. Viel glück. Ich bin auf dem weg ins ausland. Es tut mir wirklich leid.

Bernhard Morbach

Erik hat einen Arm um meine Schultern gelegt. Wir wechseln einen schnellen Blick. «Erst die Fotos», sage ich. Warum, weiß ich nicht, aber mir graut vor dieser Tonaufnahme. *Dann werden Sie verstehen* – einerseits möchte und muss ich das, andererseits habe ich entsetzliche Angst vor dem, was ich dann vielleicht höre. Was, wenn sich herausstellt, dass ich wirklich mit von Ritteck, Gabor und den anderen unter einer Decke gesteckt und es nur vergessen habe? So wie ich Erik vergessen habe?

Das erste Bild. Da ist sehr viel Grün. Üppige Vegetation an einem Strand. Palmen. Und in einiger Entfernung zwei Gestalten, von denen ich die eine bin, oder jemand, der mir sehr ähnlich sieht. Die andere ist ein Mann, oder eher ein Junge, mit kaffeebrauner Haut.

Ich habe keine Ahnung, wann und wo das gewesen sein soll.

«Bei uns zu Hause sehen die Strände anders aus», murmle ich.

Erik sieht mich von der Seite her an. «Das ist Antigua.» Er öffnet das nächste Foto. Der Junge und ich sind jetzt besser zu erkennen: Er lacht und deutet mit einer Hand in Richtung Meer. Ich stehe da, mit den Händen in den Taschen meiner Shorts, und betrachte, was er mir zeigt.

«Hast du die geschossen?», frage ich Erik. «Dann wäre es logisch, dass du nicht mit drauf bist.»

«Nein.» Er vergrößert das Bild. «In dieser Bucht war ich nie, glaube ich.»

In mir ist etwas wie ein Summen, ein lautloses Vibrieren. Ein Name. Aber keine Erinnerung.

Auf dem dritten Foto stehe ich bis zu den Knöcheln im Wasser, und von der rechten Seite kommt etwas ins Bild, das vermutlich der Bug eines Bootes ist. Und eine Hand, die sich mir entgegenstreckt.

«Du warst ja einmal verschwunden.» Er legt eine Hand auf mein Knie, und ich muss mich zusammennehmen, um nicht abzurücken.

Dass ich so gereizt bin, ist nicht Eriks Schuld, es liegt daran, dass dieses Bild nichts in mir zum Klingen bringt. Antigua ist mir völlig unbekannt, ich hätte bis vor kurzem geschworen, dass ich noch nie einen Fuß auf diese Insel gesetzt habe. Von diesem Strand ganz zu schweigen, aber da stehe ich, unverkennbar, und lache.

«Gut. Dann lass uns jetzt reinhören.»

383

Erik klickt die Datei an, und der Audio-Player auf seinem Notebook öffnet sich. Ich senke den Blick, mein Herz hämmert so heftig, dass ich es nicht nur fühlen, sondern auch sehen kann. Ich schließe die Augen.

Erst ist da Rauschen, nichts als Rauschen. Ansteigend, abfallend. Meer. Dann Rascheln und eine Stimme, die während des Sprechens näher kommt. «Das waren fünfzig Milligramm Scopolamin, darauf dürfte sie eigentlich nicht einschlafen.» Bartschs Stimme, vermischt mit einem schleifenden Geräusch, als würde jemand einen Stuhl heranziehen. «Läuft die Aufnahme?»

«Ja, das tut sie.»

Neben mir zieht Erik scharf die Luft ein, stoppt den Player. «Das ist Bernhard. Ich glaube das einfach nicht, er und Bartsch waren auf Antigua? Gleichzeitig mit uns?»

«Offensichtlich.» Mir fällt ein, was Gabor gesagt hat, vorhin in der Halle. *Sie konnten es überhaupt nicht erwarten, in den Flieger zu steigen.* «Lass es bitte weiterlaufen.»

Erik klickt auf die Play-Taste, und da ist diese Stimme wieder. Bartsch. Einen Moment lang glaube ich, sein Aftershave riechen zu können.

«Gut. Es ist mir wichtig, dass alles dokumentiert wird.» Eine kurze Pause, dann spricht er weiter, in einem neuen, herzlicheren Ton. «Hallo, Joanna. Ich freue mich sehr, Sie an Bord zu haben.»

«Ja. Ich … ich freue mich auch.»

Das bin ich. Ohne Zweifel. Meine Stimme, der leichte Akzent, von dem ich immer denke, ich hätte ihn abgelegt, bis ich Aufnahmen von mir höre. Ich lehne mich gegen Erik, er legt den Arm um mich; erst jetzt fühle ich, dass ich zittere.

«Also, Joanna. Liegen Sie bequem? Ja? Sehr schön. Sie sind entspannt. Sie fühlen sich wohl. Sehen Sie bitte in das kleine Licht hier.»

«Okay.»

«Folgen Sie ihm mit den Augen. Ja, genau so. Sie machen das sehr gut.»

Ich greife nach Eriks Arm, klammere mich daran fest, weil ich plötzlich das Gefühl habe, den Kontakt zu meiner Umgebung zu verlieren. Als wäre die Schwerkraft aufgehoben, nur für mich.

«Sie sind ganz ruhig. Alles, was Sie belastet hat, ist weit fort. Sie konzentrieren sich nur auf dieses Licht und auf meine Stimme.»

Erik streicht mir übers Gesicht, berührt vorsichtig meine aufgeplatzte Lippe. «Nicht abdriften, Jo. Sieh mich an, alles okay?»

Ich nicke beklommen, verstärke den Griff um seinen Arm, und das Schwebegefühl wird schwächer.

«Und nun hör mir gut zu, Joanna.» Bartsch schlägt einen Ton an, der freundlich ist, aber keinen Widerspruch duldet. «Es wird früh am Morgen sein, und das Telefon wird klingeln. Du wirst meine Stimme hören, die dir nur zwei Worte sagt. Totes Licht. Du legst den Hörer auf. Es geht dir gut. Du fühlst dich wohl. Du verbringst einen ausgefüllten, gut gelaunten Tag.

Um siebzehn Uhr gehst du in die Küche. Du tust …»

Etwas unterbricht ihn. Geräusche, ein lautes Rumpeln. Dann Stimmen, die nicht deutsch sprechen, sondern englisch. Zwei Männer, ein jüngerer und ein älterer, sie sind etwas weiter entfernt als Bartsch. Vielleicht liegt eine Wand zwischen ihnen und mir, oder einfach eine größere Distanz. Ihre Stimmen sind mir völlig unbekannt.

«Ben? Wo ist Ben?»

«Hau hier ab, sofort!»

«Aber ich kann ihn nicht finden, ist er …»

«Vergiss ihn. Hast du mich verstanden? Vergiss, dass du ihn je getroffen hast, vergiss, dass es ihn gibt. Und werd sein Zeug los, alles. Schnell.»

«Aber –»

«Das ist wichtig! Tu, was ich dir sage! Jetzt!»

Wieder Rumpeln. Ein Protestschrei, dann ein Platschen, als wäre etwas ins Wasser gefallen. Oder jemand.

Das Ganze hat kaum zehn Sekunden gedauert, nun herrscht

wieder Ruhe, die kurz darauf von einem Räuspern und Bartschs Stimme unterbrochen wird, ganz nah. «Joanna. Geht es dir noch gut?»

«Yes. I'm fine.»

«Sprich doch bitte deutsch mit mir.»

«Ach so. Ja.»

«Gut. Um siebzehn Uhr gehst du in die Küche. Du tust dir selbst weh. Du schlägst deinen Kopf gegen die Türkante, wirfst dich mit der Schulter dagegen. Du verletzt dich, so, dass man es sieht. So, dass du blutest. Als hättest du gekämpft. Wenn du hörst, dass Erik nach Hause kommt, nimmst du das längste und schärfste Küchenmesser zur Hand, das du besitzt. Kannst du es vor dir sehen?»

Ich habe beide Hände vor den Mund gelegt, und ja, ich kann das Messer vor mir sehen, bildlich, ich kann auch sehen, wie es in Eriks Oberarm dringt; Bartschs Geruch ist plötzlich wieder da, und ich würde mich am liebsten übergeben.

«Ja, kann ich», flüstert die Joanna, die ich einmal war.

«Er läuft auf dich zu, und du stößt ihm das Messer zuerst in den Bauch und dann in die Brust. Tief hinein. Du bist ruhig und sicher in dem, was du tust, als hättest du es schon oft getan.

Du wartest fünf Minuten, dann nimmst du dein Telefon und rufst die Polizei. Du sagst: Ich habe meinen Verlobten getötet, aber es war Notwehr.»

Eine kurze Pause. «Notwehr», wiederhole ich.

«Richtig. Wenn du jetzt gleich zum Hotel zurückkommst, erzählst du, du hättest dir von einem Einheimischen zeigen lassen, wo die Fregattvögel nisten. Danach führst du deinen Urlaub fort wie bisher.»

Ein leises Klicken, wahrscheinlich war das die Taschenlampe, auf deren Licht ich mich konzentrieren sollte. Dann Rumoren, Schritte, eine Tür, die sich öffnet.

«Ich glaube, das lief ganz gut», sagt Bernhard.

«Ja», erwidert Bartsch. «Sie hat es uns nicht schwergemacht, sie war sofort weg. Liegt natürlich auch am Scopolamin, das ist der perfekte Verstärker.»

«Okay, dann schalte ich das Gerät jetzt aus», kündigt Bernhard an, und Sekunden später ist die Aufnahme zu Ende.

Ich möchte mich bewegen, mich zu Erik umdrehen, aber ich kann es nicht. Ich kann nur dasitzen und den Bildschirm des Notebooks anstarren.

«Sie haben dich hypnotisiert», sagt Erik leise. «Und unter Drogen gesetzt. Mein Gott.»

Ja. Ich fasse mir an den Kopf, stütze meine Stirn in die Hände. Frage mich, ob ich jemals wieder zu all dem Zugang haben werde, was dahinter gespeichert ist.

«Soll ich es dir noch einmal vorspielen?»

Langsam schüttle ich den Kopf, also schließt Erik den Player. Darunter kommt das dritte Foto zum Vorschein – ich im Wasser, der Junge daneben, der Bootsbug von rechts und eine hellhäutige Hand, die sich mir entgegenstreckt.

Der Junge. Ben. Ja, ganz sicher Ben.

«Sie haben ihn umgebracht», murmle ich.

«Was? Wen?» Nun muss ich meinen Kopf nicht mehr herumdrehen, denn Erik hat mich sanft am Kinn genommen und sich in mein Blickfeld gebracht.

«Meinen Inselguide. Den auf dem Foto. Hast du nicht gehört, dass Bartsch gestört wurde? Dass zwei Männer im Hintergrund gestritten haben?» Ich wiederhole die Worte, diesmal auf Englisch. Diesmal so, wie sie sich in mein Unterbewusstsein eingeprägt haben. Unauslöschlich. «Forget him. Do you understand me? Forget all about him, forget that you ever met him. Get rid of his stuff. All of it. Quickly.»

«Das war doch leise. Und undeutlich», wendet Erik ein.

Ich schaffe ein Lächeln. «Ja. Aber es war englisch. Meine Muttersprache. Sie haben den kleinen Fremdenführer beseitigt, um kein Risiko einzugehen – und deshalb hat Bartschs Plan nicht funktioniert. Zwei Befehle, die sich in meinem Kopf vermischt haben. Deshalb habe ich dich nicht getötet, sondern vergessen.» Ich schließe die Augen. Die Welt schwankt ein wenig, als wären wir auf dem Wasser. «Dabei war der Plan wirklich gut. Ich hätte mich selbst verletzt und dich dann abgestochen. Einer dieser Fälle von häuslicher Gewalt und Notwehr. Hätte kein schiefes Licht auf Gabor und seine Firma geworfen.»

Vor meinem inneren Auge taucht Bartsch auf, begraben unter dem schweren Metallregal und dessen Inhalt. Blutend. Sterbend. *Schade, dass ich nicht erleben werde, wie Sie ihn doch noch töten.*

«Ich werde mich trotzdem behandeln lassen», erkläre ich. «Jetzt, wo wir wissen, was passiert ist, müsste das doch einfacher sein. Oder?» Ich suche Eriks Blick, sein Lächeln ist ermutigend, und er nickt, aber natürlich kann er nicht wissen, ob das stimmt. Ebenso wenig wie ich.

«Ich kopiere diese Dateien, bevor wir den Stick an die Polizei geben», meint er und zieht die Icons in einen neu angelegten Ordner. «Immerhin wissen wir jetzt auch, dass du mein Zeug hast verschwinden lassen, nicht wahr? *Get rid of his stuff.*» Er grinst schief. «Irgendeine Ahnung, wohin? Mülldeponie? Oder Lagerabteil? Welche Spedition du beauftragt hast?»

Ich zucke mit den Schultern. «Keine Idee, leider.»

Sein Grinsen vertieft sich. «Na, jedenfalls hast du gründlich gearbeitet. Alle Achtung.»

Nichts tut mir im Moment so gut wie ein bisschen Albernheit. Diesen ganzen Wahnsinn nicht so ernst zu nehmen, wie er es zweifellos ist. Ich boxe Erik spielerisch gegen die Schulter. «Tja, so bin ich. Wenn ich etwas tue, dann richtig.»

Er zieht den Stick aus dem USB-Slot, verschließt ihn mit der Kappe und legt ihn auf den Couchtisch. Dann dreht er sich zu mir und nimmt mich in die Arme. «Das stimmt. So war das schon immer bei dir.»

Sein Kuss ist vertraut, ebenso wie sein Duft. Ich vergrabe meinen

Kopf an seiner Schulter. Könnte weinen, weil man mir fast ein Jahr mit diesem Mann genommen hat, all die Geschichten, die gemeinsamen Erinnerungen, die ersten Male.

Er scheint zu spüren, dass meine Stimmung wieder kippt. Schiebt mich ein Stück von sich weg, sieht mich mit gespieltem Vorwurf an. «Da ist noch etwas, das ich wissen muss.»

«Ja?»

«Und ich erwarte, dass du mir die Wahrheit sagst.»

Der Anblick seiner grimmig gerunzelten Augenbrauen macht es mir schwer, ernst zu bleiben. «Mal sehen.»

«Du erinnerst dich noch an dieses Ratespiel, das du mit mir veranstaltet hast, als du dachtest, ich wäre ein Einbrecher?»

«Ja, natürlich.»

«Ich will jetzt wenigstens eine der Antworten wissen. Sag mir deinen zweiten Vornamen.»

Ich schüttle entschieden den Kopf. «Auf keinen Fall.»

«Jetzt hör mir mal zu. Wir sind verlobt. Ich habe ein Recht darauf, so entscheidende Dinge zu erfahren.»

Ich küsse ihn auf die Nasenspitze. «Du hast ein Recht darauf, zu raten. Leg los.»

Er lächelt hinterhältig. «Ein Name, der zu dir passt?»

«In gewisser Weise, ja.»

«Bertgunde», sagt er, wie aus der Pistole geschossen.

«Noch so eine Frechheit, und ich hole wieder das Messer.»

«Oh. Okay. Nein, warte. Wahrscheinlich irgend so ein völlig abgedrehter englischer Phantasiename. Tiffany-Amnesia oder so. Habe ich recht?»

Nun muss ich wirklich lachen. «Gar nicht schlecht. Beides. Trotzdem falsch. Überleg doch einfach mal, womit mein Vater den Großteil seines Geldes gemacht hat.»

Erik nimmt meine Hand. «Diamanten.»

«Ganz genau. Aber Diamond ist es nicht, denn ich bin außerdem noch – na?»

Wieder runzelt Erik die Stirn. «Schwierig? Anstrengend? Gemeingefährlich?»

«Einzigartig, Dummkopf.»

Er zieht mich eng an sich, streichelt mir über den Rücken. Ich kann nicht sehen, aber spüren, dass er nickt. Und ich weiß, dass er richtig raten wird.

«Solitaire.»

Epilog

Die Gespräche verstummten, als er sich erhob. Sie waren vollzählig versammelt, weniger hatte er auch nicht erwartet. Nur zwei der Ältesten fehlten – Zedwitz, der auf die neunzig zuging, und Habeck, der sie bereits überschritten und dem die Demenz fast alles genommen hatte, auch seine Liebe zum Vaterland.

Er wartete, bis alle Blicke auf ihn gerichtet waren, bis er sich der vollen Aufmerksamkeit der Anwesenden sicher sein konnte. Dann erst begann er zu sprechen.

«Kameraden. Ich danke euch für euer Vertrauen und weiß es zu schätzen, dass ihr in so schwierigen Zeiten die Führung der Staffel in meine Hände legt. Ich trete in große Fußstapfen – wir alle wissen, was Heinrich von Ritteck für unsere Sache geleistet hat. Die Staffel 444 war sein Leben, das er zu guter Letzt selbst beendet hat. Er wählte einen ehrenvollen Tod und entging damit der Schande, von einem korrumpierten Polizeiapparat verhaftet zu werden. Ihr wisst, wie viel Schmutz die Lügenpresse in den letzten Wochen über ihn ausgeschüttet hat – umso mehr werden wir sein Andenken in Ehren halten.» Er griff nach seinem Glas und hob es. Die anderen standen auf – zackig die Jüngeren, die alten Herren langsam und mit Mühe. Wieder wartete er, bis alle bereit waren, dann schlug er die Hacken zusammen. «Auf Heinrich von Ritteck!»

«Auf Heinrich von Ritteck!»

Sie tranken. Setzten sich erst, als er sein Glas abstellte.

«Ich möchte drei neue Waffenbrüder in unseren Reihen begrüßen. Ulrich Herfurth, Max Jauner, Albert Puch – willkommen!»

Die Genannten neigten die Köpfe. Jeder von ihnen ein Mann mit Einfluss, jeder in einem anderen Bereich.

«Sie treten in eine Gemeinschaft mit großer Tradition ein.» Er fand, es konnte nicht schaden, die Neuzugänge noch einmal darauf hinzuweisen. «Unsere Mutterorganisation war Gladio, die Geheimarmee, die nach dem Krieg für den Fall ins Leben gerufen worden war, dass der Kommunismus Europa überfluten würde. Das steht heute nicht mehr zu befürchten. Die Staffel 444 hat es sich keineswegs auf die Fahnen geschrieben, dem kranken gesamteuropäischen Konstrukt unter die Arme zu greifen, in dem wir bedauerlicherweise gefangen sind. Wir kämpfen ausschließlich für Deutschland, gegen Feinde, die unsere Heimat von innen und außen bedrohen.» Er ließ seinen Blick über die Gesichter der anderen schweifen, langsam und eindringlich. «Als Gladio 1980 den Bahnhof von Bologna in die Luft jagte, belief sich die Anzahl der Todesopfer auf fünfundachtzig. Unser Einsatz am Bahnhof von München war fast doppelt so effektiv, wir haben unser Ziel von mindestens hundert Opfern weit überschritten. Anders als bei unseren Vorgängern wird sich die Wut des Volkes dauerhaft auf diejenigen richten, die zu bekämpfen unsere Pflicht ist. Dafür hat Heinrich von Ritteck sein Leben gegeben, und es war nicht vergebens.»

Er gestattete sich ein leichtes Lächeln, das erste dieses Tages. «Trotz des schmerzhaften Verlusts unseres Anführers haben wir Grund zur Freude», fuhr er fort. «Das deutsche Volk hat gehandelt. Bei den Wahlen vor zwei Wochen hat es gezeigt, was es von Schwäche, Toleranz und Nachsicht gegenüber den Untermenschen hält, die uns bedrohen und übervölkern. Aus der Asche unserer gewaltigen Explosion steigt der deutsche Geist zu neuen Höhen empor, gleich einem Phoenix.»

Die Anwesenden klopften anerkennend mit den Fingerknöcheln auf die Tischplatte. Er nickte in die Runde, wartete, bis es wieder ruhig war.

«Ein großer Schritt ist gelungen, aber es liegt noch viel vor uns.

Seit gestern weiß ich, dass Hans Gabor die volle Verantwortung für alles übernehmen wird, was man sonst vielleicht uns hätte anlasten können, dank der Zeugen, die zu beseitigen ihm nicht gelungen ist. Gabor hat versagt, aber er ist bereit, das zu sühnen und die übrigen Verhafteten zu entlasten.»

Sie lauschten, wenn auch teils mit skeptisch gerunzelten Augenbrauen. Er legte Nachdruck in seine Stimme. «Es besteht kein Anlass zur Sorge. Falls Gabor seine Meinung ändern sollte, gibt es Kameraden vor Ort, auf deren schnelles Handeln wir uns verlassen können.»

Wieder hob er sein Glas. «Das nächste Projekt wird fehlerfrei verlaufen, dafür verbürge ich mich persönlich. Deutschland hat eine Zukunft, eine große Zukunft, und sie liegt in unseren Händen.»

ENDE

Ursula Poznanski
bei Wunderlich und rororo

Alle Morde wieder (Hg.)

Beatrice-Kaspary-Krimis

Blinde Vögel

Fünf

Stimmen

Zusammen mit Arno Strobel

Fremd

Ursula Poznanski
Stimmen

Nach «Fünf» und «Blinde Vögel»
der dritte Thriller
von Bestsellerautorin Ursula Poznanski

Er hatte die Zeichen gesehen. Er sah sie seit Jahren schon und hatte immer wieder versucht, die Menschen zu warnen, doch nie wollte jemand ihm glauben.

Sie hatten ein Opfer dargebracht.

Auf keinen Fall durften sie ihn hören.

Sie wissen, wer du bist.

Menschen, die wirr vor sich hinmurmeln. Die sich entblößen, Stimmen hören: Die Psychiatriestation des Klinikums Salzburg-Nord ist auf besonders schwere Fälle spezialisiert. Als einer der Ärzte ermordet in einem Untersuchungsraum gefunden wird, muss die Ermittlerin Beatrice Kaspary versuchen, Informationen aus den Patienten herauszulocken. Aus traumatisierten Seelen, die in ihrer eigenen Welt leben. Und nach eigenen Regeln spielen …

Klappenbroschur, 448 Seiten
Wunderlich, ISBN 978 3 8052 5062 7

Ursula Poznanski
Blinde Vögel

**Der zweite Fall des Ermittlerduos
Kaspary & Wenninger**

Zwei Tote in Salzburg. Sie stranguliert, er erschossen. Die Tat eines zurückgewiesenen Liebhabers?

Aber die beiden scheinen zu Lebzeiten keinerlei Kontakt miteinander gehabt zu haben. Oder täuscht der erste Blick? Das Salzburger Ermittlerduo Beatrice Kaspary und Florin Wenninger ist ratlos. Aber Beatrice mag die Sache nicht auf sich beruhen lassen und verfolgt die Spuren, die die Toten im Internet hinterlassen haben. Auf Facebook wird Beatrice fündig: Beide waren dort Mitglieder in einem Forum, das sich ausgerechnet mit Lyrik befasst. Gedichte werden hier mit stimmungsvollen Fotos kombiniert und gepostet. Ganz harmlos.

Ganz harmlos?

Bald ahnt Beatrice, dass die Gedichte Botschaften enthalten, die nur wenige Teilnehmer verstehen. Düstere Botschaften, in denen es um Angst und Tod geht. Und dann stirbt eine der Lyrik-Liebhaberinnen …

Taschenbuch, 480 Seiten
rororo, ISBN 978 3 499 25980 7

Das für dieses Buch verwendete FSC®-zertifizierte Papier
Lux Cream liefert Stora Enso, Finnland.